KB038054

THE HAWTHORNE LEGACY

상속 게임 II

호손가의 위험한 유산

상속 게임 Ⅱ : 호손가의 위험한 유산

제니퍼 린 반스 **지음** 주정자 **옮김**

초판 1쇄 발행일 2023년 2월 17일

펴낸이 이숙진 **펴낸곳** (주)크레용하우스 **출판등록** 제1998-000024호

주소 서울 광진구 천호대로 709-9 **전화** (02)3436-1711 **팩스** (02)3436-1410

홈페이지 www.crayonhouse.co.kr **이메일** crayon@crayonhouse.co.kr

THE HAWTHORNE LEGACY by Jennifer Lynn Barnes

Copyright © 2021 by Jennifer Lynn Barnes

All rights reserved.

This Korean edition was published by Crayon House Co., Ltd. in 2023 by arrangement with Jennifer Lynn Barnes c/o Curtis Brown Ltd. through KCC(Korea Copyright Center Inc.), Seoul.

Images © Shutterstock

Design by Lisa Horton

Published by arrangement with Penguin Random House Children's,
a division of The Random House Group Limited.

* 빛은책들은 재미와 가치가 공존하는 ㈜크레용하우스의 도서 브랜드입니다.
* KC마크는 이 제품이 공통안전기준에 적합하였음을 의미합니다.

ISBN 978-89-5547-985-0 04840

THE HAWTHORNE LEGACY

상속 게임 II

호손가의 위험한 유산

제니퍼 린 반스 지음 **주정자** 옮김

빛은책들

1

"그날 얘기 좀 다시 해봐. 두 사람이 공원에서 처음으로 체스를 둔 그날 말이야."

재촉하는 제임슨의 얼굴에 촛불이 어른거렸다. 아무리 어두운 곳에 있어도 제임슨의 진한 암녹색 눈은 번득인다.

제임슨은 그 무엇, 아니 누구를 상대해도 흥분하지 않는다. 제임슨의 피를 솟구치게 하는 건 미스터리밖에 없다.

"엄마 장례식 직후였어. 며칠, 아니 일주일쯤 됐을까."

지금 우리는 호손 저택 밑 터널 속에 있다. 누구도 우리 말을 들을 수 없는 곳이다. 내가 텍사스의 으리으리한 저택에 처음 발을 들인 지 채 한 달도 되지 않았다. 이 저택으로 오게 된 의문을 풀어내고 한 주가 지나지 않은 것이다.

우리가 그 의문을 제대로 풀었다면 그렇다는 말이다.

"엄마랑 난 공원으로 산책하러 다니곤 했어."

제임슨은 내 말 한마디 한마디에 온전히 귀를 기울였다. 나는 제임슨이 아니라 그때 있었던 일에 집중하려고 눈을 감으며 이야기를 이었다.

"엄마는 그 산책을 '정처 없는 떠돌이 게임'이라고 불렀지."

이제 나는 추억에 매몰되지 않으려고 눈을 떴다.

"엄마 장례식이 끝난 후 며칠 지나 처음으로 혼자 공원에

갔어. 연못 근처로 갔더니 몰려 있는 사람들이 보이더라. 인도에 어떤 남자가 누워 있는데, 눈도 뜨지 않았어. 다 해 진 담요를 두르고 있더라."

"노숙자라……."

이미 예전에 들은 이야기지만 제임슨은 초집중해서 귀를 기울였다.

"다들 그 남자가 죽은 줄 알았어. 아니면 술에 취해 뻗었 든가. 그런데 남자가 몸을 일으키니까 경찰관이 남자가 지 나갈 수 있게 길을 터주었어."

"그리고 네가 먼저 그 남자에게 다가갔다는 거지? 체스 를 두자고 먼저 제안한 사람도 바로 너고."

그렇게 말한 뒤 나를 본 제임슨의 입술이 비틀리듯 위로 올라갔다.

그때는 그 노숙자가 나를 이기는 건 고사하고 내 제안을 받아들일 줄도 몰랐다.

"우린 그 후로 매주 체스를 두었어. 일주일에 두 번이나 세 번씩 둘 때도 있었지. 아저씨는 이름 말고 다른 얘기는 전혀 안 했어."

'그의 이름은 사실 해리가 아니다. 거짓말한 것이다.' 그 래서 나는 지금 제임슨 호손과 이 터널에 있고, 제임슨은 나를 다시 수수께끼처럼 바라보고 있다. 오직 제임슨만이 풀 수 있는 퍼즐이라는 듯이.

억만장자 토비아스 호손이 '죽은' 친아들의 존재를 아는 낯선 사람에게 전 재산을 남긴 것은 결코 우연이 아니다.

"그 사람, 토비 삼촌이 확실한 거야?"

제임슨이 묻자 우리 둘 사이의 공기가 바뀌었다.

나는 요사이 이 일에 확신이 없어졌다. 3주 전까지만 해도 나는 고등학교를 간신히 마치고, 장학금을 받고, 살던 곳을 빠져나오려고 아등바등했다. 그야말로 입에 풀칠만하며 살던 그저 그런 여자아이에 불과했다. 그런데 정말 난데없이, 이 나라에서 가장 부유한 사람 중 한 명이 죽었는데 그 사람의 유언장에 내 이름이 들어 있다는 연락을 받았다. 텍사스의 거부 토비아스 호손은 나에게 몇십억 달러를 남겼다. 그의 전 재산이나 마찬가지다. 나는 도무지 이유를 알 수 없었다. 제임슨과 나는 그 노인네가 남긴 이런저런 수수께끼와 단서를 풀려고 2주를 보냈다. '왜 나일까?' 내 이름 때문일까? 내가 태어난 날 때문일까? 토비아스 호손은 소원해진 가족을 합칠 수 있는 사람이 바로 나라는 근거 없는 모험에 전부를 걸었다.

아니면 적어도 우리가 그렇게 믿도록 유도하는 것이 노인의 마지막 게임일지도 모른다.

나는 단호한 눈빛으로 제임슨을 쳐다봤다.

"확실해. 토비 아저씨는 살아 있어. 네 할아버지가 나를 선택한 건 내가 토비 아저씨를 알기 때문이고 일단 우리를 한데 모으려고 어느 정도 조종했다는 결론을 내릴 수밖에 없어."

사망한 억만장자 토비아스 호손에 대해 딱 하나 알아낸 게 있다면 그는 어떤 것이라도 조종할 수 있는 사람이라는 점이다. 그는 거의 모든 사람을 조종할 만한 능력이 있었다. 그야말로 퍼즐과 수수께끼와 게임에 푹 빠진 사람이었다. 제임슨과 판박이다.

"만약 네가 공원에서 삼촌을 처음 만난 게 아니라면?"

제임슨이 내 쪽으로 한 발짝 다가오자, 그에게서 위태로운 기운이 뿜어져 나왔다.

"생각해봐, 상속녀. 네가 우리 할아버지를 만났을 때가 여섯 살 무렵이라고 했잖아. 할아버지는 너희 엄마가 종업원으로 일하던 식당에서 너를 봤어. 네 이름을 온전히 다 들은 것도 그때지."

에이버리 카일리 그램스(Avery Kylie Grambs). 다시 배열하면 매우 위험한 도박(A Very Risky Gamble)이 된다. 토비아스 호손 같은 남자의 뇌리에 남을 만한 이름이다.

"그래, 맞아."

이렇게 맞장구를 치는데 제임슨이 내게 꽤 가까이 왔다. '너무 가까워.' 호손 가문의 사내들은 모두 사람을 끄는 마력이 있다. 정말 극단적으로. 이들은 사람들을 마음대로 부린다. 제임슨은 원하는 것을 얻기 위해서라면 이런 능력을

아주 능수능란하게 이용한다. '지금 내게 원하는 것이 있군.'

"할아버지는 상시 대기 중인 전용 요리사를 수없이 거느린 억만장자야. 그런 사람이 왜 이름 없는 허름한 식당에서 식사했을까?"

"네가 보기에 '뭔가' 찾고 있으셨던 것 같아?"

제임슨이 교활한 미소를 지었다.

"아니면 어떤 사람이겠지. 할아버지가 토비 삼촌을 찾다가 발견한 사람이 '너' 아닐까?"

제임슨이 '너'라는 말을 할 때 어떤 울림이 있다. 내가 무슨 대단한 사람이라도 되는듯이. 하지만 제임슨과 나는 전에도 이런 경험을 한 적이 있다.

"그럼 다른 건 다 다른 사람들의 주의를 끌기 위한 거야? 내 이름, 에밀리가 내 생일에 죽었다는 사실. 네 할아버지가 우리한테 남긴 퍼즐이 모두 거짓에 불과하다고?"

나는 그의 시선을 피하며 물었다.

제임슨은 에밀리라는 이름을 듣고도 아무 반응을 보이지 않았다. 이렇게 모든 것이 미스터리한 상황에서는 그 어떤 것도 제임슨의 집중력을 흐트러트릴 수 없다. 에밀리조차.

"거짓말이거나 아니면 속임수겠지."

제임슨이 한 번 더 반복하듯 말했다.

내 얼굴에 붙은 머리카락 한 올을 쓸어내리려고 제임슨이

다가오자 온몸의 신경이 곤두섰다. 나는 홱 물러서며 단호하게 얘기했다.

"그런 눈으로 쳐다보지 마."

"내가 어쨌는데?"

"넌 원하는 게 있으면 사람을 홀리잖아."

나는 팔짱을 끼면서 그를 노려봤다.

"상속녀, 그런 말을 들으니 좀 언짢네. 난 그저 네가 머릿속을 샅샅이 뒤지기만 바랄 뿐이야. 할아버지는 사차원으로 생각하는 사람이야. 단 한 가지 이유만으로 너를 선택하지는 않았을걸. '왜 돌멩이 하나로 새를 두 마리만 죽이지, 열두 마리를 죽일 수도 있잖아?' 늘 이런 말을 했어."

제임슨은 히죽거리는데도 그 누구보다 잘생겨 보였다.

제임슨의 목소리에는 뭔가가 있다. 지금 이 모든 것에 쉽게 걸려들 수밖에 없는 눈빛으로 나를 계속 바라보고 있었다. 가능성과 미스터리 그리고 제임슨.

하지만 나도 같은 실수를 두 번 반복하는 사람이 아니다. 나는 그에게서 벗어나며 대답했다.

"혹시 네가 잘못 안 게 아닐까. 만약 토비 아저씨가 살아 있다는 걸 네 할아버지가 몰랐다면 어떻게 되지? 할아버지가 나를 바라보고 있다는 걸 먼저 안 사람이 바로 토비 아저씨라면? 네 할아버지가 전 재산을 남겨줄 요량으로 나를 바라본 거라면 어떻게 될까?"

해리라는 이름으로 알고 지내던 그 사람은 체스를 아주 잘 두었다. 공원에서 처음으로 체스를 둔 그날은 우연이 아닐지도 모른다. 나를 찾고 있었을지도 모를 일이다.

"우리가 놓친 게 있어. 혹은 네가 뭔가를 숨기는 거지."

제임슨이 내 바로 뒤에 서며 중얼거렸다.

제임슨의 말이 전적으로 틀린 것은 아니다. 나는 내 카드를 테이블 위에 다 펼쳐놓지 않았다. 사실 제임슨 윈체스터 호손은 신뢰를 얻을 만한 어떤 일도 하지 않았다.

"어찌 된 일인지 이제 알겠어, 상속녀."

제임슨이 씩 웃으며 대화를 이었다. 비뚤어진 입매가 보이는 것만 같았다.

"네가 그런 식으로 게임을 하고 싶다면, 우리 둘이 이 게임을 좀 더 흥미롭게 만드는 건 어때?"

나는 고개를 돌려 그의 얼굴을 마주 봤다. 눈이 마주치자, 그가 어떻게 키스하는지 떠올랐다. 머뭇거림이 없었다. 조심스럽지도 않았다. '그 키스는 진짜가 아니야.' 나는 그때를 상기했다. 제임슨에게 나는 게임의 일부다. 쓰임새가 있는 도구. 나는 여전히 퍼즐의 일부였다.

"모든 일이 게임은 아니잖아."

내가 말하자 그가 불을 켜며 반박했다.

"그러면 그게 문제겠네. 그것 때문에 우리가 매일 이 터널 속에서 시간을 허비하고 있잖아. 아무 성과도 없이 반복

11

하며 제자리에 머무는 건 이 상황이 게임이 아니기 때문이야, 지금까지는. 게임에는 규칙이 있어. 승자도 있고. 그러니까 상속녀, 너와 내가 토비 호손의 미스터리를 풀려면 약간의 동기부여가 있어야 해."

"어떤 동기부여를 말하는 거야?"

나는 눈을 가늘게 뜨며 그를 쳐다봤다.

"내기는 어때? 내가 먼저 이 상황을 모두 해결한다면 말이야. 우리가 블랙우드를 해독한 직후 내린 나의 사소한 판단 착오를 모두 용서하고 이해해줘."

제임슨이 눈썹을 추켜올리며 대답했다.

블랙우드에서 제임슨의 여자친구가 죽은 날이 내 생일과 같다는 것을 알았다. 그 순간 내가 특별한 사람이어서 토비아스 호손이 나를 택한 것이 아니라는 사실을 깨달았다. 그는 손자들을 깨닫게 할 요량으로 나를 선택한 것이 분명했다. 그 일 이후 제임슨은 곧바로 나를 차갑게 대했다.

"그럼 내가 이기면, 우리가 키스했단 사실을 반드시 잊어줘. 그리고 다시는 내게 키스할 꿈도 꾸지 마."

나는 그의 초록빛 눈을 빤히 쳐다보며 전했다.

나는 제임슨을 전혀 믿지 않는다. 물론 그와 함께 있는 나 자신도 믿지 못한다.

제임슨이 앞으로 나와 내 옆에 서더니, 귀에 입술을 대고 속삭였다.

"상속녀, 그럼 이제 '게임 시작'이야."

2

내기가 시작되자 제임슨은 터널을 빠져나갔고 나는 다른 방향으로 나왔다. 호손 하우스는 정말 광활하다. 이곳에 온 지 3주가 지났지만 아직 못 가본 건물과 장소가 있을 정도로 어마어마하게 넓다. 몇 년은 지나야 이곳을 다 탐색할 수 있을 것이다. 그렇게 해도 집 안 구석구석과 비밀 통로, 숨은 공간까지 다 탐색할 수 없다. 지하 터널을 빼고도 말이다.

다행히 나는 습득 능력이 좋은 편이다. 나는 체육관 건물 아래를 나와 음악실 밑에 있는 터널로 갔다. 일광욕실을 지나, 숨은 계단을 올라 그레이트 룸으로 들어갔다. 그레이트 룸에 있는 석제 벽난로에 무심하게 기대서 있는 내쉬가 보였다. 그는 나를 기다리고 있었다.

"안녕, 꼬맹이."

내쉬는 내가 그야말로 난데없이 툭 튀어나왔는데도 눈 하나 깜짝하지 않았다. 사실 호손 가문의 장남은 저택이 한순간에 무너진다 해도 그저 석제 벽난로에 계속 몸을 기댄 채 서 있을 것이다. 다가오는 죽음을 향해 카우보이모자를 살짝 기울이며.

나도 그에게 알은체했다. "안녕하세요."

"너, 혹시 그레이슨과 만났니?"

내쉬는 거의 게으르다는 인상을 줄 정도로 느릿느릿한 텍사스 억양으로 물었다.

텍사스 억양이 아무리 느긋해도 그가 방금 던진 질문은 내게 큰 영향을 미쳤다.

"아니요."

나는 무심한 얼굴로 계속 짧게 대답했다. 그레이슨과 나는 거리를 두고 있었다.

"넌 우리 어머니가 집을 나가기 바로 전에 그레이슨과 어떤 이야기를 나눴는지 모르는 것 같은데, 그래?"

스카이 호손. 토비아스 호손의 작은딸이자 네 손자의 어머니인 스카이는 나를 죽이려 했다. 실제로 방아쇠를 당긴 사람은 지금 감옥에 있다. 스카이도 저택에서 추방됐다. 그레이슨이 쫓아낸 것이다. '항상 지켜줄게.' 그가 한 말이다. '하지만 이건…… 우린……. 이러면 안 돼, 에이버리.'

"전혀 몰라요."

"모를 줄 알았어. 네 언니와 변호사가 널 찾고 있어. 동쪽 건물이야."

내쉬가 내게 살짝 윙크하며 말했는데, 다분히 의도적인 호칭이었다. 내 변호사는 그의 전 약혼자고, 언니는…….

나는 리비 언니와 내쉬가 어떤 사이인지 전혀 모른다.

"고마워요."

나는 그에게 대답한 후, 호손 하우스 동쪽 건물로 가는 구불구불한 계단으로 갔지만 언니와 알리사를 찾지는 않았다. 나는 제임슨과의 내기에서 반드시 이길 작정이다. 그래서 먼저 토비아스 호손의 서재로 향했다.

서재 안에는 마호가니 책상이 있다. 책상 뒤로 보이는 벽 선반에는 각종 트로피와 특허권, 책등에 호손이라는 이름이 새겨진 책들이 꽂혀 있다. 호손 형제의 비범함을 눈에 확 띄게 상기시키는 것들이다. 호손 형제는 모든 기회를 다 누렸다. 노인은 손자들의 비범함을 기대했다. 하지만 난 그들의 트로피를 넋을 잃고 보려고 온 것이 아니다.

그 대신 나는 책상 앞에 앉아 얼마 전에 발견한 비밀 서랍을 뺐다. 비밀 서랍 안에는 서류철이 들어 있고, 그 서류철 안에는 내 사진들이 끼워져 있다. 시간을 뛰어넘는 수많은 사진. 토비아스 호손은 식당에서 운명적으로 만난 이후로 쭉 나를 지켜봤다. 순전히 내 이름 때문일까? 아니면 다른 이유가 있는 걸까?

사진을 휙휙 넘기다가 두 장을 꺼냈다. 제임슨이 터널 속에서 한 말은 옳다. 나는 그에게 숨기는 것이 있다. 나와 토비 아저씨를 찍은 사진 두 장. 하지만 내 옆에 있는 토비는 뒤통수만 보일 뿐이다.

15

토비아스 호손은 뒷모습만 보고도 아들인지 알아챘을 까? '해리'는 우리가 사진에 찍히는 것을 알고 일부러 고개를 돌렸나?

단서만 놓고 보면 더 캘 것이 없다. 사진과 서류는 모두 '해리'가 모습을 보이기 전부터 토비아스 호손이 나를 주시했다는 사실을 증명할 뿐이다. 다시 사진을 휙휙 넘기는데 내 출생증명서가 눈에 들어왔다. 엄마의 서명은 깔끔한데 아빠의 서명은 정자체와 필기체가 섞여 있었다. 토비아스 호손은 내 출생 날짜와 아빠 서명에 밑줄을 그어두었다.

10월 18일. 나는 내가 태어난 날의 의미를 안다. 제임슨과 그레이슨은 에밀리 라플린이라는 여자아이를 동시에 사랑했다. 그 애의 사망일인 10월 18일에 두 사람의 사이가 나빠졌다. 토비아스는 어떻게든 둘을 화해시키려고 나를 끌어들였다. 그런데 왜 아빠의 서명에 밑줄을 그었을까? 리키, 리처드 그램스는 자식을 버린 아버지다. 엄마가 죽던 날에도 전화기를 들지 않은 인간이다. 그 인간이 날 맡았다면 나는 위탁 시설로 갔을지 모른다. 나는 토비아스가 리처드의 서명에 밑줄을 그은 이유를 알고 싶어 종이가 뚫어져라 쳐다봤다.

하지만 아무것도 알 수 없었다.

마음 한구석에서 엄마의 목소리가 울렸다. '나에겐 비밀이 있어.' 토비아스 호손이 유언장에 내 이름을 넣기 훨씬

전의 일이다. '네가 태어난 날에 관한.'

엄마가 하려던 말이 뭐였던 간에 돌아가신 지금, 그 비밀을 추측할 생각은 전혀 없다. 내가 호손 가문의 사람이 아니라는 사실 하나만큼은 분명히 알고 있다. 내 출생증명서에 오른 리처드의 이름이 증거로 부족할 수야 있지만, DNA 검사로 내게 호손의 피가 전혀 없다는 사실이 입증됐다.

토비 아저씨는 왜 나를 찾아다녔을까? 나를 찾은 것이 맞을까? 나는 자기 할아버지가 돌 하나로 새 열두 마리를 죽인다고 했다는 제임슨의 이야기를 곰곰이 생각했다. 그리고 아주 티끌만 한 의미라도 찾으려고 다시 서류철을 조사했다. 무엇을 놓쳤을까? 뭔가 있는 것이 분명했다.

그때 똑똑 문을 두드리는 소리가 났다. 문을 두드린 사람이 바로 손잡이를 비틀었다. 나는 사진을 모아 서류철에 끼워서 비밀 서랍 속에 다시 잽싸게 집어넣었다.

"여기 있었네."

알리사 오르테가였다. 직업 정신이 뛰어난 변호사, 알리사는 내가 속으로 알리사 표정이라고 이름 지은 사람답게 이마를 찌푸리며 이야기를 꺼냈다.

"게임을 잊어버린 거지?"

"게임이요?"

나는 알리사가 말한 게임이 무슨 뜻인지 몰라서 반문했다. 호손 저택에 처음 발을 들인 그 순간부터 늘 게임을 하는 기분이었다.

"프로미식축구 게임."

알리사가 또 다른 알리사 표정을 지으며 분명하게 대답했다.

"텍사스 사교계 데뷔 2부에 해당하지. 스카이가 호손 하우스에서 추방됐으니까, 네가 모습을 보이는 게 그 어느 때보다 중요해. 우린 소문을 통제해야 해. 이건 스캔들이 아니라 신데렐라 이야기거든. 그러니까, 네가 신데렐라 담당이라는 말이야. 대중 앞에서, 가능한 한 자주, 설득력 있게. 오늘 밤 구단주 특석을 이용해서 일단 시작해보자."

'구단주 특석이라고?' 어떤 상황인지 잘 이해됐다.

"프로미식축구 경기 참석. 나는 축구팀 구단주니까."

나는 기억을 되살리 듯 알리사의 말을 반복했다.

내가 구단주라니, 알리사가 살짝 언급한 스카이를 잊어버릴 정도로 엄청난 소식이다. 나는 그레이슨과 타협했기 때문에 나를 죽이는 데 가담한 스카이에 대해 아무에게도 털어놓을 수 없었다. 대신 그레이슨은 사건을 잘 처리했다.

자신이 약속한 대로.

알리사는 설교 모드로 들어갔다.

"구단주 특석에는 좌석이 마흔여덟 개 있어. 일반 좌석은 몇 달 전에 배치가 끝났거든. 귀빈석만 따로 배치하지. 그냥 평범한 미식축구가 아니야. 모두 한자리를 차지하려고 해. 정치인, 유명인사, 최고경영자 등 거의 모든 사람이 초대권을 받으려고 안달이야. 오늘 밤 오렌에게 명단에 오른 모든 사람을 확인하라고 지시했어. 전략적으로 사진을 찍을 전문 사진사도 고용할 거야. 이제 남은 걱정거리는……."

알리사의 목소리가 미묘하게 작아졌다.

"나요?"

나는 코웃음을 치며 물었다.

"이 상황은 신데렐라 이야기와 같아. 신데렐라가 미식축구를 처음 보러올 때 어떤 옷을 입을 것 같아?"

알리사가 다시 상기시켰다. 어려운 질문이 틀림없다.

"이 옷은 어때요?"

리비 언니가 출입구에 나타났다. 텍사스 미식축구팀인 론 스타스의 셔츠를 입은 언니는 그에 어울리는 스카프, 장갑, 부츠를 착용하고 있었다. 땋은 파란 머리에 황금색과 파란색 리본 뭉치를 잔뜩 달았다.

알리사는 억지 미소를 짓더니 나에게 말했다.

"그래, 검은색 립스틱 빼고, 검정 매니큐어와 초커도 빼면 되겠네."

리비 언니는 이 세상에서 가장 유쾌한 고스족*이 분명하

---

* 공포 문화를 패션으로 받아들인 사람들을 일컫는다. 마치 뱀파이어처럼 화장하곤 한다.

다. 하지만 알리사는 언니의 패션 감각이 마음에 들지 않는 것 같다.

알리사가 단호하게 이야기를 이었다.

"이미 말한 대로, 오늘 밤은 중요한 날이야. 네가 신데렐라 역할을 맡아 카메라를 책임져. 그동안 내가 손님들 사이를 돌아다니며 그들이 어떤 입장을 취하는지 제대로 파악할 수 있을 거야."

"손님들이 어떤 입장을 취하다니요?"

나는 토비아스 호손의 유언장이 변경될 수 없다는 소리를 여러 차례 들었다. 내가 알기로 호손 가족은 유언장에 대한 이의 제기를 포기했다.

"너를 지지해줄 세력가를 몇 명 얻는 건 결코 해가 되지 않을 거야. 그리고 도와주는 사람들이 한숨 돌리면 우리한테도 좋은 일이지."

"내가 끼어든 건 아니겠지."

내쉬는 마치 우연히 나타난 것처럼 대화에 끼어들었다. 알리사와 리비 언니가 나를 찾는다고 경고한 사람이 자신이 아닌 것처럼 굴었다.

"계속해. 리리. 방금 한숨 돌리는 얘기를 한 것 같은데."

"에이버리가 여기 상황을 뒤흔들 마음이 없다는 점을 사람들에게 알릴 필요가 있어. 네 할아버진 투자를 하고, 비즈니스 파트너도 있고, 정치적 관계도 맺으신 분이야. 모두

세심한 균형이 필요한 분야지."

알리사는 태양을 피하려는 것처럼 내쉬의 눈길을 피하며 대답했다.

"지금 리리가 하려는 말이 뭐냐면 말이지. '맥나마라, 오르테가 앤 존스'가 이 상황을 완전히 통제하고 있다고 대중이 믿어야 한다는 말이야."

내쉬가 내게 설명했다.

'상황'이라고? 나를 말하는 건가? 하지만 나는 누군가의 꼭두각시가 되는 상황이 달갑지 않았다. 이 회사는 적어도 나를 위해 일해야 하는 곳이다.

그러자 잊고 있던 일이 생각났다.

"알리사, 제가 친구에게 돈 좀 주라고 한 것 기억나요?"

"해리지, 그치?"

알리사가 재빨리 대답했다. 하지만 알리사는 내 질문과 오늘 밤 본인이 실행할 원대한 계획 때문에 주의가 흐트러진 것 같았다. 리비 언니의 옷차림을 쳐다볼 때 입꼬리가 올라가는 내쉬도 거기에 한몫했다.

나는 언니를 바라보는 전 남자 친구에게 집중하는 내 변호사가 마땅치 않았다.

"맞아요. 그분께 돈 좀 줬어요?"

알리사로부터 답을 얻어내기만 하면 토비를 찾을 수 있을 것이다. 제임슨보다 먼저.

알리사는 리비 언니와 내쉬로부터 시선을 거두더니 씩씩하게 대답했다.

"안타깝게도 직원들이 해리를 못 찾았어."

그 말의 의미를 곰곰이 생각했다. 토비 호손은 엄마가 죽은 지 며칠 후에 공원에 나타났다. 그런데 내가 사라지고 나서 채 한 달도 되지 않았는데 사라져버린 것이다.

그때 알리사가 몸 앞으로 깍지를 끼며 말했다.

"자, 이제 네 의상을 좀……."

3

나는 지금까지 미식축구를 본 적이 단 한 번도 없다. 하지만 이제 텍사스 론 스타스의 새로운 구단주가 됐다. 그렇지만 내가 탄 방탄 SUV가 경기장에 도착하자 떼로 모여든 기자에게 이런 사실을 말할 수는 없다. 게다가 어깨를 드러낸 셔츠와 파란 카우보이 부츠를 뽐내듯 걸친 상태다.

"창문 내리고 웃어. '론 스타스 파이팅'이라고 소리쳐."

알리사가 지시했다.

나는 창문을 내리고 싶지 않았다. 물론 미소를 짓고 싶지도 않았고 어떤 소리도 지르고 싶지 않았다. 하지만 시키는 대로 다 따랐다. 이건 신데렐라 이야기니까. 그리고 난 스타니까.

"에이버리!"

"에이버리, 여기 좀 봐요!"

"새 구단주로서 첫 경긴데 기분이 어때요?"

"스카이 호손을 공격했다는 기사가 있는데 할 말이 있나요?"

미디어 트레이닝을 완료하진 못했지만, 속사포처럼 질문을 쏟아내는 기자들을 상대하는 기본 규칙은 충분히 안다. '신나요, 감사해요, 너무 멋져요, 어안이 벙벙하네요' 같은 말을 아주 감탄하며 표현하는 것만 허락됐다.

그래서 나는 흥분, 감사, 경탄의 말을 최선을 다해 쏟아냈다. 오늘 밤 미식축구장에 거의 10만 명이 들어설 것이다. 아마 몇백만 명이 이 경기를 보고 이 팀을 응원할 것이다. '내 팀'을.

"론 스타스 파이팅!"

나는 소리친 다음 창문을 올렸다. 하지만 손가락이 막 버튼을 스치는데 군중 속에서 나오는 한 사람이 눈에 띄었다. 기자가 아니었다.

'아빠……..'

리처드 그램스는 지금껏 나를 나중에 생각난 물건처럼 대했다. 그래서 1년 이상 만나지 못하고 살았다. 그런 내가 이제 몇십억 달러를 물려받은 지금에서야?

그 사람이 바로 지금 여기에 있다.

나는 아빠와 파파라치로부터 고개를 돌리고 창문을 올려 버렸다.

"에이버리?"

방탄 SUV가 경기장 아래의 전용 주차장으로 들어가자, 리비 언니가 머뭇거리며 나를 불렀다. 언니는 낙천적인 사람이다. 늘 다른 사람의 장점을 본다. 우리에게 아무것도 해준 게 없는 남자를 볼 때도 그런 성향은 바뀌지 않는다.

"그 사람 여기 오는 거 언니도 알았어?"

내가 목소리를 깔며 물었다.

"진짜 몰랐어. 맹세해! 그런데 아빠 그냥 얘기가 하고 싶은 거야."

리비 언니가 이로 아랫입술을 물며 대답하자 검은 립스틱이 지저분하게 번졌다.

'퍽이나 그렇겠어.'

운전석에 앉아 있던 경호팀장 오렌이 방탄 SUV를 주차한 다음 이어폰에 대고 나직하게 말했다.

"북쪽 입구 근처에 문제가 생겼다. 그냥 보기만 해. 그래도 보고는 다 해."

은퇴한 특수부대로 이루어진 경호원을 거느린 억만장자가 되면 공격당할 위험이 제로에 가깝다. 나는 리처드 때문에 되살아난 불쾌한 기분을 떨쳐버렸다. 자동차 밖으로 나와 세상에서 가장 큰 경기장 중 하나로 들어가며 재촉했다.

"얼른 가죠."

"분명히 말하는데 우리 회사는 네 아버지를 정말 잘 다룰수 있어."

알리사가 차를 빠져나오며 내게 말했다.

몇억 달러 규모 로펌의 유일한 고객이 되면 이런 편의를누릴 수 있다.

"괜찮니?"

알리사가 감상적인 타입이라 묻는 게 아니다. 오히려 내가 오늘 밤 골칫거리가 될지 아닐지 평가하는 중이다.

"아무렇지도 않아요."

"저 애가 괜찮지 않을 일이 뭐죠?"

내 뒤에 있던 엘리베이터에서 낮고 부드러운 목소리가들렸다. 일주일만에 처음으로 그레이슨 호손을 마주 보려고 고개를 돌렸다. 옅은 금발에 차가운 은회색 눈동자, 무기로도 쓸 수 있을 만큼 날카로운 광대뼈가 보였다. 2주 전이라면 지금까지 만난 놈 중 가장 자신감이 크고, 가장 독선적이고, 가장 거만한 인간이 그레이슨이라고 말했을지도모른다.

하지만 이제는 그레이슨 호손에 대해 어떤 말을 해야 할지 확신이 서지 않는다.

"에이버리가 괜찮지 않을 일이 뭐죠?"

그레이슨이 엘리베이터 밖으로 나오며 다시 한번 단호한 어투로 물었다.

"우리를 버린 아빠가 나타났거든요. 근데 괜찮아요."

나는 중얼거리며 답했다.

'항상 지켜줄게.' 그레이슨이 맹세했다. '하지만 이건······ 우린······. 이러면 안 돼, 에이버리.'

"그쪽이 보호해줄 필요는 없어요. 아빠 정도는 내가 감당할 수 있거든요."

나는 그레이슨에게 날카롭게 대꾸하고 그를 지나쳐 엘리베이터 안으로 성큼성큼 들어갔다.

잘 버려지려면 떠난 사람이 누구든 그 사람을 그리워하지 않아야 한다.

1분 후 엘리베이터 문이 열리자 구단주 특석이 보여서 그쪽으로 갔다. 양옆에 선 알리사와 오렌 때문에 그레이슨을 되돌아볼 수 없었다. 좀 전에 그레이슨이 엘리베이터를 타고 내려왔으니 분명 이곳에 들러 몇 마디 했을 것이다. 나만 빼고.

"에이버리, 왔구나. 오늘 밤에 안 올 줄 알았어."

자라 호손─칼리가리스는 섬세한 진주 목걸이를 걸고 있었다. 날카로운 그 미소를 보니 마음만 먹으면 진주 목걸이로 남자 한 명쯤은 족히 죽일 수 있는 사람처럼 보였다.

다른 사람들하고 내 뒷이야기를 하며 주목받으려고 했을

거라는 생각이 들었다. 나는 구단주 특석의 티켓 한 장으로 마음을 살 수 있다는, 협력자와 권력층과 영향력에 대한 알리사의 이야기를 곰곰이 생각했다.

제임슨의 말대로, '게임 시작'이다.

4

구단주 특석은 경기장 정중앙이 훤히 보이는 곳이다. 하지만 경기 시작 한 시간 전이라 경기장을 보는 사람이 아무도 없었다. 구단주 특석은 뒤로 넓게 뻗어서, 멀리서 보면 상류층 대상의 고급 바나 클럽처럼 보였다. 오늘 밤 나는 구경거리다. 호기심을 끄는 기이한 존재에 걸맞게 차려입은 종이인형이다. 정말 영원처럼 느껴질 만큼 긴 시간 동안, 손을 흔들며 카메라를 향해 포즈를 취했다. 그리고 미식축구와 관련된 농담을 다 알아듣는 척했다. 그 와중에 팝스타와 전직 부통령, 대다수 사람이 평생 노력해야 벌 돈을 소변 한 번 볼 시간에 더 많이 거둬들이는 IT 거물을 넋 놓고 보지 않으려고 애써야 했다. '마담'이라고 불리는 사람마저 나타나자 뇌가 기능을 멈추는 것 같았다.

내 인내심이 바닥을 친 것을 알아챈 알리사가 내 어깨에 손을 가볍게 올리며 말을 꺼냈다.

"곧 경기 시작이야. 이제 네 자리로 가자."

나는 하프타임까지만 참다가 바로 달아났다. 그레이슨이 나를 가로막 듯이 섰다. 그는 말없이 고개를 한쪽으로 끄덕이더니 내가 따라오리라고 확신하듯 바로 걸어갔다.

그리고 나도 모르게 그를 따라갔다. 눈앞에 두 번째 엘리베이터가 보였다.

"이건 올라가는 거야."

그레이슨이 알려줬다. 그레이슨 호손과 어디든 함께 간다면 그건 실수다. 하지만 그 외에는 다른 사람과 어울린다는 대안밖에 없어서 나는 운에 맡기기로 했다.

우리는 아무 말 없이 엘리베이터를 타고 위로 올라갔다. 엘리베이터 문이 열리자 좌석이 다섯 개 있는 방이 나타났다. 자리는 모두 비어 있었다. 경기장 전망은 아래층보다 이곳이 훨씬 좋았다.

"우리 할아버진 구단주 특석에서만 사람들하고 어울렸어. 그러다 진저리가 나기 전에 이곳으로 왔지. 우리 형제들만 할아버지를 따라올 수 있었어."

나는 자리에 앉아 경기장을 바라봤다. 정말 많은 사람이 보였다. 그들이 뿜어내는 에너지와 혼란, 함성은 압도적이다. 하지만 여기서는 아무 소리도 들리지 않았다.

그레이슨은 나와 가까워지는 것을 경계하는 듯 자리에 앉지 않았다.

"네가 미식축구를 보러 제임슨과 함께 올 줄 알았어. 너희 둘은 함께 있는 시간이 많잖아."

그 말을 듣자, 왜 그런지 이유를 설명할 수는 없지만 짜증이 확 일었다.

"그쪽 동생하고 난 내기를 하고 있어요."

"어떤 내기지?"

대답할 생각이 전혀 없었는데 내 눈이 그레이슨을 향했다. 나는 그의 반응을 이끌어낼 수 있는 이야기를 털어놓고 말았다.

"토비 아저씨가 살아 있어요."

다른 사람이 보기에 그레이슨이 지금 보인 반응은 미미할지도 모른다. 하지만 내 눈에는 가슴이 철렁할 정도로 놀라는 그레이슨이 보였다. 이제 그의 은회색 눈이 나를 빤히 쳐다봤다.

"뭐라고?"

"그쪽 삼촌이 살아 있다고요. 코네티컷주 뉴캐슬에서 노숙자로 가장한 삶을 무척 즐기고 있어요."

좀 더 섬세하게 말할 수 있었지만 확 털어놓고 말았다.

그레이슨이 다가왔다. 옆에 앉을 작정인 것 같다. 그가 무릎 사이에 놓인 두 손을 꽉 잡자 팔뚝에 긴장감이 확연히 드러났다.

"지금 대체 무슨 소리를 하는 거야, 에이버리 그램스?"

내 이름을 정식으로 듣는 게 어색했지만 이제는 말을 물릴 수도 없었다.

"그쪽 증조할머니 목걸이 펜던트에서 토비 아저씨 사진을 봤어요. 확실해요. 아저씨는 자기 이름이 해리라고 했고 우린 공원에서 매일 체스를 두었어요. 1년이 넘었어요."

나는 눈을 감았다가 뜨며 덧붙였다.

"제임슨과 난 이게 무슨 상황인지 아직 잘 몰라요. 누가 먼저 상황을 파악할지 내기를 걸었죠."

"이 이야기를 다른 사람한테 했어?"

그레이슨의 목소리는 몹시 심각했다.

"내기 말이에요?"

"토비 삼촌 이야기."

"내가 그분을 알아볼 때 당신 증조할머니가 계셨어요. 알리사에게 말할 작정이에요. 근데……."

"안 돼. 이 이야기는 절대 아무한테도 하지 마. 알았지?"

그레이슨이 내 말을 가로막았다.

나는 그를 빤히 쳐다보며 대답했다.

"이야기를 하지 말아야 할 것 같은 기분이 드네요."

"내 어머니는 할아버지의 유언장에 이의를 제기할 근거가 전혀 없어. 우리 이모도 그렇고. 하지만 토비 삼촌은? 삼촌은 살아 있다면 할아버지의 유언장을 파투 낼 수 있는 유일한 사람이라고."

법정 상속자로 자란 그레이슨은 호손 형제 중에서 이 상속 건을 가장 힘들게 받아들인 사람이었다.

"지금 그게 안 좋은 일인 것처럼 말하네요. 내 관점에서는 당연한 일이지만. 그쪽은……."

"내 어머니는 삼촌을 찾을 수 없어. 자라 이모도. '맥그라마, 오르테가 앤 존스'도 찾아낼 수 없어."

그레이슨의 표정은 진지했다. 이제 온전히 내게 집중하고 있었다.

제임슨과 나는 토비 아저씨의 미스터리에만 관심을 쏟았다. 잃어버린 상속자가 갑자기 산 채로 등장하면 어떤 일이 일어날지는 전혀 생각하지 않았다.

"그래도 좀 궁금하지 않아요? 이 상황이 어찌 된 일인지?"

"어찌 된 상황인지 알고 있어. 지금 어떤 상황인지 얘기하고 있잖아. 에이버리."

"만약 그쪽 삼촌이 상속에 관심이 있다면 지금쯤 나타났을 것 같지 않아요? 숨어 있을 이유만 없다면요."

"그럼 그냥 숨어 있게 놔둬. 넌 이 상황이 얼마나 위험한지 전혀 모르……."

그레이슨은 이야기를 채 마무리 짓지 못했다.

"약간의 위험도 없으면 사는 게 아니지, 안 그래, 형?"

엘리베이터 쪽으로 고개를 돌렸다. 엘리베이터가 오르내

리는지 전혀 몰랐는데 제임슨이 보였다. 그는 어슬렁어슬렁 그레이슨을 지나 내 옆자리에 앉았다.

"내기는 진척이 있어, 상속녀?"

나는 코웃음을 치며 대답했다.

"알고 싶어?"

히죽히죽 웃던 제임슨이 뭔가 얘기하려고 입을 열었지만 폭발 소리 때문에 아무 말도 들리지 않았다. 총성보다 훨씬 컸다. 공포가 혈관을 타고 흐르자 나도 모르게 바닥에 엎드렸다. 저격수는 어디 있지? 블랙우드랑 같다. 블랙우드와 똑같은 일이 벌어졌다.

"상속녀."

나는 꼼짝할 수 없었다. 숨도 쉴 수 없었다. 내 옆에 엎드린 제임슨이 보였다. 제임슨은 나와 눈높이를 맞추더니 두 손으로 내 얼굴을 감쌌다.

"불꽃놀이야, 그냥 불꽃놀이. 상속녀. 하프타임이잖아."

머리에는 그 말이 입력됐지만 몸이 말을 듣지 않았다. 제임슨은 블랙우드에서도 나와 함께 있었고, 자기 몸으로 나를 가렸다.

그레이슨이 제임슨과 나 사이로 무릎을 꿇었다.

"괜찮아, 에이버리. 어떤 것도 너를 해치게 놔두지 않을 거야."

정말 한참 동안 숨소리를 빼면 아무 소리도 들리지 않았다. 그레이슨과 제임슨, 나의 숨소리만 들렸다.

"그냥 불꽃놀이……."

나는 제임슨의 말을 반복했지만 가슴이 조였다.

그레이슨은 일어섰지만, 제임슨은 그 자세 그대로 누워 나를 마주 보았다. 그 표정은 부드럽게 느껴졌다. 난 침을 삼켰다. 그러자 제임슨은 심술궂은 미소를 지었다.

"참고로 상속녀, 난 내기에서 진전을 보이고 있어."

제임슨은 그렇게 말하며 손가락으로 내 턱을 쓸었다.

난 몸을 한 번 떨고 그를 노려보며 일어섰다. 제정신을 차리기 위해서라도 이 내기에서 이겨야 한다. 그것도 '빨리.'

5

월요일은 학교에 가는 날이다. 나는 부유한 데다가 '학생에 맞춰 일정을 관리해주는' 사립학교에 다니기 때문에 여유 시간이 무작위로 생기는 편이다. 나는 이렇게 생긴 여유 시간에 토비 호손의 모든 것을 알아내려고 기를 썼다.

이미 기본적인 것은 알고 있다. 토비는 토비아스 호손의 세 자식 중 막내이며 가장 사랑받는 자식이었다. 열아홉 살 무렵 토비는 친구 몇 명과 함께 섬으로 여행을 갔다. 오리곤 해안에 있는 호손 가족의 섬이었다. 그곳에 엄청난 화재와 폭풍이 일어났는데 그의 시신은 발견되지 않았다.

비극적인 그 일은 뉴스거리가 됐다. 나는 기사를 샅샅이 조사한 덕분에 무슨 일이 있었는지 세부 사항을 더 알아낼 수 있었다. 네 사람이 호손 아일랜드로 갔다. 그런데 살아서 돌아온 사람은 아무도 없었다. 발견된 시신은 세 구. 토비는 바다 폭풍에 휩쓸린 것으로 추정됐다.

다른 희생자들에 대해서도 더 많이 알아냈다. 두 사람은 토비와 거의 똑같았다. 사립학교 학생이고 상속자였다. 세 번째 인물은 케일리 루니다. 내 정보에 따르면 케일리는 본토에 딸린 작은 어촌 출신으로, 말썽꾸러기 십대였다. 이 소녀에게 범죄 기록이 있다고 언급한 기사도 몇 개 있었다. 일반적으로 소년원 기록은 쉽게 열람할 수 없도록 봉인된다. 몇 시간 후, 케일리 루니의 범죄 기록에 마약, 폭행, 방화가 있다고 주장하는 기사를 찾을 수 있었다. 물론 출처가 확실한 것은 아니었다.

당시 언론은 대놓고 주장하진 않았지만 '케일리 루니가 화재를 일으켰다'는 요지의 기사를 내놓았다. 전도유망한 세 청년과 말썽꾸러기 아가씨, 통제 불능의 파티, 그 모든 것이 화마에 휩싸였다. 언론은 때로는 암암리에, 때로는 노골적으로 소녀를 범인으로 몰았다. 소년들은 지역사회에서 칭송받는 명사이자 빛을 밝히는 가로등 같은 존재가 됐다.

콜린 앤더스 라이트, 데이비드 골딩, 토비아스 호손 2세. 장래가 무척 유망한 억만장자들이 너무 일찍 죽었다.

그럼 케일리 루니는? 케일리는 골칫거리였다.

휴대전화에서 윙 소리가 났다. 화면에 제임슨이 보낸 문자가 슬쩍 보였다. '내가 실마리를 잡았어.'

제임슨은 하이츠 컨트리 데이 고등학교 3학년이다. 광활한 이 학교 어딘가에 있을 것이다. 무슨 실마리지? 하지만 제임슨이 의기양양할까 봐 이런 의문을 바로 문자로 보내지 않았다. 결국 휴대전화에 그가 보낸 문자가 도착했다.

'네가 알고 있는 걸 알려줘'라는 마음으로 휴대전화를 바라봤다. 제임슨은 이런 문자를 보냈다.

'판돈 좀 올릴까?'

♟

하이츠 컨트리 데이의 식당은 다른 고등학교 식당과는 전혀 다르다. 크기가 방 한 개만 한 기다란 나무 탁자들이 놓여 있다. 초상화 여러 점이 걸린 벽과 높다랗게 아치를 이룬 천장, 스테인드글라스로 된 창문이 눈에 띈다. 나는 음식을 집어 들자마자 제임슨을 찾으려고 반사적으로 식당을 쭉 훑어봤다. 제임슨 대신 다른 호손이 보였다.

식탁에 앉아 있는 알렉산더 호손은 본인이 올려둔 기이

하게 생긴 기계 장치를 빤히 쳐다보고 있었다. 기계는 루빅스 큐브와 생김새가 약간 비슷했지만, 가늘고 기다란 기계는 회전할 수 있고 어떤 방향으로도 접혔다 펴지는 타일이 달려 있었다. 알렉산더 호손의 발명품이 분명했다. 예전에 알렉산더는 복잡한 기계와 스콘을 보면 정신이 팔린다고 얘기했었다.

손가락으로 타일 세 개를 만지작대는 알렉산더를 보고 있으니 이전 일이 떠올랐다. 형들이 할아버지가 낸 게임을 풀 때, 자신은 주로 할아버지와 스콘을 나눠 먹었다고 했다. '둘이 토비 얘기를 한 적이 있을까?' 알아내는 방법은 딱 하나뿐이다. 나는 식당을 가로질러 가서 알렉산더 옆에 앉았다. 하지만 알렉산더는 생각에 몰두한 나머지 알아차리지도 못했다. 그는 타일을 앞뒤로 비틀고 있었다.

"알렉산더?"

알렉산더가 내 쪽으로 고개를 돌리더니 눈을 깜박였다.

"에이버리! 정말 주관적으로 반갑고 예상 밖으로 놀라워!"

그는 오른손으로 기이한 기계의 맨 끝과 식탁 위에 놓인 공책을 두서없이 만졌다. 그리고 공책을 딱 닫아버렸다.

알렉산더 호손에게 뭔가 꿍꿍이가 있다는 생각이 들었다. 근데 그건 나도 그렇다.

"뭐 좀 물어봐도 돼?"

"네가 과자를 나눠준다면 생각해볼게."

나는 쟁반에 놓인 크루아상과 쿠키를 본 다음 쿠키를 알렉산더 쪽으로 밀면서 다시 물었다.

"너희 토비 삼촌에 대해 아는 것 좀 있어?"

"왜 알고 싶은데?" 알렉산더가 쿠키를 한 입 베어 물더니 얼굴을 찌푸렸다. "여기에 왜 말린 크랜베리가 들어간 거야? 어떤 괴물 같은 자식이 버터스카치 칩하고 말린 크랜베리를 같이 섞었지?"

"그냥 좀 궁금해서."

"넌 호기심이 어떤 결과를 불러오는지 알잖아. 호기심 때문에 레베카가 끝장났어!"

밝은 태도로 경고한 알렉산더는 남은 쿠키를 한입에 꿀꺽 삼키고 나서야 얼굴빛이 환해졌다.

나는 내 뒤에 있는 레베카 라플린을 빤히 쳐다보는 알렉산더의 눈을 따라갔다. 레베카는 식판을 들고서 주위를 둘러보고 있었다. 루비처럼 빨간 머리와 미간이 먼 두 눈이 마치 동화속 공주처럼 눈에 띄었다.

'분명 죄책감을 느끼고 있어.'

레베카는 내 속마음을 들은 것처럼 바로 눈을 돌렸다. 나를 바라보지 않으려는 그녀의 몸짓이 눈에 들어왔다.

"도움이 필요한 줄 알았어. 네가 뭔가……."

레베카는 머뭇거리며 알렉산더에게 말을 걸었다.

"'그것'을!"

알렉산더는 몸을 앞으로 기울이더니 그 말을 끊었다.

나는 두 눈을 가늘게 뜨면서 호손 가문의 막내 쪽으로 고개를 돌렸다. 알렉산더가 나를 본 순간 덮어버린 공책이 눈에 들어왔다.

"'그것'이 뭐야?" 내가 의심스럽게 물었다.

"난 먼저 갈게." 레베카가 내 뒤에서 얘기했다.

"너도 앉아서 크루아상에 대한 내 불평 좀 들어줘." 알렉산더가 레베카를 붙잡았다.

떠나려던 레베카는 잠시 뜸을 들이더니 알렉산더와 나 사이에 의자 하나를 남겨두고 앉았다. 레베카는 맑은 초록빛 눈동자로 나를 봤다가 눈을 내리깔아 시선을 피하며 이야기를 꺼냈다.

"에이버리. 너한테 사과하고 싶어."

레베카는 지난번에 나를 살해하려던 스카이 호손의 범죄를 덮었다고 고백했다.

"사과받고 싶은지 아닌지 나도 모르겠어."

내 목소리에 날이 섰다. 레베카가 평생 동생 에밀리의 그림자 속에 살았고, 동생의 죽음으로 본인이 망가졌고, 동생의 죽음에 병적인 책임감을 느낀 나머지 나를 죽이려던 스카이의 음모를 눈감아준 것을 머리로는 이해하고 있다. 하지만 마음 깊은 곳에서는 아니다. '난 죽을 수도 있었어.'

"너 혹시 그 일 때문에 작은 원한을 갖고 있는 건 아니지,
그렇지?"

테아 칼리가리스가 레베카가 남겨놓은 의자에 앉으며 물
었다.

"작은 원한이라고?"

내가 되물었다. 테아와 가깝게 지낸 적이 있었다. 그리고
그때 테아는 텍사스 사교 모임에 데뷔하는 나를 죽은 에밀
리처럼 꾸미려 했다고 인정했다.

"넌 지금 심리를 조작하려 하고 있어. 난 레베카 때문에
거의 죽을 뻔했다고!"

"내가 무슨 할 말이 있겠어? 우리가 좀 까다롭잖아."

테아는 손끝으로 레베카의 손을 더듬으며 말했다.

테아의 말과 행동에는 뭔가 의도적인 구석이 있었다. 레
베카는 테아를, 서로의 손을 응시했다. 그러더니 자기 손을
둥글게 말아 쥐고는 제 무릎 위에 올렸다.

테아는 3초 동안 레베카를 주시하더니 나를 바라봤다.

"게다가 난 지금이 '사적인' 점심시간인 줄 알았어."

레베카, 테아, 알렉산더. 내가 지난번에 확인한 바에 따
르면 이 세 사람은 원래 거의 말을 하지 않는 사이다. 알렉
산더의 말대로 비운의 사랑, 가짜 연애, 비극 같은 복잡한
이유가 있기 때문이다.

"내가 지금 뭘 놓친 것 같은데?"

나는 알렉산더에게 물었다.

알렉산더의 공책, 내가 토비 아저씨에 대해 묻자 재빨리 피하던 알렉산더의 행동, 레베카가 알렉산더를 도와주려고 했던 '그것', 그리고 이제 테아가 있다.

"응? 뭐야?"

나는 쿠키를 씹는 알렉산더를 재촉했다.

"금요일은 에밀리의 생일이야."

레베카가 난데없는 이야기를 꺼냈다. 목소리는 차분했지만 방금 한 말 때문에 식당의 공기가 사라지는 것 같았다.

"에밀리를 추모하는 기금 모금 행사가 있어. 알렉산더와 레베카 그리고 나는 이 '사적인' 점심시간에 몇 가지 계획을 정리할 생각이야."

테아는 나를 빤히 쳐다보며 말했다. 그 말을 믿을 수는 없었지만, 내가 자리를 비워줘야 한다는 확실한 신호였다.

6

알렉산더에게 말을 붙이려는 시도는 헛수고가 되고 말았다. 나는 화재 사건을 읽는 데 집중했다. 다음엔 뭐가 있을까? 이런저런 생각을 하면서 사물함이 있는 기다란 복도를 걸어갔다. 토비 아저씨를 아는 사람과 대화해야 해. 스카이는 뺄 이유가 분명히 있다. 자라도 믿을 수 없다. 그럼 누가 남을까? 내쉬? 내쉬는 토비 아저씨가 실종될 당시 다섯 살이었다. 호손 씨의 장모. 라플린 부부? 레베카의 조부모인 그들은 오랫동안 호손 하우스를 관리했다. 제임슨이 이야기를 나눈 사람이 누구지? 그가 말한 실마리는?

마음이 심란해진 나는 휴대전화를 꺼내 맥신에게 문자 한 통을 보냈다. 물론 답장을 기대하지는 않았다. 내가 엄청난 횡재를 얻은 후로 내 단짝 친구가 전자기기를 못 쓰게 됐기 때문이다. 게다가 언론의 관심 탓에 내 친구의 삶은 엉망이 됐다. 물론 내가 갑자기 유명해지는 바람에 맥신이 겪은 일에 죄책감을 느낀다. 하지만 맥신에게 문자를 보내면 외로움이 덜해졌다. 나는 맥신이 여기 있다면 내게 해줬을 말을 애써 상상했지만 가짜 욕과 죽지 말라는 엄명만 생각날 뿐이었다.

내가 사물함 앞에 서자, 복도를 걷는 어떤 여자아이의 작고 낮은 목소리가 들렸다.

"너 뉴스 봤어? 쟤네 아버지 말이야……."

나는 이를 갈면서 험담을 무시했다. 사물함을 열자, 나를 내려다보는 아빠의 사진 한 장이 보였다. 기사에서 오려낸 사진이 분명했다. 사진에 '난 그저 우리 딸과 이야기를 하고 싶어요'라는 표제가 달려 있었다.

뱃속 깊은 곳에서 화가 불같이 일었다. 자식을 버려놓고,

감히 언론에다가는 이야기하고 싶다고 한 아빠와 내 사물함 문짝에 이 기사를 붙인 누군가에 대한 분노였다. 나는 이런 짓을 한 사람이 모습을 드러낼지도 모른다는 생각이 들어서 주위를 둘러봤다. 하이츠 컨트리 데이의 목재 사물함에는 자물쇠가 없다. '우리 같은 사람은 남의 물건을 훔치지 않아.' 이런 의미를 전달하기 위해서다. 이런 엘리트 집단에 무슨 보안이 필요할까?

맥신이 말한 것처럼 '헛짓'이다. 누구라도 내 사물함에 접근할 수 있다. 하지만 복도에 있는 사람 중 지금 내 반응을 신경 쓰는 사람은 아무도 없다. 나는 사진을 찢어버렸다. 그 순간 사진을 붙인 사람이 누구든 이미 내 사물함 바닥을 빨간 종잇장으로 도배했다는 것을 알아챘다.

그냥 종이가 아니었다. 악플을 프린트한 것이다. 지난 3주 동안 나는 인터넷 악플을 피하려고 컴퓨터를 멀리했다. 내가 유산을 물려받았을 때, 오렌은 이런 말을 했었다. '어떤 사람들이 보기에 넌 신데렐라야. 하지만 다른 사람들에게 넌 마리 앙투아네트지.'

악플은 모두 대문자로 강조됐다. '누군가는 저 거만한 년에게 교훈을 줘야 해.' 그쯤에서 그만 읽었어야 했다. 하지만 그럴 수 없었다. 다른 종이를 들 때 손이 살짝 떨렸다. '이 잡년은 언제 죽을까?' 악플은 열 개가 넘었다. 그중에는 삽화도 있었다.

어떤 댓글러는 사진 한 장을 붙여두었다. 총으로 내 얼굴을 조준한 사진이었다.

"심심한 십대 한 명이 선을 넘은 게 확실해."

그날 오후 호손 하우스로 돌아가자 오렌이 얘기했다.

"하지만 그런 악플들은…… 진짜 위험하잖아요."

지금까지 내 머릿속에 선명히 새겨진 몇몇 위협이 떠올라서 숨을 삼켰다.

"네가 걱정할 일은 전혀 없어. 우리 팀이 계속 주시하고 있어. 모든 위협을 서류로 기록해서 평가했거든. 가장 나쁜 범죄자 백여 명 중에 주시할 만한 사람은 두세 명이 다야."

오렌이 장담했지만, 나는 오렌이 말한 숫자에 연연하지 않으려고 애를 쓰며 되물었다.

"주시라니 무슨 뜻이죠?"

"내가 잘못 안 게 아니라면 지금 오렌은 명단을 말하는 거야."

차분하게 가라앉은 목소리가 들렸다.

나는 몇 미터 떨어진 곳에 서 있는 그레이슨을 올려다봤다. 검은색 양복을 입은 그레이슨은 턱이 약간 긴장한 것을 제외하면 표정을 전혀 알 수 없었다.

"무슨 명단이요?"

나는 그레이슨의 턱선을 무시하려고 애를 쓰며 물었다.

"보여주고 싶죠? 아니면 내가 할까요?"

그레이슨은 차분한 목소리로 오렌에게 물었다.

♟

나는 호손 하우스가 백악관보다 안전한 곳이라고 들었고, 오렌의 부하들도 봐왔다. 배경 조사를 철저하게 받지 않으면 누구도 이 저택에 들어올 수 없고 대규모 감시 시스템도 있다. 하지만 객관적으로 아는 것과 직접 보는 것은 다르다. 감시실에는 모니터가 쭉 늘어서 있었다. 감시 카메라는 대부분 저택 주변과 출입구에 집중돼 있었다. 호손 하우스의 복도를 일일이 비추는 모니터는 몇 개에 불과했다.

"엘리."

오렌이 이름을 부르자, 모니터를 감시하던 경호원 한 명이 자리에서 일어났다. 군인처럼 짧은 머리를 한 이십대 청년 엘리의 얼굴에 흉터가 몇 개 있었다. 동공 주위가 호박색인 엘리의 파란 눈은 생기가 넘쳤다.

"에이버리, 이 친구는 엘리야. 내가 사물함 문제를 완전히 평가할 때까지 학교에서 이 친구가 널 그림자처럼 따라다닐 거다. 우리 팀에서 가장 나이가 어리니까 우리보단 학생들과 잘 섞일 거야."

엘리는 군인처럼 보였다. 경호원처럼 보이기도 했다. 그런 엘리가 내가 다니는 고등학교에 잘 섞일 리가 없었다.

"제 사물함을 걱정할 줄은 몰랐네요."

내 말에 경호팀장 오렌이 내 눈을 바라보며 대답했다.

"걱정하는 게 아니야."

어쨌든 오렌은 모험을 하진 않았다.

"네 사물함에 정확히 무슨 일이 있었지?"

그레이슨이 내 뒤로 다가오며 물었다.

그레이슨에게 다 털어놓고, 그가 전에 약속한 대로 날 보호해주었으면 하는 마음이 잠깐 들었다. 하지만 이건 그레이슨 호손과 전혀 상관없는 일이다.

"명단 어디 있어요?"

나는 이렇게 물으며 그에게서 멀어졌다. 그리고 여기로 오게 된 이야기를 다시 시작했다.

오렌이 엘리에게 고개를 끄덕이자 엘리는 내게 명단을 갖다주었다. 리처드 그램스. 제일 위에 적힌 이름이었다. 나는 얼굴을 찌푸렸지만 어쨌든 나머지 이름을 다 훑어보았다. 이름은 총 30개쯤 됐다.

"이 사람들이 누구예요?"

말을 꺼내는데 목이 답답했다.

"스토커들. 저택에 침입하려고 시도했던 사람들이야. 지나치게 열성적인 팬들도 있고." 오렌은 미간을 좁히며 이어 답했다. "스카이 호손도 있어."

나는 스카이 호손이 저택을 떠난 이유를 오렌이 알고 있다고 해석했다. 나는 그레이슨에게 비밀을 지키겠다고 약속했다. 하지만 이곳은 호손 하우스다. 여기 사는 사람들은 자신의 목적을 위해서라면 그런 것쯤 알아내는 건 문제도 아니다.

"에이버리와 할 말이 있는데 잠깐 자리 좀 비켜주실래요?"

그레이슨은 자신의 말이 부탁이라도 되는 것처럼 예의를 차리며 오렌에게 물었다. 오렌은 무심하게 내 쪽을 흘깃 보더니 눈썹을 찌푸리며 미심쩍은 표정을 지었다. 나는 오렌이 계속 자리를 지켜주기를 바랐지만 고개를 끄덕일 수밖에 없었다. 오렌과 부하 직원은 감시실 밖으로 나갔다. 나는 오렌이 스카이를 언급한 것 때문에 그레이슨이 추궁할 줄 알았다. 하지만 추궁 같은 것은 없었다.

그레이슨은 대신 이렇게 물었다.

"괜찮아? 이런 일 때문에 너무 힘들 것 같아."

"난 괜찮아요."

이렇게 대답했지만 그의 보호가 필요 없다고 말하기는 정말 힘들었다. 물론 나도 남은 평생을 경호받아야 한다는 것을 객관적으로 잘 알고 있다. 하지만 협박을 눈으로 보니 느낌이 달랐다.

"할아버지에게도 명단이 있었어. 이런 사람들에겐 늘 따라오는 일이야."

그레이슨이 차분하게 설명했다.

유명세에 따라오는 일이라고? 부자가 되면 따라오는?

"우리가 지난밤에 논의했던 상황 말이야. 이제 왜 그걸 놔둬야 하는지 알겠어?"

그레이슨은 토비를 직접 언급하지는 않았다.

"명단에 오른 사람 중 대다수는 네가 재산을 잃으면 너한테 흥미를 잃을 거야. '대부분'은 그렇지."

하지만 '전부'는 아니지. 나는 잠시 그레이슨을 빤히 쳐다봤다. 내 두 눈이 그의 얼굴에 오래 머물렀다. 내가 재산을 잃으면 경호원도 잃게 된다. 그레이슨은 내가 바로 그 점을 이해하기를 바란 것이다.

"나도 알아요."

나는 그레이슨으로부터 시선을 떼며 대답했다. 나는 어쨌든 살아남았다. 스스로를 보살필 수 있고 그에게 어떤 것도 바라지 않았다. 나는 이런 사실을 모두 잘 알고 있다.

나는 고개를 돌려 보안용 모니터를 응시했다. 눈을 사로잡는 영상이 있었다. 제임슨이다. 무슨 목적이 있는 것처럼 내가 아직 모르는 복도를 성큼성큼 걸어오고 있었다. 나는 모니터를 바라보는 티를 내지 않으려고 애를 썼다. '도대체

뭘 하려는 거야, 제임슨 호손?'

내 옆에 있던 그레이슨은 모니터가 아닌 나를 바라봤다.

"에이버리?"

그의 목소리에 머뭇거림이 묻어났다. 그레이슨 데번포트 호손, 법정 추정상속인이었던 그가 주저할 수도 있다니 믿기지 않았다.

"난 괜찮아요."

난 대답하며 모니터를 다시 슬쩍 바라봤다. 잠시 후 영상이 다른 복도를 비췄다. 이번에는 제임슨처럼 어떤 목적을 갖고 걸어오는 알렉산더가 보였다. 알렉산더는 손에 뭔가를 들고 있었다.

'양손 망치? 쟤가 왜 저걸…….'

나는 알렉산더가 어디 있는지 알아차렸다. 어디로 가는지 정확히 알아차린 순간 의문이 머릿속에서 빠져나갔다. 나도 제임슨처럼 판돈을 올릴 것이다.

7

토비아스 호손은 아들의 실종과 죽음을 예상한 어떤 시점부터 벽을 세워 토비가 살던 건물을 분리했다. 벽돌로 덮인 벽 뒤에 문이 있다.

"미안하지만 이제 가야겠어요."

그레이슨에게 양해를 구했다. 나도 그레이슨이 토비 문제를 놔두라고 한 이유를 잘 알고 있다. 그의 말이 틀리진 않았을 것이다. 하지만 아직은 '때'가 아니다.

내가 자리를 떠도 오렌과 부하들은 따라오지 않았다. 목록과 관련된 협박은 외부적인 것이다. 즉, 나는 그림자 같은 경호원 없이도 토비의 건물로 갈 수 있다는 뜻이다. 그곳에 도착하자 커다란 양손 망치를 어깨에 걸친 알렉산더가 보였다. 알렉산더는 나를 곁눈질하며 경고했다.

"이 망치에 관심 꺼!"

"네가 뭘 하려는지 나도 알아."

"신께서 이 망치를 이 푸른 세상에 두신 이유는 무엇인고 하니……."

알렉산더는 엄숙한 목소리로 말했다.

"난 알아."

충분히 이해시키기 위해 다시 반복해서 말했다.

알렉산더는 망치 끝부분을 땅바닥에 내려놓았다. 갈색 눈이 나를 빤히 쳐다보더니 물었다.

"네가 안다고 생각하는 게 뭔데?"

나는 뜸을 들이고 나서 대답했다.

"내가 토비 아저씨에 대해 물어봤을 때 네가 대답하기 싫어한 걸 알아. 너와 레베카, 테아가 오늘 점심때 어떤 일을 꾸미려고 했는지 안다고. 그리고……."

나는 지금 이곳에서 진짜 우위에 설 만한 말을 하기로 마음먹었다.

"네 삼촌이 살아 있는 걸 안다고."

알렉산더가 눈을 깜박였다. 알렉산더의 엄청난 뇌가 광속으로 움직이는 듯했다.

"할아버지가 네 편지에 뭐라고 썼는데?"

"아무것도 없어. 너한테는 뭐라고 했어?"

토비아스 호손은 마지막 퍼즐이 끝나갈 때 우리 모두에게 편지 한 통씩을 남겼다.

알렉산더가 대답하기도 전에 제임슨이 느릿느릿 걸어서 우리 쪽으로 다가왔다.

"파티라도 하나 봐. 같이할까?"

제임슨이 망치를 잡으려고 손을 뻗으며 물었다.

"내 거야." 알렉산더가 망치를 들며 대답했다.

"망치, 아니면 벽 뒤에 있는 그거?" 제임슨이 거만하게 물었다.

"둘 다."

이를 악문 알렉산더의 목소리는 여태 들은 것 중에 가장 심각하게 들렸다. 알렉산더는 호손 형제 중 막내로 경쟁심이 가장 약한 편이다. 그런데 할아버지의 마지막 게임에 알렉산더가 있었다.

"그랬나? 고작 망치 때문에 몸싸움을 벌이자고?"

제임슨이 눈을 가늘게 뜨며 따졌다.

내가 보기에 대답을 들으려는 것 같지는 않았다. 어떤 몸싸움이든 벌어지기 전에 내가 끼어들었다.

"알렉산더, 네 삼촌과 나는 아는 사이였어. 난 엄마가 돌아가신 직후에 토비 아저씨를 만났어."

알렉산더는 살짝 놀란 눈으로 나를 빤히 쳐다봤다.

"진즉에 알아봤어야 했어."

"뭘 알아봐?"

"넌 '저들'이 벌이는 게임의 일부가 아니야. 당연히 아니지. 그 노인네의 머리는 그런 식으로 돌아가지 않아. 할아버지는 저들 때문에 널 선택한 게 아니야."

'저들'은 그레이슨과 제임슨이다. 저들의 게임은 이미 우리가 해결했다.

"그분은 너한테도 게임을 남겼지."

나는 천천히 말했다. 납득할 수 있는 유일한 사실이었다. 예전에 내쉬는 할아버지는 게임 참가자로 나를 선택할 의도가 거의 없다고 주의를 준 적이 있었다.

나는 유리 발레리나 조각상이거나 칼이다. 퍼즐 조각이며 '도구'일 뿐이다. 나는 눈을 가늘게 뜨며 알렉산더를 바라봤다.

"네가 아는 것을 말하든가, 아니면 망치를 줘."

나는 노인의 의도가 무엇이든 결코 이용당하려고 여기 온 게 아니다.

"할 얘기도 별로 없어! 나한테 편지 한 통을 남겼는데 고집쟁이에 잘생기지도 못한 형들을 게임이 끝날 때까지 이 끌어줘서 축하한다는 편지였어. 할아버지는 편지에 토비아스 호손이라는 서명을 남겼어. 미들네임은 없더라고. 근데 물속에 편지를 담그니까 토비아스 호손 2세라는 서명이 나타났어."

알렉산더는 유쾌하게 대답했다.

'토비를 찾아라.' 할아버지가 막내 손자에게 맡긴 일이다. 그렇다면 할아버지가 알렉산더에게 남긴 유일한 진짜 단서가 바로 나일 가능성이 충분하다. '새 열두 마리를 맞힐 돌멩이 하나.'

"할아버지는 토비 삼촌의 생존을 알고 있었어." 제임슨이 중얼거렸다.

토비아스 호손이 알고 있었다. 뜻밖의 사실을 듣자 온몸에 전율이 일었다.

"만약 우리가 토비 삼촌이 마지막으로 지낸 곳을 알아낸다면, 망치는 필요 없을지도 몰라. 난 원래 삼촌의 방을 뒤져서 어떤 단서가 나오는지 보려고 했거든. 하지만……."

알렉산더가 생각에 잠기며 말했다.

나는 고개를 저으며 이야기를 꺼냈다.

"토비 아저씨를 어떻게 찾아야 할지 전혀 모르겠어. 실은 유산을 받은 직후에 토비 아저씨에게 돈을 전해달라고 알리사에게 부탁했거든. 아저씨가 누군지도 모를 때였어. 못 찾았대. 아저씨한테 벌써 무슨 일이 일어났나 봐."

"흥미롭네."

제임슨은 고개를 옆으로 기울이며 말했다.

"토비 아저씨 건물이 네가 일전에 말한 실마리야?"

"그럴지도 모르지. 아닐 수도 있고."

내가 묻자 제임슨은 씩 웃으며 대답했다.

"농담을 방해할 생각은 전혀 없어. 근데 이건 '내가' 잡은 실마리야. 그리고 이건 내 양손 망치야."

그러면서 알렉산더는 커다란 망치를 어깨에 걸쳐 멨다.

벽을 빤히 보고 있노라니 그 너머에 무엇이 있는지 궁금해졌다.

"정말 확실한 거야?"

알렉산더는 숨을 깊이 들이쉬더니 내게 대답했다.

"완전 확실해."

8

벽은 바로 무너졌다. 원래 무너뜨릴 용도로 지은 것은 아닌지 의아할 정도로 쉽게 허물어졌다. 토비아스 호손은 쇠망치를 든 사람이 나타나 자신이 세운 장벽을 무너뜨리기를 얼마나 기다렸을까? 질문을 던질 사람이 나타나기를 얼마나 기다렸을까?

아들을 찾아줄 사람을 얼마나 기다렸을까?

나는 무너진 벽 사이로 들어가면서 노인이 어떤 생각을 했을지 애써 상상했다. 왜 그분은 직접 토비 아저씨를 찾지 않았지? 왜 본인이 직접 아들을 데려오지 않았을까?

나는 기다란 현관 입구를 바라봤다. 하얀 대리석 타일로 된 바닥이 눈에 들어왔다. 온통 거울로 만든 벽을 보자 유령의 집에 들어선 것 같은 기분이었다. 잔뜩 긴장해 느릿느릿 복도로 들어서며 주위를 잘 살폈다. 서재와 응접실과 공부방이 보였다. 복도 끝에 거의 내 침실만 한 크기의 침실 하나가 보였다. 옷장에 걸려 있는 옷도 눈에 띄었다.

엄청나게 큰 샤워기 옆 받침대에 수건 한 장이 욕실에 걸려 있었다.

"이곳이 벽에 갇힌 지 얼마나 됐을까?"

내가 물었지만 두 형제는 다른 방에 있었다. 사실 걔들의 대답이 필요한 것도 아니다. 20년. 옷장 속 옷들은 토비 아저씨가 '죽은' 여름부터 쭉 걸려 있던 것들이다.

욕실에서 나오자 킹사이즈 침대 밑으로 쑥 삐져나온 알렉산더의 다리가 보였다. 제임슨은 두 손으로 장식장 위를 만지고 있었다. 잠시 후 장식장 위가 뚜껑처럼 툭 튀어 오르는 것을 보니 걸쇠나 지렛대를 찾은 게 분명했다.

"토비 삼촌은 밀수품을 무척 좋아했나 봐."

제임슨이 잠깐 언급했다. 나는 장식장을 더 자세히 보려고 서랍장 위로 올라갔다. 여행용 크기의 술병이 꽉 들어찬 기다랗고 얇은 칸 하나가 보였다.

"내가 헐거운 바닥 패널을 찾았어!"

알렉산더가 침대 밑에서 소리를 질렀다. 곧 알렉산더는 알약과 가루가 잔뜩 들어 있는 비닐봉지 하나를 들고 다시 나타났다.

♟

토비의 거처에는 속이 파인 책, 가짜 서랍, 비밀 옷장처럼 비밀 공간이 아주 많았다. 공부방의 비밀 통로는 입구의 통로를 지나면 다시 돌아올 수 있었다. 비밀 통로에서 보면 현관에 늘어선 거울이 쌍방향으로 놓여 있다는 것을 알 수 있었다. 비밀 통로에 서자 대리석 바닥에 엎드려 타일을 하나씩 살펴보는 제임슨이 보였다.

나는 한참 동안 제임슨을 쳐다보다가 다시 서재로 돌아갔다. 알렉산더와 나는 비밀 공간 속에 들어 있는 수백 권의 책을 훑어봤다.

만화책부터 그리스 철학, 공포, 법률에 이르기까지 열아홉 살 무렵의 토비는 기호가 무척 다양했다. 내장형 책꽂이 중 책이 없는 칸이 딱 하나 있었다. 그 칸에 20센티미터 크기의 시계 하나가 있었다. 시계는 책꽂이에 딱 붙은 상태였다. 나는 잠깐 시계를 살펴봤다. '초침이 돌아가지 않네.' 나는 시계가 선반에 얼마나 꽉 붙어 있는지도 확인했다.

시계는 꿈쩍도 하지 않았다.

그 자리를 떠나려는 순간, 어떤 본능 때문인지 그냥 나갈 수 없었다. 나는 책꽂이에 있는 시계를 비틀었다. 시계가 돌아가더니 헐거워지고, 문자판이 벽에서 떨어져 나왔다. 시계 안에는 톱니바퀴나 전자장치 대신 판지로 된 둥글납작한 물체가 있었다. 자세히 보니 중심이 같은 동심원 모양의 판지 두 장이었다. 판지 중심에는 못이 박혀 있었고 각각의 칸마다 글자가 붙어 있었다.

알렉산더가 원반을 더 잘 보려고 내 옆에 딱 붙어 서서 말했다.

"수제 암호 원반이네. 바깥쪽 원반의 A를 작은 원반의 A에 맞추면 어떻게 될까? 다른 글자들을 맞추려면 원반 중 한 개를 비틀면 돼. 그러면 간단한 환자 암호가 만들어져."

토비는 할아버지의 게임을 갖고 놀던 조카들처럼 자란 것이 분명했다. '저랑 게임하고 있나요, 해리 아저씨?'

"잠깐. 저 소리 들려?"

알렉산더가 갑자기 자세를 바로잡으며 얘기했다.

나는 귀를 기울였지만 아무 소리도 들리지 않았다.

"무슨 소리?"

알렉산더는 검지로 내 쪽을 가리키며 말했다.

"바로 저 소리."

그리고 바로 자리를 떴다. 나는 암호 원반을 주름치마의 허리끈 속에 쑤셔 넣고 그를 따라갔다. 현관에 있던 제임슨은 대리석 타일을 제자리에 가만히 내려놓고 있었다.

뭔가를 발견한 게 분명하지만 동생이나 나에게 알려줄 생각은 전혀 없어 보였다.

"아하! 어쩐지 너무 조용한 것 같았어."

의기양양하게 떠든 알렉산더는 제임슨 쪽으로 성큼성큼 걸어가더니 옆에 쭈그려 앉았다. 제임슨이 방금 내려놓은 타일을 꾹 눌렀다. 툭 소리가 나더니 타일이 마치 스프링 위에 있던 것처럼 빠져나왔다.

나에게 윙크하는 제임슨을 노려보며 나는 알렉산더 옆에 무릎을 꿇고 앉았다. 타일 밑에 금속으로 된 작은 공간이 있었다. 그 안은 텅 비어 있었다. 대신 금속 바닥에 새겨진 글이 보였다. 한 편의 시였다.

"나는 친구한테 화가 났지. 그것을 말했더니 분노가 사라졌지."

나는 큰 소리로 시를 읽었다. 흘낏 위를 보자 자리에서 일어나 다른 데로 가는 제임슨이 보였다. 하지만 알렉산더의 두 눈은 내가 읽는 시에 고정됐다.

"나는 적에게 화가 났지. 그것을 말하지 않았더니 분노가 자라기 시작했지."

시를 읽은 후 몇 초가 지나도록 여운이 남았다. 알렉산더가 급히 휴대전화를 꺼내더니 잠시 후 말했다.

"윌리엄 블레이크야."

"누구?"

나는 제임슨을 흘낏 돌아보며 물었다. 몸을 돌린 제임슨이 서성거리며 우리 쪽으로 왔다. 자리를 뜬 줄 알았는데 사실은 생각에 잠겨 움직였던 모양이다.

"윌리엄 블레이크. 18세기 시인이야. 자라 이모가 제일 좋아하는 시인이지."

제임슨의 목소리가 허공에 울렸고 말과 걸음걸이에 혼란스러운 활기가 생겼다.

새겨진 글을 찬찬히 속으로 읽었다. '분노'라는 단어가 바로 눈에 띄었다. 토비의 방에서 발견한 술과 약물을 곰곰이 생각했다. 호손 아일랜드의 화재와 토비가 전도유망한 청년이라고 칭찬한 언론도 곰곰이 생각했다.

"그분은 뭐 때문에 화가 났어? 말로 할 수 없는 거겠지?"

내가 그렇게 이야기를 꺼냈다.

"그럴 수도 있지. 아닐 수도 있고."

생각에 잠긴 제임슨이 대답했다.

알렉산더가 휴대전화를 내게 건네며 말했다.

"여기 전체 시가 실렸어."

나는 제목을 읽었다. 윌리엄 블레이크의 '독나무'.

"간단히 줄여서 얘기하면. 시인은 분노를 숨기고 살았어. 그 분노가 자라서 나무가 됐지. 나무는 독이 든 열매를 맺었어. 그의 적은 이 열매를 먹었고, 결국 시체가 되어서 이야기는 끝이 나. 귀에 쏙 들어오는 내용이지."

알렉산더가 시를 요약했다.

'시체'라고? 호손 아일랜드의 화재로 시체 세 구가 발견됐다. 거기까지 생각이 미쳤다. 그해 여름 토비 아저씨는 도대체 뭐 때문에 그렇게 화가 났을까?

넘겨짚지 말자. 이 시에 어떤 의미가 있는지 나는 모른다. 열아홉 살짜리 청년이 왜 비밀 공간에 이런 글을 새겼는지 전혀 모른다. 이 글을 새긴 사람이 토비인지, 아니면 토비아스 호손인지도 알 수 없다. 우리는 그저 아들이 실종된 후, 노인이 문에 벽을 쌓은 것만 알 뿐이다.

"애들이 지금 대체 여기서 뭘 하는 거야?"

누군가의 목구멍에서 억지로 빼낸 것 같은 호통 소리가 들렸다. 문간 쪽으로 확 고개를 돌리자 무너진 벽돌이 쌓인 건너편에 라플린 씨가 서 있는 게 보였다. 지치고 늙어 보이는 라플린 씨는 기분이 상한 것 같았다.

"우리가 발견한 것을 다시 되돌려놓……."

알렉산더가 밝게 대꾸했지만, 저택 관리인 라플린 씨 때문에 말을 다 마칠 수 없었다. 라플린 씨는 벽돌 틈으로 들어오더니 손가락으로 우리를 가리키며 명령했다.

"나가."

9

그날 밤 나는 침대에 누워, 윌리엄 블레이크의 시를 곰곰이 생각하며 암호 원반을 빤히 쳐다봤다. 작은 원반을 돌리자 암호가 차례로 만들어졌다. '토비는 이걸로 뭘 하려고 했던 걸까?' 답은 나오지 않았지만 결국 잠이 쏟아졌다. 다음 날 아침, 잠에서 깨었을 때도 머릿속에서 '독나무'가 떠나지 않았다. '나는 친구에게 화가 났어. 그것을 말했더니 화가 사라졌어. 난 적에게 화가 났어. 그것을 말하지 않았더니 분노가 자라기 시작했어.'

똑똑 문을 두드리는 소리에 생각이 멈췄다. 리비 언니였다. 여태 해골 무늬에 리본이 달린 잠옷을 입고 있었다.

"언니, 무슨 일이야?"

"그냥 학교 갈 준비가 됐는지 확인하려고."

그 말에 나는 언니를 응시했다. 리비 언니는 내 법정 후

견인이 된 이후 내가 학교에 가는 걸 신경 쓴 적이 단 한 번 도 없었다.

"진짜?"

언니는 잠시 머뭇거리며 오른손 엄지로 매니큐어를 진하 게 칠한 왼손을 깨작깨작 만졌다. 언니 입에서 이내 말문이 터져 나왔다.

"아빠가 일부러 인터뷰한 게 아니라는 걸 알잖아. 그치? 에이버리, 아빠 말을 건 사람이 기자인지 전혀 몰랐어."

리비 언니는 내가 유산을 받았다는 뉴스가 언론에 실렸 을 즈음부터 아빠와 다시 연락을 주고받기 시작했다. 리비 언니가 아빠에게 다시 기회를 주고 싶다면 그건 언니 소관 이다. 하지만 언니를 중재자로 이용할 수는 없다.

"그 사람은 돈을 바라는 거야. 그치만 난 한 푼도 주지 않 을 거야."

나는 딱 잘라서 얘기했다.

"나도 바보는 아니야. 에이버리, 아빠 편을 드는 게 아니 라고."

리비 언니는 분명히 그 사람 편을 들고 있다. 하지만 나 는 그를 편들고 싶은 마음이 전혀 없다.

"언니, 나 학교 갈 준비해야 해."

나의 아침 루틴이 예전보다 다섯 배나 길어졌다. 이제 팀으로 구성된 스타일리스트와 홍보 담당자가 생기자 '미모'가 덤으로 따라왔다. 천연 성분의 화장품을 여덟 가지나 바르니 아침 먹을 시간이 전혀 없었다. 나는 '셰프의 주방'과 헷갈릴 만큼 호사스러운 주방으로 달려갔다. 바나나 한 개를 집어 드는데 오븐 문이 꽝 닫히는 소리가 났다.

라플린 부인은 몸을 바로 세우더니 앞치마로 손을 닦았다. 나를 향한 부드러운 갈색 눈이 가늘어졌다.

"뭘 도와줄까?"

"바나나? 그러니까…… 바나나를 가져가도 되느냐고 물으려고 했어요."

부인의 얼굴에 떠오른 뭔지 모를 감정을 보고 있자니 완벽한 문장으로 말하기 힘들었다. 나는 아직도 직원을 부리는 게 익숙하지 않았다.

"아침 식사가 너무 과하니?"

라플린 부인이 딱딱하게 물었다.

"아니요. 그냥. 학교에 늦어서요. 그래서……."

나는 재빨리 대답했고, 라플린 부인은 다른 오븐에 든 음식을 확인했다. 내가 듣기로 라플린 부부는 이 저택을 수십 년 동안 돌본 사람들이다. 내가 유산을 물려받았을 때 이들

부부는 달가워하지 않았지만 시계처럼 일을 계속했다.

라플린 부인은 과일 바구니 쪽으로 고개를 끄덕였다.

"뭐든 갖고 가렴. 너희 같은 애들은 원래 그러잖아."

'나 같은 애들이라고?' 화를 내려다 꾹 참았다. 왠지 모르지만 내가 잘못한 것 같았다. 나는 부인과 사이가 틀어지고 싶은 마음이 전혀 없었다.

"어제 라플린 씨와 있었던 일 때문이라면⋯⋯."

나는 토비의 건물에서 우리를 몰아낸 라플린 씨를 떠올리며 얘기했다.

"그 일 때문에 그러는 게 아니야." 라플린 부인은 다시 한 번 앞치마로 손을 닦더니 이번에는 더 딱딱하게 얘기했다. "정말 나빴어. 가여운 노부인에게 그런 짓을 하다니."

노부인? 내게 토비의 사진을 보여준 사람은 바로 손자들의 증조할머니였다. 토비 아저씨가 누군지 알아볼 때 그분이 있었다. 나는 한숨을 내쉬며 천천히 설명했다.

"제게 토비 아저씨 얘기를 한 사람은 바로 그분이에요."

이 비밀을 비밀로 남겨두라고 한 그레이슨의 경고를 곰곰이 생각했다.

이제 알렉산더도 알게 됐다. 라플린 부인도. 분명 부인의 남편도 알고 있을 것이다.

"부끄러운 줄 알아야 해. 노부인을 그런 식으로 갖고 놀다니. 게다가 토비의 건물로 애들을 끌어들여서 무슨 짓을 하려고 했어? 무슨 짓인지 몰라도 정말 잔인해."

라플린 부인은 사납게 얘기했다.

"잔인하다고요?"

나는 부인의 말을 따라 했다. 라플린 부인은 내가 거짓말한다고 생각하는 게 분명했다.

"토비는, 그 앤 죽었어. 집안사람들 모두가 죽은 토비를 애도했지. 난 친자식처럼 그 애를 사랑했어."

라플린 부인은 눈을 감으며 이야기를 계속했다.

"넌 노부인을 고문했어. 토비가 살아 있다고 얘기하고, 그 애 물건을 마구 파헤쳤잖니. 네가 이런 짓을 꾸며내지 않아도 이 집안사람들은 이미 충분히 괴롭지 않겠니?"

"거짓말이 아니에요. 그런 짓은 안 한다고요."

나는 속이 울렁거리는 것 같았다.

라플린 부인은 입술을 오므렸다. 하고 싶은 말을 참는 게 확실했다. 부인은 대신 거친 태도로 내게 바나나를 건넸다.

"학교 가야지."

10

오렌이 약속한 대로 엘리는 학교에서 쭉 내 옆에 붙어 다녔다. 경호팀장 오렌은 엘리가 '섞일 것'이라고 장담했지만 경호원 딸린 열일곱 살짜리 여자아이를 배려하는 사려 깊은 마음은 전혀 없었다.

미국학(미국 연구), 명상 철학, 미적분, 의미화. 오늘 수업을 다 듣는 동안 같이 수업을 듣는 아이들은 나를 쳐다보지 않았다. 아주 눈에 띌 정도로 쳐다보지 않았다. 그래서 기분이 더 나빴다. 물리학 시험을 마치자 나는 인터넷 댓글러와 사물함 파손 문제를 직접 처리할 준비가 됐다.

"현관에서 기다려줄래요?" 나는 엘리에게 부탁했다.

"내가 잘리고 싶다면, 그렇게 하죠." 엘리는 투지를 불태우며 대답했다.

나는 오렌이 이렇게까지 일을 벌인 게 사물함 사건 때문인지 아니면 아빠가 시내에 머물며 소란을 피워서인지 궁금했지만, 이런 생각을 몰아내려고 애를 쓰면서 내 자리에 털썩 앉았다. 보통 때 같으면 우리 고등학교의 물리 실험실이 나사의 실험실과 같다고 감탄했을 것이다. 하지만 오늘은 머릿속에 다른 것들이 차 있다.

수업이 시작되기 직전 테아가 내 실험실 테이블에 앉았다. 테아는 엘리를 살살이 쳐다본 후 다시 내게로 고개를 돌리더니 "나쁘지 않네"라고 중얼거렸다.

내 인생은 말 그대로 삼류 잡지가 됐다. 그나마 테아 칼리가리스는 내 경호원이 섹시하다고 생각하는 모양이다.

"원하는 게 뭐야?"

나는 낮은 목소리로 테아에게 물었다.

"내게 허락되지 않은 것들, 내가 가질 수 없는 것들, 내가 말하는 건 모두 가질 수 없는 것들이야."

"나한테 원하는 게 뭐냐고!"

나는 엘리 말고 다른 사람들이 엿듣는 것을 피하려고 계속 목소리를 낮췄다.

테아가 대답하려는데 수업이 시작됐다. 우리는 실험 과제를 받은 다음에 다시 이야기를 시작했다.

"레베카와 난 괴짜 알렉산더 선생이 물속에 편지를 담글 때 함께 있었어. 우린 새로 시작된 게임에 대해 다 알아."

가볍게 말을 마치는데 표정이 바뀌었다. 아주 잠깐 테아 칼리가리스가 연약해 보였다.

"정말 오랜만에 레베카의 정신이 돌아왔어."

"정신이 돌아와?"

나는 테아의 말을 따라 했다. 테아와 레베카가 사귀는 사이였다는 것은 알고 있다. 에밀리가 죽으면서 두 사람이 헤어지고, 레베카가 모든 것을 놔버렸다는 것도 안다.

그렇지만 내가 왜 자기들을 신경 쓸 것이라고 테아가 생각하는지 전혀 알 수 없었다.

"넌 레베카를 몰라. 에밀리가 죽는 바람에 그 애가 어떻게 됐는지. 걔가 이 일로 알렉산더를 돕는다면? 나는 걜 도울 거야. 그리고 네가 아는 그 사람을 우리도 안다는 걸 네가 알고 싶어 할 것 같은데."

'토비 아저씨를 말하는군.'

"우린 이미 이 일에 끼어들었어. 비밀은 꼭 지킬게."

"지금 협박하는 거야?"

"사실 협박의 반대야."

테아는 내가 자기를 믿든 말든 전혀 신경 쓰지 않는 것처럼 우아하게 어깨를 살짝 으쓱했다.

"알았어."

테아는 자라의 남편과 친인척 관계다. 내가 테아를 신뢰했다면 토비가 살아 있다는 것을 비밀로 하지 않았을 것이다. 그런데 테아를 좋아하지 않는 알렉산더가 테아에게 그 얘기를 하다니 도통 이해가 되지 않았다.

더 이상의 대화가 무의미하다는 생각이 들었다. 우선 실험 과제에 집중하고 전날 밤 토비의 방에서 찾아낸 것에 집중해야겠다. 암호 원반, 시. 그 방에 우리가 찾고 해독해야 할 것들이 더 있을까?

옆자리에 앉은 테아가 탁자 위에 태블릿을 올려놨다. 나는 태블릿을 슬쩍 봤다. 그 전날 '독나무'를 검색한 알렉산더와 같은 것을 검색했음을 알 수 있었다. 알렉산더가 이야기했겠지. 아마 레베카에게도 우리가 발견한 것을 분명 말했을 것이다.

'이 자식을 죽여버려야지.' 이를 가는데 테아가 검색한

'독나무 열매 원칙'이라는 것에 눈길이 갔다.

11

나는 학교에서 집으로 돌아온 후, 직접 조사했다. 불법적
으로 획득한 증거는 법정에서 인정할 수 없다는 법칙이 '독
나무 열매 원칙*이었다.

"너 무슨 생각을 하고 있네."

자동차 옆자리에 앉은 제임슨이 말을 꺼냈다. 내가 탄 방
탄 SUV에 제임슨과 알렉산더가 함께 탈 때가 있다. 둘 다
내 차를 안 탈 때도 있고 한 사람만 탈 때도 있다. 오늘은
알렉산더가 빠졌다.

"난 원래 생각이 많아."

"난 네 그런 점이 정말 좋아, 상속녀. 무슨 생각하는지 알
려줄래?"

제임슨은 분명 중요한 이야기를 사소한 이야기처럼 툭
내뱉는 버릇이 있다.

"계획을 누설하라고? 날 배신하고 너 혼자 먼저 가려
고?"

---

* 위법하게 수집된 1차 증거로 인해 발견된 2차 증거는 증거 능력을 인정하지 않는 원칙.
  독수독과이론이라고도 한다.

내가 쏘아붙여도 제임슨은 그저 씩 웃기만 했다. 반응을 끌어내려는 자극적이고 위험한 미소였다. 나는 아무런 반응도 보이지 않았다.

나는 호손 하우스에 도착하자마자 바로 내 건물로 갔다. 15분 정도 기다렸다가 벽난로 선반 위에 놓인 촛대를 손으로 잡아당겼다. 곧 걸쇠가 풀어지고, 두 손을 밑에 집어넣어 위로 들어 올릴 수 있을 만큼 석재 벽난로 뒤가 푹 튀어나왔다. 호손 저택에 위협이 있었을 때 오렌은 이 비밀 통로를 닫아버렸지만, 문제 해결 후에 다시 열렸다.

통로 안으로 들어가자 나를 기다리고 있는 제임슨이 보였다.

"여기서 보다니 반가워, 상속녀."

"넌 이 세상에서 가장 짜증 나는 인간이야."

제임슨의 입꼬리가 한쪽으로 올라갔다.

"내가 좀 그렇지. 토비 삼촌 건물로 가는 길이지?"

나는 거짓말로 속일 수도 있었다. 하지만 그가 알아차릴 게 분명했다. 게다가 시간을 낭비하고 싶지도 않았다.

"라플린 부부한테 걸리지 않도록 조심해."

"지금쯤은 알지 않아, 상속녀? 난 절대 걸리지 않아."

나는 깊은숨을 들이쉬며 벽돌 잔해를 밟고 곧장 토비 아저씨의 서재로 갔다. 손가락으로 책꽂이에 꽂힌 모든 책의 모서리를 살폈다.

지난번에는 비밀 공간에 들어 있는 책만 확인했었다.

"상속녀, 뭘 찾는지 얘기해줄래?"

그 전날, 만화책과 공포물, 그리스 철학, 법률에 이르기까지 토비 호손이 갖고 있던 책이 무척 다양하다는 것을 알아냈다. 나는 제임슨에게 한마디도 하지 않고 책꽂이에서 법률책 한 권을 뽑았다.

제임슨은 1분도 채 지나지 않아 이유를 알아냈다.

"독나무 열매라. 끝내주네."

그가 내 뒤에서 중얼거렸다.

나는 제임슨이 누구를 말하는지 알 수 없었다. 나일까 아니면 토비 아저씨일까.

책의 색인을 보고 독나무 열매 원칙을 바로 찾았다. 문제의 페이지를 찾자 심장이 마구 뛰었다.

몇몇 단어의 일부 글자는 알아볼 수 없었다. 표기법이 계속되는 페이지도 있었다. 선이 그어진 쉼표, 물음표 같은 구두점도 이따금 보였다. 나는 펜과 종이가 없어서 휴대전화로 한 글자 한 글자 공을 들여 입력했다.

그 결과 지금 당장은 의미를 알 수 없는 자음과 모음 배합이 여러 개 나왔다.

"너 무슨 생각하고 있지? 넌 지금 뭔가를 알고 있어."

제임슨이 잠시 나를 방해하며 이야기를 꺼냈다.

원래는 그 말을 부인하려고 했지만 한 가지 이유로 부인하지 않았다.

"어제 암호 원반을 발견했어. 그런데 중립 상태로 세팅했는데 암호를 모르겠어."

"숫자야. 우린 숫자가 필요해, 상속녀. 이 암호 원반 어디서 찾았어?"

나는 숨이 막혔지만 전날 분리했던 시계 쪽으로 걸어갔다. 시계를 돌린 후 문자판을 바라봤다. 시침은 12에서 분침은 5에서 멈춰 있었다.

"알파벳 다섯 번째 글자는 E, 열두 번째 글자는 L이고."

제임슨이 내 뒤에서 말했다.

나는 한마디도 하지 않고 암호 원반을 놔둔 내 방으로 달려갔다.

12

제임슨은 당연히 따라왔다. 나는 먼저 도착하는 것만 생각했다.

내 방으로 돌아온 후 책상 서랍에서 암호 원반을 꺼냈다. 바깥쪽 원반의 다섯 번째 글자와 안쪽 원반의 열두 번째 글자를 일치시켰다. E와 L. 내 옆에 있던 제임슨의 손이 원반에 닿자, 우리의 몸이 몹시 가까워졌다. 나는 메시지를 해독했다.

S-E-C-R-E-

첫 번째 단어를 읽는데 폐에서 숨이 훅 빠져나갔다. 암호 원반은 제 기능을 하고 있었다. '비밀(Secrets).' 암호 원반에서 나온 첫 번째 단어였다. '거짓말(Lies).'

옆에 있던 제임슨이 펜을 집었지만 내가 도로 빼앗았다.

"내 방이야. 내 펜이고, 내 암호 원반이야."

"엄밀히 따지면, 상속녀. 모두 네 거야. 이 방과 저 펜만 그런 게 아니야."

나는 그 말을 무시하고 전체 메시지가 해독될 때까지 글자를 바꿔나갔다. 나는 메시지에 간격과 줄 바꿈을 추가했다. 그러자 시 한 편이 나왔다.

토비 호손의 창작물이라는 추측이 들었다.

비밀, 거짓말

내가 경멸하는 것들이야

그 나무는 독이 있어,

모르겠어?

그 나무가 S와 Z와 나에게 독을 탔어

내가 훔친 증거는

가장 컴컴한 구멍 속에 있어

빛으로 모든 것이 드러날 거야

내가 써놓았지, 그……

고개를 들자 여전히 내 쪽으로 몸을 기울인 제임슨이 보였다. 서로의 얼굴이 딱 붙어서 내 뺨에 그의 숨이 느껴졌다. 나는 의자를 그쪽으로 밀며 일어서서 말했다.

"바로 이거야. 시는 이렇게 끝이 나."

제임슨은 큰 소리로 시를 읽었다.

"비밀, 거짓말, 내가 경멸하는 것들이야. 그 나무는 독이 있어, 모르겠어? 그것이 S와 Z와 나에게 독을 탔어."

그는 그 부분에서 잠시 멈추고 이야기를 이었다.

"S는 스카이, Z는 자라야."

"내가 훔친 증거는."

나는 다음 문장을 읽다가 잠깐 멈추었다.

"무슨 증거지?"

"가장 컴컴한 구멍 속에 있어. 빛으로 모든 것이 드러날 거야. 내가 써놓았지, 그……(Light shall reveal all, I writ upon the……)."

시를 읽던 제임슨의 목소리가 점점 작아졌다. 내 머릿속에서 뭔가 딸깍 소리를 내며 떠올랐다.

"단어 하나가 빠졌어. 그리고 라임은 '모든(all)'과 맞춰야 해." 내가 얘기했다.

잠시 후 제임슨이 움직이자 나도 움직였다. 우리는 복도와 복도를 지나 다시 토비의 건물로 갔다. 우리는 잠시 문 밖에 섰다. 제임슨이 나를 바라보며 문지방을 넘어갔다.

'빛으로 모든 것이 드러날 거야, 내가 써놓았지, 그……'

"벽(Wall)이야."

제임슨이 속삭였다. 내 머릿속에서 직접 단어를 뽑아낸 것 같았다. 나보다 그의 심장이 훨씬 더 빨리 뛰는 것을 알아차릴 만큼 제임슨의 숨소리가 몹시 거칠었다.

"어떤 벽?"

나는 제임슨 옆으로 다가서며 물었다.

제임슨은 천천히 몸을 돌렸다. 그는 내 질문에 대답하지 않았지만 나는 질문 하나를 더 던졌다.

"투명 잉크야?"

"너도 이제 호손 사람처럼 생각하네."

제임슨이 눈을 감으며 답했다. 나는 활기로 떨리는 그의 몸을 실제로 느낄 수 있었다. 내 몸도 그와 같았다.

"빛으로 모든 것이 드러날 거야."

내가 말하자 제임슨이 눈을 확 뜨더니 다시 몸을 돌렸다.

"상속녀, 자외선램프가 필요해."

13

알고 보니 자외선램프가 여러 개 필요했다. 호손 가족 중 자외선램프를 그만큼 가지고 있을 사람은 알렉산더밖에 없었다. 우리 셋은 자외선램프를 갖고 토비의 건물로 갔다. 머리 위의 등을 끄자 내 눈에 들어온 장면 때문에 무릎을 꿇을 뻔했다.

토비는 침실 벽에 메시지를 하나만 쓴 것이 아니었다. 건물 벽 전체에 수만 단어를 써놓았다. 벽에 일기를 쓴 것이다. 일고여덟 살 무렵부터 자기 건물 벽 전체에 전 생애를 기록해두었다.

내 옆에 선 제임슨과 알렉산더는 토비의 일기를 읽으며 침묵에 빠졌다. 일기는 우리가 발견한 약물과 해독한 메시지 '독나무'를 비롯해 지금까지 발견한 모든 것과 분위기가 잘 맞지 않았다. 토비는 '독나무'를 쓸 때는 분노로 속이 부글부글 끓었던 것 같지만, 어린 시절에는 알렉산더와 비슷했다. 어린 토비의 글은 고삐가 풀린 것 같은 활력이 있었다. 자신이 실시한 실험과 몇몇 실험이 폭발로 끝났다는 게 적혀 있었다. 누나들을 아주 좋아했다. 종일 호손 하우스의 벽 속으로 사라질 때도 있었다. 아버지를 숭배했다.

'뭐가 달라졌지?' 나는 더 빨리 토비의 일기를 읽으며 속으로 질문을 던졌다. 열두 살, 열세 살, 열네 살, 열다섯 살 무렵의 토비에 대해 속도를 내며 읽었다. 그가 열여섯 살 생일을 맞이한 직후, 모든 것이 바뀌었다.

모든 글에 한결같은 말이 들어갔다. '그들이 거짓말을 했다.'

거짓말이 무엇인지 글로 옮기는 데 몇 달 혹은 몇 년이 걸린 듯하다. 토비가 화가 난 이유를 고백한 대목에 이르자 온몸이 납덩이처럼 무겁게 느껴졌다.

"에이버리?"

알렉산더는 하던 일을 멈추고 고개를 돌려 나를 바라봤다. 제임슨은 광속으로 일기를 읽고 있었다. 나를 돌덩이처럼 굳게 한 비밀을 이미 읽은 게 분명했다. 하지만 그의 초집중력은 여전했다. 여전히 단서를 찾고 있었다. 나는 몸의 기능이 멈추는 것만 같았다.

"괜찮아, 챔피언?"

알렉산더가 다가와 물으면서 내 어깨에 손을 얹었다. 하지만 나는 아무것도 느껴지지 않았다.

나는 앞으로 나아갈 수 없었다. 한 단어도 더 읽어나갈 수 없었다. 토비 호손이 벽에 쓴 '거짓말' 때문이다. 시에서 언급한 '비밀'이 이것일까?

비밀과 거짓말은 그의 존재와 관련이 있었다. 나는 알렉산더를 돌아보며 입을 열었다.

"토비 아저씨는 입양됐어. 그런데 아무도 몰랐어. 토비 아저씨 본인은 물론이고 누나들도 몰랐어. 너희 조부모님이 임신을 가장했어. 토비 아저씨가 열여섯 살이 됐을 때 뭔가를 발견했는데, 증거야. 그게 뭔지는 나도 몰라."

나는 말을 멈출 수 없었다. 천천히 말할 수도 없었다.

"아무도 모르게 입양됐는데, 토비 아저씨는 그게 합법인지 확신이 서지 않았어."

"왜 입양을 비밀로 한 거지?"

알렉산더가 당황하며 물었다.

좋은 질문이었지만 답을 생각할 수 없었다. 토비 호손이 호손 가족과 생물학적으로 전혀 관련이 없다면 그가 가족의 DNA를 하나도 공유하지 않는다는 생각이 머릿속에 계속 머물렀기 때문이다.

그러면 토비의 자식도 호손 가족의 DNA를 가질 수 없다.

"토비 아저씨의 필체가……"

이 말을 꺼내는데 목이 멨다. 토비의 글씨는 사방에 있었다. 내가 찾던 것이 내 주변에 있다. 어린애처럼 휘갈겨 쓴 낙서가 다른 글씨체로 바뀐 것을 보는 순간, 내가 알아야 하는 어떤 사실을 알아차렸다.

토비 호손은 열두 살 아니면 열세 살이 될 무렵부터 특이

한 방식으로 글을 썼다. 정자체와 필기체가 확실히 섞여 있었다. 전에 본 적이 있는 필체였다.

'나에겐 비밀이 있어.' 돌아가시기 일주일 전부터 얘기해주던 엄마의 목소리가 들리는 것 같았다. '네가 태어난 날에 관한.'

14

그날 밤늦게 나는 토비아스 호손의 책상에 딸린 커다란 가죽 의자에 앉아 내 출생증명서를 빤히 쳐다보았다. 억만장자 토비아스 호손이 강조 표시를 한 서명을 쳐다봤다. 서명은 아빠 이름이지만 필체는 토비의 건물 벽에서 봤던 것과 같다.

장자체와 필기체가 섞인 독특한 필체다.

'토비 호손이 내 출생증명서에 서명했어.' 나는 이 말을 큰 소리로 떠들 수 없었다. 그저 아빠만 생각날 뿐이었다. 일곱 살 무렵 내게 상처를 주던 아빠가 지긋지긋했다. 하지만 여섯 살 무렵의 나는 아빠가 정말 멋진 사람인 줄 알았다. 그 사람은 시내에서 거침없이 나를 번쩍 들어서 뱅글뱅글 돌려주곤 했다. 나를 '우리 딸'이라고 부르며 주머니를 뒤져 선물을 건네곤 했다. 펜, 동전, 식당의 박하사탕 등 그게 무엇이든 나는 오래 간직했다.

그 사람이 준 보물은 죄다 쓰레기에 불과하다는 것을 깨닫는 데 몇 년이 걸렸다.

눈앞이 흐려졌다. 눈물을 참으려고 눈을 깜박이며 출생증명서의 서명을 뚫어지게 봤다. 이름은 리처드였지만 토비의 필체가 분명했다.

'네가 태어나던 날에 비밀이 있어.' 엄마의 목소리가 들리는 것 같았다. 엄마가 이 방에 있는 것처럼 분명하게 들렸다. '나에겐 비밀이 있어.' 이건 엄마와 자주 했던 게임 이름이기도 하다. 엄마는 내 비밀을 아주 잘 알아맞혔지만 나는 엄마의 비밀을 맞힌 적이 단 한 번도 없었다.

이제 그 비밀이 내 눈앞에 놓여 있다. 하이라이트를 칠한 비밀이.

"토비 호손이 내 출생증명서에 서명했어."

입 밖으로 꺼내니 마음이 몹시 아팠다. 해리 아저씨와 두던 모든 체스 게임을 기억하니 가슴이 정말 쓰라렸다.

아빠는 엄마가 죽었을 때 전화도 하지 않았다. 하지만 토비는 며칠 후 모습을 드러냈다. 만약 토비가 입양된 것이 사실이라면, 호손 가문과 생물학적인 관련이 전혀 없다면, 자라 부부가 실시한 DNA 검사는 아무 의미 없는 것이다. 토비아스 호손이 왜 자기 재산을 생면부지의 낯선 사람에게 남겼는지 그 의문에 대한 가장 간단한 해답을 더 이상

배제할 수 없게 됐다.

나는 절대 낯선 사람이 아니었다.

'해리' 아저씨는 엄마가 돌아가신 직후 왜 나를 찾아왔을
까? 텍사스의 억만장자가 엄마가 일하는 뉴잉글랜드의 식
당을 왜 찾아왔을까? 그때 나는 여섯 살이었다. 토비아스
호손은 왜 내게 재산을 남겼을까?

'나'의 아빠가 그의 아들이기 때문이야. 내 생일, 내 이름,
호손 형제들과 내가 풀어낸줄 알았던 모든 퍼즐은 제임슨
이 터널 속에서 한 이야기와 정확히 일치했다. 속임수였다.

나는 그 자리에 잠시도 머물 수 없어서 일어났다. 나는
오랫동안 아빠가 필요 없었다. 살면서 아무것도 기대하지
않는 법을 배웠다. 나는 더 이상 상처받지 않았다. 그런데
이제 나는 오직 그 생각만 한다. 그렇다. 해리 아저씨는 내
가 체스를 이길 때마다 나를 노려봤지만 눈은 반짝반짝 빛
이 났다. 그는 나를 공주님이나 '끔찍한 아이'라고 불렀고
나는 그를 '늙은 양반'이라고 불렀다.

숨을 쉬기가 힘들었다. 나는 사무실 발코니의 이중문을
박차고 밖으로 나와버렸다. 문은 도로 젖혀졌다.

"내 출생증명서에 이름을 쓴 사람은 토비 호손이야."

목소리가 목구멍에 걸렸지만 꼭 소리 내 말해야 했다. 내
귀로 들어야만 믿을 수 있었다. 나는 숨을 훅 들이쉬었다.
내 입으로 떠든 말의 논리적 결론을 받아들이려고 애를 썼

지만 쉽지 않았다.

입으로 뱉을 수 없을 뿐만 아니라 생각하기도 힘들었다.

발코니 아래 수영장에서 어떤 움직임이 눈에 띄었다. 그레이슨이다. 인정사정없이 엄청난 움직임으로 물살을 가르며 평영으로 헤엄치는 팔뚝이 보였다. 멀리 떨어져 있어도 피부를 당기는 근육의 힘이 보였다. 아무리 오래 봐도 속도가 달라지지 않았다.

그가 떨쳐내고 싶은 것이 있어서 수영을 한다는 생각이 들었다. 머릿속을 조용히 시키려고 그러는 것 같았다. 그레이슨이 수영하는 모습을 보자, 내 호흡이 편안해짐과 동시에 힘들어졌다. 어떻게 그런 일이 가능한지 정말 궁금했다.

마침내 그가 수영장 밖으로 나왔다. 그리고 육감의 지시라도 받은 것처럼 고개를 들었다. 내 쪽으로.

나는 그를 빤히 쳐다봤다. 우리 사이의 공간을 넘어. 하지만 그는 고개를 돌려버렸다.

나는 사람들이 멀어지는 데 익숙했다. 나는 그 무엇도, 그 누구도 바라지 않았다.

사무실 안으로 다시 들어온 나는 다시 내 출생증명서를 빤히 쳐다봤다.

사소한 일로 넘어갈 수 없다. 토비, 아니 해리 아저씨를 그냥 둘 수 없다. 아무리 그 사람이 내게 거짓말을 했어도. 그 사람 때문에 내가 차 안에서 살고, 그 사람에게 밥을 사주고, 그가 이 세상에서 가장 부유한 집안의 사람일지라도 그럴 수 없다.

'그 사람은 내 아빠야.' 잔인하게도 마침내 이 문장이 만들어졌다. 이 사실을 떨쳐낼 수 없었다. 모든 징조가 같은 결론을 가리킨다. 나는 큰 소리로 이 사실을 내뱉을 수밖에 없었다.

"토비 호손은 내 아빠야."

그런데 그 사람은 왜 내게 사실을 말하지 않았을까? 그 사람은 지금 어디에 있을까?

해답이 필요하다. 이 사실은 또 다른 퍼즐이거나 풀어야 할 미스터리가 아니었다. 이건 게임이 아니었다. 나에겐 게임이 될 수 없었다.

이제 더 이상 게임이 될 수 없다.

15

"우리 얘기 좀 해."

기록보관소(사립학교 도서관)에 숨어 있는 나를 찾아낸 건 제임슨이었다. 여태 그는 교내에서 나와 거리를 유지하며 지냈다. 지금 엘리 말고 우리 주변에는 아무도 없다.

"미적분 숙제를 마쳐야 해."

나는 그를 바로 보지 않으며 대답했다. 거리가 필요했다.
생각할 시간도 필요했다.

"오늘은 E 데이야. 넌 오늘 자유시간이 정말 많아."

하이츠 컨트리 데이의 모듈러 스케줄링(학생 맞춤 시간표)
은 너무 복잡해서 나도 내 스케줄을 잘 기억하지 못했다.
그런데 제임슨은 내 스케줄을 꿰고 있는 게 분명했다.

"나 바빠."

나는 제임슨이 옆에 있을 때마다 느껴지는 감정 때문에
짜증이 났다. 자신의 존재를 느끼길 바라는 제임슨 때문에
도 짜증이 났다.

제임슨은 의자에 앉은 채 몸을 뒤로 젖히더니 의자 뒷다
리 두 개로만 균형을 유지했다. 그러다 갑자기 의자의 앞다
리를 내려놓으며 내 귀에 대고 속삭였다.

"토비 호손이 네 아버지야."

♟

나는 제임슨을 따라 나갔다. 제임슨의 속삭임을 듣지 못
한 엘리가 따라왔다. 우리는 본관 밖 광장을 지나 아트 센
터로 가는 돌길을 걸었다. 제임슨은 성큼성큼 걸어 스튜디
오들을 지나갔다. 마침내 우리는 블랙박스 극장(검은색 벽과
검은색 마루 그리고 검은색 천장에 달린 무대등으로 이루어진 거

대한 정사각형 모양의 방) 안으로 들어갔다. 제임슨이 스위치 몇 개를 젖히자 천장에 불이 들어왔다. 엘리는 문 옆에 섰고, 나는 제임슨을 따라 극장의 구석 자리로 갔다.

"내가 기록보관소에서 했던 말은 그냥 가설일 뿐이야. 혹시 내 말이 틀렸어?"

제임슨은 속삭였지만 이 극장은 음향 시설이 갖추어진 건물이라 소리가 쉽게 전해졌다.

나는 엘리를 흘낏 쳐다본 다음 조심스럽게 대답했다.

"네 할아버지의 책상 속에서 비밀 서랍 하나를 발견했어. 거기 내 출생증명서가 있더라고."

나는 토비라는 이름을 얘기하지 않았다. 듣는 사람이 있는데 그럴 수가 없었다.

"그래서?"

제임슨이 이야기를 재촉했다.

"출생증명서에 아빠 이름이 올라 있었어."

나는 목소리를 낮췄고 제임슨은 한 발 더 다가왔다.

"근데 서명이 달랐어."

제임슨은 서성대기 시작했지만 너무 멀어지기 전에 바로 내 쪽으로 돌아왔다.

"그럴 줄 알았어. 이게 무슨 의민지 알아, 상속녀?"

이렇게 묻는 제임슨의 초록빛 눈이 반짝였다.

나는 알고 있다. 큰 소리로 말한 적도 있다. 물론 말이 된다. 내가 토비 호손의 유언장을 읽으려고 이곳에 도착한 후로 가장 말이 되는 이야기였다.

"다르게 해석할 수도 있어."

나는 실제로 믿지도 않으면서 갈라진 목소리로 대답했다. '나에겐 비밀이 있어.' 엄마가 뜬금없이 만들어낸 게임이 아니었다. 엄마는 내가 모르는 무언가가 있다는 말을 한 것이다.

뭔가 엄청 대단한 것이었다.

나에 대한 엄청난 비밀이다.

"정말 완전히 말이 되네. 완전 '호손'스러워."

제임슨은 자신을 주체할 수 없어 보였다. 내가 허락만 한다면 나를 번쩍 들어서 빙그르 돌렸을 것이다.

"새 열두 마리와 돌멩이 하나야, 상속녀. 20년 전에 무슨 일이 있었는지 몰라도 할아버지는 방탕한 자기 아들을 다시 끌어들이는 데 너를 이용하려고 했어."

"근데 그분 마음대로 되지 않은 것 같아."

이 말을 꺼내는데 입 안이 씁쓸했다. 난 이 세상에서 가장 큰 뉴스거리가 됐다. 그러나 토비 아저씨가 어디 있는지는 전혀 알 수 없다.

그 사람이 내 친아버지라면, 도대체 어디에 있는 걸까? 왜 여기 없는 걸까?

이런 생각이 제임슨을 부르는 신호라도 된 것처럼 그가

더 가까이 다가왔다. 제임슨이 부드럽게 이야기를 꺼냈다.

"우리 내기를 취소하자."

나는 급히 고개를 들어 그를 바라봤다. 잔꾀를 부리는 것은 아닌지 알아내려고 무심결에 표정이 바뀌는지 살폈다.

"이건 큰일이야, 상속녀. 이제 우리에게 이 게임을 계속할 동기부여가 없어도 될 정도로 큰일이야. 우리 중 누구도 단독으로 이 문제를 해결할 수 없어."

다른 사람이었다면 그 목소리가 온화하게 들렸을 수도 있지만 내가 아는 그는 결코 온화한 사람이 아니다. 제임슨이 '우리'라는 단어를 쓸 때 부정할 수 없는 어떤 힘이 있다. 나는 나를 끌어당기는 그 힘을 참아내며 말했다.

"이 일의 중심에 내가 있어. 제임슨, 너는 내가 필요할 거야."

나를 이 일에 뛰어들게 하기는 정말 쉽다. 그저 우리가 정말 한 팀인 것처럼 느끼기만 하면 된다. 일이 이렇게 된 것은 모두 '우리'라고 부른 목소리 때문이다.

"그럼 넌 아무도 필요 없어?"

제임슨이 한 발 앞으로 다가오며 물었다. 내 머릿속에서 끽 하는 경고음이 울렸다. 그 경고음에도 나는 뒤로 물러서지 않았다.

12시간 만에 내 인생이 송두리째 바뀌었다. 나도, '무엇'인가 필요하다. 여기엔 아무 의미도 없고, 어떤 감정이 개

입한 것도 아니다.

"좋아. 내기를 취소하자."

대답하는데 갈라진 목소리가 나왔다.

그 순간 제임슨이 키스하리라고 기대했다. 내가 약해진 순간을 이용해 벽으로 밀어붙인 후 내가 그에게 고개를 기울이고 '좋아'라고 대답하길 기다릴 줄 알았다. 제임슨이 원하는 것처럼 보였다. 나는 그걸 원했다.

하지만 제임슨은 한발 물러서며 고개를 옆으로 기울이더니 이렇게 말할 뿐이었다.

"바람 좀 쐬는 건 어때?"

♟

2분 후, 제임슨 호손과 나는 아트 센터의 꼭대기로 올라갔다. 엘리는 제임슨이 문을 잠구는 바람에 문간에 자리를 잡을 기회를 놓쳤다.

내 경호원은 옥상으로 올라오는 문을 똑똑 두드리더니 쾅쾅 내리쳤다. 나는 문 뒤쪽을 향해 소리쳤다.

"난 괜찮아요."

나는 아트 센터 지붕의 가장자리까지 걸어간 후 멈춰 서는 제임슨을 바라보았다. 제임슨의 구두 끝이 지붕 모서리에 걸린 순간 바람이 강해졌다. "조심해"라고 말했지만 그가 이 말의 의미를 아는지 모르겠다.

"재미있는 얘기해줄까? 상속녀, 할아버지는 호손 남자들은 목숨이 아홉 개라고 늘 말씀하셨어. 호손 남자들은 목숨이 아홉 개야."

제임슨은 나에게 돌아서며 말을 이었다.

"할아버지는 토비 삼촌을 얘기하신 거야. 노인네는 자기 아들이 살아남은 걸, 다른 곳에 있다는 걸 알았어. 그런데 알렉산더에게 토비 삼촌을 찾으라는 메시지를 남기기 전까진 어떤 내색도 비치지 않았지."

"토비아스 호손 2세를 찾아라."

나는 조용히 말했다.

잠시 내 시선을 받던 제임슨이 기둥 뒤로 사라졌다. 곧 둥글게 말린 인조 잔디와 골프공이 담긴 양동이를 들고 오더니, 양동이는 내리고 인조 잔디를 펼쳤다. 그리고 다시 사라졌다가 골프채 하나를 갖고 왔다. 그다음 양동이 속 골프공 하나를 인조 잔디 위에 놓고 자리를 잡았다.

제임슨은 건물 옆의 그림 같은 숲을 응시하며 말했다.

"내가 여기 온 건 떨쳐내기 위해서야."

제임슨은 다리를 어깨너비만큼 벌리고 서서, 채를 크게 휘둘러 공을 때렸다. 골프공은 아트 센터 지붕을 넘어 숲속으로 날아갔다.

"상속녀, 네가 감당할 수 없을 것 같다거나 네가 상처받은 것 같다는 뜻은 아니야. 난 그냥. 뭔가를 후려치면 기분이 좋을 때가 있다는 걸 말하고 싶은 거야."

그는 내게 골프채를 건넸다.

나는 믿을 수 없다는 눈으로 그를 빤히 쳐다보다가 미소를 지었다.

"이거 규칙 위반이잖아."

"무슨 규칙? 너도 호손의 영업 비밀을 받아들여야 해. 상속녀, 이기는 것보다 중요한 규칙은 없어."

제임슨은 히죽히죽 웃었다. 내가 골프채를 잡지 않자 그는 다시 스윙하기 위해 자리를 잡고 섰다.

"난 내 아버지가 누군지 몰라. 스카이는 모성애가 없는 사람이야. 할아버지가 우릴 키웠어. 우리를 자신의 이미지대로 만들었지."

제임슨이 골프채를 휘두르자 골프공이 날아갔다.

"알렉산더는 자기만의 생각이 있어. 그레이슨 형은 진지하고, 내쉬 형은 구원자 콤플렉스가 있지. 근데 난…… 난, 언제 포기해야 하는지 그때를 모르겠어."

제임슨은 내 쪽으로 다시 몸을 돌리더니 다시 한번 골프채를 내밀었다. 나는 스카이가 제임슨을 어떻게 묘사했는지가 떠올랐다. '갈망.'

골프채를 받는데 내 손가락이 그의 손가락을 스쳤다.

"난 포기를 모르는 사람이지. 그런데 할아버지가 토비 삼촌을 찾아달라고 부탁한 사람은 바로 알렉산더야."

엘리는 옥상 문을 여전히 두드리고 있었다.

'엘리를 들어오게 해야 했어. 그리고 제임슨에게서 벗어나야 했어.'

하지만 안 그랬다. 나는 제임슨을 바라봤다. 제임슨은 지금 내게 다가와 호손 사람으로 자라는 게 어떤 건지 마음을 터놓고 있었다. 그와 내가 가장 가까워진 순간이다.

나는 골프공이 든 양동이 쪽으로 걸어갔다. 그리고 골프공 하나를 인조 잔디 위에 올려놨다. 골프공은 처음 만져봤다. 지금 내가 뭘 하는지 전혀 몰랐지만 왠지 만족스러웠다. 때로는 뭔가를 후려치면 꽤 기분이 좋다.

처음으로 휘둘렀지만 공을 맞히지 못했다.

"머리를 숙여."

제임슨이 조언했다. 내 뒤로 다가오더니 그립을 다시 잡아주었다. 그는 두 팔로 내 팔을 감싸고 어깨부터 손가락 끝까지 자세를 알려주었다. 내 교복 재킷 너머로 제임슨의 열기가 느껴졌다.

"다시 해봐."

이번에 내가 다시 스윙할 때는 제임슨도 함께했다. 우리의 움직임이 일치했다. 내 어깨가 돌아갈 때 뒤에 서 있는 그가 느껴졌다. 닿은 면이 모두 느껴졌다. 골프채가 골프공에 닿는 순간 날아오르는 골프공이 보였다.

속에서 감정이 복받쳤다. 이번에는 복받치는 감정을 억누르지 않았다. 그런 감정을 놔버리라고 제임슨이 이곳으로 날 데려온 것이다.

"토비 아저씨가 내 친아버지라면, 도대체 그동안 어디에 있었을까?"

나는 생각보다 크게 말하고 몸을 돌려 제임슨을 바라봤다. 우리가 지금 너무 가깝다는 것을 아주 잘 알고 있었다.

"넌 네 할아버지의 머리가 어떻게 돌아가는지 잘 알고 있어. 그분의 신뢰할 만한 속임수를 잘 알고 있지. '우리'가 놓친 게 뭘까?"

'우리.' 나는 방금 우리라고 했다.

"토비 삼촌은 네가 태어나기 몇 년 전에 돌아가셨어. 20년 전에 호손 아일랜드에 불이 났지."

내 생각의 흐름과 그의 생각의 흐름이 함께 흐르는 게 느껴졌다. 20년 전에 호손 아일랜드에 화재가 났다. 토비아스 호손이 가족에게 유산을 남기지 않겠다고 유언장을 고친 지 20년이 지났다. 바로 그 순간 나는 어떤 생각이 번뜩 스쳤다.

"우리가 지난번에 벌인 게임 있잖아. 할아버지의 유언장에 단서가 들어 있었어. 하지만 그건 너희 할아버지의 유일한 유언장이 아니야."

제임슨에게 이야기를 꺼내는데 심장이 두근거리고 맥박이 빨라졌다. 두근대는 심장은 여전히 나를 바라보는 제임슨의 시선과 아무 상관이 없다. '거의' 상관없는 일이다.

제임슨은 내가 하는 말을 정확히 이해했다. 내가 알아차린 것을 그도 알아차렸다.

"할아버지는 토비 삼촌이 사망한 직후에 미들네임을 태터솔(Tattersall, 모든 걸 넝마로 만든)로 바꿨어. 그리고 바로 가족에게 재산을 남기지 않겠다는 유언장을 썼어."

나는 마른침을 삼켰다.

"제임슨, 넌 그분이 속임수를 좋아한다고 늘 얘기했잖아. 할아버지의 예전 유언장이 이 퍼즐의 일부일 가능성은 없을까?"

16

바람이 내 머리를 때렸다. 나는 옥상에서 알리사에게 전화를 걸어 유언장에 대해 물었다.

"호손 씨가 작성한 예전 유언장의 특별한 사본은 잘 몰라. 하지만 '맥그라마, 오르테가 앤 존스'는 네가 살펴볼 수 있도록 보관된 원본 파일을 갖고 있을 거야."

나는 알리사가 '특별한'이라고 말한 것이 무엇을 의미하는지 정확히 안다. 하지만 붉은 유언장과 맞먹는 것이 없다고 해서 막다른 지경에 이른 것은 아직 아니다.

"언제 볼 수 있을까요?"

나는 여전히 제임슨을 바라보면서 통화했다.

"먼저 네가 해줄 일이 두 가지 있어."

나는 얼굴을 찌푸렸다. 내가 전에 붉은 유언장을 보고 싶다고 했을 때, 알리사는 스타일리스트들이 있는 방으로 나를 밀어 넣었다. 난 신음하며 대답했다.

"더 이상 꽃단장은 싫어요. 내가 얻어내는 만큼 날 바꿀 생각이잖아요."

"요새 넌 남들 앞에 내놓기 딱 좋아. 학교 수업이 끝나자마자 랜던과 만나게 시간을 꼭 내주면 좋겠어."

랜던은 미디어 컨설턴트다. 홍보를 담당하고 내가 언론을 상대할 수 있게 준비시키는 일을 맡고 있다.

"왜 내가 방과 후에 랜던을 만나야 하죠?"

나는 의심스럽게 물었다.

"다음 달 안으로 네가 인터뷰 준비를 마치면 좋겠어. 지금 상황을 통제하는 사람이 우리라는 걸 확실히 해야 해, 에이버리."

알리사는 말을 잠깐 멈췄다가 덧붙였다.

"네 아빠가 아니라."

나는 말할 수 없었다. 리처드 그램스가 내 아빠가 아니라는 말을. 내 출생증명서의 서명은 '그 사람의 것'이 아니다.

"좋아요. 다른 건 뭐죠?"

알리사는 '두 가지'를 얘기했다.

"네가 제정신으로 돌아와서 가여운 네 보디가드를 옥상에 들여보내 주면 좋겠어."

학교가 끝난 후 나는 집무실에서 랜던을 만났다.

"지난번에 우리가 만났을 때, 질문에 대답하지 않는 법을 배웠죠. 질문에 대답하는 기술은 보다 까다로워요. 리포터들이 모여 있는 상황에서는 원치 않는 질문을 무시할 수 있지만, 일대일 인터뷰에선 선택권이 없어요."

나는 미디어 컨설턴트의 말에 주의를 기울이는 것처럼 보이려고 노력했다. 랜던은 영국 상류층 억양으로 이야기를 계속했다.

"질문을 무시하는 대신 질문의 방향을 다시 잡아야 해요. 당신 말에 사람들이 충분히 관심을 가질 수 있게 해야, 당신이 주도한다는 사실을 눈치채지 못하고 당신이 미리 정해둔 화제 중 하나를 대화거리로 삼거든요."

"내가 정한 화제라……."

나는 랜던의 말을 따라 했지만 머리로는 토비아스 호손의 유언장을 생각하고 있었다.

랜던의 진한 갈색 눈은 방심하지 않았다. 그녀는 눈썹을 찌푸렸고, 나는 억지로 집중했다.

"좋아요. 그렇게 하려면 제일 먼저 결정해야 할 게 있어요. 우선 사람들이 인터뷰에서 캐내려고 하는 것 중 어떤 것을 허용할지 정해야 합니다. 사적인 부분은 공식적인 대답이 필요하고, 화제는 정확히 여섯 가지가 있어야 해요. 당신을 인간답게 만들어줄 만한 개인적인 일화가 최소한 스무 개 정도 있으면 질문이 어떤 카테고리든 미리 정한 화제 중 한 가지 방향으로 유도할 수 있을 거예요."

"그게 다예요?"

나는 무미건조하게 물었다. 랜던은 내 말투를 무시했다.

"그게 다는 아니에요. '부정적인' 질문을 구분하는 법을 배울 필요가 있어요."

나도 그 정도는 할 수 있다. 나는 어리고 착한 상속녀 셀럽이 될 수 있다. 눈알을 굴리고 싶은 것도 억누를 수 있다.

"'부정적인' 질문이 뭐죠?"

"한 마디로 대답하게 만드는 질문. 그 대답은 대부분 '아니요'죠. 당신이 질문을 유도할 수 없거나, 말을 너무 많이 해서 죄책감이 있는 듯 보이는 경우가 있어요. 그럼 인터뷰하는 사람의 눈을 볼 수 있어야 합니다. 방어적인 느낌을 주면 안 돼요. 그리고 딱 한 마디로 답해야 해요. '아니요', '맞아요', '때때로요'."

랜던은 이 말을 정말 진지하게 했다. 질문을 하나도 받지 않을 만큼.

"난 죄책감을 느낄 만한 게 하나도 없어요. 난 잘못한 게 하나도 없으니까요."

"그게 바로 방어적으로 보이게 만드는 대화예요."

랜던은 차분히 얘기했다.

랜던은 내게 숙제를 남겼다. 나는 랜던과 면담이 끝난 후, 알리사가 합의를 이행하도록 했다. 한 시간 후, 오렌과 알리사, 제임슨과 나는 '맥나마라, 오르테가 앤 존스' 로펌으로 향했다.

놀랍게도 우리가 도착했을 때 입구에 앉아 있는 알렉산더가 보였다.

"우리가 간다고 쟤한테 얘기했어?"

나는 SUV 차 밖으로 나오면서 제임슨에게 물었다.

"그럴 필요도 없었어. 쟤도 호손 사람이잖아. 나한테는 도청 장치를 달지 않았길 바라."

제임슨은 알렉산더가 들을 만큼 큰 소리로 얘기했다.

감시 기술을 이용할 수 있다니, 이들의 어린 시절에 대해 많은 것을 알 수 있었다.

"법률 서류를 검토하기에 딱 좋은 날이야."

알렉산더는 제임슨이 도청 장치를 언급한 얘기는 피하며 유쾌하게 떠들었다.

우리 다섯 명이 건물로 들어가 엘리베이터를 타고 올라가는 동안 알리사와 오렌은 한마디도 하지 않았다. 엘리베이터 문이 열리자, 알리사는 전망 좋은 사무실로 나를 데려갔다. 책상 위에 놓인 서류가 보였다. '기시감이 드네.'

"문은 열어둘게."

알리사는 특유의 표정으로 문밖에 서 있는 오렌 옆에 자리를 잡으며 얘기했다.

제임슨은 알리사를 부르더니 농담처럼 얘기했다.

"그쪽 클라이언트를 추행하지 않겠다고 아주 진지하게 약속할 테니 문 좀 닫아주실래요?"

"제임슨!"

내가 소리를 질렀다.

알리사는 뒤를 흘낏 보더니 눈알을 굴리며 대답했다.

"난 말 그대로 네가 기저귀를 찰 때부터 알았어. 그리고 넌 늘 사고뭉치였지."

사무실 문은 그대로 열려 있었다.

제임슨은 나를 향해 눈짓하더니 어깨를 살짝 으쓱하며 말했다.

"죄를 인정해야지."

내가 뭐라고 대답하기 전에 알렉산더가 유언장을 먼저

보려고 우리를 지나쳤다. 제임슨과 나는 알렉산더를 사이에 두고 끼어들었다. 셋이 함께 유언장을 읽었다.

나, 토비아스 태터솔 호손은 정신과 신체가 온전한 상태로 유언을 남긴다. 돈과 실물 자산을 포함한 모든 재산을 다음과 같이 상속한다.

만약 내가 아내 앨리스 오데이 호손보다 먼저 사망할 경우, 내 모든 자산과 소유물은 아내에게 물려준다. 앨리스 오데이 호손이 나보다 먼저 사망할 경우, 내 유언은 다음과 같이 집행된다. 오랜 세월 충실한 앤드류와 로티 라플린 부부에게 각각 10만 달러씩 남기고, 텍사스 사유지 서쪽 경계에 자리한 웨이백 별채에서 평생 무료로 살 수 있는 권한을 준다.

알렉산더는 손가락으로 이 문장을 톡톡 두드렸다.

"들어본 얘기네."

라플린 부부는 토비아스 호손의 최근 유언장에도 언급됐다. 나는 직감적으로 유언장에 다른 유사점은 없는지 샅샅이 살폈다. 오렌은 이번 유언장에는 언급되지 않았다. 하지만 노부인은 토비아스 호손의 나중 유언장과 같은 조건으로 언급됐다. 나는 딸들을 언급한 부분으로 넘어갔다.

내 딸 스카이 호손에게는 진짜 북쪽이 어디인지 늘 알 수 있도록 내 나침반을 남긴다. 내 딸 자라에게는 내가 그 애 엄마에게 사랑받았 듯이 변함없이 전적으로 사랑하길 바라는 의미로 내 결혼반지를 남긴다.

단어 선택은 역시 익숙했다. 마지막 유언장에서 토비아스 호손은 자신이 사망하면 딸들에게 각각 모든 빚을 갚을 수 있는 돈과 일회성으로 5만 달러를 남겼다. 하지만 이 유언장에서는 자질구레한 장신구만 남겼다. 이 유언장이 작성되기 전에 태어난 유일한 손자, 내쉬에 대한 언급은 전혀 없었다. 호손 가족이 호손 하우스에서 계속 살 수 있도록 허용하는 규정도 전혀 없었다. 유언장의 나머지 내용은 간단했다.

모든 부동산과 화폐성 자산, 모든 소유품을 포함해 내 남은 재산은 별도 지정이 없는 한, 팔아서 아래 나열한 자선단체에 균등하게 남긴다.

뒤이어 나온 자선단체의 리스트는 10개가 넘었다.

토비아스 호손의 유언장 뒤에 첨부된 것은 아내의 유언장 사본이었다. 아내의 유언장 내용도 거의 똑같았다. 아내가 먼저 사망하면 모든 재산을 남편에게 남긴다. 토비아스 호손이 먼저 사망하면 부부의 모든 재산은 자선단체에 남긴다. 라플린 부부와 친어머니에게 똑같은 몫을 남겼다. 자라와 스카이에게는 한 푼도 남기지 않았다.

"네 할머니도 이 유언장에 들어 있네."

내가 형제들에게 얘기했다.

"할머니는 그레이슨 형이 태어나기 전에 돌아가셨어. 토비 삼촌을 잃은 슬픔 때문에 돌아가셨대."

제임슨이 설명했다.

토비아스 호손은 아내에게 자식이 아직 살아 있다는 말을 했을까? 이 유언장을 작성할 때 진실을 알고 있었을까, 아니 추측이라도 했을까?

나는 다시 유언장에 집중하며 위 대목부터 다시 읽은 후 말을 꺼냈다.

"이 유언장과 마지막 유언장 사이에 중요한 차이점이 딱 두 개 있어."

"에이버리, 넌 이 유언장에 나오지 않아. 시간여행이 없는 한, 이 유언장이 작성된 지 3년이 지나서 네가 태어난 것을 감안하면 말이 되지."

알렉산더는 말하면서 첫 번째 대목을 체크했다.

"그리고 자선단체 말이야. 이 유언장에 단서가 있다면 자선단체 목록에 있을 거야."

제임슨은 초집중 상태로 있었다. 동생이나 나를 힐끗 쳐다보지도 않았다.

알렉산더가 씩 웃으며 얘기했다.

"형, 무슨 말인지 알지?"

제임슨은 아는 것 같은 표정을 지었다. 아니, 무슨 의미인지 확실히 안다.

"뭔데?"

내가 묻자 제임슨은 극적인 한숨을 내쉬며 말했다.

"난 신경 쓰지 마. 난 극도로 지루하고 너무 뻔하게 짜증 날 준비가 됐을 때 이런 표정이 나와. 우린 자선단체들에 대한 설명이 필요해, 그 설명을 들을 수 있는 효율적인 방법이 하나 있어. 잔소리 들을 준비나 해, 상속녀."

정말 바로 그 순간 나는 제임슨이 무슨 말을 하는지, 우리에게 필요한 정보를 갖고 있는 사람이 누군지 알아차렸다. 호손 재단의 자선 사업을 속속들이 아는 호손 사람이 있다. 내가 이미 토비 아저씨에 대해 말해준 사람이었다.

"그레이슨이네."

17

호손 재단은 지난번에 방문했을 때와 아주 똑같았다. 건물 벽은 그레이슨의 눈처럼 여전히 연한 은회색이었다. 사무실 사방에 걸린 거대한 흑백 사진 여러 장도 여전히 눈에 띄었다. 그레이슨의 창작품이다.

이곳은 그레이슨의 영역이다. 이번에 나는 그레이슨과 나 사이의 완충재로서 제임슨과 알렉산더를 대동했다.

"형이 '실질적인 이타주의'라는 말을 꺼내잖아? 그럼 바로 도망쳐."

알렉산더가 진지한 표정을 꾸며내며 경고했다.

나는 코웃음을 쳤다. 문이 열리자마자 닫히더니 그레이슨이 사무실 안으로 성큼성큼 들어왔다. 그레이슨은 2~3초쯤 나를 바라보더니 동생들을 쳐다봤다.

"무슨 일로 온 거야? 제임슨? 알렉산더?"

알렉산더가 입을 벌렸지만 제임슨이 먼저 말을 꺼냈다.

"우리의 의식 '지하마말'을 적용하러 왔어."

알렉산더는 깜짝 놀란 것처럼 보였지만 곧 반색하며 좋아했다.

"뭐라는 거야?"

내가 묻자, 그레이슨은 실눈을 뜨며 동생을 바라보더니 질문에 대답했다.

"철자를 바꿔봐."

나는 3초도 되지 않아 답을 찾았다. "말하지 마."

"맞아. 일단 내가 말을 시작하면, 사랑하는 우리 형은 내가 말을 끝마치기 전까지 단 한 마디도 할 수 없어."

제임슨이 내 말에 호응했다.

"나도 우리의 성스러운 '식의투결'을 선택할 수 있지. 근데 내가 열 살일 때 이 규칙은 모두 만료된 걸로 아는데."

그레이슨은 정장 소맷단에 있지도 않은 먼지를 털어내며 얘기했다.

"그런 만료 따윈 없는 걸로 아는데!"

알렉산더가 먼저 나서서 말했다.

나는 그레이슨이 말한 낯선 단어를 머릿속에서 다시 나열해본 뒤 고개를 흔들었다.

"'결투 의식'을 한다고? 진짜?"

"거의 그냥 형제들끼리 다투는 거야. '거의'는."

알렉산더는 나를 다독였다.

"글쎄?"

제임슨은 그레이슨을 바라보며 한마디 했다.

그레이슨은 양복 재킷을 벗어서 가까운 책상 위에 올려놨다. 아마도 이 의식의 2부를 준비하는 것 같았다.

"네가 무슨 말을 하건 난 들을 준비가 됐어."

"우리는 토비 삼촌이 사망한 직후에 노인네가 작성한 유언장을 보고 왔어."

제임슨은 '지하마말'를 덕분에 천천히 얘기할 수 있었다.

"그래, 형은 유언장을 보겠다고 한 걸 터무니없다고 여기겠지. 하지만 난 터무니없는 생각에 특별히 반대하지 않거든. 간단히 말할게. 우린 자선단체 목록을 찾았어. 우린 형이 자선단체를 잘 살펴서 뭔가 눈에 띄는 게 있는지 확인해 주면 좋겠어."

그레이슨은 눈살을 찌푸렸다.

"형은 내가 '지하마말'를 중단해야만 얘기할 수 있어."

제임슨이 내게 얘기했다. "짧은 침묵을 소중히 여기자."

그레이슨의 이마 혈관이 툭 튀어나왔다.

"그만 해."

내가 제임슨에게 부탁하자 그는 한숨을 쉬며 말했다.

"지하마말 중단."

그레이슨은 셔츠의 소매를 살짝 두드렸다.

"두 사람 진짜로 싸우는 거 아니지, 그치?"

나는 조심스럽게 물었다. 그리고 알렉산더 쪽으로 고개를 돌리며 재차 물었다.

"쟤네들 진짜로 싸우는 거 아니지, 그치?"

"누가 알겠어? 하지만 추한 일이 벌어질지 모르니까 너랑 나는 밖에서 기다리자."

"난 아무 데도 안 갈 거야." 나는 고집스럽게 말한 다음 제임슨에게 소리쳤다. "제임슨, 이건 말도 안 돼!"

"내가 바란 게 아니야. 상속녀."

"그레이슨!"

나는 그레이슨을 불렀다. 그레이슨은 나를 바라보며 얘기했다.

"밖에서 기다려줘. 부탁해."

18

"너희 형제들은 바보야."

나는 알렉산더에게 소리치며 건물 입구에서 앞뒤로 서성였다. 몇 미터 떨어진 곳에 서 있는 오렌은 살짝 재밌어하는 것처럼 보였다.

알렉산더는 나를 다독였다.

"괜찮아. 그냥 형제들끼리 하는 짓이야."

그 말은 전혀 신뢰할 수 없었고, 건물 안에서 아무 소리도 나지 않았다.

"원래 첫 번째 공격은 그레이슨이 날려. 그레이슨은 원래 레그 스윕*으로 먼저 공격해. 최고야! 그레이슨이 먼저 제임슨 주변을 뱅글뱅글 돌 거야. 그리고 둘 다 뱅글뱅글 돌 거야. 정말이야. 그레이슨이 경고와 명령 모드로 들어갈 거야. 그러면 제임슨이 그레이슨을 놀리겠지. 첫 번째 가격이 있기 전까지 이렇게 싸울걸."

건물 안에서 쿵 소리가 났다.

---

* 프로레슬링 공격 기술 중 하나로 슬라이딩을 하듯이 몸을 낮춰서 팔로 상대편의 다리를 건다.

"이제 어떻게 되지?" 나는 눈을 가늘게 뜨며 물었다.

알렉산더는 씩 웃으며 대답했다.

"우린 각자 평균 세 개씩 검은 띠를 딴 유단자들이야. 하지만 우리끼리 싸우기 시작하면 대개 레슬링으로 넘어가. 어느 한 명이 다른 한 명을 꼼짝 못 하게 밀어붙일 거야. 말싸움 좀 하다가 티격태격, 짜자잔!"

그레이슨이 토비의 실종을 몰래 조사하는 것이 나쁜 생각이라고 명확히 밝힌 점을 고려하면, 나는 형제들의 싸움이 어떻게 전개될지 한두 가지 정도 추측할 수 있었다.

"안으로 들어가볼래."

내가 이렇게 속삭이기도 전에 건물 문이 열렸다.

제임슨은 언뜻 보기에 그렇게 나빠 보이지 않았다. 상처를 입은 것 같지도 않았다. 땀을 조금 흘렸을지는 모르지만 피를 흘리거나 멍이 들지는 않았다.

"치고받는 건 없었네?"

"뭘 어떻게 생각한 거야?"

제임슨은 씩 웃으며 대답했다. 그리고 오렌을 흘낏 쳐다보며 이야기를 건넸다.

"여기서 기다리세요. 에이버리가 이 안에 있어도 안전하다고 약속드릴게요. 쟨 이 안에 있으면 진짜 안전해요. 확실해요."

"알아. 이 건물의 안전을 설계한 사람이 나잖아."

오렌은 제임슨을 내려다보며 대답했다.

"그럼 우리끼리 있게 잠시 시간 좀 주세요, 오렌?"

내가 물었다. 경호팀장 오렌이 제임슨을 쏘아봤다. 그리고 알렉산더를 보더니 고개를 끄덕였다. 알렉산더와 나는 제임슨을 따라 다시 안으로 들어갔다.

"걱정 마. 내가 살살 다뤘거든."

제임슨은 그레이슨이 시야에 들어오자 얘기했다.

그레이슨도 제임슨처럼 다친 데는 없어 보였다. 내가 쳐다보자 그레이슨은 다시 양복 재킷을 걸쳐 입었다.

"두 사람은 정말 바보야."

"그건 그렇다 치고, 내 도움이 필요한 사람은 너야."

그레이슨의 말이 맞았다.

"맞아요. 우린 그쪽 도움이 필요해요."

"이건 터무니없는 생각이라고 분명히 말했어, 에이버리."

그레이슨은 오직 나에게만 집중하며 얘기했다. 그레이슨은 정말 진지했다. 나는 나를 보호하는 사람이 있다는 게 낯설었다. 게다가 지금 당장 내가 그에게 바라거나 원하는 건 '보호'가 아니다.

"그쪽하고 제임슨이 여덟 살짜리 아이들처럼 레슬링 게임을 하는 동안, 혹시 제임슨이 토비 아저씨가 입양됐다는 얘기했어요?"

다음 내용은 훨씬 더 얘기하기 힘들어서 나는 마른침을

삼키며 눈을 내리깔고 말을 이었다.

"내 출생증명서 얘기도 했어요?"

"너의 뭐라고?" 알렉산더가 즉시 물었다.

그레이슨은 나를 빤히 쳐다봤다. 그는 다른 호손 사람들처럼 속뜻을 읽는 능력이 있다. 토비가 입양됐다. 나는 내 출생증명서도 언급했다. 이번 조사가 왜 나한테 중요한 일인지 이 사무실 안의 모든 사람이 다 알게 됐다.

"이게 내가 찍은 사진이에요. 이건 토비 아저씨가 사라진 직후에 그쪽 할아버지가 유언장에 이름을 올린 자선단체들이고."

휴대전화를 건네니, 그레이슨은 내 손가락을 전혀 스치지 않고 건네받았다. 내 옆에서 제임슨이 빤히 쳐다보고 있었다.

"이 명단에 놀랄 일은 거의 없어. 이런 자선단체 대부분이 호손 재단으로부터 정기적으로 지원받거나 최소한 한 번은 상당한 규모의 지원을 받았어."

그레이슨은 휴대전화에서 고개를 들어, 나와 눈을 맞추며 말했다. 나는 그레이슨이 말하는 동안 그의 은회색 눈동자가 내 눈을 바라보는 방식이 아니라 그가 말하는 내용에 억지로 주의를 기울였다.

"거의 없다고 했잖아요. 하나도 없는 건 아니죠."

나는 콕 집어서 얘기했다.

108

"당장 머리에 떠오르는 대로 생각해보니 내가 모르는 단체가 네 곳이야. 그렇다고 전에 이곳에 기부하지 않았다는 뜻은 아니지."

"하지만 여기서부터 시작해야지."

제임슨의 목소리에 활기가 실렸다. 나에게 익숙한, 형제들에게 익숙한 활기였다.

"알포트 인스티튜트, 캠던 하우스, 콜린스 웨이, 라커웨이 와치 소사이어티. 이들 단체는 명단에 오른 단체 중에 내가 호손 재단 기록에서 보지 못한 곳들이야."

그레이슨이 기억하고 있는 내용을 줄줄 읊었다.

내 머리가 그레이슨이 한 말을 분류했다. 그가 말한 단어와 글자를 활용해서 패턴을 찾았다.

"인스티튜트(협회), 하우스(가옥), 와치(감시), 웨이(구역)."

나는 소리를 높여 얘기했다.

"와치, 하우스, 인스티튜트, 웨이."

제임슨은 순서를 바꿨다.

"단어가 네 개야. 명칭도 네 개고. 알포트, 캠던, 콜린(Collin's), 라커웨이."

알렉산더는 의견을 보탰다.

그레이슨이 우리 둘과 제임슨을 지나가며 얘기했다.

"너희들은 여기서 볼일 봐."

그는 문간 근처에서 잠시 말을 멈추었다가 다시 말했다.

"그런데 제임슨? 넌 틀렸어."

그리고 그레이슨은 아무리 생각해봐도 라틴어 같은 말로
몇 마디 더 했다. 제임슨의 눈이 빛을 냈다. 제임슨은 그레
이슨과 같은 언어로 대답했다.

나는 알렉산더를 흘낏 쳐다봤다. 한쪽 눈썹을 홀랑 태워
먹은 호손 가문의 막내 알렉산더는 형들의 대화를 알아들
은 것이 분명했지만 자진해서 통역해줄 마음이 전혀 없어
보였다. 대신 그는 나를 문간과 바깥에 주차된 SUV 쪽으로
밀어붙이며 재촉했다.

"어서 가자."

19

호손 하우스로 오는 자동차 안에서 제임슨과 알렉산더와
나는 각자 자신의 휴대전화에 몰두했다. 나는 두 사람이 나
처럼 그레이슨이 알려준 자선단체 네 곳을 조사하고 있다
고 추정했다.

나는 직감적으로 이들 단체는 진짜 자선단체가 아니라
토비아스 호손이 문제를 내려고 일부러 만든 곳일지도 모
른다는 생각이 들었다. 하지만 인터넷을 여러 차례 검색한
후 곧장 이런 생각을 떨쳐버렸다. 알포트 인스티튜트, 캠던

하우스, 콜린스 웨이, 라커웨이 와치 소사이어티는 모두 실제로 등록된 비영리단체였다. 단체의 세부 사항을 정리하느라 시간이 걸렸다.

스위스에 기반을 둔 연구 시설인 알포트 인스티튜트는 기억과 치매 분야의 신경과학을 연구하는 단체였다. 나는 화면을 내리며 직원에 대해 쭉 살피고 모든 과학자의 약력을 읽었다. 그러던 중 알포트 인스티튜트의 최신 임상 실험을 다룬 신문 보도를 클릭했다. '단기 기억 상실', '치매', '알츠하이머', '기억상실'.

나는 한동안 꼼짝하지 않고 앉아 있었다. 이게 단서인가? 무엇에 대한? 창문 밖을 흘깃 쳐다보는데 유리에 비친 제임슨의 모습이 시야에 들어왔다. 그의 머리카락은 이리저리 솟아 있었다. 생각에 잠긴 순간인데도 표정이 생생했다. 나는 간신히 휴대전화로 주의를 돌렸다. 다음에 검색할 것은 자선단체가 아니다. 그레이슨이 재단에서 제임슨에게 했던 말을 최고로 비슷하게 기억해낸 문장이었다.

'Est unus ex nobis. Nos defendat eius.' 내가 예상한 대로 라틴어였다. 인터넷 번역기는 이 말을 이렇게 번역했다. '그것은 우리와 같아. 우린 그걸 보호해.' 제임슨의 대답인 'Scio'는 '나도 알아'라는 뜻이었다. 나는 한 번 더 검색한 후 '그것'을 '그녀'로 대체할 수 있다는 것을 알아냈다. '그녀는 우리와 같은 사람이야. 우린 그 애를 보호해.'

발끈 화를 냈어야 했을지도 모른다. 3주 전이라면 발끈
했을지도 모른다. 하지만 3주 전에는 호손 형제가 나를 자
신들처럼 생각할 줄 상상도 못 했다.

나는 호손 형제들의 '일원'이 될 수 있다. 안을 기웃거리
는 아웃사이더가 아니라.

이 생각에 몰두하지 않으려고 나는 명단에 오른 다른 자
선단체를 검색하는 데 집중했다. 약물 남용과 중독 환자 재
활 센터인 캠던 하우스는 '전인적 인간'에 초점을 맞추고 있
다. 캠던 하우스의 웹사이트에는 추천서가 가득했다. 직원
들은 박사와 치료사, 다른 전문직이 대다수였다. 구내도 무
척 아름다웠다.

하지만 웹사이트에서 답을 찾을 수는 없었다.

'스위스의 기억 연구소', '마이애미의 중독 치료 시설'. 나
는 토비의 방에서 발견한 약물에 대해 곰곰이 생각했다. 만
약 토비아스 호손이 유언장과 자선단체 네 곳을 이용해 상
황을 설명한 것이라면? 어쩌면 토비는 중독자였는지도 모
른다. 캠던 하우스의 환자였을지도 모른다. 알포트 인스티
튜트에 대해서는…….

우리를 태운 SUV가 저택 입구를 통과하기 전에 이런 생
각을 마무리 지을 기회가 없었다. 기다란 도로를 구불구불
나아가는 동안 호손 형제를 몰래 훔쳐봤다. 알렉산더는 여
전히 휴대전화에 코를 박고 있었다. 제임슨은 곧장 앞만 보

고 있었다. 우리가 차에서 나오는 순간 제임슨은 바로 자리를 떴다.

'함께' 일을 진행하는 건 이쯤에서 끝내기로 했다.

"오, 봐봐! 증조할머니야. 안녕하세요, 할머니!"

알렉산더가 옆에서 나를 쿡 찌르며 소리쳤다.

형제들의 증조할머니가 현관에서 알렉산더를 노려보고 있었다.

"너희들 뭘 하다 이제 오는 게야?"

"말도 안 되는 장난을 치고 다녔죠. 늘 그렇잖아요."

알렉산더는 진지하게 대답했다.

할머니가 노려보자 알렉산더는 현관을 풀쩍 뛰어넘더니 할머니의 이마에 입을 쭉 맞췄다. 할머니는 알렉산더를 찰싹 때리며 소리쳤다.

"네놈이 내 비위를 맞출 수 있다고 생각하는 게지?"

"그런 생각을 버려요. 난 할머니 기분을 맞춰줄 필요도 없어요. 할머니의 귀염둥이는 바로 나니까요."

할머니는 툴툴대더니 지팡이로 알렉산더를 찌르며 소리쳤다.

"말도 안 되는 소리 말거라. 난 이 애한테 볼일이 있어."

할머니는 함께 가고 싶은지 묻지도 않았다. 그저 내가 다가오기를 기다렸다가 몸을 지탱하려고 내 팔을 붙잡았다.

"나랑 같이 걷자꾸나. 정원에서."

하지만 할머니는 나와 걸으면서 최소 5분 동안 아무 말도 하지 않았다. 우리는 달팽이처럼 느릿느릿 토피어리* 정원을 돌아다녔다. 토피어리는 대부분 추상적이었다. 그래도 놀라운 코끼리 토피어리 하나가 눈에 띄었다.

할머니는 한참 뜸을 들인 후 내게로 고개를 돌렸다.

"말도 안 돼. 죄다 말이야. 그렇지 않니?"

"뭐가요?"

"내 손자를 찾으려고 뭘 하고 다녔지?"

할머니의 냉혹한 표정이 잠시 흔들리더니 내 팔을 세게 잡았다.

"찾고 있어요. 근데 토비 아저씨가 나타나고 싶지 않은 것 같아요."

나는 차분히 대답했다.

토비가 발견되기를 바랐더라면 지난 20년 동안 언제라도 집으로 돌아올 수 있었다. '하지만 아저씨가 기억을 잃었다면…….' 난데없이 이런 생각이 들었다.

알포스 인스티튜트는 알츠하이머, 치매, 기억상실 같은 기억 연구에 초점을 맞추고 있다. 토비아스 호손이 유언장으로 알리고 싶은 이야기가 바로 그것이라면? 토비아스의 아들이 기억을 잃었다면?

* 나무를 기하학 모양이나 동물 모양 등 입체적으로 전정하는 기술 또는 작품.

해리 아저씨 본인이 토비 호손이라는 것을 모른다면?

해리가 내게 거짓말을 한 것이 아닐지도 모른다는 생각이 들자 다리에 힘이 쭉 빠져버렸다. 느긋해지자고 스스로 다독였다. 혼자 속단하고 있다. 사실 이 상황을 알리려고 자선단체 네 곳이 선택된 것인지도 확실히 알 수 없었다.

"혹시 캠던 하우스라고 들어보셨어요? 치료 센터예요."

"나도 그게 뭔지 안다."

노부인은 거친 목소리로 말을 끊었다. 나는 다음으로 어려운 질문을 했다.

"혹시 따님이나 사위가 토비 아저씨를 그곳에 보냈나요?"

"그 아인 중독자가 아니야. 난 중독자가 어떤지 안다. 그 아인 그냥 혼란스러웠던 게야."

할머니는 내뱉듯이 얘기했다.

나는 할머니와 그 부분을 논쟁하고 싶지 않았다.

"하지만 그분들이 토비 아저씨를 캠던 하우스에 보냈죠. 아저씨가 혼란스러워해서 그런 거죠?"

"그 아인 화를 내며 떠났어. 돌아올 때도 분이 풀리지 않았지. 그해 여름은……."

할머니의 입술이 부들부들 떨렸다. 할머니는 하려던 말을 마치지 않았다.

"화재가 난 여름이었죠?" 내가 조심스럽게 물었다.

할머니가 대답하기 전에 어떤 그림자가 우리 둘 사이에 드리워졌다. 정원 길로 성큼성큼 올라서는 라플린 씨가 보였다. 그는 전지가위를 들고 있었다.

"별일 없으시죠?"

그가 얼굴을 찌푸리며 물었다. 나를 보고 잔인하다고 했던 라플린 부인이 생각났다.

"아무 일 없어요."

나는 잠긴 목소리로 대답했다.

라플린 씨는 할머니를 바라보며 말했다.

"펄, 이 얘긴 전에 했잖아요. 몸에 해로워요."

그는 내가 할머니에게 토비에 대해 말한 것을 알고 있는 게 분명했다. 그리고 아내가 나를 믿지 않는 것처럼 남편도 나를 믿지 않는 게 분명했다.

한참 침묵하던 라플린 씨가 나를 돌아보며 얘기했다.

"호손 하우스를 몇 곳 수리했어. 오래된 건물 중 하나지. 보수가 안 된 이곳에 물건이라도 떨어지면…… 사람들이 다치겠지."

팽팽하게 당기는 아저씨의 턱 근육이 보였다. 아저씨는 마지막 문장을 말할 때 나를 빤히 쳐다봤다.

나는 오래된 건물 중 한 곳이 토비 아저씨의 건물이라는 것을 알아들었다. 나는 확인하러 가본 후에야 저택 관리인 라플린 씨가 얘기한 '보수'의 의미를 확실히 알았다.

토비의 건물 입구는 다시 돌로 씌워졌다.

20

토비 아저씨의 건물에서 내 건물로 돌아오는 동안 100미터마다 나는 어깨 뒤를 흘낏거렸다. 현관으로 들어선 순간 리비 언니의 목소리가 들렸다.

"이거에 대해 알았어요?"

"좀 더 구체적으로 말해야지, 자기야."

내쉬의 목소리가 분명했다. 언니의 방문 앞에 드리워진 그의 실루엣이 보였다.

"댁의 변호사 여자 친구요. 이 서류, 알았어요?"

내 눈에는 리비 언니가 전혀 보이지 않았다. 그래서 언니가 내쉬를 어떻게 바라보는지, 언니가 들고 있는 서류가 어떤 것인지 전혀 알 수 없었다.

"자기야, 자기가 알리사를 내 거시기라고 말하면 안 되지. 알리사 귀에 들어가면 안 될 말이야."

"날 자기라고 부르지 좀 말아요."

내가 엿들을 말이 아니라는 생각이 들었다. 그래서 내 방 쪽으로 살금살금 걸어가서 문을 열고 안으로 들어갔다. 문을 닫고 불을 켜자, 산들바람이 들어와 머리카락이 날렸다.

고개를 돌리니 멀리 떨어진 커다란 창문이 열려 있는 게 눈에 띄었다. 창문을 열어놓고 나오지 않았는데. 숨이 목구멍에 걸리고, 온몸 구석구석에서 쿵쾅대는 심장 소리가 느껴졌다.

예전에 이처럼 끔찍한 일을 겪은 적이 있었다.

'피야.' 목구멍 안의 근육이 꺾쇠처럼 조였다. '핏자국이야.' 심장에 바로 아드레날린 주사를 맞은 것처럼 내 몸에 공포가 엄습했다. '나가. 나가. 어서 나가라고……'

하지만 꼼짝도 할 수 없었다. 너무 무서워서 활짝 열린 창문 아래 놓인 하얀 침대 시트를, 피로 흠뻑 젖은 침대 시트를 그저 바라만 보고 있었다. '움직여. 어서 움직여야 해, 에이버리.' 하얀 시트 위에 놓인 것은 심장이었다.

'인간의 심장인가?'

심장을 관통한 것은 칼이었다. 마치 내 폐가 갇힌 것 같았다. 어서 달아나라고 몇 번이나 말했지만 몸은 전혀 말을 듣지 않았다. '칼이 있어. 심장도. 그리고……'

입에서 갸르릉 소리가 낮게 튀어나왔다. 여전히 달아날 순 없었지만 간신히 뒷걸음은 칠 수 있었다.

소리를 지르려고 했지만 아무 소리도 나오지 않았다. 누군가 나를 죽이려 하던 블랙우드에서 느낀 기분이 되살아났다. '어서 여길 빠져나가야 해. 어서 나가야 해.'

"숨 쉬어, 꼬맹이."

갑자기 내쉬가 나타났다. 한 손을 내 어깨 위에 올리더니 내 얼굴을 마주 볼 수 있게 몸을 숙였다.

"들이쉬고 내쉬어. 그래, 아주 좋아."

"내 방에, 내 방에 심장이 있어요. 칼도……."

나는 쌕쌕대며 말을 꺼냈다.

내쉬의 얼굴에 위험한 표정이 잠깐 스쳤다.

"오렌을 불러."

내쉬는 옆으로 다가온 리비 언니에게 얘기했다. 내쉬는 온화한 얼굴로 나를 바라보더니 다시 말했다.

"들이쉬고 내쉬어."

나는 정신없이 숨을 들이쉬며 방을 바라보려고 했다. 하지만 호손의 장손이 내가 그 빌어먹을 것을 보지 못하게 막아서는 바람에 그의 얼굴만 보였다. 햇볕에 그은 얼굴과 오후라 거뭇거뭇 자란 수염이 눈에 띄었다. 그는 트레이드마크인 카우보이모자를 쓰고 있었다. 흔들림 없는 눈길로 나를 바라보고 있었다.

나는 겨우 숨이 쉬어졌다.

♟

"봐야 할 것은 다 봤어. 소의 심장이야, 인간이 아니라. 칼은 스테이크 칼이고 여기 주방에서 쓰는 것과 같은 브랜드지."

오렌은 내쉬를 향해 이야기를 꺼냈다.

나는 오렌의 명단을 생각했다. 범인은 스토커일까, 협박일까?

"침대보는 호손 하우스에서 사용하는 거야."

오렌은 이야기를 계속했다.

"내부 소행인가요? 직원의 소행일까요?"

내쉬가 묻는데 긴장된 턱이 눈에 띄었다.

"가능성이 있어."

오렌은 확실하게 대답한 후 나를 돌아보며 물었다.

"최근에 누구든 기분 나쁘게 한 적 있어?"

나는 속단하지 않으려고 애쓰며 대답했다.

"라플린 부부의 기분을 상하게 했을지도 몰라요."

내가 잔인하다고 했던 라플린 부인이 떠올랐다. 그리고 다른 사람들을 상처 입히지 말라고 경고하던 그 남편도 생각했다.

"라플린 부부가 이런 짓을 했을 것 같아?"

리비 언니가 눈을 크게 뜨며 물었다.

"그럴 가능성은 전혀 없어. 라플린 부부가 어떤 일 때문에 초조하다는 것을 눈치챈 사람이 직원 중에 있는 거죠. 그 사람이 누명을 씌우려는 것 같아요."

내쉬의 대답은 확고했다. 그는 오렌을 흘낏 보았다.

오렌은 그 말을 이해한 후 내쉬에게 부탁했다.

"여기를 치워줄 사람을 불러줄래?"

내쉬는 전화를 걸었다. "멜리! 부탁할 게 있어."

나는 몇 분 후 나타난 메이드를 알아봤다. 멜리는 완전히 매혹당한 눈빛으로 내쉬를 바라보는 습관이 있었다.

"나 대신 여기 좀 처리해줄래, 자기야?"

내쉬는 어질러진 곳을 가리키며 부탁했다.

고개를 끄덕이는 멜리의 진한 갈색 눈은 내쉬에게 고정돼 있었다. 알리사는 예전에 멜리가 내쉬의 사람 중 한 명이라고 했었다. 나는 저택 직원 중 호손의 장남이 구해준 사람이 몇이나 되는지 전혀 몰랐다. 아니, '내' 직원 중 몇 명이 나를 '내쉬의 재산을 빼앗은 악당'으로 보는지 알 수 없었다.

"나 대신 사람들에게 말 좀 전해줘. 확실히 전해야 해. 우선 지금은 비판할 때가 아니야. 다른 꿍꿍이가 있는 게 누군지 난 신경 안 쓸 테니까 손 떼라고 해. 알아들었지?"

멜리는 내쉬의 팔에 제 손을 대며 고개를 끄덕였다.

"물론이죠."

21

사람들이 모두 떠난 후 오렌이 내게 이야기를 꺼냈다.

"이 상황을 파악할 때까지 이 저택의 보안 절차에 약간 변화가 있을 거야. 그 점에 관해 얘기하기 전에 라플린 부부에 대해 먼저 얘기 좀 하자. 어쩌다 그 사람들의 기분을 상하게 했는지 자세하게 얘기해봐."

나는 너무 많은 이야기를 털어놓지 않을 방법을 찾느라 잠깐 고심했다.

"제임슨과 알렉산더와 내가 토비 아저씨의 별관을 어지럽혔거든요."

"나도 알아. 이유도 알고."

오렌은 보안 시스템에 접근할 수 있다. 오렌의 부하 한 명이 그날 오후 블랙박스 극장에 있었다. 엘리는 도대체 무슨 얘기를 엿들었을까?

"토비아스 호손 2세. 넌 그 사람이 살아 있다고 생각하지."

"그분이 살아 있는 걸 알아요."

오렌은 한동안 말이 없었다.

"내가 어쩌다 호손 씨에게 고용됐는지 얘기한 적이 있나?"

"아니요."

나는 그가 왜 이런 질문을 하는지 전혀 알 수 없었다.

"나는 열여덟 살부터 서른두 살까지 군에 복무한 직업 군인이었어. 원래는 20년을 채우려고 했어. 그런데 사고가 있었지."

오렌이 '사고'라는 단어를 말할 때 내 등골이 서늘해지는 기분이 들었다.

"우리 부대원 전원이 죽었어. 나만 빼고. 1년 후 호손 씨가 나를 찾았을 때, 내 몰골이 말이 아니었지."

나는 통제 불능 상태였던 오렌의 모습이 잘 그려지지 않았다.

"왜 저한테 이런 이야기를 하시는 거죠?"

"그건 호손 씨가 내 생명의 은인이라는 사실을 네게 알려줄 필요가 있기 때문이야. 그분 덕분에 내게 목적이 생겼지. 그분이 날 밝은 곳으로 끌어내셨어. 그분은 마지막으로 너를 보호하는 경호팀의 대장이 되어달라고 부탁하셨어."

오렌은 잠시 생각한 후 낮은 목소리로 이어 말했다.

"너를 지키기 위해 무슨 짓이라도 해야 한다면 난 그렇게 할 거야."

"협박이었다고 생각하세요? 그 심장을 두고 간 사람이 누구였는지 걱정되지 않으세요?"

"나는 너하고 호손 형제들이 하는 짓이 걱정돼. 너희들이 정체를 파내려는 유령들도."

"토비 아저씨는 살아 있어요. 난 그 사람을 알아요. 내 생각에 그분은……."

"그만."

오렌이 명령했다.

'내 아빠예요.' 속엣말을 감추고 말했다.

"내가 이런 이야기를 한 줄 알면 그레이슨이 크게 화를 낼 거예요. 그레이슨은 토비 아저씨가 살아 있는 게 밝혀지면……."

"파문이 엄청날 거야."

오렌이 나 대신 이야기를 마쳤다.

"뭐라고요?"

오렌의 이야기는 전혀 예상치 못한 말이었다. 정말 생각지도 못한 말이었다.

오렌이 목소리를 낮추며 얘기했다.

"에이버리, 지금 당장은 호손 씨의 유언장을 변경할 효과적인 방법이 없다고 호손 가족은 믿고 있어. 호손 씨가 너에게 남겨준 재산을 받을 방법이 없다고 생각하거든. 자라와 콘스탄틴은 유산을 받을 예정인 너와 그 과정에서 주도권을 잡을 법률 회사와 거래하려고 할 거야. 네 상속인이 될 사람에게 재산을 넘겨주는 것보다는 그게 낫다고 여기거든. 저들은 네가 죽어도 유언 조건을 이행해야 한다고 여기니까 전 재산은 자선단체로 되돌아가. 호손 씨는 늘 생각이 열 걸음 앞선 사람이야. 저들의 재산이 네 재산이 될

124

수 있게 꽉 묶어놨어, 그게 너를 안전하게 했지. 하지만 유언장에 이의를 제기할 수 있다면? 다른 상속자가 나타난다면……."

'나를 죽이는 게 가치 있는 일이라고 여길 사람이 있다고?' 나는 입 밖으로 말할 수 없었다.

"넌 몸을 사려야 해. 너와 호손 아이들이 무슨 짓을 하건…… 당장 멈춰."

♟

하지만 나는 멈출 수 없었다. 그날 밤, 경호원이 문밖에 서 있는데도 나는 그날 오후에 하던 검색을 다시 시작했다.

알포트 인스티튜트는 기억 연구 센터다. 캠던 하우스는 중독 치료 시설이다. 나는 그날 오후 할머니와 나눈 대화를 근거로 토비 아저씨가 이곳에서 환자로 지냈다는 결론을 내렸다. 라커웨이 와치 소사이어티를 다시 검색한 결과 라커웨이 와치는 호손 아일랜드 건너편에 있는 작은 해안 마을이라는 것을 알 수 있었다. '사건 용의자였던 케일리 루니는 라커웨이 와치 출신이야.' 이런 사실을 짜 맞추는 데 15분이나 걸렸다. 머릿속 신경에 불이 붙자 속도가 빨라졌다.

어떤 상황에 화가 난 토비로 이야기는 시작된다. 토비는 중독자가 되고 화재와 연관된다. 그리고 화재 때문에 죽은 젊은이들이 있다. 알포트 인스티튜는 어떤 곳이지? 토비 아저씨는 화재로 기억을 잃었을까? 그래서 집으로 돌아오지 못한 것일까?

나는 초집중력을 가진 제임슨과 경쟁할 만한 엄청난 집중력을 발휘해서 그레이슨의 명단에 오른 마지막 자선단체를 검색했다. 콜린스 웨이. 나는 이곳이 예전부터 있었다는 것을 확인했지만 깊이 파헤치지 않았다. 이번에 웹사이트를 전체적으로 훑었다. 랜딩 페이지에 초등학생들이 농구하는 사진 여러 장이 있는 게 제일 먼저 보였다. 나는 '우리의 이야기'를 클릭하고 내용을 읽었다.

콜린스 웨이는 5세부터 12세 아동들에게 안전한 방과 후 환경을 제공합니다. 콜린 앤더스 라이트(오른쪽 사진)를 추모하기 위해 설립된 콜린스 웨이는 놀이, 기부, 성장이라는 목표를 갖고 있습니다. 우리 아이들에겐 미래가 있습니다.

콜린 앤더스 라이트는 20년 전 호손 아일랜드에서 사망한 사람 중 한 명이다. 이 이름을 떠올리는 데 약간 시간이 걸렸다. '콜린의 가족은 콜린을 추모하는 자선단체를 얼마나 빨리 만든 거지?' 콜린스 웨이가 토비아스 호손의 20년 전 유언장에 포함된 걸 보면 정말 급하게 만든 것이 분명했다. 콜린스 웨이라는 검색어로 불이 난 지 한 달 이내에 작성된 기사를 검색했다. 10여 개의 기사가 보였다.

'그럼 화재가 난 직후네.' 나는 콜린스 웨이 웹사이트를 검색하며 수년, 수십 년간의 미디어 페이지를 파헤쳤다. 첫 번째 기사를 발견했다. 일종의 기자회견이었다.

나는 비디오의 재생 버튼을 눌렀다. 한 가족이 영상에 나타났다. 어린 두 자녀를 둔 여성과 그 뒤에 서 있는 한 남성이 보였다. 나는 처음에 이들 남녀가 부부인 줄 알았다. 하지만 이들이 남매라는 것이 곧 확실해졌다.

"이는 우리 가족이 절대 회복할 수 없는 정말 끔찍한 비극입니다. 조카는 정말 전도유망한 청년이었습니다. 똑똑하고 투지가 넘치고 경쟁심이 강하지만 다정한 아이였습니다. 그 아이에게 기회가 왔더라면 이 세상에 좋은 일을 얼마나 많이 했을까요? 그 아이가 이 자리에 있었더라면 제게 분명 화를 풀라고 말할 것입니다. 그리고 정말 중요한 일에 집중하라고 말할 것입니다. 오늘 조카의 엄마인 제 누이와 조카의 형제들과 제 아내는 이 자리에 올 수 없었습니다. 저는 콜린스 웨이의 설립을 발표할 수 있어 정말 자랑스럽습니다. 조카는 경쟁심이 강하고 아량이 넓고, 팀워크가 있어서 동료들과 기쁘게 운동할 수 있었습니다. 콜린스 웨이는 조카의 그런 정신을 본받아 혜택을 받지 못하는 지역사회 아이들에게 가족이 되어줄 것입니다."

남자의 목소리는 왠지 떨쳐낼 수 없는 그런 구석이 있었다. 뭔가 귀에 거슬렸다. 뭔가 익숙했다. 카메라가 남자를 가깝게 비추는 순간 남자의 눈이 내 눈에 띄었다.

거의 은회색에 가까운 담청색 눈이었다. 남자가 연설을 마치자 기자들이 이름을 부르며 주의를 끌었다.

"그레이슨 씨!"

"그레이슨 씨, 여기 좀 보세요!"

화면 밑을 지나는 자막이 보였다. 멍하고 어지러운 기분으로 콜린 앤더스 라이트의 삼촌 이름을 읽었다.

'셰필드 그레이슨.'

22

다음 날 아침 제임슨이 벽난로 저편에서 나를 불렀다. 나는 출구를 열어주려고 벽난로 선반 위에 놓인 촛대를 움직였다.

"내가 찾은 거 너도 찾았어? 유언장 명단에 오른 자선단체 두 곳이 화재 피해자들과 연관이 있어. 아직 나머지도 짜 맞추고 있긴 한데, 나한테 그럴듯한 가설이 하나 있어."

제임슨이 이야기를 꺼냈다.

"네 가설에 토비 아저씨가 캠던 하우스 환자였고, 화재가 난 후 기억을 잃었을 가능성도 포함돼?"

내가 묻자 제임슨은 내 쪽으로 몸을 기울이며 대답했다.

"우린 정말 똑똑해."

나는 방금 알아낸 것을 가만히 생각했다. 제임슨은 셰필드 그레이슨에 대해서는 아직 말하지 않았다.

"상속녀? 뭔데 그래?"

제임슨이 몸을 뒤로 젖히며 나를 살폈다.

제임슨은 콜린스 웨이에 대해서는 자선단체와 이름이 같다는 것만 찾아봤지, 그 이상은 알지 못하는 듯하다. 내가 본 비디오를 아직 보지 않은 게 분명했다. 나는 한마디 말도 없이 휴대전화에 영상을 띄운 다음 그에게 건넸다. 제임슨이 영상을 다 본 후에야 나는 말했다.

"그 사람의 눈을 봐. 그 사람의 성이 그레이슨이야. 스카이 아줌마가 너희에게 아버지들에 대해 한마디도 하지 않은 걸 알아. 어쨌든 너희 형제들의 이름은 모두 성으로 써도 무방해. 혹시……."

제임슨은 내게 휴대전화를 다시 건넨 후 내 뒤에 섰다.

"알아낼 방법이 하나 있어. 우린 방문을 열고 나갈 수도 있어. 하지만 오렌의 부하 직원이 밖에 있어. 그리고 경호원 중에 네가 우리 엄마를 만나러 가는 걸 승인할 사람은 없을 것 같아."

나를 죽이려던 여자를 찾아가는 건 좋지 않은 생각이다. 나도 알고 있다. 하지만 그레이슨은 열아홉 살이다. 즉, 20년 전에 그를 임신했다는 뜻이다. 호손 아일랜드에서 화재가 나고 얼마 되지 않았을 때라는 의미다. 이런 일이 우연일 가능성이 얼마나 될까? 호손 하우스에 우연 같은 것은 없다. 그리고 현재 우리 질문에 답을 줄 수 있는 사람은 스카이 한 명밖에 없다.

"오렌이 우리 계획을 알면 좋아하지 않을걸."

"우리가 나간 걸 오렌이 알아차리기 전에 돌아올 거야."

제임슨이 미소를 지었다.

♟

제임슨은 비밀 통로를 빠삭하게 알았다. 우린 처음 보는 커다란 실내 창고로 갔다. 그는 벽에 붙은 받침대 위에 놓인 오토바이 한 대를 끌어내더니 열쇠가 보관된 퍼즐 박스를 풀었다. 그는 헬멧을 쓰며 내게도 헬멧을 건넸다.

"나 믿지, 상속녀?"

가죽 재킷을 차려입은 제임슨이 물었다. 말썽꾸러기처럼 보였다. 착한 말썽꾸러기.

"하나도 안 믿어."

대답은 이렇게 했지만 그가 건넨 헬멧을 받았다. 그가 오토바이를 타자 나도 뒷자리에 올라탔다.

23

스카이 호손은 내가 소유한 호화로운 호텔에 묵고 있었다. 룸서비스 메뉴에 캐비아가 있고 스파가 제공되는 호텔이다. 스카이가 숙박비를 어떻게 내는지, 아니 숙박비를 내기는 하는지 나는 전혀 모른다. 나를 죽이려던 여자가 이런 '벌'을 받는다는 생각이 들자 몹시 화가 났다.

"긴장 풀어. 우린 이야기를 나눠야 하잖아."

내 옆에 서서 문을 두드리던 제임슨이 속삭였다.

'대화가 먼저야. 경호팀을 시켜서 스카이를 내 구역에서 쫓아내는 건 나중 문제야.' 나는 속으로 생각했다.

문을 열어준 스카이는 움직일 때마다 몸을 감싸는, 발끝까지 내려오는 진홍색 실크 가운을 입고 있었다. 스카이는 제임슨을 보더니 웃으며 인사말을 건넸다.

"제임슨, 가여운 엄마를 이제야 만나러 오다니 너무하지 않니."

제임슨은 아주 잠깐 '이 일은 내가 처리할게'라는 경고성 짙은 표정을 내게 향했다.

제임슨은 우선 엄마 말에 동의하며 매력을 발산했다.

"끔찍한 아들이죠, 정말. 어머니가 죽이려던 사람에게 정신이 팔린 나머지, 어머니 같은 사람이 붙잡히면 얼마나 힘들지 배려해야 한다는 걸 잊고 지낼 정도로요."

나는 제임슨에게 스카이가 한 짓을 입도 뻥긋하지 않았다. 그런데 제임슨은 어머니가 왜 쫓겨났는지 알고 있었다. 그레이슨이 강제로 어머니를 쫓아냈다는 사실을 바로 알아냈을 것이다. 물론 이유도.

"네 형이 무슨 이야기를 한 거야? 그리고 걔 말을 믿는 거야, 저 아일 믿는 거야?"

스카이는 어떤 형을 말하는 건지 정확하게 묻지 않았다.

"난 그레이슨 형의 아버지를 알아냈다고 믿어요."

제임슨은 차분하게 대답했다.

그 순간 스카이의 한쪽 눈썹이 올라갔다.

"그 사람이 실종됐니?"

피해자처럼 굴던 스카이의 행동이 햇빛에 녹는 눈처럼 순식간에 사라졌다.

"셰필드 그레이슨. 그 사람의 조카가 호손 아일랜드에서 발생한 화재로 사망했죠. 아줌마 동생인 토비와 함께."

스카이의 시선을 끌려고 내가 이름을 밝혔다.

"네가 무슨 말을 하는지 전혀 모르겠구나."

"난 이 호텔에서 아줌마를 쫓아낼 수 있어요. 아줌마가 그런 나한테 거짓말하는 게 왜 좋은 생각이라고 여기는지 모르겠네요."

내가 쏘아붙였다. 원래는 이 일을 전적으로 제임슨에게 맡기려고 했었는데 그런 식으로 풀리지 않았다.

"네가? 이 호텔은 몇십 년 동안 우리 가족 소유였어. 넌 망상에 사로잡혔어. 네가 뭐라도 되는 것처럼……."

"경영진은 당신보다 새 주인의 감정에 더 관심이 있을걸요?"

"얘가 그냥 깜찍하게만 한 게 아니네? 거기 서 있지 말고 어서 들어와. 너희 때문에 찬 바람이 들어오잖아."

스카이는 방 안으로 들어가며 말했다.

나는 제임슨을 흘낏 쳐다보며 문턱을 넘어섰다. 그 순간 나와 함께 방 안으로 들어서는 오렌과 엘리가 보였다. 나는 생각보다 더 밀착 경호를 받고 있었다.

스카이는 방 안으로 들어서는 내 경호팀을 보며 만족스러워하듯 말했다.

"파티라도 열린 것 같네."

그녀는 등받이가 뒤로 젖혀지는 기다란 의자에 앉으며 두 다리를 쭉 뻗었다.

"어서 본론을 얘기할까? 네가 원하는 걸 내가 갖고 있으니까. 그 전에 몇 가지 확답받고 싶은 게 있어. 우선 난 이 펜트하우스에서 무기한으로 머물고 싶어."

'절대 안 돼.' 나는 속으로 생각했다.

내가 대답하기 전에 제임슨이 먼저 말했다.

"나도 제안할 게 있어요. 우리 질문에 대답해주면 알렉산더에게 어머니가 한 짓을 알리지 않을게요."

제임슨은 스카이의 옆 소파에 풀썩 주저앉으며 덧붙였다.

"내쉬 형은 이런저런 이야기를 종합해서 추측한 게 확실해요. 나도 금방 알아냈으니까. 하지만 알렉산더는? 걘 그냥 어머니가 다른 데로 잠깐 또 여행을 간 줄 알아요. 난 어머니의 살인 충동에 대해 걔한테 정말 아무 말도 하고 싶지 않아요."

"제임슨 윈체스터 호손. 난 네 엄마야. 내 덕분에 네가 이 세상에 나왔어."

스카이가 옆에 놓인 샴페인 잔을 들려고 손을 뻗었다. 그 옆에 잔 하나가 더 보였다.

'다른 사람이 여기 있었어.' 내가 생각하는 동안 스카이는 깊은 한숨을 내쉬며 이야기를 계속했다.

"아무튼, 지금 내 기분이 꽤 좋아. 그래서 말인데, 질문 한두 개쯤은 대답해줄 수 있을 것 같아."

"셰필드 그레이슨이 그레이슨 형 아버지예요?"

제임슨이 바로 물었다.

"중요한 의미로는 아니야."

스카이는 한 모금을 마시며 대답했다.

"생물학적으로는?"

제임슨이 스카이를 압박했다.

"네가 반드시 알아야 한다면, 그래, 맞아. 엄밀히 말해서 셰필드는 그레이슨의 아버지야. 하지만 그깟 피가 무슨 소용이야? 너희 모두를 키운 사람은 바로 나야."

스카이는 샴페인 잔 테두리 너머로 제임슨을 빤히 쳐다
보며 얘기했다.

"어떤 의미로는 그렇겠죠."

제임슨은 콧방귀를 끼며 대꾸했다.

"셰필드 그레이슨도 본인한테 아들이 있다는 걸 아나
요?"

내가 물었다. 나는 이 질문이 그레이슨에게 어떤 의미가
있을지 정말 궁금했다.

스카이는 우아하게 어깨를 살짝 으쓱하며 대답했다.

"나야 전혀 모르지."

"그 사람한테 말 안 했죠?"

제임슨이 물었다.

"내가 왜 그래야 하지?"

"계획적인 임신이네요."

나는 스카이를 빤히 쳐다보며 얘기했다. 내쉬가 알려준
얘기였다.

"어머닌 비탄에 빠졌었죠. 그분도 그랬을 테고요."

제임슨이 온화하게 얘기했다.

제임슨의 온화함이 스카이에게 다른 무엇보다 영향을 미
친 것 같았다.

"토비와 난 정말 가까웠어. 셰필드는 콜린을 키우다시피

했고. 우린 서로를 이해했어. 잠깐 동안."

"잠깐이라, 혹시 하룻밤 아닌가요?"

제임슨이 스카이가 쓴 단어를 반복하며 물었다.

"제임슨, 솔직히 그게 뭐가 중요하니? 너희들은 부족한
게 하나도 없었어. 아버지는 너희에게 세상 전부를 주었어.
직원들이 네 버릇을 망쳐놨지. 너희에겐 서로가 있었잖아.
게다가 너한텐 내가 있었어. 그걸로 충분하지 않아?"

스카이는 이제 점점 조바심을 내고 있었다.

"어머닌 우리한테 별로 관심이 없었으니까요."

제임슨의 목소리가 거칠어졌다.

스카이는 샴페인 잔을 내려놓으며 대꾸했다.

"없는 얘기 지어내지 좀 마. 너희들이 나라면 어땠을 것
같아? 난 아들만 줄줄이 낳았어. 그리고 너희들은 죄다 내
아버지를 더 좋아했어."

"형제들이 어렸잖아요."

내가 끼어들었다.

"호손 사람에겐 어린 시절이란 절대 없단다, 얘야." 스카
이가 나를 보며 능글맞게 말을 이었다. "말싸움은 이제 그
만하자. 우린 가족이야. 제임슨, 가족은 정말 중요해. 그렇
지 않니, 에이버리?"

스카이의 물음과 말하는 태도는 어쩐지 사람을 몹시 불
안하게 만드는 구석이 있었다.

"사실 말이야, 아이 하나를 더 가질까 곰곰이 생각 중이야. 난 아직 젊고, 건강해. 내 아들들은 죄다 내 편이 아니야. 난 나만의 것을 가질 자격이 있어. 그렇지 않아?"

'것'이라고? '사람'이 아니라 '것'이라고? 스카이의 표현을 듣고 나니 제임슨 때문에 마음이 아팠다.

"아줌마는 셰필드 그레이슨에게 아들이 있다는 말을 하지 않았어요."

나는 본론으로 돌아갔다. 제임슨을 데리고 이곳을 빨리 나갈수록 더 좋을 것이다.

"셰필드는 내가 누군지 알아. 나를 더 알아볼 생각이 있었다면 알 수 있었겠지. 일종의 테스트야. 나를 뒤쫓을 만큼 소중하게 생각하지 않는다면 나한테 저들이 무슨 소용이 있겠어?"

'저들.' 나는 스카이의 단어 선택에 유의했다. 그녀는 그레이슨의 아버지만 얘기한 것이 아니다.

스카이는 등받이가 긴 의자에 몸을 기대며 말했다.

"솔직히, 내가 보기에 셰필드는 우리가 함께한 결과를 정확히 알고 있을 것 같아. 우리 가족은 너무 유명해. 나와 잠을 잔 사람이 누구든 세상과 담을 쌓고 살지 않는 한 자기들한테 아들이 있는 걸 모를 수 없지."

스카이는 제임슨의 눈을 보며 이야기를 계속했다. 스카이는 제임슨의 아버지가 제임슨의 존재를 알고 있다고 말하는 것이다.

"우리 얘긴 끝났어요. 가자, 제임슨."

나는 자리에서 일어나며 제임슨에게 얘기했다.

제임슨은 꼼짝도 하지 않았다. 나는 그의 어깨에 손을 올렸다. 잠시 후 그가 손을 뻗어 내 손가락을 만졌다. 나는 그 손길을 거부하지 않았다. 제임슨 호손은 연약해 보이기 싫어했다. 나와 마찬가지로 타인을 원하는 자신의 모습을 잘 받아들이지 않았다.

"가자."

나는 다시 한번 그를 재촉했다. 우리 볼일은 다 마쳤다. 확인은 끝났다.

"좀 더 있다 가지 않을래? 너희들한테 새 친구를 꼭 소개해주고 싶어."

"친구……."

스카이의 말을 반복하는 제임슨의 두 눈이 두 번째 샴페인 잔에 머물렀다.

"어린 상속녀가 아는 분이야."

스카이가 샴페인을 한 모금 들이키며 얘기했다. 그녀는 자신의 말이 영향을 미치기를 기다렸다. 그리고 혼란이 가라앉기를 기다렸다가 미소를 지으며 급소를 찔렀다.

"네 아빠는 정말 좋은 남자야, 에이버리."

24

스카이 호손과 리처드. 스카이 호손은 리처드와 잠을 자는 사이였다.

'저 사람은 내 아빠가 아니야.' 나는 오렌과 엘리가 스카이의 스위트룸에서 나가라고 우리를 재촉할 때 이 생각을 고수했다. 또한 그 사람은 '정말 좋은 남자'도 아니다. 스카이 호손은 캐비아와 샴페인을 마시는 사람이고 리처드는 모텔 화장실에서 싸구려 맥주를 토하는 남자다. 그는 한 푼도 없는 빈털터리다. 하지만 아무리 지질해도 나에 대한 권리가 있는 사람이다.

나는 곧 토할 것만 같았다. 엄청난 돈을 생각하면서 두 눈을 반짝반짝 빛내던 스카이의 목소리가 들렸다. '난 아이 하나를 더 가질 생각이야.' 계획이 이거였나? 내 이복동생을 임신하려는 걸까? '내 이복동생은 아니야.' 이렇게 생각해도 마음이 편안해지지 않았다. 리처드의 자식이 누구든 리비 언니의 이복동생이 되기 때문이다. 그러면 나는 리비 언니를 위해 무슨 짓이든 할 테니까.

"도대체 무슨 생각을 한 거야? 너를 살해하려던 여자가 동침하는 남자는 네가 죽으면 유산을 받을 사람이야. 그런 여자랑 스스로 한 방에 있다니, 넌 보호 규정을 발로 찬 거야."

우리가 엘리베이터 안으로 안전하게 들어오자 오렌이 쏘

아붙였다.

나는 지금까지 리처드를 내 상속자 중 한 명으로 생각한 적이 단 한 번도 없었다. 나는 유언장을 생각하기에는 너무 어렸다. 그러나 어쨌든 내 출생증명서에 그의 이름이 있다.

나는 뱃속을 휘몰아치는 감정의 소용돌이를 참아내기도 전에 오렌에게 쏘아붙였다.

"왜 몰랐어요? 저 두 사람 다 아저씨의 명단에 있잖아요. 그렇죠? 어떻게 모를 수 있어요, 저들이……."

나는 스스로 뱉어낼 수 없는 숨을 들이쉬며 끝을 흐렸다.

"당신은 알고 있었어요."

제임슨이 결론을 내렸다. 오렌은 부인하지 않았다. 엘리베이터 문이 열리는 순간 제임슨이 나를 끌어냈다.

"여길 나가자, 상속녀."

그 순간 엘리가 앞으로 나서며 제임슨을 막았다. 오렌은 내 팔을 쥔 제임슨의 손을 풀었다. 바로 그 순간 로비 안에 있는 다른 사람들이 우리를 알아본 것 같았다.

"에이버리는 학교에 가야 해."

오렌은 제임슨에게 차분하게 얘기했다. 표정이 무척 밝았다. 경호팀장은 어떻게 하면 조용히 지나갈 수 있는지 잘 알았다.

제임슨은 고개를 한쪽으로 기울이며 나를 바라봤다. 제임슨은 야단법석을 피우는 데 능숙했다. 초록빛 눈 속에 거부할 수 없는 초대와 약속이 들어 있었다. 지금 그와 함께 간다면 방금 일어난 일을 잊어버릴 방법을 찾아줄 것이다.

나도 그와 함께 가고 싶었다. 하지만 나 같은 아이는 원하는 것을 늘 얻지 못한다. 나는 고개를 숙이며 속삭였다.

"제임슨."

사람들이 쳐다보고 있었다. 곁눈질로 보니 휴대전화를 들어서 우리 사진을 찍는 사람도 보였다.

"다시 생각해보니, 오렌의 말이 맞아. 몸을 사려야지. 상속녀, 지금 당장은."

엄숙하게 말한 제임슨이 나를 바라보는 눈길이 몸 구석구석에 느껴졌다.

25

엘리가 온종일 내 옆에 딱 붙어 있었다. 나는 어느 정도 거리를 두려고 했지만 홍채 주변이 호박색인 파란 두 눈이 쭉 나를 응시했다. 엘리는 오렌이 모든 보안 규정을 강화했다고 알려주었다. 학교만 그런 것이 아니라 저택의 보안도 강화한 것이었다. 호위 없이는 아무 데도 갈 수 없었다.

그날 오후 우리를 데리러 오렌이 왔을 때, SUV 뒷좌석에 앉아 있는 알리사가 보였다. 알리사는 내가 안전벨트를 매자마자 태블릿을 내밀었다. 화면에 사진 한 장이 띄워져 있었다. 호텔에서 찍힌 사진이었다. 제임슨의 두 눈은 어둡지만 반짝였고 나는 제임슨 호손을 빤히 쳐다보는 수많은 여자아이처럼 그를 바라보고 있었다.

그가 정말 중요한 사람인 것처럼.

기사의 표제는 '상속녀와 호손 가족 간의 고조된 긴장'이었다.

"우리가 전달하고 싶은 메시지가 아니야. 내가 이미 수습책을 마련해놨어. 내일 저녁 컨트리 데이에서 기념 모금 행사가 있어. 너와 호손 형제들이 참석할 거야."

외출 금지를 당하는 십대도 있는데, 뭐. 나는 쫙 빼입고 행사에 나가기만 하면 된다.

"좋아요."

"그리고 이 서류에 서명해야 해."

알리사는 세 페이지짜리 서류를 내밀었다. 나는 잠깐 리비 언니와 내쉬 사이의 대화를 떠올리며 서류의 크고 진한 글씨를 읽었다. '성년 자격 획득 신청서.'

"성년 자격이요?"

"넌 지금 열일곱 살이야. 하지만 네 소유의 주택과 엄청난 수입이 있어. 네 법정 후견인도 동의할 거야. 게다가 너에겐 텍사스주에서 가장 강력한 로펌이 있잖아. 어려움은 없을 것 같아."

"리비 언니가 동의했어요?"

내가 물었다. 언니는 이 서류를 반기지 않았을 텐데.

"난 설득력이 좋잖아. 그리고 사진 속에 리처드가 있지. 이건 올바른 조치야. 네가 '미성년자'라는 굴레를 벗어나면 그 사람은 법정에서 아무것도 할 수 없어."

"그리고 넌 너만의 유언장에 서명할 수 있을 거야."

앞 좌석에 있던 오렌이 끼어들었다.

내가 미성년자에서 벗어나면, 리처드는 내가 죽어도 돈 한 푼 받을 수 없을 것이다.

알리사가 내게 펜 한 자루를 건넸다. 나는 서류를 꼼꼼히 읽으면서 리비 언니를 생각했다. 그리고 리처드를 생각하자 스카이가 떠올랐다. 그래서 바로 서류에 서명했다.

"아주 좋아. 이제 네가 주의해야 할 문제가 딱 하나 남았어."

알리사는 내게 숫자가 적힌 작은 종이 한 장을 내밀었다.

"이게 뭐예요?"

"네 친구 맥신의 새 휴대전화 번호야."

"뭐라고요?"

나는 알리사를 빤히 쳐다보며 물었다.

알리사는 내 어깨에 자기 손을 대며 대답했다.

"그 아이한테 휴대전화를 줬어."

"하지만 걔네 엄마가……."

"절대 모를 거야. 그것 때문에 내 신념이 좀 흔들리긴 했지만, 너에겐 사람이 필요해. 나도 그 점을 이해해. 그리고 에이버리, 넌 호손 사람이 되고 싶은 건 아니잖아. 너하고 제임슨 사이에 무슨 일이 있든…….."

"우리 사이에 아무 일도 없어요."

그 순간 알리사가 나를 알리사 표정으로 보더니 다시 표정을 바꾸었다.

"첫 번째는 지붕, 그다음은 호텔이었지." 알리사는 잠시 말을 멈추었다가 다시 말했다. "맥신에게 전화해. 걔가 네 사람이야. 호손 형제들은 안 돼."

26

"이 겁나게 예쁜 계집애야."

한 시간 후 새 휴대전화로 전화를 받는 맥신의 목소리는 정말 낙천적으로 들렸다.

"넌 휴대전화를 받았지."

"내 인생 최고로 멋진 물건이야. 잠시만 기다려. 샤워기 좀 틀고 올게."

잠시 후 물 흐르는 소리가 들렸다.

"진짜로 샤워하는 건 아니지?"

"우리 부모님이 새 휴대전화로 너와 전화하는 걸 엿들을 필요는 없잖아. 이건 공공칠 수준의 임무야. 에이버리. 난 끝내주는 제임스 본드야. 정말 끝내줘! 그리고 맞아, 나 지금 샤워 중이야. 맥신의 또 다른 이름은 '은밀하게 움직이는 자'거든."

나는 코웃음을 치며 대꾸했다.

"정말 보고 싶었어."

나는 지난번 대화를 생각하며 잠시 말을 멈추었다. 맥신은 우리 우정이 순전히 내 방식대로만 돌아간다고 나를 비난했었다. 맥신의 말이 옳았다.

"나도 알아, 내가……."

"됐어. 잘 지내지?"

맥신이 내 말을 끊었다.

"응, 좋아. 우리 사이 괜찮은 거지?"

나는 잠시 머뭇거리다가 물었다.

"최근에 너를 살해하려고 한 사람이 있다면 달라지겠지."

예전에 총에 맞았을 때, 맥신은 내가 호손 하우스에서 나오기를 바랐다. 하지만 호손 하우스를 나오면 유산을 포기해야 한다. 나는 1년 동안 이곳에 머물러야 돈을 받을 수 있다. 알리사가 분명히 짚고 넘어간 이야기다.

"너를 살해하려던 사람 이야기를 네가 하지 않으니까, 몹시 불안해."

"난 괜찮아. 그냥 단지…….."

나는 머뭇거렸다.

"단지 뭐?"

나는 어디서부터 시작할지 마음을 정하고 대답했다.

"누군가 내 방에 피투성이가 된 소의 심장을 놔뒀어. 칼도 함께."

"에이버리! 다 얘기해봐."

맥신이 숨을 내쉬며 재촉했다.

♟

"그러니까 요약하면, 호손 형제에겐 죽은 삼촌이 있어. 근데 그 삼촌이 죽은 게 아니라 네 아빠일 가능성이 있어. 또 섹시한 호손 형제는 모두 비극적이야. 거기다 너를 죽이려던 여자가 네 아빠와 그렇고 그런 사이라고?"

"대강 그 정도야." 나는 인상을 쓰며 대답했다.

"너, 내가 생일에 뭘 하고 싶은지 알아?"

맥신이 차분하게 물었다. 내일은 맥신의 생일이다.

"약간의 드라마?"

"스타워즈 세계에서 가장 사랑스러운 드로이드 세 개의 실물 크기 모형과 약간의 드라마."

"요새 어떻게 지내?"

내가 물었다. 전에 수차례 물어보려고 했던 질문이었다.

"여기 상황은 그럭저럭 괜찮아……."

"거짓말 같아."

맥신은 언론에 나에 대한 정보를 팔려고 시도한 남자 친구와 헤어졌다. 그때 남자 친구가 맥신의 부모님께 낮 뜨거운 맥신의 사진을 보냈다.

맥신의 인생이 지금 당장 평탄할 리가 없었다.

"난 선교 여행을 떠날까 생각 중이야. 좀 길게."

맥신의 부모님은 신앙심이 좋다. 맥신도 그런 편이다. 하지만 맥신이 선교 여행 얘기를 하는 건 처음이고 이건 부모님을 위해 떠나는 여행이 아니었다.

집안 상황이 얼마나 안 좋은 거지? 학교 문제인가?

"내가 뭐든 해줄 수 있는 일 없어?"

"있어, 바보 멍청이 같은 네 아빠를 걷어차거나 욕을 좀 해줘."

이렇게 말해주는 맥신은 정말 최고의 친구다.

"다른 건?"

"제임슨 호손의 복근이 어떤 느낌인지 말해줘. 내가 너희 둘이 찍힌 사진을 봤거든. 내 신통력으로 알 수 있어. 넌 제임슨의 복근과 교감하고 있었어."

"아니야! 교감 같은 건 전혀 없었어!"

"왜 없었는데?"

"난 요즘 할 일이 많았어."

"넌 늘 할 일이 많잖아. 그리고 넌 바라는 것도 없잖아.
넌 정말 자기방어가 심해, 에이버리."

맥신은 이상하게 진지했다.

"그래서?"

"넌 이제 억만장자야. 널 보호해줄 사람이 어마어마하게
많아. 세상이 네 뜻대로 될 거야. 뭐든지 원해도 돼. 이제
네가 원하는 걸 찾아봐."

맥신이 샤워기를 끄면서 이야기를 마쳤다.

"내가 원하는 게 있다고 누가 그래?"

"내 신통력. 그리고 그 사진."

27

나는 문밖에 서 있는 엘리를 보고 놀라지 않았다. 심장
사건 후, 곧 저택에서도 신변 보호가 강화되리라고 예상했
다. 하지만 엘리 옆에 선 그레이슨을 보고는 깜짝 놀랄 수
밖에 없었다. 그는 티 하나 없는 하얀 셔츠에 넥타이 없이
검은 정장을 입고 있었는데, 몸싸움이라도 하려는 것처럼
소매는 걷어 올렸다.

엘리와 그레이슨이 얼마나 거친 대화를 나눴는지 모르지

만 내가 복도 안으로 들어선 순간 싸움은 중단됐다.

그레이슨은 기분이 나빠 보이지는 않았다. 그레이슨 호손의 기분을 상하게 할 사람은 아무도 없다.

"네 방에 피범벅이 된 심장을 놓고 간 사람이 있는데 넌 아무 말도 안 했어. 왜지?"

대답을 기다리는 말투가 분명했다. 일반적으로 그레이슨 호손이 뭔가를 요구하면 세상은 복종할 수밖에 없다.

"언제 얘기해요? 어제 재단에서요? 다른 무엇보다 그쪽은 지금까지 날 아주 잘 피했잖아요."

"널 피한 게 아니야."

그레이슨은 이렇게 얘기했지만 눈길은 피했다.

'넌 바라는 것도 없잖아'라는 맥신의 목소리가 들리는 것 같았다. 맥신의 말이 옳아서 짜증이 났다.

"넌 어머니를 만나러 갔어."

그레이슨은 지금 묻는 게 아니라 단정하듯 얘기했다.

나는 입이 싼 게 분명한 엘리를 빤히 쳐다봤다.

"내가 얘기한 게 아니에요."

엘리가 손을 들며 얘기했다.

"오렌? 아니면 알리사가 말했나요?"

나는 얼굴을 찌푸리며 그레이슨에게 물었다.

"둘 다 아니야. 호텔에서 찍힌 네 사진을 봤어. 난 추론 능력이 뛰어난 편이야."

그는 다시 내게로 시선을 돌렸다.

나는 그레이슨의 마지막 말을 너무 신경 쓰지 않으려고 했다. 하지만 나와 제임슨이 찍힌 사진에 대한 맥신의 추론을 무시할 수 없었다. 그래서 그레이슨도 이렇게 행동하는 건가?

'뒤로 물러선 사람은 너잖아. 바로 네가 원한 거잖아.' 내 마음이 그에게 말했다.

"스카이한테 원하는 게 있으면, 나한테 말만 하면 돼."

그레이슨이 껄끄러운 목소리로 얘기했다.

바로 그 순간 스카이한테 알아내고 싶었던 게 생각났다. 스카이가 확인해준 사실이 떠오르자 갑자기 다른 건 하나도 중요하지 않았다.

"오늘 제임슨 만났어요? 제임슨이 오늘 학교에 안 나왔어요. 그쪽을 찾으러 오겠죠?"

그레이슨에게 묻는 동안 뱃속이 비틀렸다.

"아니. 왜?"

대답하는 그레이슨의 턱이 긴장됐다.

제임슨은 아직 그레이슨에게 그의 아버지에 대해 말하지 않았다. 하지만 내가 보기에 옳지 않은 것 같았다.

"우리가 알아낸 게 있거든요. 유언장에 나오는 자선단체에 대해서요."

나는 고개를 숙이며 얘기했다.

"넌 정말 멈추질 않는구나. 그리고 제임슨도."

그레이슨이 고개를 저으며 말했다. 양팔은 옆구리에 딱 붙어 있지만, 오른손 엄지로 검지를 문지르는 그레이슨의 초조한 모습이 눈에 들어왔다. 자제심을 살짝 잃은 그레이슨을 보자 그가 갑자기 폭발할 수 있다는 생각이 들었다. 그레이슨은 고개를 돌렸다. 목소리는 정말 차분했지만 목과 턱은 긴장감이 역력했다.

"먼저 실례하지. 난 제임슨과 이야기를 해봐야겠어."

28

내가 그레이슨을 따라가자 엘리도 나를 따라왔다. 놀랍게도 그레이슨은 나를 따돌리려는 생각을 아주 빨리 포기했다. 그는 내가 3층까지 따라오는 걸 용인했다. 구불구불한 복도를 몇 곳 지나 작은 철제 계단을 올라가자, 벽감* 하나가 나타났다. 구석에 오래된 재봉틀 한 대가 보였다. 사방 벽은 퀼트로 덮여 있었다. 그레이슨이 퀼트 하나를 걷어 올리자 좁다란 공간이 나타났다.

"지금 네 방으로 돌아가라고 하면, 갈 거야?"

* 장식을 위해 벽면을 오목하게 파서 만든 공간.

"절대 안 가요."

내 답에 그레이슨은 한숨을 내쉬며 얘기했다.

"3미터 정도 안으로 들어가면 사다리가 나올 거야."

그레이슨은 퀼트를 붙잡고 서서 기다렸다. 턱은 아래를 향했지만 시선은 나에게 고정됐다. 그 눈빛을 받은 세상 사람들은 그레이슨 호손의 의지를 따를지도 모른다. 하지만 나는 아니다.

나는 네발로 기어서 좁은 공간을 지나갔다. 내 뒤로 그레이슨이 따라오는 것을 느낄 수 있었다. 하지만 그는 내가 사다리를 타고 오를 때까지 한마디도 하지 않았다.

"사다리 꼭대기쯤에 접이식 문이 하나 보일 거야. 조심해, 찔릴 수 있어."

나는 고개를 돌려 그레이슨을 보고 싶은 충동을 억눌렀다. 간신히 접이식 문을 열고 밖으로 나오자 햇살이 두 눈을 찔렀다. 다락이 나올 줄 알았는데 지붕이었다.

나는 주위를 둘러보며 평평하고 좁은 공간으로 올라갔다. 호손 하우스의 웅장하게 기울어진 지붕선 사이에 있는 사방 1.5미터 공간이었다. 지붕에 누운 제임슨이 보였다. 그는 일광욕이라도 하는 것처럼 하늘을 보고 있었다.

그 손에 칼 한 자루를 들고 있었다.

"그걸 갖고 있었어?"

그레이슨이 내 뒤에서 지붕 위로 올라가며 물었다.

제임슨은 눈을 감은 채로 손에 들고 있던 칼을 빙빙 돌렸다. 칼자루는 둘로 갈라져 내부 공간을 드러내고 있었다. "이번엔 비었어"라고 말하며 제임슨은 열린 칼자루를 눌러 닫았다.

그레이슨이 단호한 태도로 입을 열었다.

"나는 선포한다……."

"안 돼. 이번엔 절대 안 돼요. 그 누구도 어떤 것도 선포 따위 할 수 없어요."

내가 사납게 소리쳤다.

제임슨이 내 눈에 들어왔다. 촉촉한 초록빛 두 눈에 그늘이 보였다.

"형한테 얘기했어?"

"나한테 무슨 얘기를 해?"

그레이슨이 날카롭게 물었다.

"그럼, 대답할까? 상속녀, 비밀을 터트리기 전에 비행기 한 대를 빌려준다고 약속해줘."

제임슨이 자리에서 일어났다.

"비행기?"

나는 의심스러운 눈으로 그를 바라봤다.

"넌 여러 대를 갖고 있으니까. 한 대만 빌리고 싶어."

"비행기가 왜 필요한데?"

그레이슨이 의심스러운 얼굴로 물었다.

제임슨은 손을 저어 그레이슨의 질문을 무시했다.

"좋아. 내 비행기 중 한 대를 빌려줄게."

"왜, 비행기가 필요해?"

그레이슨이 이를 갈며 같은 질문을 던졌다.

제임슨은 그냥 하늘만 바라보며 얘기했다.

"콜린스 웨이는 콜린 앤던스 라이트를 추모하기 위해 설립됐어. 콜린은 호손 아일랜드에서 발생한 화재 때문에 죽은 사람 중 한 명이야. 콜린스 웨이는 콜린의 삼촌이 설립했지."

나는 그레이슨이 제임슨의 어조에 숨은 뜻을 이해했는지 궁금했다. 그렇게 슬프지도 않고 그렇게 유감스러운 어조도 아니었다. 하지만 뭔가가 있었다.

"그래서?"

그레이슨의 인내심이 바닥나고 있었다.

제임슨이 갑자기 나를 쳐다봤다. '제임슨은 말할 수 없군. 그레이슨에게 말할 수 있는 사람이 아니야.' 나는 그렇게 짐작했다.

나는 입술을 굳게 다물며 숨을 들이쉰 다음 이야기를 꺼냈다.

"그 사람 삼촌의 이름이 셰필드 그레이슨이에요."

갑자기 엄청난 침묵이 찾아왔다. 그레이슨 호손은 절대 감정을 드러내는 사람이 아니다. 하지만 그의 표정이 미묘하게 바뀌는 것을 보자 가슴이 철렁 내려앉는 것 같았다.

"그래서 너희들이 스카이를 보러 갔구나."

그레이슨의 목소리가 꽉 막혔다.

"엄마가 확인했어. 그 사람이 형 아버지야."

제임슨이 확인 사살을 해버렸다

그레이슨은 다시 침묵했다. 제임슨이 갑자기 칼을 그레이슨에게 던졌다. 그레이슨의 손이 칼자루를 휙 낚아챘다.

"노인네가 몰랐을 리가 없어. 20년 동안 유언장에 콜린스 웨이를 포함시켰어. 할아버지가 어머니에게 뭔가 말하려고 한 건가?"

거칠게 묻는 그레이슨의 목 근육에 긴장감이 보였다.

"아니면 어머니에게 단서를 주려고 그런 거겠지? 생각해 봐, 형. 할아버진 새로운 유언장에 우리를 위해 단서 하나를 남겼어. 아마도 낡은 수법이겠지. 예전에 썼던."

제임슨이 의견을 냈고 그레이슨은 거친 소리를 냈다.

"이건 그냥 단서가 아니야. 그 사람은 나의……."

그레이슨은 아버지라는 말을 차마 할 수 없었다.

"나도 알아. 형이 이 상황을 게임으로 여기면 상처받을 일도 없겠지."

제임슨은 그레이슨의 앞에 서서 이마가 형의 이마에 닿을 때까지 몸을 낮추었다.

나는 이 자리에 있으면 안 된다는 생각이 강하게 들었다.

두 사람의 이런 모습을 보면 안 될 것 같았다.

"뭐든 본인이 중요하다고 생각해야 중요한 거야."

그레이슨이 단호하게 대답했다.

나는 자리를 뜨려고 했다. 그런데 그레이슨이 몸을 움직이는 나를 곁눈질로 쳐다봤다. 그는 제임슨 곁을 떠나 내쪽으로 몸을 돌렸다.

"이 셰필드 그레이슨이라는 사람이 화재에 대해 알지도 몰라, 에이버리. 토비 삼촌에 대해서도 알 거야."

그레이슨은 자신의 아버지가 누군지 방금 알았다. 자기 세계가 산산조각이 났는데도 나를 생각했다. 토비와 내 출생증명서의 서명에 관심을 두고 있었다.

그는 내가 멈추지 않으리라는 것도 알고 있다.

"이러지 않아도 돼요."

칼자루를 쥔 그레이슨의 손아귀에 힘이 들어갔다.

"너희 둘 다 이 일을 내버려두지 않을 거잖아. 내가 너희를 막을 수 없다면, 일이 돌아가는 걸 감독할 사람이 필요하겠지. 상식이 약간이라도 있는 사람으로."

그레이슨은 정말 순식간에 제임슨에게 칼을 던졌다. 제임슨은 칼을 받아냈다.

"내가 비행기를 준비시킬게. 우리 새벽에 떠나자."

제임슨은 미소를 지으며 형에게 얘기했다.

29

제임슨이 말한 '우리'에는 내가 포함되지 않았다. 나는 유
산을 받으려면 호손 하우스에서 1년 동안 살아야 한다. 혹
시나 여행이 가능한 방법이 있는지 알 수 없었다. 이 일에
뛰어들 수 없었다. 그레이슨은 나를 곁다리로 끼지 않고 자
기 아버지를 만나려고 비행기를 탔다. 그에게는 제임슨이
있다. 이 일은 형제들이 함께해야 하는 일이라는 기분을 떨
칠 수 없었다.

형제 사이에 나는 없었다.

그래서 다음 날 나는 학교에 가서 고개를 박고 기다렸다.
수업 시간이 끝날 때마다 계속 휴대전화를 확인하고 소식
을 기대했다. 형제들이 피닉스에 도착했다. 연락이 닿았을
까? 아닐까? 무엇이든 연락이 오길 기다렸다.

알렉산더가 학교 복도에서 내 옆에 서더니 이야기를 꺼
냈다.

"난 너한테 우리 형들이 어디 있는지, 지금 무엇을 하는
지 물어볼 수도 있어. 아니면……."

알렉산더는 우스꽝스러운 미소를 지으며 이야기를 계속
했다.

"나의 엄청난 카리스마를 이용해 다크 사이드로 오라고
너에게 손짓할 수 있어."

"다크 사이드?"

"깊은 생각이 너한테 도움이 될까? 난 깊게 생각할 수 있어!"

알렉산더는 내가 다음 수업이 있는 교실로 갈 때까지 따라오며 그렇게 물었다. 그는 엄청 사납게 째려보더니 이내 씩 웃으며 얘기했다.

"에이버리, 이건 내 게임이야. 형들은 내 똘마니야. 카리스마도 별로 없는 형들이야. 넌 나를 끼워줘야 해."

알렉산더는 교실 안까지 따라 들어오더니 내 옆자리에 앉았다.

"호손 군. 내가 잘못 안 게 아니라면 자넨 이 수업을 듣지 않는데……."

메가니 선생님은 반가운 얼굴로 그를 바라봤다.

"제가 점심시간까지 수업이 없어요. 그래서 의미 있는 시간을 보내려고요."

다른 학교 같으면 이런 일은 절대 일어날 수 없다. 그가 호손 사람이 아니라면 이 학교에서도 일어날 수 없는 일일 것이다. 하지만 메가니 선생님은 알렉산더의 청강을 허락했다. 그녀는 교실 앞에서 강의를 시작했다.

"지난 시간에 시각 예술의 여백에 대해 논의했어요. 오늘은 소그룹으로 나뉘어 다른 예술 형식에서 여백의 등가물을 개념화해주세요. 여백은 문학에서 어떤 기능을 발휘할까요? 연극은? 무용에서는 어떨까요? 어떻게 공백이나 빈 칸을 활용해서 의미를 만들거나 강조할 수 있을까요? 아무 것도 아닌 것이 유용한 것이 되는 순간은 언제일까요?"

나는 휴대전화에 대해 곰곰이 생각했다. 제임슨과 그레이슨의 연락 불통에 대해서도 생각했다.

"다음 주말까지 여백과 예술적 탐구 계획을 2천 단어로 제출해주세요. 자, 이제부터 시작해주세요."

메가니 선생님은 손뼉을 치며 이야기를 마무리 지었다.

"저 선생님 얘기 들었지. 어서 시작해보자."

알렉산더가 내 옆에서 얘기했다.

나는 다시 한번 휴대전화를 곁눈질로 훔쳐봤다.

"네 형들 소식을 기다리고 있어."

나는 목소리를 낮추며 대답했다. 동시에 예술의 진정한 의미를 깊이 고심하는 것처럼 보이려고 애를 썼다.

"무슨 소식?"

나는 대답하기 전에 메가니 선생님이 이야기를 엿듣지 않을 때까지 기다렸다.

"셰필드 그레이슨이라는 이름을 알아?"

"물론 알지! 내가 명단에 오른 모든 자선단체의 주요 기부자들을 대상으로 데이터베이스를 만들었거든. 셰필드 그레이슨이라는 이름이 그 명단에 두 번이나 등장해."

알렉산더는 의기양양하게 대답했다.

"콜린스 웨이, 그리고……."

"캠던 하우스."

나는 나중에 참고하려고 캠던 하우스를 기록했다.

"너 혹시 셰필드 그레이슨을 사진으로 본 적 있어?"

내가 차분하게 알렉산더에게 물었다. '그 사람이 네 형에게 어떤 사람인지 알아?'라고 묻지는 않았다.

알렉산더는 내 질문에 답하려고 이미지를 검색했다. 그리고 바로 숨을 들이쉬었다.

"오."

♟

알렉산더는 내가 예술 속 여백과 자연의 빈 공간을 비교해서 에세이를 작성할 거라고 메가니 선생님을 구워삶았다. 결국 선생님은 우리가 남은 수업 시간을 야외에서 보낼 수 있게 허락해주었다. 우리가 야구장 남쪽의 나무가 우거진 지대에 도착하자 알렉산더는 걸음을 멈추었다. 그래서 나도 걸음을 멈추었다. 조금 떨어진 곳에서 엘리도 걸음을 멈추었다.

"뭘 기다리는 거야?"

알렉산더가 손짓하는 곳을 바라보니 100미터 떨어진 곳에서 우리 쪽으로 다가오는 레베카가 보였다.

"네 편을 다크 사이드라고 한 이유를 이제 알겠네."

"할아버지는 레베카한테 약한 구석이 있었어. 레베카는 할아버지를 꽤 잘 알았어. 할아버지는 나 혼자 이 일을 할 거라고 생각하진 않았을 거야."

"넌 혼자가 아니야." 나는 나를 가리키며 얘기했다.

"그럼 너, 우리 팀이야? 제임슨이랑 한 팀 아니지? 그레이슨도 아니지?"

"왜 팀이 돼야 하는데?"

"쟤네들은 원래 그래. 내 말은, 호손 말이야."

레베카가 내 앞에 서며 얘기했다. 내가 그녀를 보려고 고개를 돌렸지만 레베카는 눈을 내리깔았다.

"할 말이 있다며?" 레베카가 알렉산더에게 물었다.

"테아를 기다리자."

"테아?" 내가 투덜거렸다.

"그 앤 권모술수에 정말 능하거든. 그리고 지는 걸 정말 싫어해. 걔가 있으면 이길 가능성이 커져서 마음에 들어."

알렉산더는 머뭇거림이 전혀 없었다.

"하지만 걔는 자라의 조카야. 그리고 걔는 너하고 네 형들을 증오해."

나는 지적하지 않을 수 없었다.

"증오라니 말이 지나쳐. 테아는 다소 부정적이고 가끔 신랄하게 우리 형제를 사랑하는 거야."

알렉산더는 얼버무렸다.

"테아는 안 올 거야."

레베카는 알렉산더와 나 사이를 왔다 갔다 하며 끼어들었다.

"안 온다고?"

알렉산더가 하나뿐인 눈썹을 치켜올리며 물었다.

"난 그냥…… 난 안 되겠어. 알렉산더, 오늘은 안 돼."

레베카가 숨을 내쉬자 숨결이 진한 빨강 머리카락에 닿았다.

'오늘이 무슨 날인데?' 나는 속으로 물었다.

"새로운 실마리는 뭐야?"

레베카는 알렉산더에게 더는 압박하지 말라는 표정으로 물었다.

알렉산더는 고개를 살짝 끄덕이더니 바로 본론으로 들어갔다.

"우리가 찾던 요주의 인물 중 한 명이 그레이슨의 아버지야. 내 생각에 제임슨과 그레이슨이 그 사람을 만나러 간 것 같아. 형들이 찾아내는 동안 우리가 할 수 있는 일은 다른 실마리를 쫓는 거야."

"다른 실마리는 뭔데?" 내가 물었다.

"캠던 하우스. 호손 아일랜드의 화재 피해자들에게 기부를 많이 한 사람들을 상호 참조한 결과와 매치되는 두 건을

162

찾아냈어. 데이비드 고블링의 가족은 플래티넘 수준의 기부자들이야. 콜린 앤더스 라이트의 삼촌은 딱 한 번 기부했지만 액수가 상당했어. 그런데 할아버지가 직접 기부한 건 하나도 찾아내지 못했어. 그래서 가설을 하나 세웠어."

알렉산더의 말투는 확신에 차 있었다.

"토비 아저씨는 그곳의 환자였어. 네 증조할머니가 그렇게 말씀해주셨어." 내가 끼어들었다.

"청년 세 명이 모두 캠던 하우스에 입원했던 건 확실해. 내 생각에 거기서 만난 것 같아."

알렉산더가 이야기를 진행했다.

나는 호손 아일랜드의 화재를 다룬 신문 기사들을 생각했다. 광란의 파티가 열렸을 거라는 추측이 있었다. 앞날이 창창한 젊은 청년들이 재활원을 나와 파티를 벌였는데 케일리 루니 때문에 비극이 일어났다는 기사가 반복적으로 실렸다.

"남자들이 캠던 하우스에서 만났다면, 그러면……."

레베카가 천천히 이야기를 시작했다.

"맞아! 그러면…… 뭐라고?"

알렉산더는 한 발씩 펄쩍펄쩍 뛰면서 물었다.

"그해 여름 그 남자들의 정신 상태를 알 수 있겠네. 화재로 이어진 그 사람들의 정신 상태를." 내가 얘기했다.

"화재와 그들의 죽음도."

레베카가 내 이야기 뒤를 따르며 말했다. 레베카는 눈을 꼭 감았다가 뜨더니 고개를 흔들며 뒷걸음질을 쳤다.

"미안해, 알렉산더. 나도 이 게임에 끼고 싶어. 널 도와주고 싶어. 너와 함께 이 일을 하고 싶어. 그럴 마음도 있어, 알지? 근데 오늘은 안 돼."

30

에밀리의 생일이 금요일, 오늘이라고 했던 레베카의 말이 거짓말이 아니라는 것을 깨닫는 데까지는 생각보다 시간이 꽤 걸렸다. 추모 기금 모금 행사가 있다는 테아의 말도 거짓말이 아니었다.

내가 참석해야 한다고 알리사가 계획한 바로 그 모금 행사였다.

"오늘 오후 랜던과 약속을 잡아놨어. 랜던이 시간이 별로 없어서 머리와 메이크업을 함께해야 해."

엘리가 앞 좌석에 자리를 잡고 앉자, 나는 안전벨트를 매다가 눈을 가늘게 뜨며 쳐다봤다.

"오늘 추모 행사가 에밀리 라플린을 위한 행사라는 말은 안 했잖아요."

"그랬나? 컨트리 데이는 에밀리를 추모하는 새로운 예배당을 지었어."

알리사는 죄책감이 전혀 없는 목소리로 얘기했다.

앞 좌석에서 기침 소리가 들린 순간, 나는 운전하는 사람이 오렌이 아니라는 사실을 알아차렸다. 이 사람은 머리카락 색이 더 연하고 길이는 더 길었다. 나는 학교에서 나를 그림자처럼 따라다니는 엘리에게는 어느 정도 익숙해졌지만, 유언장 공개 후에 이동할 때 오렌이 내 시야에 보이지 않는 건 처음이었다.

"오렌은 어디 있어요?"

"다른 일로 바쁩니다. 문제가 좀 있어서요."

운전사가 대답했다.

"무슨 문제죠?"

내가 다시 물었다. 하지만 답이 없었다. 나는 알리사를 쳐다봤지만 어깨만 으쓱하더니 다른 이야기를 꺼냈다.

"제임슨하고 그레이슨이 네 제트기를 한 대 탔는데 이유는 모르지? 그치?"

♟

나는 호손 하우스로 돌아온 후, 문제를 처리하는 오렌을 문 앞에서 만났다.

"맥신?"

맥신을 본 나는 깜짝 놀랐다. 우리가 얼굴을 보지 못한 지 1년이 지났다. 그런데 검은 머리를 양쪽으로 대충 틀어 올린 맥신이 보였다.

맥신은 나를 보며 환하게 웃더니 세상에서 가장 억울한 표정으로 오렌 쪽을 쳐다봤다.

"드디어 만났어! 에이버리, 네 경호원님께 내가 위험인물이 아니라고 제발 말 좀 해줄래?"

충격이 가시기 시작했다. 내가 맥신에게로 한 발짝 다가가자, 맥신은 내게로 몸을 던지더니 나를 꽉 끌어안았다.

"여긴 어쩐 일이야?"

"내가 말했잖아. 선교 여행을 생각 중이라고. 후진적이고 가여운 억만장자에게 주님의 사랑을 전하러 왔지. 험악한 일이지만 누군가는 해야 할 일이야."

맥신은 어깨를 으쓱하며 대답했다.

"얘 지금 농담하는 거예요. 거의."

나는 오렌에게 설명한 뒤 맥신을 더 자세히 쳐다봤다. 만나서 기쁜 만큼 맥신의 부모님이 이번 여행을 기꺼이 허락하지 않았을 거라는 생각이 들었다. 맥신은 이미 부모님과 사이가 좋지 않았다.

그 순간 떠오른 사실이 있었다.

"너도 오늘이 생일이지."

"너도? 난 이제 열여덟이야."

아주 잠깐 맥신의 눈에서 원초적인 감정이 보였다. 하지만 맥신은 그 감정을 떨쳐냈다. 맥신은 법적으로 성인이 됐다. 맥신의 부모님이 쫓아낸 것일까 아니면 마음대로 집을 나온 것일까?

"손님방 있지?" 맥신이 완전 허세를 부리며 물었다.

"한 마흔 개는 있을걸." 나는 맥신의 손을 꽉 쥐며 대답했다.

맥신은 정말 자신만만하고 가장 막강한, 맥신 리우다운 미소를 지어 보였다.

"그럼, 여기를 견학하려면 뭘 해야 돼?"

♟

맥신과 저택을 둘러본 지 10분쯤 지났을 때 내 휴대전화가 울렸다.

"제임슨이야."

맥신은 나를 쳐다보다니, 곧 환하게 웃으며 말했다.

"난 신경 쓰지 마. 아예 여기 없는 척해."

나는 전화를 받았다.

"어떻게 돼가? 별일 없지?"

"진짜 진짜 고루한 형이 기다리는 동안 술 마시기 게임을 진심으로 거부한다는 사실만 빼면 상황은 아주 좋아."

제임슨은 모든 것을 농담처럼 만드는 버릇이 있다. 매사에 비꼬는 유머를 쓰는 편이다.

"술 마시기 게임이라고? 아니야, 대답 안 해도 돼. 지금 대체 뭘 기다리는 거야?"

제임슨의 침묵이 살짝 이어졌다.

"셰필드 그레이슨에게 우리랑 막상막하의 경호팀이 있더라고. 경호팀이 우리를 들여보내야만 그 사람 근처로 갈 수 있어."

"그럼 그 사람은 그레이슨이 가까이 오는 걸 반기지 않는 거네. 그레이슨은 괜찮아?"

그건 마음이 아팠다.

제임슨은 그 질문에 대답하지 않았다.

"그레이슨은 명함이 있잖아. 그래, 내가 그걸로 형을 인정사정없이 놀렸지. 형이 명함 뒤에 우리가 묵는 호텔의 정보를 써서 대문 앞 경호원에게 맡겼어."

제임슨의 말투에서 장난기가 빠질수록 내 마음이 더 아팠다.

"그래서 지금 기다리는구나."

수화기 저편에서 짧은 침묵이 이어졌다.

"그래서 기다리고 있어."

제임슨의 말투는 의기소침했다. 내게 그런 모습을 드러내다니 놀라웠다.

"걱정 마, 상속녀. 더 기다려야 한다면 난 술 마시기 게임을 하자고 형을 꼬드길 거야."

제임슨은 다시 농담 섞인 이야기를 했다.

전화를 끊자 맥신은 그야말로 나를 물고 늘어졌다.

"걔가 뭐라고 했어?"

"그러니까 네가 '그것'하고 싶은 걔네가 네 개인 전용기를 타고 애리조나로 갔고, 걔네의 의문의 아버지가 엄청난 화재와 비극에 대해 뭔가 알고 있다는 말이지. 엄청 오래전에 일어난 화재 말이야."

"대충은. 내가 누구랑 '그것'하고 싶다는 얘기 빼고."

"네 생각과 두 눈은 그렇다고 말하고 있어."

맥신이 진지하게 얘기했다.

나는 맥신에게 한 방 먹일 이야기를 꺼냈다.

"맥신! 자, 이제 네가 여기서 뭘 하려는지 말해봐. 네가 괜찮지 않은 건 우리 둘 다 아는 사실이야."

"물론 안 괜찮은지도 모르지만, 난 지금 너희 집 볼링장 한가운데 서 있잖아. 여긴 정말 놀라운 곳이야."

맥신은 6미터 높이의 천장을 쳐다보며 얘기했다. 맥신이 머리를 식히고 싶다면 정말 딱 맞는 곳을 찾아왔다.

"자, 이제 억만장자 에이버리의 엉망진창 인생에서 뭐 빼먹고 말하지 않은 거 더 있어?"

나는 맥신이 말하고 싶지 않다면 압박하지 않기로 했다.

"하나 더 있어. 에밀리 기억나?" 내가 물었다.

"죽어서 천 개의 파편을 남긴 애? 그 애의 비극적인 죽음이 지금까지 모든 사람에게 파문을 일으키고 있지? 그래, 에밀리 기억나."

"오늘 밤. 난 그 애를 추모하는 모금 행사에 가야 돼."

31

"화두와 주제를 개발해야 하는데 어디 있었어요?"

랜던은 내가 얼굴에 메이크업을 받고 머리에 엄청난 양의 무스를 바르고 있는 와중에도 거침없이 몰아붙였다.

"주제도 있는 거야? 가부장제를 부수는 건 어때? 가부장제를 완전 으깨면 좋겠다."

맥신이 내 옆에서 지껄이기 시작했다.

"그거 좋네. 너도 이야깃거리 몇 개만 생각해봐."

나는 맥신에게 얘기했다.

"가만히 있어요."

메이크업 아티스트가 내 턱을 꽉 잡으며 얘기하자 랜던이 목을 가다듬으며 이야기를 꺼냈다.

"그건 신중하지 못한 태도예요."

랜던은 내게 이야기하면서 우아한 태도로 맥신을 흘낏 쳐다봤다.

"가부장제를 깨부수는 건 늘 신중한 거예요."

맥신이 랜던에게 장담했다.

"고개 들어요. 이제 눈을 시작할 거예요."

메이크업 아티스트의 목소리는 다른 때보다 더 불길하게 들렸다. 나는 눈을 깜박이지 않으려고 최선을 다하면서 랜던에게 물었다.

"시간과 수고를 아끼는 게 좋지 않아요? 그냥 내가 무슨 이야기를 하면 좋을지 말해주세요."

"공감대를 형성하고, 주어진 엄청난 기회에 무척 감사하고, 호손 가족과 좋은 관계를 유지하고, 수십억 달러의 산업을 혼란에 빠트릴 가능성이 전혀 없을 것이라는 이야기를 전해야 합니다."

랜던은 잠시 쉬었다가 다시 시작했다.

"하지만 이런 이야기를 전하는 건 당신에게 달렸어요. 제가 원고를 써주면 정말 대본처럼 들리겠죠. 그러니까 에이버리, 이 모든 경험에 대해 진심으로 뭐라고 말할 수 있나요?"

나는 호손 하우스에 대해 생각했다. 여기 사는 호손 형제들을 생각하고, 벽 속에 숨어 있는 비밀을 생각한 다음 대답했다.

"정말 멋져요."

"좋아. 그리고?"

"엄마가 여기 있다면 좋겠어요."

나는 엄마가 나를 볼 수 있기를 바랐다. 엄마가 아팠을 때 돈이 있었더라면, 약간이라도 있었다면 좋았을 텐데. 엄마에게 토비 호손에 대해 물어볼 수 있으면 좋을 텐데.

"방향이 아주 좋아요. 하지만 당분간, 어머님 이야기는 꺼내지 않는 게 좋을 것 같네요."

그럴 수만 있다면 나는 랜던을 노려봤을 것이다. 대신 나는 턱을 거칠게 젖혀서 천정을 노려봤다.

'왜 저 여자는 엄마 이야기를 하지 말라는 걸까?'

♟

두 시간 후, 나는 무릎까지 내려오는 연보라색 실크 드레스를 차려입었다. 무척 섬세한 까만 레이스가 달린 드레스다. 그리고 구두 대신 무릎까지 올라오는 전혀 편안하지 않은 까만 스웨이드 부츠를 신었다. 그리고 비싼 사립학교를 다니는 개성 있는 나만의 표정을 지었다.

엄마에 대해 말하지 말라는 랜던의 말이 머릿속에서 떠나지 않았다.

"내가 조사를 좀 했어. 네 엄마에 대해 소설을 쓰는 타블로이드 신문이 있는 것 같아."

둘만 남자 맥신이 이야기를 꺼냈다.

"무슨 내용이야?"

묻는 순간 심장박동이 올라갔다. 꽉 끼는 드레스 때문에 내 심장이 뛰는 걸 다른 사람이 볼 수 있을 것만 같았다. 엄마가 아빠에 대해 거짓말을 했다고 언론이 의심하고 있나? 나는 이런 생각을 밀어냈다.

"이 타블로이드 신문은 네 엄마가 가명으로 살았다고 주장해. 지금까지 이 이야기를 뉴스거리로 뽑은 사람은 아무도 없어. 그러니까 보나 마나 헛소리야. 그런데……."

맥신이 자기 휴대전화를 내게 건넸다.

"그런데 랜던은 내가 엄마 이야기를 하는 걸 반기지 않아. 엄만 다른 가족이 없었어." 나는 스모키 화장을 한 눈을 떴다 감으며 말을 이었다. "그냥 엄마랑 나밖에 없었어."

그 순간 '나에겐 비밀이 있어' 게임을 할 때 했던 어리석은 생각들이 떠올랐다. 나는 위조 신분으로 사는 비밀 요원 역할에 빠져들곤 했다.

"말이 될 수도 있지. 토비 아저씨도 가명으로 살지 않았나?"

내가 지금까지 회피했던 문제들이 생각났다. 엄마는 정말 어쩌다 토비아스 호손의 아들과 관계를 갖게 됐을까? 그 사람의 신분을 알고 있었을까?

그 순간 거센 노크 소리가 들려와 생각이 끊어졌다.

"준비됐어?" 알리사가 소리쳤다.

"이 행사 빼먹으면 안 될까요?" 내가 다시 소리쳤다.

"5분 남았어."

나는 맥신에게 고개를 돌리며 얘기했다.

"우리, 사이즈가 같잖아."

"그건 왜?"

물어보는 맥신의 두 눈이 반짝반짝했다.

나는 맥신을 옷장으로 데려가서 문을 활짝 열었다. 맥신은 안을 보더니 헉 하고 숨을 쉬었다.

"옷 입어. 오늘이 네 생일이잖아. 나 혼자 가지 않을 거야."

32

커먼스는 하이츠 컨트리 데이의 실내 공간 중 가장 크다. 휴게실도 되고 회의실로도 쓰이는 공간인데 오늘은 다른 곳으로 확 바뀌었다. 커먼스에 드리워진 황금빛 커튼이 눈에 들어왔다. 진한 보라색 실크 테이블보가 덮인 원형 테이블 10여 개는 이번에 교체된 가구다. 에밀리가 가장 좋아하는 색깔이었다. 커먼스 입구 가까운 곳에 커다란 그림 두 점이 황금색 이젤에 걸려 있었다. 새로운 예배당을 그린 어느 건축가의 그림과 에밀리 라플린을 그린 그림이다. 나는 애써 외면하려 했지만 눈이 가는 걸 막을 수 없었다.

에밀리의 머리카락은 딸기빛 금발이었다. 자연스러운 웨이브 덕분에 살짝 종잡을 수 없는 표정이 연출됐다. 믿을 수 없을 만큼 투명한 피부와 모든 것을 다 아는 것 같은 눈을 갖고 있었다. 레베카만큼 아름답지는 않았지만 그녀의 미소에는 특별한 매력이 있었다.

나도 모르게 제임슨과 그레이슨이 이 자리에 없어서 다행일지도 모른다는 생각이 들었다. 형제는 에밀리를 사랑했다. 두 사람 모두. 아직도 사랑할지 모른다.

옆에 있던 알렉산더의 어깨가 내 몸에 부딪혔다. 내 옆에 바짝 붙어 있으라는 알리사의 엄명 때문이다. 알리사는 오늘 밤 리비 언니를 에스코트해줄 남자로 마지못해 내쉬를 선택했다. 내가 호손 가족과 사이가 좋다고 전달하는 것이 수습책의 일부였다. 하지만 알렉산더와 내쉬만 이 자리에 나타난 것이 아니니, 말이 쉽지 만만치 않은 일이다.

구석에서 사람들과 어울리는 자라와 콘스탄틴이 보였다.

"참석자들과 잘 어울려야 해."

알리사가 내 뒤통수에 대고 바로 속삭였다. 그리고 알렉산더와 나를 현악사중주단 쪽으로 몰았다. 바로 그 순간 내 눈에 스카이 호손이 보였다. 남녀 추종자에게 에워싸인 그녀는 거리낌 없이 웃고 있었다.

"스카이 왼쪽에 있는 커플은 크리스틴 테리와 남편 마이클이야. 석유 재벌 3세야. 적으로 두면 안 될 사람들이지."

나는 그 말을 이렇게 해석했다. '스카이와 함께 웃도록 놔둘 사람은 아니지.'

"내가 소개해줄게." 알리사가 얘기했다.

"나 좀 살려줘." 내가 입 모양으로 맥신에게 요청했다.

"알았어. 그런데 저기 웨이터가 걸어오네. 마침 새우를 들고 온다!" 맥신이 속삭였다.

10초 후, 나는 크리스틴 테리와 악수할 수 있었다.

"스카이가 그러는데 미식축구를 썩 좋아하지 않는다며. 혹시 론 스타스를 내놓을 생각은 없니?"

크리스틴의 남편이 아주 쾌활하고 시끄러운 목소리로 떠들었다.

"이이를 용서해줘. 비즈니스에는 시간과 장소가 따로 있다고 늘 말하는데도 이 모양이라니까."

크리스틴이 내게 얘기했다.

"지금 여기가 바로 미식축구 이야기를 할 시간과 장소지!"

마이클이 굵은 목소리로 우렁차게 얘기했다.

"에이버리는 지금 당장은 어떤 자산도 내놓을 생각이 없습니다. 누구 때문에 이런 생각이 들었는지 모르겠네요."

알리사가 차분하게 응대했다.

알리사가 말한 '누구'는 바로 스카이였다. 호손 형제들의 살인자 엄마 스카이는 뼛속까지 호손 사람이었다. 너무나 꿋꿋했다.

"여기 우리 에이버리는 천칭자리야. 양면성이 있고, 사람들의 비위를 잘 맞추고, 두뇌 회전이 좋아. 우린 이런 특징을 읽을 수 있어."

스카이는 잠시 말을 멈췄다가 한 손을 오른편으로 뻗으며 얘기했다.

"그렇지, 리처드?"

스카이가 아무리 노력한다고 해도 리처드의 등장 시간을 이보다 더 잘 맞출 수는 없을 것이다. 리처드는 한 팔로 스카이의 허리를 감싸고 있었다. 스카이가 자식을 버린 저 남자에게 값비싼 맞춤 양복을 입힌 것이 분명했다. 나는 리처드를 바라보면서 저 사람은 나에게 아무 의미도 없는 사람이라고 되뇌었다.

하지만 그가 미소를 짓자, 나는 여전히 일곱 살짜리 어린아이인 것만 같았다.

나는 알렉산더를 꽉 붙잡았다. 하지만 그는 갑자기 다른 곳으로 가버렸다. 몇 미터 떨어진 곳에 라플린 부부가 있는 게 보였다. 정장을 차려입은 라플린 부부는 무척 불편해 보

였다. 그들 뒤로 레베카가 서 있었고 그 옆에 사십대나 오
십대로 보이는 여자가 있었다. 에밀리와 기이하게 닮은 여
자였다. 에밀리가 죽지 않고 살아서 늙는다면 그런 모습으
로 보일 것 같았다.

에밀리의 엄마라고 추측할 수밖에 없는 여자는 단숨에
와인 잔을 비웠다. 레베카와 알렉산더는 서로 눈을 맞췄다.
알렉산더가 자리를 뜨는 바람에 나는 스카이를 감당해야
했다.

스카이는 크리스틴 테리를 바라보면서 이야기를 꺼냈다.

"에이버리의 아버지를 소개했던가요? 이 사람은 어린 상
속녀와 양육권 소송을 곧 진행할 계획이에요. 확실한 소식
통한테서 들었어요."

♟

40분 후, 바로 가는 리처드가 보였다. 나는 리처드와 단
둘이 만나려고 맥신에게 알리사의 주의를 딴 데로 돌려달
라고 부탁했다.

"왜 얼굴이 시무룩해, 우리 귀뚜라미?"

내가 옆으로 다가서자, 리처드 그램스는 미소를 지으며
인사말을 건넸다. 그는 모든 사람에게 과도한 칭찬을 퍼붓
는 술주정뱅이 같은 사람이다. 사람의 마음을 사로잡는 그

의 매력을 예상했어야 했다. 나를 별명으로 불렀다는 건 중요하지 않다.

"그렇게 부르지 마세요. 내 이름은 에이버리잖아요."

"원래는 나타샤로 하려고 했어. 알고 있니?"

목이 긴장됐다. 리처드는 자식을 버린 사람이다. 그는 자식에겐 늘 관심이 없었다. 그는 내 아빠도 아니다. 그런데 왜 이 사람과 이야기하면 마음이 아플까?

"네 엄마가 미들네임을 골랐어. 그래서 네 이름은 내가 고르려고 했지. 나타샤라는 이름이 듣기 좋았어."

바텐더가 다가오자 리처드 그램스는 한순간도 주저하지 않았다.

"한 잔 더. 여기 우리 딸한테도 한 잔."

"난 미성년자예요."

"내가 허락했어, 우리 귀뚜라미."

내 안에 무언가가 치밀었다.

"당신이 허락한다고 해서……."

"웃어. 언론을 봐." 그가 내게 몸을 기울이며 속삭였다.

흘낏 뒤를 돌아보자 사진기자가 보였다. 알리사가 나를 이 파티장까지 끌고 온 목적은 스토리를 전하라는 것이지 난리 법석을 떨라는 뜻은 아니다.

"넌 좀 더 웃어야 해, 예쁜이."

"난 예쁜 편이 아니에요. 그리고 당신도 내 친아버지는 아니죠."

나는 차분하게 대답했다.

리처드 그램스는 바텐더에게 병맥주를 받아서 들었다. 그는 동요하지 않았다.

'내가 자기 딸이 아니라는 걸 아는 건가? 그래서 전혀 신경 쓰지 않았나? 왜 난 소중한 사람이 될 수 없었지?'

"내가 함께한 시간이 부족했는지도 모르지. 하지만 난 그렇게 멀리 떨어진 적은 없었어. 그리고 이제 상황을 바로잡으려고 여기 온 거야."

"돈 때문에 이 자리에 왔잖아요."

나는 소리를 지르지 않으려고 사력을 다했다. 오히려 나는 목소리를 낮추었다. 그는 내가 하는 말을 들으려고 앞으로 몸을 기울였다.

"당신은 한 푼도 못 받아요. 내 법률팀이 당신을 매장시킬 거예요. 당신은 엄마가 돌아가셨을 때 양육권을 거부했잖아요. 이제 와서 갑자기 관심을 보이는 이유를 판사가 모를 것 같아요?"

"네 엄마가 죽은 후에도 넌 혼자가 아니었어. 내 딸 리비가 널 잘 돌봐주었지."

리처드는 리비 언니에게 빌어먹을 아무것도 해준 게 없으면서 그 점을 믿는 게 분명했다.

"내 출생증명서에 서명도 안 했잖아요."

나는 이를 갈며 얘기했다. 하지만 그가 아니라고 말해주길 바라는 마음이 어느 정도는 있었다.

하지만 그는 남은 맥주를 단숨에 마시더니 빈 맥주병을 카운터 위에 올려놓고 자리를 떴다. 나는 아주 잠깐 그를 바라본 후 빈 맥주병을 들고 알리사에게 갔다. 알리사는 여전히 맥신을 피하려고 몸서리를 치고 있었다.

나는 알리사에게 맥주병을 건네며 속삭였다.

"유전자 검사를 하고 싶어요."

알리사는 나를 보더니 아주 유쾌한 표정을 지었다.

"그럼 입찰식 경매에서 물건 몇 개만 응찰하자."

나는 알리사가 제시한 조건을 받아들였다.

"좋아요."

33

나는 입찰식 경매가 어떻게 돌아가는지 전혀 몰랐다. 그런데 새우에 취하고 알리사의 주의를 딴 데로 돌리는 데 성공해서 몹시 들뜬 맥신이 나를 붙잡았다. 그리고 자신도 간신히 주워들은 것들을 나에게 설명했다.

"모든 물건은 시트로 덮어두었어. 입찰자들이 이름과 입찰 가격을 쓰는 거야. 네가 다른 사람을 이기고 싶으면 그 사람들 이름 밑에 네 이름을 쓰면 돼."

맥신은 테디 베어로 보이는 물건을 향해 성큼성큼 걸어가, 최고 입찰 가격보다 250달러 많은 금액을 제시했다.

"너 지금 테디 베어에 850달러를 제시한 거야?"

나는 깜짝 놀라 물었다.

"밍크 테디 베어잖아. 저쪽에 있는 진주 귀걸이 보이지."

맥신은 칠십대로 보이는 여자를 향해 고개를 끄덕였다.

"저분이 테디 베어를 원해. 테디 베어를 얻을 수만 있다면 무슨 짓이든 하겠대."

몇 분 후 테디 베어를 들고 의기양양하게 걸으며 다른 경매품에 가격을 휘갈겨 쓰는 진주 귀걸이 할머니가 보였다.

"난 정말 박애주의자야. 지금까지 나 때문에 이곳 사람들이 만 달러는 썼어."

맥신이 주장했다.

모든 상황을 고려해볼 때 맥신이 상속녀가 되는 것이 더 타당했다. 나는 고개를 절레절레 흔들었다. 그리고 돌아다니며 경매품을 훑어봤다. 미술품, 보석, 지정 주차 구역, 걸어갈수록 점점 가격이 비싼 물품들이 눈에 띄었다. 디자이너 가방, 티파니 조각상, 전용 셰프가 요리하는 10인분 만찬, 50명 인원 제한의 요트 파티.

"진짜 가격이 센 물건은 라이브로 경매가 진행된대. 내가 알아봤는데 네가 기부한 물건이 대부분이래."

정말 실제 같지 않았다. 이런 삶이 현실로 느껴지는 날은 결코 없을 것이다.

"개인적으로 봤을 때, 넌 개인 숙소가 딸린 오거스타 마스터즈 골프 티켓에 입찰해야 해."

맥신이 오만한 말투로 얘기했다.

나는 멍한 눈빛의 맥신을 쳐다보며 물었다.

"무슨 말인지 전혀 모르겠는데?"

맥신은 씩 웃으며 대답했다.

"나도 몰라."

알리사가 입찰에 응하라고 해서 나는 주위를 다시 한번 돌아다녔다. 고급 화장품 바구니, 눈알이 튀어나올 만큼 고가의 와인과 스카치, 백스테이지 패스*, 빈티지 진주.

모두 나한테 어울리지 않는 것들이었다.

결국 고전적인 디자인의 크고 긴 괘종시계가 내 눈에 들어왔다. 컨트리 데이의 은퇴한 축구팀 코치가 이름을 새긴 시계라는 설명서가 보였다. 단순하지만 완벽했다. 건너편에 있는 알리사가 나를 보고 고개를 끄덕였다. 나는 침을 꿀꺽 삼킨 후, 직원이 내게 알려준 최소 가격을 참고해서 높은 입찰가를 올렸다. 속이 울렁거렸다.

"좋은 일에 쓰는 거야, 어느 정도는."

---

* 콘서트에서 주최자부터 취재 기자, 카메라맨, 관계자 등에게 발행되는 통행증으로 일반인 출입 금지 구역에도 들어갈 수 있다.

맥신이 나를 달랬다.

날뛰는 야생 황소 등에 올라탄 카우보이 청동 조각이 나한테 필요 없는 물건인 것처럼 이 학교에도 새 예배당은 더 이상 필요 없었다. 하지만 나는 카우보이 청동 조각에도 입찰가를 올렸다. 리비 언니와 함께 가려고 동네 제과점의 베이킹 수업에도 입찰가를 올렸다. 그리고 밍크 테디 베어에 입찰가를 올리라고 맥신을 강하게 밀어붙였다.

그리고 내 눈에 그 사진이 보였다. 나는 사진을 다 보기도 전에 그레이슨의 작품인 줄 바로 알아차렸다.

"걔가 보는 눈이 있지."

나는 뒤에 서 있는 자라 쪽으로 몸을 돌렸다.

"이 사진에 입찰할 건가요?" 내가 물었다.

자라 호손 칼리가리스는 한쪽 눈썹을 찌푸리며 나를 보더니 한마디 말도 없이 자리를 떴다. 나는 입찰한 괘종시계의 가격을 올리러 갔다.

"이런, 젠장. 방금 저 여자가 너한테 부자들의 결투를 신청한 거야."

맥신이 내 옆에서 속삭였다.

"진정해, 강타자."

내 옆에 나타난 알렉산더가 말을 붙였다.

"어디 있다 온 거야?"

나는 짜증 난 어투로 물었다.

"레베카와 걔네 엄마를 도와줬어. 걔네 엄마가 와인 때문에 힘들어하셔서."

알렉산더의 목소리는 평소답지 않게 차분했다.

나는 우리 쪽 테이블로 오는 알리사 때문에 더 캐물을 수 없었다.

"만찬이 시작됐어. 만찬이 끝나면 라이브 경매가 시작돼."

알리사가 알려준 정보를 듣고 나는 간신히 자리를 잡고 앉아서, 적절한 포크로 샐러드를 먹었다. 물론 실크 테이블보에 아무것도 흘리지 않았다. 그런데 갑자기 상황이 나빠졌다. 조용한 잡담 소리를 뚫고 뭔가 박살 나는 커다란 소리가 났다. 방 안의 모든 사람이 레베카를 보려고 고개를 돌렸다. 아름답고 창백한 레베카는 넘어지려는 어머니를 부축하고 있는데 에밀리의 그림과 건축가의 스케치가 걸려 있던 이젤이 꽝 소리를 내며 바닥에 떨어졌다. 레베카의 어머니는 자신을 잡은 딸의 손을 뿌리치며 다시 한번 비틀거렸다.

그 자리에 있던 테아가 갑자기 레베카와 어머니 사이로 무릎을 꿇었다. 테아는 제정신이 아닌 여자에게 뭐라고 속삭였다. 방 건너편에 있던 내 눈에도 레베카의 얼굴이 보였다. 잊으려고 간절히 노력하던 수많은 것들이 기억나는 듯한 얼굴이었다.

이 순간 테아가 레베카의 어머니에게 손을 내민 것은 최고인 동시에 최악의 방법으로 레베카를 파괴할지도 모를 일이었다.

잠시 후, 그 자리에 있던 리비 언니가 레베카의 어머니를 부축해서 일으켜주려고 했다. 언니는 까만 칵테일 드레스를 입었다. 언니의 파란 머리는 고데기 덕분에 쭉 펴졌고 목에는 목걸이 대신 까만 리본을 맸다.

리비 언니는 여느 때와 다름없이 차분해 보였다. 하지만 레베카의 어머니는 언니가 무슨 괴물이라도 되는 듯이 언니를 손가락으로 가리키고 조롱했다.

"네가 그 사람과 함께 있는 걸 봤어. 호손 사내 말이야. 호손 사람은 절대 믿으면 안 돼. 저들은 모든 걸 앗아가."

레베카의 어머니는 간신히 서서 얘기했다.

"엄마."

레베카의 속삭이는 목소리가 들렸다. 레베카의 어머니는 흐느끼기 시작했다. 자신을 쳐다보는 사람들을 알아본 리비 언니가 달아났다. 나는 리비 언니를 뒤쫓아갔다. 알리사가 나를 불렀지만 무시했다. 레베카와 테아, 레베카의 어머니를 지나치는데 술에 취한 여자가 같은 말을 계속 반복하며 속삭이는 소리가 들렸다.

"왜 내 아기들은 모두 죽는 거야?"

34

나는 밖에서 리비 언니를 만났다. 이미 와 있는 내쉬도 보였다.

"안으로 들어와. 자긴 아무 잘못도 없어."

내쉬가 속삭였다.

리비 언니는 고개를 들더니 내쉬를 지나 나를 바라봤다.

"미안해, 에이버리. 그 여자가 넘어지는 걸 보고 내 몸이 저절로 나섰나 봐."

언니와 나의 인생이 이렇게 뒤바뀌기 전에 언니는 요양원에서 일했다. 리비 언니는 얼굴을 찌푸리며 얘기했다.

"알리사가 나한테 오늘 밤 소란을 떨지 말라고 한 게 바로 이런 상황이었나 봐."

"그 사람이 자기한테 뭐라고 했다고?"

내쉬가 물었다. 목소리가 낮고 위험했다.

리비 언니는 어깨만 으쓱했다.

"레베카의 엄마가 저렇게 폭발할지 언니가 어떻게 알았겠어."

나는 언니에게 얘기한 후 한숨을 쉬는 내쉬를 흘낏 쳐다봤다.

"그 여자는 라플린 부부의 딸이야. 저택에서 자랐어. 내가 태어나기 전이야. 스카이보다 열다섯 살이 많아. 내가 알아본 바로는 라플린 부부와 딸은 원래 늘 사이가 좋지 않았대. 그 사람들이 에밀리를 잃은 후로…… 라플린 부부의 딸은 우리 가족을 원망했어."

내쉬는 고개를 숙였다.

에밀리가 죽던 그날 밤, 그 자리에 제임슨과 그레이슨이 있었다.

"그 여자는 자기 아기들이 다 죽었다고 했어."

내가 중얼거렸다. 나는 그 여자가 살아 있는 딸 레베카를 바라보던 모습을 곰곰이 생각했다.

"유산을 말한 거야. 딸 부부는 아기를 가지려고 했을 때 이미 나이가 많았어. 라플린 부부는 딸 부부가 에밀리를 낳기 전에 아기를 여러 번 잃었다고 얘기한 적이 있어."

내쉬가 조용히 얘기했다.

이 일을 조금만 더 오래 생각했다가는 레베카 라플린을 안쓰러워하는 마음이 들 것이다.

"언니 괜찮아?"

언니는 고개를 끄덕이더니 내쉬를 보며 얘기했다.

"잠깐 자리 좀 비켜줄래요?"

내쉬는 마지막으로 리비 언니를 본 후 느릿느릿 걸어갔다. 언니는 다시 나를 돌아보며 물었다.

"에이버리, 너 아까 아빠한테 뭐라고 했어?"

나는 언니와 이 이야기를 하고 싶지 않았다.

"아무 말도 안 했어."

"나도 알아. 네가 아빠를 미워하는 거. 넌 그래도 돼. 그래, 맞아. 스카이와 그러는 거 정말 섬뜩해. 하지만……."

"섬뜩하다고? 언니, 그 여잔 날 죽이려고 했어!"

나는 딱 3초 만에 내가 무슨 짓을 했는지 알아차렸다.

리비 언니가 나를 빤히 바라보며 물었다.

"뭐라고? 언제? 경찰에 알렸어?"

언니는 스카이가 쫓겨난 건 알고 있지만 이유를 몰랐다.

"일이 좀 복잡해."

나는 얼버무렸다. 나는 그레이슨에게 약속한 것을 어떻게 설명할지 곰곰이 생각하고 있었다. 하지만 리비 언니는 단 1초도 기다리지 않았다.

"그런데 난 아니잖아."

언니가 턱을 내밀며 차분하게 얘기했다.

처음에 나는 언니가 무슨 이야기를 하는지 알아듣지 못했다.

"뭐가?"

"일은 복잡한데 난 복잡한 사람이 아니잖아. 넌 그렇게 생각하잖아. 난 너무 낙천적이고 사람을 너무 잘 믿는다고. 나는 대학 문턱에도 못 갔어. 나는 너처럼 생각하지 못하잖아. 나는 사람들을 너무 잘 믿어. 난 순진해……."

"누가 그래?"

189

리비 언니가 고개를 숙이자 파란 머리카락이 얼굴로 떨어졌다.

"됐어. 성년 자격 획득 서류에 서명했어. 이제 곧 넌 공식적으로 내 말을 들을 필요가 없어. 아빠 말도, 다른 누구의 말도 들을 필요 없어. 네가 원하는 거잖아, 그치?"

나는 성년 자격을 요구한 적이 없다. 모두 알리사가 벌인 일이다. 하지만 나도 옳다고 생각한 일이다.

"언니, 그런 게 아니야."

하지만 내가 더 이야기하려는 순간 전화벨이 울렸다.

제임슨의 번호였다.

나는 휴대전화 화면에서 시선을 떼며 언니에게 말했다.

"전화 먼저 받을게. 그렇지만……."

리비 언니는 그냥 고개만 흔들었다.

"넌 네 할 일을 해. 에이버리. 난 소란을 그만 피우도록 노력할게."

35

"여보세요?"

휴대전화 너머에 잠시 침묵이 흘렀다.

"에이버리?"

낮고 묵직한 목소리를 듣자 바로 상대방이 누군지 알아 차렸다. 제임슨이 아니다.

"그레이슨? 무슨 일 있어요? 혹시……."

그가 전화를 걸다니 난생처음이었다.

"제임슨이 전화를 걸라고 시켰어."

아무 일도 아니었다. 말 그대로 아무 일도 아니었다.

"제임슨이 뭐라고요?"

"제임슨이 언제, 제임슨이 어디에, 제임슨이 누구한테?"

멀리서 제임슨의 목소리가 들렸다. 그의 목소리는 리듬을 타고 있었고, 말투는 거의 철학적으로 들렸다.

"스피커폰으로 얘기하는 거예요? 제임슨 취했죠?"

"그 자식 취하면 안 되는데. 술잔을 절대 거부하지 않더라고."

그레이슨은 정말 불만스러운 목소리로 얘기했다.

그레이슨의 발음은 흐트러지지 않았다. 말투도 느리지 않았다. 하지만 목소리를 듣고 있으니 갑자기 그레이슨이 술에 취했을지도 모른다는 생각이 들었다.

"두 사람 지금 술 마시기 게임을 하고 있죠?"

"넌 정말 추측을 잘하는구나. 할아버지가 그걸 알았을 까?"

술에 취한 그레이슨이 대답했다.

고백하는 것 같은 그의 어조는 조용했다. 멀리서 쿵 하는 소리가 들렸다. 잠시 침묵이 이어지더니 두 사람 중 한 명이 마구 웃기 시작했다. 내 생각에 제임슨이 분명했다.

"이만 끊어야겠어."

그레이슨은 엄청 품위 있게 얘기했지만 전화를 끊을 때 버튼을 잘못 누른 게 분명했다. 두 사람의 목소리가 여전히 내 귀에 들렸다.

"우리 둘이 동의한 걸로 받아들일게. 이제 술 마시기 게임을 진실 게임으로 바꾸자고."

좋은 사람이라면 바로 그 순간 전화를 끊었을 것이다. 하지만 나는 휴대전화 음량을 최대로 키웠다.

"우리가 할아버지의 퍼즐을 푼 그날 밤, 에이버리에게 뭐라고 했어?"

제임슨의 목소리가 들렸다.

그레이슨은 그날 밤 아무 말도 하지 않았다. 하지만 그다음 날 스카이를 내보낸 후 많은 이야기를 했다. '항상 지켜줄게. 하지만 이건…… 우린…… 이러면 안 돼, 에이버리.'

제임슨의 이야기가 계속됐다.

"그날 이후 에이버리가 날 터널로 데려갔거든."

그레이슨은 뭐라고 이야기했지만 내 귀에 들리지 않았다. 그런데 갑자기 "문 앞이야"라고 말하는 그레이슨의 목소리가 들렸다. 그레이슨은 분명하게 말했지만 어안이 벙벙한 것 같은 목소리가 느껴졌다.

'누군가 문 앞에 있어.' 나는 알아차렸다. 그리고 좀 더 웅얼대는 소리가 들렸다. 바로 '그레이슨의 아버지'다.

나는 처음에 휴대전화 저편 사람들이 무슨 말을 주고받는지 전혀 알아들을 수 없었다. 어느 순간부터 사람들이 휴대전화에 더 가까이 대고 이야기하는 건지 몰라도 갑자기 다 들렸다.

"나를 보고도 전혀 놀라지 않네요."

그레이슨의 목소리였다. 술이 깬 게 분명했다.

"난 각기 다른 세 회사를 바닥에서부터 일궈본 적이 있으니까. 어떤 일에도 눈 한 번 깜박하지 않고 성취해낸 것을 넌 상상할 수 없을 거야. 잠재적 위험도 있었지. 솔직히 난 스카이가 자네에게 내 얘기를 몇 년 전에 한 줄 알았어."

내 위가 조여들었다. 가여운 그레이슨. 그의 아버지는 지금 그를 '위험 요인'으로 보고 있었다.

"나를 임신했을 때, 당신은 유부남이었어요. 지금도 그렇죠. 자식들도 있고. 당신 인생을 내가 침범하려 하니 부담스러웠겠죠. 그러니 다른 얘긴 그만하죠, 어때요?"

그레이슨의 말투는 감정이 없었다. 위험할 정도로 무감했다.

"바로 본론으로 들어가서 왜 여기 왔는지 진실을 얘기하는 건 어때? 최근 가족의 재산을 받지 못할 상황에 처했다고 들었는데. 재정적으로 너는 지금 곤궁하겠지."

"우리가 돈 때문에 온 거 같아요?" 제임슨이 물었다.

"가장 단순한 이유가 가장 옳을 때가 많거든. 혹시 돈 때문에 왔다면……."

"그래서 온 게 아닙니다."

내 온몸이 뻣뻣해졌다. 마음속 눈으로 그레이슨의 모습을 그릴 수 있었다. 온몸의 근육은 긴장했지만 차분하고 냉정한 표정을 상상할 수 있었다. '뇌물', '협박', '매수'. 그레이슨은 만만찮은 사람으로 키워졌다. 그레이슨이 셰필드의 가족 이야기를 꺼낸 이유가 있었다.

"당신에게 이유는 말할 수 없지만. 20년 전 호손 아일랜드에서 일어났던 일을 조사하고 있습니다."

그레이슨의 말을 들은 셰필드 그레이슨이 잠시 말을 멈추었다. 셰필드 그레이슨이 전혀 예상하지 못한 말이었을 것이다.

"이제 와서?"

"내 소식통에 의하면 비극적인 그 일을 다룬 뉴스 보도가, 뭐랄까…… 불완전하다는 생각이 들더군요."

"무슨 소식통이지?"

나는 그레이슨이 미소를 짓는 모습을 상상했다.

"제안을 하나 하죠. 신문 기사에 뭐가 빠졌는지 말해주면, 내 소식통이 콜린에 대해 뭐라고 했는지 알려드리죠."

자기 조카의 이름이 언급된 순간 셰필드 그레이슨의 목

소리가 너무 작아져서 무슨 말을 하는지 들리지 않았다. 그가 무슨 말을 했든, 그레이슨은 방어적으로 대응했다.

"우리 할아버지는 내가 아는 사람 중 가장 존경받을 만한 분입니다."

"케일리 루니에게 그렇게 말해봐. 언론에 그 이야길 떠먹여 준 사람이 누구인 것 같아? 자기 가족한테 아주 조금이라도 호의적이지 않은 목소리를 모조리 없앤 사람이 누구겠어?"

셰필드의 목소리가 다시 들렸다.

그레이슨의 반응은 잘 알아들을 수 없었다. 뒤돌아섰나?

"토비 호손은 불량배였어. 법을 대수롭지 않게 여겼어. 어떤 제한도 없었지. 자기 말고 누구도 안중에 없었어."

다시 셰필드의 목소리가 들렸다.

"그러는 콜린은 그렇지 않았나요?"

제임슨이 셰필드의 신경을 건드렸다. 그건 바로 효과가 있었다.

"콜린은 힘든 시기를 겪고 있었어. 극복할 수 있었어. 그 아인 앞날이 창창했어."

그레이슨의 반응은 이번에도 잘 들리지 않았다.

"케일리 루니는 거기 있지 말아야 했어! 그 아인 범죄자야. 부모는? 범죄자야. 사촌, 조부모, 숙모, 삼촌? 죄다 범죄자야."

셰필드는 결국 폭발했다.

"하지만 화재는 그 여자 잘못이 아니잖아요? 당신은 그 여자의 잘못이 아니라고 충분히 암시했잖아요."

그레이슨의 목소리는 더 낮아진 대신 더 분명해졌다.

"내가 정답을 알아내려고 사설탐정한테 돈을 얼마나 갖다 바쳤는지 알아? 물론 너희 할아버지가 보고서를 묻으려고 경찰한테 갖다 바친 돈에 비하면 푼돈이겠지. 호손 아일랜드에서 일어난 화재는 사고가 아니었어. 그건 방화야. 인화물질을 산 사람은 바로 너희 삼촌 토비였어."

36

갑자기 아무 소리도 들리지 않았다. 나는 그레이슨을 불렀다. 그리고 제임슨도 불렀다. 한 번 더 불렀지만 아무도 내 말에 대답하지 않았다. 나는 전화를 끊은 다음 다시 걸었다. 아무도 전화를 받지 않았다.

전화를 아무리 많이 걸어도 받는 사람은 없었다.

나는 그레이슨이 걱정됐다. 그레이슨의 아버지가 간신히 억누르고 있는 분노도 걱정됐다. 사실 여러 가지 이유로 속이 뒤틀렸다. '해리, 도대체 무슨 짓을 한 거예요?'

토비 호손이 호손 아일랜드 화재에서 목숨을 건진 사실을 알았더라면 이 스캔들을 묻을 수 있었을까? 경찰이 매수

됐다는 가정하에, 이 일이 생존자가 단 한 명도 없는 비극이 아니라면, 경찰을 그렇게 쉽게 매수할 수 있었을까?

'토비가 호손 아일랜드에 불을 지른 것이라면…….' 나는 그 이상은 상상할 수 없어서 토비아스 호손에 대해 곰곰이 생각했다. 왜 그 억만장자는 호손 아일랜드에 화재가 난 후 가족에게 재산을 남기지 않기로 했을까? 왜 화재 사건을 덮는 데 상당한 돈을 써놓고는 자신의 유언장을 이용해 화재를 알리려고 했을까?

"에이버리."

딸깍딸깍하는 알리사의 구두 굽 소리가 들렸다. 빠른 걸음으로 다가온 알리사가 나를 재촉했다.

"얼른 안으로 들어가자. 라이브 경매가 곧 시작될 거야."

♟

나는 저녁 내내 이어진 경매 행사를 잘 견뎠다. 맥신이 말한 대로 라이브 경매에 나온 물품은 대부분 '내'가 기증한 것이었다. 바하마의 아바코에 있는 침실 네 개짜리 집에서 주말 동안 묵을 수 있는 숙박권. 그리스 산토리니에서 2주 동안 묵을 수 있는 숙박권, 개인 전용기 포함. 결혼식장으로 쓸 수 있는 스코틀랜드의 성.

"넌 별장을 대체 몇 채나 가진 거야?"

맥신이 집으로 오는 길에 물었다. 나는 고개를 저었다.

"나도 몰라."

"내가 준 바인더에 정리돼 있어."

앞자리에 앉은 알리사가 말해주었다.

그날 밤, 나는 알리사의 이야기를 거의 귀담아듣지 않았다. 하지만 여섯 번의 통화가 불발되고, 머릿속으로 그레이슨의 아버지와 형제들이 나눈 대화를 몇 시간 동안 곰곰이 생각한 후, 침대에서 일어나 책상으로 갔다. 문제의 바인더는 책상 위에 있었다. 몇 주 전 내가 유산을 물려받을 때 알리사가 기본 지침서로 활용하라고 준 것이다.

나는 바인더를 휙휙 넘겨 보다가 토스카나에 있는 빌라를 발견했다. 보라보라섬의 독채 별장. 스코틀랜드 하이랜드에 위치한 진짜 성. 비현실적으로 느껴졌다. 페이지를 넘길 때마다 나는 사진에 빠져들었다. 파타고니아, 산토리니, 몰타섬, 하와이 카우아이, 세이셸제도, 런던의 주거지, 도쿄와 토론토와 뉴욕의 아파트, 코스타리카, 멕시코의 산 미겔 데 아옌데.

일종의 유체이탈을 경험하는 기분이었다. 내가 지금 어떤 기분인지, 육신이 있는 존재라는 것을 느끼는 게 불가능했다. 엄마와 난 여행을 꿈꾸며 살았다. 나는 원래 살던 집을 나올 때 갖고 나온 꾀죄죄한 가방을 엄청나게 커다란 내 옷장에 몰래 숨겨두었다. 그 지저분한 가방 속에는 엄마의

엽서가 가득 들어 있다. 엄마와 나는 엽서 속 세상을 돌아
다니는 상상을 했었다. 나는 다른 세상을 구경하고 싶었다.

여행과 가장 비슷한 경험은 엽서 보기였다.

여러 가지 감정이 밀려들었다. 나는 다시 바인더의 페이
지를 넘기다가 숨이 턱 막히는 사진을 발견했다. 사진 속
별장은 산기슭에 세워진 듯했다. 지붕은 눈이 덮인 삼각형
이었고, 조명 기구 10여 개가 손전등처럼 갈색 돌을 환하게
비추는 집이었다. 멋졌다.

하지만 내 폐에서 숨을 빨아들인 것은 그 풍경이 아니었
다. 집의 세부 사항을 설명한 페이지의 맨 윗글에 손가락을
대는 순간 모든 심장 근육이 조였다.

로키산에 자리를 잡은, 스키를 즐길 수 있는 침실 여덟
개가 딸린 집의 이름 때문이었다.

'트루 노스(True North, 진짜 북쪽).'

37

"내 딸 스카이 호손에게는 진짜 북쪽이 어디인지 늘 알
수 있도록 내 나침반을 남긴다."

다음 날 아침, 나 자신을 주체할 수 없어서 맥신 앞에서
서성댔다.

"나침반과 트루 노스는 토비아스 호손의 유언장 두 곳에서 다 언급돼. 오래된 유언장은 20년 전에 작성됐어. 이 유언장의 단서는 호손의 손자에게 남긴 게 아니야. 이 게임은 토비아스 호손의 딸들을 위한 거야."

유언장의 그 대목과 내가 물려받은 콜로라도의 집 사이에 어떤 관련이 있다면 스카이를 겨냥한 게 분명했다.

"딸들이라고, 한 명이 아니야?"

"토비아스 호손은 자라에게도 유산을 남겼어."

나는 유언장의 단어를 정확하게 기억해내려고 애를 쓰느라 정신이 하나도 없었다.

"내가 그 애 엄마에게 사랑받았듯이 변함없이 전적으로 사랑하길 바라는 의미로 내 결혼반지를 남긴다."

만약 그것도 '단서'라면?

"트루 노스가 퍼즐 조각 중 하나야. 만약 단서가 더 있다면 분명 결혼반지와 관련이 있을 거야."

"그럼 먼저 콜로라도로 가자. 그리고 우리가 반지를 훔치면 되지."

맥신이 씩씩하게 얘기했다.

마음이 동하는 제안이었다. 나는 트루 노스를 보고 싶었다. 그곳에 가고 싶었다. 알리사가 준 바인더 덕분에 알게 된 새로운 세상을 아주 조금이라도 경험하고 싶었다.

"난 아무 데도 못 가. 유산을 물려받으려면 이곳에 1년 동안 머물러야 해."

좌절한 내가 대답했다.

"넌 학교는 가잖아. 그러니까 넌 온종일 스물네 시간 내내 호손 하우스에 틀어박힐 필요는 없어." 맥신은 씩 웃으며 덧붙였다. "에이버리, 억만장자 친구야. 우리가 제트기를 타고 콜로라도로 가는 데 얼마나 걸릴 것 같아?"

나는 알리사를 호출했다. 알리사는 한 시간도 안 돼 도착했다.

"유언장에 내가 호손 하우스에서 1년 동안 살아야 한다는 대목이 있는데 정확히 어느 정도를 의미하죠? 어느 정도가 호손 하우스의 생활이죠?"

"그건 왜 물어?" 알리사는 눈을 깜박이며 물었다.

"맥신하고 내가 당신이 준 바인더를 봤거든요. 바인더 속의 별장을 모두 봤어요."

"절대 안 돼. 너무 위험해." 오렌이 문간에서 얘기했다.

"나도 그렇게 생각해. 하지만 나에겐 너의 질문에 대답할 직업적 의무가 있어. 그 유언장의 부록에 따르면 넌 한 달에 딱 3일 밤만 호손 하우스를 비울 수 있어."

알리사는 단호하게 대답했다.

"그럼 우린 콜로라도에 갈 수 있네요." 맥신은 몹시 좋아했다.

"불가능한 일이야." 오렌이 얘기했다.

"이곳 상황을 고려해볼 때, 나도 그렇게 생각해. 네가 제시간에 돌아올 수 없는 상황이 되면 어떡할 거야?"

알리사는 최종 버전 알리사 표정을 지으며 말했다.

"난 월요일에 수업이 있어요. 오늘은 토요일이죠. 그냥 딱 하룻밤만 갔다 올 거예요. 그 정도면 우린 자유를 충분히 누릴 수 있죠."

"만약 폭풍이라도 불면? 만약 네가 다치기라도 하면 어쩌지? 한 가지만 잘못돼도 넌 다 잃을 거야."

알리사는 반박에 나섰다.

"그건 그쪽도 마찬가지죠."

나는 고개를 돌려 문간을 바라봤다. 웬 낯선 사람이 서 있었다.

갈색 머리 여자는 카키색 바지와 단순한 하얀 블라우스를 입고 있었다. 뒤늦게 여자의 얼굴을 알아봤다.

"리비 언니?"

차분한 갈색으로 염색한 머리카락이 눈에 띄었다. 언니의 머리카락 색이 자연스러운 인간의 머리 색깔인 건 난생처음이었다.

"지금 디스코 머리로 땋은 거야? 무슨 일이야?"

리비 언니는 눈을 굴리며 대답했다. "넌 내가 무슨 납치라도 당해서 강제로 머리를 땋은 것처럼 얘기하네."

"진짜 그래?"

나는 반쯤 농담으로 물었다.

"지금 동생이 뭔가를 하려는 걸 허락할 수 없다고 얘기하는 건가요?"

언니는 알리사 쪽으로 몸을 돌리며 얘기했다.

"콜로라도로 가려고 해요. 에이버리는 거기에도 집이 있대요. 그런데 여기 책임자들은 여행이 너무 위험하다고 생각하나 봐요."

맥신이 끼어들었다.

"저 사람들이 결정할 일은 아니지, 그치? 에이버리가 미성년자에서 벗어날 때까지 보호자는 바로 나예요."

언니는 바닥을 보며 얘기했지만 목소리는 침착했다.

"저 아이의 재산은 내가 관리하죠. 비행기도요."

알리사가 받아쳤다.

나는 맥신을 슬쩍 쳐다보며 말했다.

"우린 일반 비행기를 타면 될 것 같아."

"안 돼." 알리사와 오렌이 한목소리로 대답했다.

"에이버리한테 휴식이 필요하다는 생각을 정말 단 한 번도 한 적이 없나요? 이 모든…… 일로부터?"

언니의 목소리가 잠겼다.

죄책감에 마음이 찔렸다. 사실 나는 어안이 벙벙해질 정도로 이 모든 일에 압도되지는 않았다. 나는 이곳에서 잘 지내고 있다. 하지만 언니는 아니었다. 언니의 목소리만 들어도 알 수 있다. 내가 유산을 물려받았을 때, 언니는 모든 것을 잃었다. 언니의 직업, 친구, 경호원 없이 밖으로 나갈 수 있는 자유를 모두 잃었다.

"언니……."

리비 언니는 더 이상 말할 수 없게 내 입을 막아버렸다.

"아빠에 대한 네 생각이 옳았어, 에이버리. 그리고 스카이에 대한 것도. 네 말이 맞아. 나는 상황을 제대로 보기엔 너무 어리석어."

언니는 고개를 저으며 말했다.

"언니는 어리석은 사람이 아니야."

리비 언니는 디스코로 땋은 머리끝을 손으로 더듬으며 얘기했다.

"스카이 호손이 내게 물었어. 판사가 누구를 더 책임감 있는 사람으로 생각할 것 같으냐고. 새로운 모습으로 바뀐 아빠인지 아니면 나인지."

그래서 언니가 머리카락을 염색한 것이다. 그런 이유로 언니가 저런 옷차림을 한 것이다.

"언니, 이럴 필요 없어. 이러지 않아도……."

"해야 해. 난 할 거야. 난 네 언니야. 널 돌보는 게 내 일이야."

리비 언니는 알리사 쪽으로 몸을 돌리더니 눈을 번득이며 얘기했다.

"내 동생에게 휴식이 필요하다면 당신과 몇억 달러 규모의 로펌이 방법을 찾아낼 수 있겠죠."

38

드디어 오렌과 알리사는 우리가 트루 노스에서 주말을 보내도 된다는 데 의견 일치를 보았다. 오늘 아침 비행기를 타고 날아갔다가 토요일 저녁에 돌아오기로 했다. 1박 2일 일정이었다. 오렌은 여섯 명으로 팀을 꾸리기로 했다. 알리사는 언론에 흘릴 수 있도록 몰래 찍은 듯한 사진 몇 장을 얻기 위해 우리와 함께했다. 일정표에 따르면 토비아스 호손이 딸에게 남긴 것을 트루 노스에서 찾을 수 있는 시간은 36시간을 넘지 않았다. 나는 알리사에겐 비밀로 할 작정이었다.

공항으로 가는 길에 제임슨에게 다시 문자를 보냈다. 나는 제임슨과 그레이슨을 걱정할 필요가 없다고 스스로 타일렀다. 형제들은 술에 취했거나 숙취에 시달리거나, 나만 빼고 다른 실마리를 찾고 있는 게 분명하다는 생각이 들었다. 나는 그들에게 내가 가는 곳과 이유를 설명했다.

몇 분 후 문자가 왔다. 제임슨이 아니라 알렉산더가 보낸 것이다. '비행기 타는 데서 봐.'

"녀석이 제임슨의 휴대전화를 도청하는 게 분명해."

내가 중얼거렸다.

"아니면 네 휴대전화겠지."

맥신이 한쪽 눈썹을 치켜세우며 얘기했다.

"내 유전자를 25퍼센트 이하로 공유한 사람은 누구든 도청하지 않겠다고 엄숙하게 맹세할게. 그리고 끝내주는 뉴스가 있어. 콜로라도로 가는 이 멋진 여행길에 레베카와 테아가 동행할 거야."

알렉산더의 세계에서 이 말은 인사말에 가깝다.

맥신은 곁눈질로 나를 바라보며 물었다.

"지금 '레베카'와 '테아'가 따라와서 좋은 거야?"

맥신은 허공에다 손가락으로 따옴표를 그리며 두 사람의 이름을 뚝뚝 끊어가며 과장해서 얘기했다.

"우리가 받아들이자."

나는 알렉산더를 힐끗 보며 얘기했다.

알렉산더는 예전에 할아버지가 내준 게임을 할 때, 그레이슨과 제임슨이 함께 팀을 이룬 이야기를 한 적이 있었다. 또한 형제들은 서로를 배반하는 버릇이 있다. 알렉산더가 보기에 형들이 자기만 빼고 셰필드 그레이슨을 만나러 간 것도 형들이 한 팀을 이룬 것이다.

나는 자기만의 팀을 꾸린 알렉산더를 탓할 수 없었다.

알렉산더가 특유의 매력적인 미소를 지으며 내 단짝 친구를 불렀다.

"맥신, 허공 따옴표를 자유롭게 쓰는 여자보다 멋진 여잔 없어. 그런데 뭐 하나 물어봐도 될까? 가끔 폭발하는 로봇은 어떻게 생각해?"

♟

'내 전용' 제트기 안에 호화로운 좌석이 스무 개나 있다. 비행기가 아니라 고급 비즈니스 라운지처럼 보였다. 앞자리에는 경호팀이 앉아 있다. 그들 뒤로 화강암으로 상판을 댄 탁자 양옆의 가죽 의자에 알리사와 리비 언니가 앉았다. 곁다리로 낀 내쉬는 좌석 두 개를 다 차지한 채 누워 있었는데, 리비와 알리사를 마주 보고 있었다. '저쪽은 어색하군.' 긴장감 때문에 세 사람은 계속 분주히 움직였다. 덕분에 열아홉 살 미만끼리 모여 앉은 우리는 비행기 뒷자리에서 따로 우리 일을 할 수 있었다.

아주 기다란 스웨이드 소파 두 개 사이로 화강암 테이블이 배치되어 있었다. 맥신와 나는 테이블 한쪽에 앉고, 알렉산더와 레베카와 테아는 다른 편에 앉았다. 우리 사이에 놓인 테이블 위에는 구운 빵과 과자가 담긴 접시가 놓여 있었다. 나는 알렉산더의 '팀'에 더 집중했다. 테아 쪽으로 몸을 기울인 레베카를 보는 순간, 경매 전날 밤 레베카의 얼굴에 얼핏 비친 그 표정이 생각났다.

"우리가 뭘 찾는지 우리도 모르잖아. 그래도 할아버지가 엄마에게 남긴 게 있다는 건 알아. 별장 안이나 근처에 있을 거야. 그리고 그 물건에 스카이 이름이 있을 거야."

알렉산더는 비행기 앞 좌석에 앉은 어른의 귀에 이야기가 들리지 않게 낮은 목소리로 소곤거렸다.

"중요한 단서 안에 특별한 표현이 있을까?"

"아주 좋아. 젊은 파다완.*"

알렉산더는 레베카에게 고개를 숙이며 얘기했다.

"스타워즈 얘기 좀 하지 마. 괴짜 같은 네 얘기를 듣고 있으니까 편두통이 생겨." 테아가 바로 쏘아붙였다.

"내가 스타워즈를 인용한 걸 너도 아네?"

알렉산더는 의기양양한 표정으로 테아를 바라봤다.

"미안. 쟤들이 원래 저래."

---

* 스타워즈 속 등장인물. 제다이가 되기 위해 훈련을 받는다.

맥신과 내게 대신 사과한 사람은 레베카였다.

세 사람이 전에 어떻게 지냈을지 분명히 알 것 같은 느낌이 들었다. 그 순간 레베카의 휴대전화가 울렸다. 그녀가 휴대전화를 보려고 고개를 숙이자 강렬한 빨간 머리카락이 석고처럼 하얀 얼굴을 감쌌다. '레베카가 움츠러들었어.'

"무슨 일이야?"

내가 물었다. 나는 전화를 건 사람이 레베카의 어머니인지 궁금했다.

"괜찮아."

레베카는 머리카락에 얼굴을 묻은 채 대답했다.

레베카는 괜찮지 않았다. 누구나 알 수 있었다. 터널 속에서 레베카가 고백한 그날 밤 이후로 나는 그녀를 신경 쓰지 않으려고 정말 노력했다.

레베카의 얼굴에 단호한 표정이 드러났다. 테아는 벨이 울리는 레베카의 휴대전화를 뺏어 들었다.

"레베카의 휴대전화입니다. 저는 테아예요."

"테아!" 레베카는 급히 머리를 들며 소리쳤다.

테아는 한 손을 뻗더니 휴대전화를 빼앗으려는 레베카를 막으며 대답했다.

"아무 일 없어요. 라플린 씨. 레베카는 지금 졸고 있어요. 비행기를 타면 어떤지 아시잖아요."

테아는 다시 한번 레베카를 뿌리치며 대답했다.

"물론이죠. 그 애한테 전해줄게요. 안녕히 계세요."

테아는 전화를 끊더니 얼굴을 레베카 쪽으로 기울이며 얘기했다.

"네 할아버지가 여행 잘 갔다 오라고 전해달래. 네 엄만 할아버지가 잘 돌봐주겠대. 그럼 이제……."

테아는 레베카의 휴대전화를 테이블 위에 던져놓더니 우리를 향해 고개를 돌렸다.

"레베카가 단서 속에 특별한 표현이 있을지 물어봤지."

맥신이 내 옆구리를 찌르며 얘기했다. "전용기를 타니까 휴대전화도 쓸 수 있네!"

나는 너무 조용한 알렉산더 때문에 아무 대답도 하지 않았다. 알렉산더는 레베카의 질문에 대답하지 않았다. 그래서 내가 물었다.

"나침반 말이야. 우리가 트루 노스에 관심을 갖게 된 단서는 토비아스 호손의 유언장 속에 들어 있어. 그분은 딸 스카이에게 본인의 나침반을 남긴다고 했어."

"아하, 알렉산더가 지금 자기 주머니에 숨긴 골동품 나침반 같은 거지?"

테아가 천진난만하게 얘기했다.

알렉산더가 테아를 노려봤다. 그러자 맥신이 빵 접시에 있던 크루아상으로 알렉산더의 머리를 때리며 나무랐다.

"우리한테 비밀로 하려고 했어?"

"싹트는 우리 우정이 이제 초승달*처럼 원숙해진 것인가." 알렉산더가 맥신에게 얘기했다.

"너, 할아버지가 스카이 아줌마한테 남긴 나침반을 갖고 있지?" 내가 물었다.

알렉산더는 어깨를 으쓱하며 대답했다.

"호손 사람들은 늘 준비를 잘하거든."

이건 '그의 게임'이었다.

"내가 봐도 돼?"

알렉산더는 내키지 않아 했지만 나침반을 건넸다. 나는 나침반을 열고 지침면을 뚫어지게 쳐다봤다. 디자인이 심플하고 비싸 보이지 않았다.

그 순간 벨이 울렸다. 레베카의 휴대전화가 아니라 나한테 온 문자 알림이었다. 제임슨이 보낸 문자가 보였다.

딱 두 단어로 된 문장이었다. '거기서 봐.'

39

제트기가 하강하기 시작한 순간 나는 창문 밖을 응시했다. 멀리 산과 구름과 눈이 보였다. 그리고 늘어선 나무가

* 크루아상은 프랑스어로 '초승달'을 뜻한다.

눈에 들어왔다. 한 달 전까지만 해도 나는 비행기를 타본 적이 없었다. 그런데 지금은 전용 비행기를 타고 있다. 임무에 집중하려고 아무리 애를 써도 창문 밖으로 보이는 광활한 풍경에 푹 빠지고 싶은 마음을 억누를 수 없었다.

그런데 이런 인생은 내 것이 아니라는 느낌도 떨칠 수 없었다.

♟

우리는 전용 활주로에 착륙한 다음 30분 만에 커다란 SUV 세 대를 타고 트루 노스에 도착했다. 리조트 타운과 뚝 떨어진 곳에 있는 별장은 산 위에 자리 잡고 있었다.

"이 집에서 스키를 바로 탈 수 있고 관리인 사무실 아래로 갈 수 있는 전용 길도 있어."

차를 타고 가는 길에 알리사가 맥신과 나에게 알려줬다.

트루 노스가 눈에 들어오자 사진이 제 역할을 다하지 못했다는 생각이 들었다. 뾰족한 삼각 지붕에 하얀 눈이 쌓인 커다란 집은 어떻게 보면 산의 연장선처럼 보였다.

"내가 관리인한테 집을 열어놓으라고 미리 연락했어. 음식을 채워야겠네. 옷은 너희들이 입을 만한 걸로 내 마음대로 갖고 왔어."

알리사는 오렌과 맥신과 내가 눈 위로 발을 딛는 순간 이야기를 꺼냈다.

"끝내준다."

앞에 펼쳐진 광경을 보고 깜짝 놀란 맥신이 속삭였다.

"정말 아름다워요."

나도 알리사에게 얘기했다.

내 변호사의 입술에 부드러운 미소가 번지고 눈가에 잔주름이 생겼다.

"이곳은 호손 씨가 제일 좋아하는 곳 중 하나야. 그분은 여기서는 늘 달라 보였어."

첫 번째 SUV와 똑같이 생긴 두 번째 SUV가 우리 옆으로 주차되고, 리비 언니가 밖으로 나왔다. 뒤이어 내쉬와 오렌의 부하들이 나왔다. 언니의 머리카락 몇 개가 디스코 머리를 벗어나려고 애를 쓰더니 산바람에 마구 날렸다.

"그레이슨과 제임슨이 합류하는 건 이해해. 네가 무슨 일을 하건, 호손 사람 누구도 '드롭'을 하지 못하게 해."

알리사는 내쉬와 언니로부터 일부러 고개를 돌리며 얘기했다.

40

집 안은 바깥과 완벽하게 조화를 이루었다. 2층 높이까지 쭉 뻗은 거실 천장의 서까래 사이로 커다란 보가 몇 개 보였다. 바닥과 벽은 모두 목재였다. 가구, 러그, 조명 기구를 비롯한 모든 것들이 큼직했다. 모피를 씌운 커다란 가죽 소파는 내가 지금까지 만진 그 어떤 것보다 부드러웠다.

석제 벽난로에 불꽃이 타닥타닥 타고 있었다. 나는 벽난로 쪽으로 가서 정말 넋을 잃고 불꽃을 바라봤다.

"이 층에는 침실이 네 개 있어. 지하에 두 개, 위로 두 개가 더 있지." 알리사는 잠시 말을 멈췄다가 다시 시작했다. "너흰 이 층에서 가장 큰 침실에 묵으면 돼."

나는 난로에서 벗어나 최대한 자연스럽게 다음 질문을 던졌다.

"근데…… 스카이 아줌마 침실은 어디 있죠?"

♟

3층으로 올라가는 계단에 죽 걸린 가족사진이 보였다. 평범해 보였다. 액자는 값비싼 것이 아니고 사진은 스냅사진이었다. 어린 그레이슨과 제임슨과 알렉산더가 텐트 밖으로 고개를 쭉 빼고 찍은 사진 한 장이 보였다. 형제 네 명이 목말을 타고 싸우는 것 같은 사진도 보였다. 내쉬가 한 팔로 알리사를 안은 사진도 한 장 보였다. 벽 위로 갈수록 토비아스 호손의 자식들 사진이 보였다.

토비 아저씨의 사진도 보였다.

나는 열두 살, 열네 살, 열여섯 살 무렵의 토비 호손의 사진을 뚫어지게 바라보지 않으려고 애를 썼다. 하지만 어느새 나와 닮은 구석이 있는지 찾고 있었다. 특별한 사진 한 장이 눈에 띄었다. 결코 눈을 뗄 수 없는 사진이었다. 자라와 스카이로 보이는 십대 여자아이들 사이에 토비가 서 있었다. 트루 노스에서 찍은 사진이 분명했다. 세 사람 모두 미소를 지으며 스키를 타고 있었다.

계단 꼭대기까지 올라간 나와 맥신은 예전에 스카이의 방이었던 곳에 가방을 두었다. 나는 어깨 너머를 흘낏 보며 문을 닫았다.

"비밀 공간이 있나 찾아봐. 비밀 서랍과 헐거워진 바닥 패널, 가구 뒷면, 그런 걸 조사해."

나는 나무 궤짝을 조사하며 맥신에게 얘기했다.

"알았어, 알고말고. 내가 잘하는 일이야."

맥신은 나무 궤짝을 잽싸게 조사하는 나를 쳐다보며 길게 대답했다.

필요한 물건을 바로 찾을 것이라고 예상하지는 않았다. 다만 토비의 거처를 뒤진 경험으로 어디를 수색하면 될지 알았다. 스카이의 옷장을 뒤질 때까지는 주목할 만한 것을 찾지 못했다. 옷장에 걸린 옷과 선반에 개져 있는 스웨터가 보였다. 스카이가 지금 입을 만한 옷들은 아니었다. 나는 옷을 하나하나씩 검토했다. 계단에 걸린 사진 속 스카이가 입었던 스키 재킷을 발견했다. 그 여자는 이 옷을 몇 살 때 입었을까? 열다섯? 열여섯?

이 옷들이 이 옷장 안에 이렇게 오래 걸려 있었을까?

옷장 벽면 한쪽에서 쿵 소리가 나더니 삐걱 갈라지는 소리가 들렸다. 옷을 양쪽으로 가르자, 옷장 뒤에서 빛줄기가 보였다. 나는 원인이 무엇인지 알아차렸다. 벽에 작은 문이 있었다. 그 문을 밀자 벽이 움직였고 좁은 통로로 들어갈 수 있었다. 통로에서 백향목 냄새가 났다. 나는 전등 스위치의 위치를 알아내려고 벽을 쓰다듬었다. 스위치를 켜자마자 두 눈이 보였다.

누군가 내 쪽으로 다가오고 있었다.

나는 뒤로 서둘러 물러서다가 누군가의 두 눈과 마주쳤다. 그 사람을 알아보고 비명을 억눌렀다.

"테아!"

"왜 그래? 너 지금 겁먹은 거야?"

테아는 살짝 히죽이며 얘기했다. 테아 뒤로 레베카가 보였다. 레베카는 내가 방금 나온 문과 똑같이 생긴 두 번째 문 근처에 서 있었다.

"그건 누구 방이야?"

"원래 자라 아줌마 방이었어. 난 여기서 잘 거야."

레베카가 속삭이자 테아는 의미심장한 눈길로 레베카를

바라봤다.

"알았어."

나는 그들을 지나쳐 자라의 방으로 들어갔다. 스카이의 옷장과 거의 똑같이 생긴 옷장이 보였다. 옷걸이에 걸린 옷들은 연한 파란색이 많았다. 스카이의 옷장처럼 자라의 옷장도 시간이 멈춘 듯했다.

"내가 중요한 걸 발견했어. 고맙다는 말은 됐어."

테아가 통로에서 소리쳤다.

나는 방금 왔던 길을 되돌아갔다. 레베카도 나를 따라왔다. 다른 쪽에 있던 맥신도 좁은 통로를 비집고 들어왔다. 꽉 끼는 통로 안에서 나는 간신히 테아 앞에 무릎을 꿇고 앉았다. 테아는 손으로 나무판자를 들고 있었다.

'나무판자네.' 테아가 직접 찾은 틈 속으로 손을 넣으려고 그것을 치우는 것을 보고 나무판자인지 알아봤다.

"그게 뭐야?"

나는 물건을 꺼내는 테아에게 물었다.

"유리병인가? 안에 메시지가 들어 있어. 씨 발라버린 병 속에 메시지가 들어 있어! 이제 일이 제대로 돌아가네."

맥신은 더 자세히 보려고 테아 쪽으로 기대며 가짜 욕을 섞어 말했다.

"씨를 바른다고?"

테아는 한쪽 눈썹을 찌푸리며 맥신을 쳐다보더니 느릿느

릿 나를 지나친 다음 자라의 방으로 다시 들어갔다. 테아가
책상 위에 유리병을 거꾸로 세운 다음 이리저리 몇 번 흔들
자 조그만 종이 한 장이 빠져나왔다. 테아가 말린 종이를
넓게 펼치려고 했다. 세월 때문에 누렇게 바랜 종이가 눈에
띄었다.

"진짜 오래된 것 같아."

맥신이 감상을 말했다.

나는 토비아스 호손의 유언장을 떠올리며 얘기했다.

"한 20년쯤?"

마침내 테아가 유리병 속의 말린 종이를 펼치자, 편지 글
씨가 보였다. 편지는 토비아스 호손이 쓴 것이 아니었다.
장식을 곁들인 필기체는 인쇄한 것만큼 깔끔했다.

여성의 필체였다.

"우리가 찾는 게 아닌 것 같아."

내가 얘기했다. 이렇게 쉬울 리 없다. 어쨌든 나는 편지
를 읽었다. 우리 모두 함께 읽었다.

　너도 알잖아, 네가 한 짓을. 이런 짓을 한 널 절대 용서하지
　않을 거야.

"뭘 했다는 거야? 뭘 안다는 거지?"

테아가 의문을 제기했다.

나는 분명한 사실을 큰 소리로 얘기했다. "이 두 방은 자라와 스카이의 방이야."

"경험상, 자라 숙모는 용서하는 타입이 아니야. 레베카, 다른 의견 없어? 넌 호손 가족을 누구보다 잘 알잖아."

테아는 레베카를 보며 물었다.

레베카는 바로 대답하지 않았다. 나는 자라와 스카이와 토비가 웃고 있던 사진을 골똘히 생각했다. 예전에 세 사람이 친했을까?

'그 나무는 독이 있어, 모르겠어?' 토비는 그렇게 써놓았다. '그 나무가 S와 Z와 나에게 독을 탔어.'

"너 혹시 자라와 스카이가 말다툼하는 거 들은 적 있어?"

내가 레베카에게 물었다.

"난 자라면서 많은 걸 들었어. 사람들은 에밀리한테 관심이 많았거든. 나 말고."

레베카는 살짝 어깨를 움츠리며 대답했다.

그 순간 테아가 레베카의 어깨에 손을 올렸다. 레베카는 잠시 테아의 손길에 몸을 기댔다.

"난 누가 누구에게 무슨 짓을 했는지는 몰라. 하지만 이건 알아……. 절대 용서할 수 없는 일들이 벌어지고 있지."

레베카는 테아에게서 한 걸음 물러나며 말했다.

왜 나는 레베카가 자라와 스카이 얘기를 하는 게 아니라는 느낌이 드는 걸까?

"완벽한 사람은 없어. 아무리 노력해도 사람은 완벽할 수 없어. 약점을 보이는 걸 아무리 싫어해도, 실수를 할 수밖에 없어."

테아가 레베카에게 말했다.

레베카는 입을 벌렸지만 아무 말도 하지 않았다.

맥신이 눈썹을 치켜뜨더니 나를 보고 큰 소리로 말했다.

"그럼, 실수네."

나는 다시 한번 창밖을 본 다음 지금 해야 할 일에 집중했다. 자라와 스카이의 관계를 망친 '실수'가 대체 어떤 것일까?

41

1층에서 제일 커다란 창문을 바라보고 있는데 새로운 SUV가 내 눈에 들어왔다. 제임슨이 먼저 차 밖으로 나오고 그레이슨이 나왔다. 두 사람 모두 선글라스를 쓰고 있었다. 나는 두 사람이 숙취에 시달리는지 궁금했다.

두 사람이 술이 떡이 되게 마신 전날 밤, 그레이슨의 아버지와 대화를 나눈 후 둘 중 한 명이라도 잠을 잤는지 궁금했다.

15분 후, 두 사람 중 한 명을 따로 만났다. 제임슨과 나는 발코니에 섰다. 내가 숨을 쉬자 공중에 입김이 보였다. 나는 제임슨에게 지금까지 알아낸 것을 알려주었다. 그는 조용히 듣기만 했다.

제임슨 호손이 가만히 듣기만 하다니, 그답지 않았다.

내가 이야기를 다 마치자, 제임슨은 등을 돌려 산을 바라보더니 눈 덮인 철책에 몸을 기댔다. 애리조나에서 입던 옷을 아직 갈아입지 않고 있었다. 팔꿈치가 드러났지만 추위를 느낄 수 없는 것처럼 굴었다.

"나도 너한테 할 말이 있어, 상속녀."

"나도 알아."

"셰필드 그레이슨은 호손 아일랜드에 불을 낸 사람이 토비 호손이라고 믿고 있어."

제임슨은 아직까지 선글라스를 쓰고 있어서 눈을 볼 수 없었다. 그의 기분이 어떤지 가늠하기 어려웠다.

"나도 알아. 그레이슨이 어젯밤에 휴대전화 끄는 걸 잊었어. 무슨 얘기를 하는지 다 듣지는 못했지만 대충 알아. 토비 아저씨가 인화물질을 샀다는 이야기까지 들었어. 그런데 갑자기 꺼졌고. 너희한테 전화했어. 계속했지. 근데 아무도 안 받았어."

제임슨은 4초 내지 5초 동안 꼼짝하지 않았다. 내가 방금 한 말에 그가 대답할지 확신이 서지 않았다.

"그 자식은 본인이 그레이슨과 아무 상관도 없기를 바란다고 분명히 말했어. 아들이기를 바란 사람은 콜린밖에 없다고 했어."

이야기를 마친 제임슨은 마른침을 삼켰다. 선글라스 때문에 여전히 두 눈이 보이지 않았지만 셰필드의 말이 그에게 어떤 영향을 미쳤는지 나는 느낄 수 있었다.

셰필드의 말이 그레이슨에게 어떤 영향을 미쳤을지는 생각하고 싶지 않았다.

"이번만은 스카이가 거짓말을 하지 않았어. 그레이슨의 아버지는 늘 형에 대해 알고 있었어."

제임슨은 목소리를 낮게 깔며 얘기했다.

나는 끼를 부리고, 수수께끼를 줄줄 말하고, 지붕 끄트머리에 아슬아슬하게 서 있고, 무모하게 행동하던 제임슨에게 익숙했다. 그는 어떤 상황도 가볍게 여겼고 상처받는 일도 없는 사람이었다.

내가 만약 제임슨의 선글라스를 벗긴다면 무엇을 볼 수 있을까?

나는 그에게로 다가갔다. 그 순간 발코니로 나가는 문이 열리고 알리사가 나타났다. 알리사는 나를 보더니 제임슨을 바라봤다. 그리고 우리 사이의 거리를 본 다음, 나를 보며 신랄한 미소를 지었다.

"스키 탈 준비됐어?"

'아니요.' 이렇게 말할 수 없었다. 겨울 휴가를 오고 싶어
서 여기 온 것이 아니라는 속셈을 드러낼 수 없었다. 이 집
을 뒤지려는 우리 계획이 무엇이든 영리하게 굴어야 했다.

나는 적절한 대답을 생각했다.

"나는…… 난 스키를 탈 줄 몰라요."

알리사 뒤로 그레이슨이 문간에 나타났다.

"내가 가르쳐줄게."

제임슨이 그를 빤히 쳐다보자, 나도 그를 빤히 쳐다봤다.

42

트루 노스에서는 뒷문 밖으로 나가면 바로 스키를 탈 수
있다.

"여기 쉬운 길이 있어. 여길 충분히 타면 산 위의 좀 더
붐비는 코스를 타게 될 거야."

그레이슨이 내게 기본 동작을 알려준 후 얘기했다.

나는 오렌과 경호원 한 명을 흘낏 돌아봤다. 경호원은 엘
리가 아니었다. 오렌은 엘리보다 나이가 많은 이 경호원을
극지 전문가라고 불렀다. 텍사스 억만장자들의 경호팀에는

꼭 극지 전문가가 있다고 했다.

나는 뒤뚱거리며 스키를 탔다. 그레이슨은 나를 바로 잡아주려고 손을 뻗었다. 우리는 잠시 그 자리에 함께 서 있었다. 그가 몸으로 나를 떠받쳐주었다. 그리고 천천히 뒷걸음질 치더니 내 손을 잡고, 집 근처의 매우 완만한 경사 지점에서 나를 앞으로 당겼다.

"멈추는 걸 보여줘."

'항상 명령조야.' 하지만 나는 불평하지 않았다. 발가락을 안으로 오므리며 넘어지지 않고 간신히 멈출 수 있었다.

"좋아."

그레이슨 호손이 진짜로 미소를 지었다. 하지만 바로 멈추었다. 내 옆에서 미소를 짓는 게 금지된 일인 것처럼.

"이럴 필요 없어요. 나한테 아무것도 가르칠 필요 없어요. 알리사에게 내가 겁을 먹었다고 말하면 돼요. 난 스키를 타러 여기 온 게 아니에요."

나는 다른 사람들이 엿듣지 못하게 낮은 목소리로 얘기했다.

그레이슨이 나를 봤다. 모든 것을 다 아는 데다 결코 틀린 적도 없고 의문을 품지 말라는 표정이다.

"무슨 일이든, 네가 겁을 먹을 거라고 믿을 사람은 없어."

그가 이렇게 말하면 사람들은 내가 겁이 없다고 믿을 수밖에 없는 법이다.

나는 딱 5분 만에 스키 한 짝을 잃어버렸다. 스키를 배운 곳은 트루 노스 전용 코스였다. 내 경호원을 제외하면 산 위에 나와 그레이슨만 있었다. 그레이슨은 핑 하고 튀어 나 가더니 걸음마를 시작한 순간부터 스키를 탄 사람처럼 쉽 게 내 스키를 되찾아왔다.

내 옆으로 돌아온 그레이슨은 스키를 눈 위에 떨어뜨렸 다. 그리고 내 팔꿈치를 잡아주었다.

오늘 오후는 그와 내가 가장 많이 접촉한 순간이다. 그 어느 때보다.

나는 이런 접촉에 아무런 의미도 부여하지 않으면서 다 시 스키를 신었다. 그리고 아까 했던 말을 반복했다.

"이럴 필요 없다니까요."

그레이슨은 잡았던 내 팔을 놓으며 얘기했다. "네 말이 맞아."

정말 처음 있는 일이 분명했다. 그레이슨 호손이 무슨 일 이든 다른 사람이 옳다고 인정한 건 이번이 처음이었다.

"네 말대로 나는 지금까지 널 피했어. 하지만 난 네가 이 런 삶을 살려면 알아야 할 것들을 가르치겠다고 약속했어."

"스키 같은 거요?"

그의 스키 고글에 비친 내 모습이 보였다. 하지만 그의 눈은 볼 수 없었다.

"스키를 예로 들 수 있지. 그게 시작이야."

♟

우리는 코스 맨 아래까지 갔다. 그레이슨은 내게 스키 리
프트를 타는 법을 가르쳐주었다. 오렌이 우리 앞에서 리프
트를 타고, 다른 경호원은 우리 뒤에서 리프트를 탔다.

나와 그레이슨은 단둘이 리프트를 탔다. 리프트 하나에
사람은 두 명이었다. 우리를 태운 리프트가 산을 타고 올라
가자 다리가 달랑거렸다. 나는 슬쩍 그를 훔쳐봤다. 그레이
슨이 스키 고글을 벗자 얼굴의 윤곽선을 다 알아볼 수 있었
다. 두 눈도 보였다.

몇 초 후, 나는 아무 말도 없이 시간을 보내지 말아야겠
다고 생각해 조용히 이야기를 꺼냈다.

"셰필드와 대화하는 걸 다 들었어요. 대부분이요."

우리 밑으로 스키를 타고 산을 내려오는 사람들이 보였
다. 나는 그레이슨이 아니라 그 사람들을 쳐다봤다.

"할아버지가 자식들에게 유산을 물려주지 않은 이유가
이해되기 시작했어. 토비 삼촌이 불을 질렀다면, 할아버지
가 그 사실을 덮으려고 했다면, 스카이가……."

제임슨이 그랬던 것처럼 그레이슨의 목소리는 평소와 달

랐다. 두 사람이 술에 몹시 취했던 전날 밤, 제임슨이 말이 없어지고 내성적으로 변한 것처럼 그레이슨은 그 반대로 바뀐 것 같았다.

"스카이가 어쨌다고요?"

우리를 태운 리프트는 쉬익 소리를 내며 눈이 떨어지는 나무들 사이를 지나쳤다.

"스카이가 셰필드 그레이슨을 찾아낸 거야. 셰필드는 자기 조카가 죽은 게 우리 가족 탓이라고 생각했어. 악의로 스카이와 잤던 거야. 스카이가 그 인간과 잔 이유는 하느님만 아시겠지. 어쨌든 그 결과로 내가 태어났어."

"그 일에 죄책감을 가질 필요는 없어요. 화났죠? 당연해요. 하지만 죄책감은 안 돼요."

"할아버지는 어머니가 나를 임신했을 즈음 온 가족에게 유산을 물려주지 않기로 했어. 토비 삼촌이 최후의 결정타였을까? 아니면 나였을까?"

그레이슨 호손이 약한 모습을 보여주고 있었다. '세상의 무게를 다 감당할 필요는 없어요. 가족의 무게를 어깨에 다 짊어질 필요는 없어요.' 나는 속으로만 생각했다.

나는 대신 이렇게 얘기했다.

"할아버진 당신을 사랑했어요. 당신과 형제들을 사랑했어요."

나는 억만장자 토비아스 호손의 생각은 온전히 알 수 없었지만 이것만큼은 확신할 수 있었다.

"우리 형제는 할아버지가 뭔가 올바른 일을 할 기회였어. 그런데 결국 할아버지가 얼마나 실망했는지 한번 봐. 제임슨과 나한테."

"그건 사실이 아니에요."

나는 그레이슨 때문에 마음이 아팠다. 두 형제 때문에.

그레이슨은 마른침을 삼키며 물었다.

"제임슨이 지붕 위에서 갖고 있던 칼 기억나?"

"비밀 공간이 있던 그 칼이요?"

그레이슨은 고개를 살짝 숙였다. 그의 목이나 어깨 근육을 볼 순 없었지만 스키 재킷 속 긴장한 근육이 느껴졌다.

"몇 년 전에 할아버지가 만든 퍼즐 하나가 있었어. 그 칼은 퍼즐의 일부야."

나는 콕 집어서 설명할 순 없지만 어떤 이유에선지, 이 질문을 던지는데 목구멍이 조였다.

"유리 발레리나도요?"

그레이슨은 내가 방금 전혀 예상치 못한 이야기를 한 것 같은 눈으로 나를 바라봤다. 마치 내가 전혀 예상치 못한 사람이라도 되는 것처럼.

"맞아, 할아버지가 만든 게임에서 이기려면 유리 발레리나를 산산조각 내야 했는데 그러지 못했어. 그 바람에 나와 제임슨과 알렉산더는 다음 파트로 나아가지 못했어. 우린 잘못된 방향으로 향한 거지. 내쉬 형은 그렇지 않았어. 형은 산산조각이 난 유리 발레리나가 답이라는 걸 알았지."

그레이슨이 나를 바라보는 눈길에 뭔가 있었다. 한마디로 표현할 수 없는 것이었다.

"할아버진 재산과 권력을 축적할수록 본인이 사람들과 여러 가지를 망친다고 얘기했어. 나는 그게 할아버지 자식들을 말한다고 생각했어."

"그 나무엔 독이 있어. 모르겠어? 그 나무가 S와 Z와 나에게 독을 탔어."

나는 조용히 시를 인용했다.

"바로 그 얘기야."

그레이슨은 고개를 흔들며 대답했다. 그리고 다시 이야기를 시작하는데 숨이 거칠었다.

"그런데 난 우리가 할아버지의 의도를 오해했다는 생각이 들어. 난 우리가 망친 사람들과 여러 가지 일을 생각했어. 우리 모두를 생각했어. 토비 삼촌과 화재 희생자. 제임스과 나와……."

그는 더 이상 얘기하지 못했다. 그래서 내가 대신 이야기를 했다.

"에밀리는 달라요. 그레이슨, 두 사람은 에밀리를 죽인 게 아니에요."

"우리 가족은 모든 걸 망가뜨려. 할아버진 그걸 알았어.

229

그래서 널 여기로 부른 거야. 그분은 너의 도움이 필요했던 거야."

그레이슨은 내가 안전하기를 바랐지만 난 그렇지 못했다. 호손의 재산을 물려받으면 다시는 안전할 수 없을지도 모른다.

"난 유리 발레리나가 아니에요. 난 부서지지 않을 거예요."

"네가 그러지 않으리라는 걸 나도 알아. 그래서 이제 더 이상 널 피하지 않을 거야. 에이버리, 네가 멈출 수 없고 멈출 생각도 없는데 하지 말라고 계속 말할 생각은 없어. 토비 삼촌이 네게 어떤 사람인지, 너에게 어떤 의미가 있는지 난 알아. 네가 왜 멈출 수 없는지 그 누구보다 잘 알아."

그레이슨은 거친 숨을 내쉬며 말을 마쳤다.

그레이슨은 자기 아버지를 만났다. 그는 아버지의 눈을 보고 본인이 그 남자에게 어떤 의미인지 알아버렸다. 아무것도 아닌 존재라는 것을 깨달았다. 그래서 내가 왜 토비의 미스터리를 그냥 내버려둘 수 없는지 이해하게 됐다.

"그럼 이제 이 게임에 낄 건가요?"

이렇게 묻는데 심장이 마구 뛰었다.

"맞아."

그는 마치 서약이라도 하는 듯 대답했다. 우리 둘 사이에 적막이 흘렀다. 그는 마른침을 삼키며 덧붙였다.

"너의 친구로서."

'친구.' 날이 서 있는 말이었다. 그레이슨은 물러서고 있었다. 나와 어느 정도 거리를 둘 생각이었다. 마치 자신이 규칙을 만들어야 하는 것처럼.

아무 말도 돌려주지 않으면 상처가 될 수 있는 말이었다. 나는 아무 말도 하지 않을 순 없었다.

"친구들이죠."

나는 빠르게 땅으로 다가가는 리프트 끝에 시선을 고정한 채 그의 말을 따라 했다.

"리프트에 앉은 채로 미끄러지듯 슬며시 앞으로 움직여. 스키 끝을 위로 기울이고. 몸을 숙이고, 이제 출발."

그레이슨이 완전히 '사무적'으로 말했다.

리프트가 내 몸을 살짝 밀어주었다. 나는 앞으로 갑자기 몸이 나가서 넘어지지 않으려고 애를 써야 했다. '이걸 하는 데 그레이슨 호손은 필요 없어.'

나는 순전히 내 의지만으로 스키를 신은 채 멈출 수 있었다.

'봤어? 그쪽이 없어도 내 몸을 지킬 수 있어.' 나는 의기양양할 만반의 준비를 갖고, 활짝 웃으며 내 '친구' 그레이슨을 향해 몸을 돌렸다.

그 순간 파파라치가 보였다.

43

오렌과 극지 전문가는 정말 기가 막힌 타이밍에 나를 트루 노스 뒤쪽으로 데리고 갔다. 우리가 갔을 때 엘리와 다른 경호원은 밖에서 기다리고 있었다.

"주변을 싹 쓸어. 이곳이 사유지라는 걸 상기시켜야 할 사람이 있다면, 누가 됐든 마음껏 알려줘."

오렌이 경호팀에게 지시했다.

"그럼 스키 타기는 이만해야겠네요."

내가 얘기했다. 원칙적으로 좋은 일이었다. 나는 이제 트루 노스에 머물며 원래 마음먹은 일을 할 수 있는 핑곗거리가 생겼다. '그레이슨과 산에서 머물 시간은 줄었지만.'

이런 생각을 억누르며 스키를 벗자 그레이슨도 스키를 벗었다. 집으로 향하던 우리가 뒷문에 이르기도 전에 지붕에서 떨어진 눈 덩어리가 바로 우리 발밑에 떨어졌다.

위를 보니 눈을 떨어뜨리는 제임슨이 있었다. 그는 스키를 탄 채 내 옆으로 내려왔다. 스키 폴은 보이지 않았다.

"입장 한번 멋지네."

그레이슨은 딱딱하게 대응했다.

"한번 시도해봤지."

제임슨은 미소를 지으며 대답했다. 그리고 들고 있던 물건을 휘휘 휘둘렀다. 나는 그것이 액자라는 것을 바로 알아차렸다.

왜 액자를 들고 있지? 이 사람은 제임슨 호손이다. 우린 이유를 찾으려고 이곳에 왔다. 나는 이유를 깨닫자 심장이 두근댔다.

"그거 혹시……."

제임슨은 어깨를 으쓱하며 대답했다.

"내가 무슨 말을 하겠어? 난 정말 착하다니까."

그는 느릿느릿 액자를 내 손에 놓더니, 몸을 돌려 집 옆에 세워 둔 스키 폴을 잡았다.

"그리고 난 형한테 도전할 게 있어. '드롭'을 받아줘."

♟

토비아스 호손의 세 자녀를 찍은 액자 속 사진은 전에 계단에서 본 것이었다. 제임슨은 자리를 떠나기 전에 아무 정보도 주지 않았다. 나는 지하실로 가려고 계단을 내려가면서 들고 있던 액자를 뒤집었다. 그러자 액자 뒤에 새겨진 그림이 보였다.

나침반의 지침면이었다.

나는 액자 뒤를 보느라 정신이 팔린 나머지 레베카와 부딪힐 뻔했다. 그리고 테아도 보였다. 나는 두 사람을 알아보고 뒤로 한 걸음 물러섰다. 테아는 계단 벽에 레베카를 딱 붙이고 서 있었다. 테아의 얼굴 옆을 덮은 레베카의 두 손이 보였다. 포니테일로 묶은 테아의 머리카락이 다 빠져나온 것처럼 헝클어져 보였다.

두 사람은 키스하고 있었다.

두 사람이 지난번에 했던 말들이 내 귀속에 머물렀다.

'용서할 수 없는 일들이 있어. 완벽한 사람은 없어.'

테아는 나를 알아봤지만 키스를 물리지 않았다. 결국 레베카의 초록빛 눈이 우스꽝스러울 정도로 커지고 나서야 키스를 멈췄다. 그렇다고 테아가 달콤한 시간을 물린 것은 아니었다.

"에이버리, 이건……."

레베카의 목소리는 당황스러워하는 기색이 역력했다.

"네가 상관할 일이 아니야."

테아는 입꼬리를 올리며 얘기했다.

나는 두 사람 뒤로 물러서며 "맞아"라고 대답했다.

비운의, 경솔한 연인의 키스는 절대 내가 상관할 일이 아니다.

나는 액자를 들고 나머지 계단을 내려갔다. 아래 계단에서 알렉산더의 어깨에 올라탄 맥신이 선풍기 날개를 점검하고 있었다.

"얘 진짜 크다. 그리고 날 한 번밖에 안 떨어뜨렸어."

맥신은 만족스러운 듯이 얘기했다.

테아와 레베카도 방 안으로 들어왔다. 알렉산더는 그들을 흘낏 쳐다봤지만 나는 맡은 일에만 집중했다.

"제임슨이 이걸 줬어. 계단에 있던 액자야. 뒤 좀 봐."

나는 모두가 볼 수 있게 액자를 든 채 커다란 스웨이드 의자에 앉았다. 맥신이 알렉산더의 어깨에서 내려오자 다른 아이들도 내 주위로 몰려들었다.

"액자 뒤를 뜯어봐."

알렉산더가 바로 제안했다.

나는 알렉산더를 올려다보며 말했다.

"드라이버가 필요해."

♟

4분 후, 우리 다섯 명은 3층 스카이 방에 모였다. 마지막 나사를 제거하자 액자의 뒤가 드러났다. 그 밑에 토비와 자라, 스카이를 찍은 사진이 있었다. 사진 뒤에 반으로 접힌 공책 크기의 종이 한 장이 보였다. 그 종이 안에 사진 한 장이 더 들어 있었다.

이 사진은 액자 안에 들어 있는 사진과 비슷한 시기에 찍힌 사진이 분명했다. 자라와 스카이는 이전에 입던 재킷을 입고 있었다. 두 사람 모두 십대로 보였다. 자라는 한 팔로 스카이를 안고 있었다. 다른 팔로는 자신과 스카이보다 나

235

이가 살짝 더 들어 보이는 남자를 안고 있었다. 머리카락이 텁수룩한 남자는 멋진 미소를 짓고 있었다.

나는 사진을 뒤집었다. 사진 뒤에 아무 내용도 없었다. 맥신은 몸을 구부리더니 사진을 싸고 있던, 반으로 접힌 종이를 들었다.

"아무 내용도 없어."

"지금은." 알렉산더가 맥신의 말을 정정했다.

맥신은 그의 말을 바로 이해하지 못했다. 아직 호손 사람들과 이들의 게임에 익숙하지 않은 탓이다. 레베카가 나보다 먼저 물었다.

"투명 잉크가 있을까? 사진이나 사진을 감싸고 있던 종이에 말이야."

"거의 그럴 거야. 그런데 너 투명 잉크의 종류가 얼마나 있는지 알아?"

알렉산더가 대답한 후 물었다.

"많아?"

테아가 무미건조하게 반문했고, 알렉산더는 길게 한숨을 내쉬며 대답했다.

"내 생각에 이건 단서의 절반에 불과해. 할아버지는 엄마에게 반을 남겼어. 나머지 반은⋯⋯."

"자라에게 남겼지. 자라의 반지 말이야."

내가 말을 마무리했다.

236

나는 맥신한테 아무 글씨도 없는 종이를 조심히 받았다. 이 종이에 글씨가 나타나게 하려면 반지를 어떻게 활용해야 할지 전혀 알 수 없었다. 하지만 알렉산더의 이야기에서 논리를 이해할 수 있었다. 호손 논리였다.

토비아스 테터솔 호손의 논리다.

'그는 스스로 미들네임을 지었다. 테터솔이란 갈가리 찢어놓을 의도가 있다는 신호였다. 그는 유언장에 그 이름으로 서명하고 딸들에게 쓴 유언장 안에 단서를 묻어두었다.'

이 게임이 원래 우리를 위해 계획한 게임이 아니라는 것을 안다. 우리가 여기 온 목적은 스카이의 단서를 알아내는 데 있다는 것도 안다. 그런데 난 지금 의아할 수밖에 없었다.

"이 사진이 스카이에게 어떤 의미가 있을 것 같아? 이 사람은 누구일까?"

나는 숨어 있던 사진을 들고 물었다. 스카이와 자라와 한 남자의 사진이었다. 그리고 스카이의 방과 자라의 방 사이 복도에서 발견한 유리병 속 메시지를 곰곰이 생각했다.

'너도 알잖아, 네가 한 짓을. 이런 짓을 한 널 절대 용서하지 않을 거야.'

"내 신통력을 지금 이 사진에 맞췄거든. 그랬더니 애정관계와 육체관계라는 메시지를 받게 되네."

맥신이 선언하듯 얘기했다.

'스카이와 자라는 남자 하나를 두고 싸운 거야.' 제임슨과 그레이슨이 에밀리 라플린을 두고 싸운 것처럼.

"제임슨이 너한테 그냥 이걸 줬어? 형이 이걸 찾아서 너한테 그냥 줬다고?"

알렉산더가 침대에 털썩 주저앉으며 물었다.

나는 고개를 끄덕였다. 알렉산더는 자신이 단서를 찾지 못해서 신경이 거슬리는 모양이었다.

"그럼 제임슨은 지금 어디 있어?"

알렉산더가 물었다. 전에 듣던 것보다 훨씬 반항적으로 들렸다.

"그레이슨한테 '드롭'이라는 걸 도전했어."

나는 목을 가다듬으며 대답했다.

"나를 빼고? 형이 이걸 줬다고, 너한테? 그리고 '드롭'을 도전했다고? 그레이슨한테?"

알렉산더는 이제 완전히 기분이 상한 목소리로 깡충 뛰며 얘기했다.

"됐어. 장갑 벗었어. 이제 착한 알렉산더는 없어. 에이버리, 그 사진 좀 봐도 돼?"

나는 알렉산더에게 사진을 건넸다. 잠시 후, 알렉산더는 문 쪽으로 걸어갔다.

"너 어디 가?" 레베카와 나는 한목소리로 물었다.

맥신은 그를 따라잡으려고 뛰어갔다.

"우리 어디로 가는 거야?" 맥신은 말을 정정하며 물었다.

알렉산더는 우리를 사납게 노려봤다. 물론 그렇게 사납게 노려봐도 효과는 거의 없었다.

"관리인 사무실에."

44

나는 또다시 작은 모험을 허락받으려고, 홍보용 사진을 찍을 수 있는 마지막 기회라며 알리사를 설득했다. 오렌은 흥분하지 않았다. 나는 오렌이 산 밑의 관리인 사무실로 처음 이동하는 게 아니라는 느낌을 받았다.

"할아버진 내가 열두 살 때 드롭을 금지했어. 뼈가 너무 많이 부러지거든."

알렉산더가 SUV를 타고 산 밑으로 내려가는 길에 떠들었다.

"그게 걱정거리가 아니라면 아무것도 걱정거리가 아니지." 맥신은 쾌활하게 말했다.

"호손스러워." 테아가 비웃으며 얘기했다.

"좀 착하게 굴어." 레베카가 테아에게 주의를 줬다.

"그냥 스키 리프트를 타고 하는 치킨 게임이야. 내가 리프트를 타고 올라가는데 다른 사람이 '드롭'이라고 소리치는 거야. 그러면 난……."

알렉산더는 어깨를 으쓱하며 마지막 문장을 말했다.

"떨어지는 거야."

"스키 리프트를 타고 가다가 아래로 떨어진다고?"

나는 알렉산더를 빤히 쳐다보며 물었다.

"드롭을 먼저 부른 사람이 도전자야. 만약 내가 거절하면 도전자가 떨어져야 해. 그런데 내가 도전을 받아들이면 그냥 떨어지는 거야. 아래로 떨어진 사람은 경주에서 15초 전에 출발해."

"경주라고?"

맥신와 나는 한목소리로 물었다.

"맨 아래까지 가는 경주야."

"내 평생 들어본 이야기 중에 가장 멍청한 소리야."

내가 알렉산더에게 얘기했다.

"그럴지도 모르지. 하지만 관리인 사무실에서 마무리만 지으면 내가 이길 거야."

♟

관리인 사무실에서 우리는 에스코트를 받으며 메인 식당을 거쳐 전용 식당이 있는 곳으로 갔다. 전용 식당에서 슬로프가 내려다보였다. 오렌이 나를 밀착 경호할 동안 경호원 두 명이 문 앞을 지키고 있었다.

"여기서 코코아 좀 마셔. 사진 몇 장만 찍고 보내줄게."

알리사에게 이런 계획이 있듯이 우리에겐 우리만의 계획이 있다. 사진 속 남자를 찾는 것이다. 알렉산더는 이곳에서 몇십 년 동안 근무한 직원이 몇 명은 있을 것이라고 했다. 딱 붙어 있는 경호원 때문에 이 일을 내가 할 만한 사정이 안 됐다. 하지만 맥신와 알렉산더는 나와 달리 자유로웠다. 테아와 레베카도 마찬가지다.

오렌은 네 사람이 산 밑으로 가는데 경호원을 딱 한 명만 붙여주었다. 10분 후 네 사람이 돌아왔을 때, 같이 갔던 경호원은 편두통이 생긴 것처럼 보였다.

"얘네 둘 말이야. 사람들한테 정보를 얻어내는 능력이 정말 끝내주더라."

맥신은 테아와 레베카를 향해 고개를 끄덕이며 내게 얘기했다.

"테아는 사람을 홀리는 재주가 있어."

레베카가 중얼거렸다.

"그러는 넌 정말 빨리 배우잖아."

테아는 레베카의 눈을 바라보며 얘기했다.

"쟤들이 알아낸 게 뭐야?"

나는 맥신과 알렉산더에게 물었다.

"사진 속 남자는 산에서 일했었대. 그 사람은 이십대 초반의 스키 강사였어. 여자들하고 아주 사이가 좋았나 봐."

맥신은 이런 일을 즐기는 게 분명한 어투로 얘기했다.

"그 사람 이름은 알아냈어?"

"제이크 내쉬."

알렉산더가 바로 대답했다.

'제이크.' 내 머리가 씽 하고 돌아갔다. '내쉬.'

45

알렉산더는 폭탄 발언을 한 후, 제임슨과 그레이슨을 찾으러 갔다. 몇 시간 후 세 형제 모두 슬로프에서 돌아왔다. 여기저기 긁히고 너덜너덜해진 모습이었다. 제임슨은 등받이가 높은 안락의자에 몸을 던졌다.

"거기다 피 흘리면 안 돼." 그레이슨이 명령했다.

"꿈도 안 꿔. 그러는 형은 꽃병에 토한 걸 어떻게 생각해?" 제임슨이 쏘아붙였다.

"넌 바보야." 그레이슨이 대답했다.

"둘 다 바보야." 내가 정정했다.

두 사람은 나를 돌아봤다. 나는 두꺼운 겨울 잠옷을 입고 있었다. 알리사가 트루 노스에서 입으라고 주문한 의상 중 하나였다.

"우리가 뭘 발견했는지 알렉산더가 얘기했어?"

"내가 발견한 거야, 상속녀. 난 그 사진에 대해 알고 있어. 우린 그 종이가 일종의 투명 잉크로 쓴 메시지 같은 거라고 추측하고 있어."

제임슨은 내 말을 정정하며 미소를 지었다.

그레이슨은 잠시 나를 살피더니 알렉산더에게 물었다.

"너는 뭘 또 발견했는데?"

"공식적으로, 내가 드롭에서 이겼어."

알렉산더는 호기 있게 대답하며 절뚝절뚝 걸어서 벽난로 위에 앉더니 이야기를 이었다.

"사진 속 남자가 내쉬 형의 아버지라는 말은 하지 않은 것 같네."

알렉산더의 이야기를 들은 그레이슨과 제임슨은 예상했던 반응을 그대로 보였다. 하지만 나는 전혀 놀라지 않았다. 관리인 사무실에서 상황을 파악한 후라 당연한 결과였다. 호손 형제 네 명 모두 성으로도 쓸 수 있는 이름을 갖고 있었다. 그레이슨의 아버지 이름은 셰필드 그레이슨이고 자라가 안고 있던 사진 속 남자의 이름은 제이크 내쉬였다.

옷장 속에서 발견한 노트에 이런 글이 있었다. '너도 알잖아, 네가 한 짓을.'

"내쉬 오빠한테 얘기할 거야?" 나는 형제들에게 물었다.

"나한테 무슨 얘기를 한다고?"

나는 고개를 돌려 문간에 서 있는 내쉬를 바라봤다. 옆에 있던 리비 언니가 물었다.

"이 사람한테 뭘 얘기한다고?"

답이 없자 언니는 눈을 가늘게 뜨며 나를 재촉했다.

"제발, 에이버리. 더 이상의 비밀은 안 돼."

언니 덕분에 나는 여기 올 수 있었다. 그런데 언니는 아무것도 모른다.

건너편에 있던 그레이슨이 자리에서 일어나며 얘기했다.

"내쉬 형, 우리 밖에서 좀 볼까?"

언니와 단둘이 있게 된 나는 무엇을 말할 것인지 1~2초간 생각했다. 나 때문에 언니가 포기한 것을 알고 있는 지금, 언니의 평범한 갈색 머리카락을 보고 있자니 정말 쉽게 결정을 내릴 수 있었다.

나는 언니에게 모든 것을 얘기했다. 해리와 해리의 정체에 대해. 우리가 토비의 건물에서 찾아낸 것들에 대해. 내 출생증명서와 유언장에 나온 자선단체들에 대해. 내가 왜 트루 노스에 왔는지 다 말해버렸다.

"엄청난 이야기지?"

리비 언니는 네다섯 번 정도 눈을 깜박였다. 나는 언니가 어떤 이야기든 꺼내기를 기다렸다.

"그레이슨과 제임슨이 내쉬와 밖에서 무슨 이야기를 하는 거야?"

언니가 마침내 물어봤다. 나는 이제 감출 이유가 없기에 바로 대답했다.

"그럼 내쉬의 아버지는⋯⋯."

"제이크 내쉬가 거의 확실해."

"그럼 네 아버지는, 설마⋯⋯."

리비는 나를 보더니 마른침을 삼켰다.

'내 아빠 토비 호손이야.' 나는 속으로 말한 뒤 진짜로 소리를 냈다.

"논리적으로는 그게 가장 말이 돼."

난 언니의 눈을 똑바로 볼 수 없어서 가까이 있는 커다란 창문을 응시하며 조용히 말했다.

"내 출생증명서에 서명한 사람은 바로 토비 아저씨야. 엄마가 돌아가신 직후에 난 그 사람을 처음 만났어. 내 생각에 그 사람은 내 상태를 확인하고 있었어. 나를 만날 작정이었던 것 같아."

나는 잠깐 쉬었다가 다시 얘기했다.

"토비아스 호손은 이 모든 걸 다 알았을 것 같아."

"그래서 그분이 너한테 돈을 남겼구나. 네 아버지가 리처드가 아니라면⋯⋯ 그럼 너와 난⋯⋯."

"우리가 자매가 아니라는 말을 한다면, 바로 여기서 언니한테 플라잉 태클*을 걸 거야. 지금 당장."

나는 플라잉 태클을 걸 만반의 준비를 마쳤다. 하지만 리비 언니는 나를 부추길 생각은 없어 보였다. 언니는 대신 이렇게 물었다.

"그 사람을 찾아보긴 했어? 토비 말이야."

"그 사람이 누군지도 모를 때 찾아보려고 했어. 알리사네 직원들은 그 사람의 흔적도 찾을 수 없었대."

리비는 콧방귀를 뀌었다.

"알리사 오르테가의 주장이겠지. 그 여자는 그 사람이 누군지 알아?"

"아니."

"그럼 네 변호사가 네가 체스를 둔 적이 있는 아무개 노숙자를 찾는 데 우선순위를 어느 정도나 두었을 것 같아? 넌 그 사람을 찾으려고 해봤어? 퍼즐은 잊어버려. 단서도 잊어버려. 정말로 그 남자를 찾아봤어?"

언니가 이런 식으로 이야기하자, 나는 살짝 어이가 없어졌다. 토비아스 호손의 게임에 직접 참여한 사람으로서 나는 완전 말이 되는 일만 했다. 하지만 관객의 관점에서 보면 어떨까? 나는 이 모든 일을 정말 빙 둘러서 우회적으로 풀어가고 있었다.

* 미식축구에서 몸을 던지는 태클.

"내가 여기에 오려고 얼마나 힘들게 오렌과 알리사의 허락을 받았는지 언니도 봤잖아. 내가 토비 아저씨의 흔적을 찾으려고 뉴캐슬까지 비행기를 타고 가는 걸 저 사람들이 허락해줄 리 없어."

"내가 가는 건 어때?"

리비 언니는 머뭇거리며 물었다. 하지만 언니는 바로 망설임을 털어내고 이야기를 이었다.

"난 집에 갈 수 있잖아. 이유를 물어볼 사람은 아무도 없을걸. 경호원도 데려갈 수 있어."

"하지만 파파라치가 언니를 따라다닐 거야. 언니도 뉴스거리야."

리비는 프랑스식 디스코 머리를 쓰다듬더니 씩 웃으며 얘기했다.

"난 지금 평범해. 파파라치라도 날 알아보지 못할 거야."

바로 그 순간 나는 언니에게 더 일찍 진실을 말했어야 했다는 생각만 들었다. 나는 왜 가장 중요한 사람에게 거리를 두었을까?

"그럼 결정된 거야. 넌 비행기를 타고 호손 하우스로 가. 난 다른 비행기를 타고 코네티컷으로 갈게."

리비 언니는 선언하듯 얘기했다.

"말을 바꿔야지, 자기야."

내쉬가 다시 방 안으로 어슬렁어슬렁 들어왔다. 형제들

이 내쉬에게 던진 폭탄이 어느 정도 효과를 냈는지 얼굴만 봐선 알 수 없었다.

"'우리'가 갈 거야."

46

그날 밤 자정이 조금 넘었을 때, 맥신이 나를 쿡쿡 찔러 잠을 깨웠다.

"왜 그래?"

나는 눈을 깜박이며 맥신을 쳐다봤다. 몇 초 후 투쟁 도피 반응*이 살아난 내가 물었다.

"무슨 일 있어?"

"아무 일 없어. 오히려 좋지. 노천탕 안에 제임슨 호손이 있어."

맥신은 다시 나를 쿡 찌르며 얘기했다.

나는 눈을 가늘게 뜨며 맥신을 쳐다본 다음 침대에서 몸부림을 치다가 머리끝까지 이불을 덮었다.

맥신이 다시 이불을 끌어 내렸다.

"내 말 안 들려? 제임슨 호손이 노천탕 안에 있다고. 이

---

* 긴급 상황 시 빠른 방어 행동 또는 문제 해결 반응을 보이기 위해 흥분된 생리적 상태.

248

건 정말 끝내주는 상황이잖아."

"너하고 제임슨하고 무슨 상관이야?"

"너하고 제임슨은 무슨 상관이 있는데?"

나는 왠지 이유를 설명할 수는 없지만, 침대 밖으로 맥신을 몰아내는 대신 맥신이 던진 질문에 대답했다.

"걘 나를 원하지 않아. 정말이야. 걔가 원하는 건 미스터 리야. 나를 이용할 수 있을 때까지만 곁에 두고 싶어 하는 거지. 나는 걔한테 퍼즐 조각일 뿐이야."

"그런데…… 넌 걔한테 이용당하고 싶지?"

맥신은 유도 질문을 던졌다.

나는 내가 모르는 것을 그가 알고 있을 때 반짝이던 눈빛을 곰곰이 생각했다. 제임슨의 비틀린 미소와 블랙우드에서 총알이 발사됐을 때 자신의 몸으로 내 몸을 덮던 그 모습 그리고 불꽃놀이 소리 때문에 공황에 빠진 나를 위해 두 손으로 내 얼굴을 감싸주던 모습을 생각했다. 나를 상속녀라고 부르는 짜증스러운 태도와 체육관 지붕에서 골프를 치던 그때를 생각했다. 나보고 몸을 사리라고 말할 때 입꼬리가 올라가던 모습이 지금 떠올랐다.

"넌 걔를 좋아해."

맥신은 스스로 만족하는 목소리로 얘기했다.

"내가 걔랑 있을 때 느끼는 감정을 좋아할지도 모르지. 하지만 그렇게 단순한 게 아니야." 나는 아주 조심스럽게 이야기를 이었다. "그레이슨 때문이야. 우린 '친구'니까."

나는 천장을 빤히 쳐다보며 스키 리프트를 탔을 때를 떠올렸다.

"아니. 너와 내가 친구지. 그레이슨은 너의 회피성 애착 스타일의 물리적 구현이야. 그 사람은 널 좋아하는 걸 스스로 용납하지 않아. 넌 그 사람이 널 원하는 걸 바라지 않고. 넌 모두에게 일정 거리를 두고 있어. 그러면 아무도 상처받지 않겠지. 하지만 아무것도 얻을 수 없어."

맥신은 단짝 친구로서 의기양양한 표정을 지었다.

"네가 왜 신경 써? 네가 언제부터 내 애정사에 관심이 있었어?"

"좀 적게 있긴 했지."

맥신은 말을 정정하더니 어깨를 으쓱하며 다시 얘기했다.

"내 인생은 망했어. 부모님은 이제 내 전화를 받지 않아. 동생하고 말도 못 하게 해. 이제 나한텐 너밖에 없어. 에이 버리. 난 네가 행복하면 좋겠어."

"너 부모님께 전화한 거야?"

나는 맥신을 심하게 밀어붙이고 싶지는 않았지만 맥신에게 뭔가 해주고 싶었다.

"중요한 건 그게 아니야. 제임슨 호손이 노천탕에 있다는 사실이 중요한 거야."

맥신은 고개를 숙이며 대답하더니 얼굴을 들어 팔짱을

끼고 다시 물었다.

"자, 이제 어떻게 할 거야?"

47

알리사가 가져온 옷 중에는 디자이너의 수영복도 있었다. 테두리가 황금색인 검정 비키니. 나는 눈을 가늘게 뜨며 수영복을 입고 재빨리 바닥까지 끌리는 기다란 가운을 걸쳤다. 최고급 스파에서나 입을 것이라고 상상한 몹시 부드러운 가운이었다. 노천탕은 1층에 있다. 나는 뒷문까지 가서야 오렌이 나를 밀착 경호한다는 것을 깨달았다.

"나보고 집 안에만 있으라고는 안 할 거죠?"

"숲속에도 내 팀원들이 있어."

오렌은 어깨를 으쓱하며 대답했다. 당연히 그럴 것이다.

나는 손잡이에 손을 댄 다음 숨을 깊게 들이마시고, 꽁꽁 얼 만큼 추운 밤공기를 뚫고 밖으로 나갔다. 맹렬한 추위가 몰아치자 더 이상 주저할 수 없었다. 바로 노천탕으로 갔다. 노천탕은 여덟 명이 한꺼번에 들어가도 될 정도로 컸지만 제임슨 한 사람만 보였다. 제임슨은 물속에 몸을 푹 담그고 있었다. 하늘을 쳐다보는 얼굴과 목선 그리고 살짝 드러난 맨어깨가 보였다.

"너 지금 고민 중인 것 같은데?"

나는 제임슨과 가장 멀리 떨어진 노천탕 한쪽에 자리를 잡고 앉으며 이야기를 꺼냈다. 나는 가운을 끌어 올린 다음 물속에 무릎까지 담갔다. 물에서 김이 올라왔지만 몸이 부들부들 떨렸다.

"난 늘 고민해, 상속녀. 그래서 네가 날 좋아하잖아."

대답하는 제임슨의 초록빛 눈은 하늘을 보고 있었다.

나는 추워서 아무 생각도 나지 않았다. 재빨리 가운을 벗고 김이 나는 물속으로 미끄러졌다. 처음에는 몸이 거부했지만 뜨거운 열기에 몸이 풀어졌다. 얼굴이 발개지는 게 느껴졌다.

제임슨의 두 눈이 나를 향했다.

"상속녀, 내가 무슨 생각하는지 맞혀볼래?"

우린 지금 1미터 이상 떨어져 있지만 거리감이 많이 느껴지지 않았다. 그는 내가 자기 생각을 알아맞히길 바라고, 나도 그의 그런 생각을 안다.

나는 또한 그를 알고 있다.

"반지를 생각하고 있잖아."

제임슨이 자세를 바꾸자 가슴 윗부분이 물속에서 올라와 모습을 드러냈다.

"그 반지가 다음 단계인 건 분명해. 하지만 자라 이모에게 반지를 얻어내는 건 어려울 것 같아."

"넌 도전을 좋아하잖아."

제임슨은 노천탕 벽 한쪽을 밀면서 내게로 다가왔다.

"맞아."

'이건 맥신의 잘못이야.' 내 심장이 흉곽을 뚫을 것처럼 마구 뛰었다.

"호손 하우스에 지하 금고가 있어. 그런데 난 그게 어디 있는지도 몰라."

제임슨은 이제 거의 한 발짝 떨어진 곳까지 다가왔다.

나는 그의 몸이 아닌 그의 말에 집중하려고 사력을 다해 물었다.

"어떻게 그런 일이 가능해?"

제임슨이 어깨를 움츠리자 그의 어깨와 가슴 부근에서 물이 출렁거렸다.

"뭐든 가능해."

"내가 살펴볼 수 있을까? 지하 금고 말이야."

나는 그의 몸을 그만 쳐다보려고 애를 쓰며 마른침을 삼켰다가 목을 가다듬고 얘기했다.

"가능하지. 넌 보스잖아"

그는 정말 파괴적인 제임슨 호손만의 미소를 지으며 내 말에 동의했다.

나는 고개를 숙였다. 지금 내 몸을 가린 비키니가 얼마나 작은지 갑자기 깨달았기 때문에 그럴 수밖에 없었다.

"우린 네 할아버지가 너희 이모한테 남긴 결혼반지를 찾아야 해. 그 반지가 있으면 우린 투명 잉크로 좀 더……."

"알아볼 수 있다고?"

그는 내 눈을 보기 위해 나를 향해 몸을 숙였다. 3초가 지날 동안, 누구도 시선을 돌릴 수 없었다.

"좋아, 상속녀. 지금 내가 무슨 생각을 할까?"

나는 앞으로 움직였다. 우리의 몸은 이제 얼마 떨어지지 않았다.

"반지는 아니야."

얘기하는데 내 손이 물 위로 떠올랐다.

"그래. 반지는 아니지."

제임슨의 목소리는 낮고 유혹적이었다. 그는 한 손을 내쪽으로 들었다. 우린 서로를 건드리지 않았다. 그의 팔이 물속에 잠긴 내 몸과 털끝만큼 떨어져 물 위를 떠다녔다.

"중요한 건 말이야, 지금 넌 무슨 생각을 하고 있는가야." 제임슨이 말했다.

내 손으로 그의 손을 쓸었다. 짜릿했다.

"반지는 아니야."

무엇이든 원해도 괜찮다는 맥신의 말을 생각했다. 지금 당장, 나는 딱 하나를 원할 뿐이었다.

내 마음속에 단 하나가 있었다.

나는 물살을 가르며 움직였다. 이제 우리 사이의 공간은 사라졌다. 내 입술을 제임슨의 입술에 댔다. 그가 내게 키스했다. 진한 키스를. 내 몸은 이걸 기억하고 있었다. 나는 그에게 키스를 되돌려주었다.

불이 붙은 것처럼 열기가 우리를 태웠고, 나는 더 많이 타는 데에만 온 신경을 쏟았다. 제임슨의 손이 내 옆얼굴을 만지고 있었다. 내 손이 그의 머리카락 속에 묻혔다.

"꿈인 것 같아."

그의 입술이 내 목으로 내려가자 내가 속삭였다.

"난 현실 같은데."

제임슨은 웃으며 얘기했지만 나는 속지 않았다.

"너한테 현실 같은 게 있을까."

하지만 놀랍게도 아무것도 신경 쓰이지 않았다. 옳은 일이 꼭 현실적일 필요는 없었다.

"우린…… 다른 건 아무것도 필요 없어. 골치 아픈 감정, 의무, 약속, 기대 같은 건 필요 없어."

내 입술이 그의 입술 위를 맴돌며 움직였다.

"이것만 있으면 돼."

제임슨이 속삭이면서 내 몸을 자기 몸에 딱 붙였다.

"이것만." 나는 제임슨을 따라 말했다.

시속 천 킬로미터로 달리는 오토바이 뒷자리에 탄 것보다 기분이 훨씬 좋았다. 50층 건물의 지붕 위에 서 있는 것보다 짜릿했다. 그냥 서두르거나 황홀한 것이 아니었다. 나는 정말 자신감이 넘쳤다. 멈출 수 없는 기분이었다.

'우리'가 멈출 수 없는 기분이었다.

그 순간 갑자기 제임슨이 얼어붙었다.

"움직이지 마."

제임슨이 속삭이는데 그의 입술과 내 입술 사이로 그의 입김이 보였다.

"오렌!"

제임슨이 소리쳤다.

나는 움직이지 말라는 그의 말을 어겼다. 숲 쪽을 보려고 몸을 빙 돌렸다. 제임슨이 보고 있는 것을 이제 나도 볼 수 있었다. 무엇인가 재빠르게 움직이고 있었고, 누군가의 시선이 있었다.

"에이버리는 내가 데리고 있을게."

오렌은 말 그대로 노천탕에서 나를 끌어냈다. 얼어붙을 만큼 찬 공기가 트럭처럼 나를 덮쳤다. 오렌이 지시를 내리자 아드레날린이 솟구쳤다.

"엘리, 쫓아!"

나무들 사이에 자리를 잡고 있던 엘리는 침입자를 향해 바로 뛰었다. 나는 그 움직임을 눈으로 쫓았다. 그렇게 하면 왠지 안전할 것 같았다. '난 괜찮아. 오렌이 여기 있잖아. 아무 일 없어. 근데 왜 숨 쉬는 방법을 모르겠지?'

오렌은 안으로 들어가라고 나를 재촉했다.

"그게 뭐예요? 그 사람 누구예요? 파파라치예요? 그 사람이 사진을 찍었어요?"

몹시 끔찍한 생각이었다.

오렌은 아무 대답도 없었다. 그레이슨이 이 소동을 들었을 것이다. 누군가 타월로 나를 감싸주었다. 제임슨은 아니었다. 그레이슨도 아니었다.

5분쯤 지났을 때 엘리가 돌아와서 헉헉대며 말했다.

"놓쳤습니다."

"파파라치인가?" 오렌이 물었다.

엘리가 연한 파란 눈을 가늘게 떠서 동공 주변의 호박색 홍채만 보였다.

"아니요. 전문가입니다."

그 말이 폭탄처럼 들렸다. 두 귀가 울리는 것 같았다.

"무슨 전문가요?" 내가 물었다.

오렌은 아무 대답도 없이 지시만 했다.

"짐 싸. 우린 새벽에 출발한다."

48

제트기가 높이 올라가자 산이 점점 작아지고 멀어졌다. 나는 그때까지 비행기 창문만 뚫어지게 바라봤다. 잠을 거의 못 잤지만 피곤하지 않았다.

"전문가, 무슨 의미지?"

비행기 창문 밖을 바라보던 나는 옆에 앉아 있는 맥신에게로 주의를 돌렸다. 나는 맥신에게 지금 상황과 노천탕에서의 일을 알려주었다.

"사립 탐정일까? 아니면 스파이?"

"암살자야!"

맥신은 경솔하게 대답했다. 책을 많이 읽고 TV 프로그램도 많이 보는 맥신은 곧 사과했다.

"미안. 암살자, 끔찍하지. 숲속 남자가 고대 암살자 연맹의 일원이 아니라고 확신해. 아마."

내가 유산을 물려받기 전이라면 맥신에게 상상이 지나치다고 말했을 것이다. '내가 죽기를 바랄 사람은 누굴까?'라는 질문은 더 이상 무시할 수 없었다. 답이 있는 질문이다. '스카이.' 경매 행사에서 리처드와 맞선 일을 곰곰이 생각했다. 리비 언니도 그와 싸웠다. 만약 내가 미성년자에서 벗어날 것이라고 언니가 말했다면, 그리고 리처드가 황금 티켓이 사라지고 있다고 스카이에게 말했다면…….

만약 그랬다면 그자들이 무슨 짓을 벌일까? '리처드는 내 상속인 중 한 명이야.' 만약 나에게 무슨 일이 생긴다면…….

"아무도 널 해치지 못할 거야. 그렇지, 제임슨?"

맞은편에 앉은 그레이슨이 얘기했다. 그 옆에는 제임슨이 앉아 있었다.

그레이슨의 말투는 날카로웠다. 나는 그레이슨이 숲속에 있던 남자에 관해서만 이야기하는 것이 아니라는 느낌을 받았다.

"내가 형제간의 우애를 의심했다면, 형의 말에 가시가 있다고 느꼈을걸?"

제임슨은 나른하게 얘기했다.

"가시가 있다고? 그레이슨이 감정을 표현한다고? 절대 아니지."

알렉산더는 가짜로 놀라며 제임슨의 말을 반복했다.

나는 이 상황이 더 나빠지기 전에 한 가지 제안을 했다.

"포커 게임 할 사람 있어?"

♟

"난 콜이야."

나는 테아를 쳐다보며 얘기했다. 테아의 포커페이스는 훌륭했지만 나도 만만치 않다.

테아가 손을 내밀자 풀 하우스가 나왔다. 내가 손을 내밀자 테아와 같은 패가 나왔다. 하지만 나한테는 에이스가 있었다. 내가 카드를 거두려는데 제임슨이 나를 막았다.

"잠깐, 기다려. 상속녀, 난 아직 안 빠졌어. 게다가 난⋯⋯."

제임슨은 살짝 사악한 미소를 지으며 나를 바라봤다. 노천탕으로 다시 돌아간 것 같은 기분이 도는 미소였다.

"아무것도 없어."

그는 자기 카드를 보여주었다.

"넌 늘 허풍이 심해."

테아가 말했다.

그때 테아의 옆에 있던 레베카의 휴대전화가 울렸다. 레베카는 바라보기만 했다. 테아가 레베카의 휴대전화를 잡으려고 했지만, 이번에는 "안돼!" 하고 외친 레베카가 더 빨랐다.

휴대전화는 계속 울렸다. 끊어지지 않았다. 테아는 화면을 흘끗 쳐다보더니 표정이 달라졌다.

"네 엄마야. 레베카?"

테아는 레베카와 시선을 맞추려고 애를 쓰며 물었다.

레베카는 휴대전화를 꺼버렸다.

"휴대전화를 끄라는 말이 아니었어. 네 엄마가 뭘 원하는지 알아야 하지 않을까?"

"이제 곧 집에 갈 거니까."

테아의 말에 레베카는 조금 움츠러들면서 답했다.

"레베카, 네 엄마는⋯⋯."

"우리 엄마가 뭘 원하든 말하지 마. 엄마가 정상이 아니란 걸 나라고 모를 것 같아? 네가 그 얘기를 해주길 내가 바라는 것 같아? 정말 그렇게 생각해?"

레베카의 목소리는 차분했지만 온몸이 심하게 떨렸다.

"아니, 난……."

"엄마는 날 보지만, 정작 나는 그 자리에 없어. 내가 마치 에밀리인 것처럼, 다른 소중한 존재인 것처럼……."

레베카는 탁자에 움푹 파인 자리를 뚫어지게 쳐다보며 이야기했다.

"넌 소중한 사람이야."

테아는 마치 으르렁대는 것 같은 목소리로 말했다.

"아무리 봐도 개인적인 대화 같은데, 그럼 우린……."

맥신이 어색하게 끼어들었다.

"난 그렇게 중요한 사람이 아니야. 너희와 어울려 다니고, 탐정 놀이하고, 현실에서 벗어나서 정말 재미있었어. 하지만 이대로는 안 돼."

이제 레베카의 목소리는 불안정했다.

"이대로 뭐?" 테아는 레베카의 손을 잡으며 물었다.

"이런 거. 네가 날 만질 구실을 만드는 거." 레베카는 테아의 손을 뿌리치며 말을 이었다. "내가 널 내버려두는 거. 넌 내 전부야. 난 너를 위해서 무슨 일이든 할 거야. 하지만 그날 밤, 난 너한테 에밀리를 보호하지 말아달라고 부탁했어. 그리고 넌……."

"이러지 마."

테아는 마치 다른 사람이 되어 애원하는 것처럼 굴었다.

"내가 만약 존재감이 더 있었더라면…… 내 평생 단 한 번만이라도, 누구에게라도 중요한 사람이었더라면, 내가 사랑했던 그 아이, 내 동생은 아직 살아 있었을지도 몰라."

레베카는 이제 더 크게 얘기했다.

테아는 아무 말도 하지 않았다. 다시 한번 침묵이 이어졌다. 고통스럽고 어색하고 고문에 가까운 침묵이었다.

테아를 고통에서 빼낸 사람은 제임슨이었다. 제임슨은 불꽃에 소화기를 쏜 것처럼 화제를 쉽게 바꾸었다.

"상속녀, 그럼 그 반지를 빼내려면 우린 어떻게 해야 할까?"

49

호손 하우스에 도착해서 나는 오렌에게 제임슨도 모른다는 지하 금고를 보여달라고 부탁했다. 그는 나만 데리고 갔다. 우리가 복도 여러 곳을 이리저리 돌자 엘리베이터가 나타났다. 엘리베이터 문이 열리고 내가 안으로 들어가려 했지만 오렌이 나를 막았다. 그는 호출 버튼에 검지를 대고 두 번 눌렀다.

"지문 인식이야."

잠시 후 엘리베이터의 뒷벽이 슬며시 움직이더니 작은 통로가 나타났다.

"엘리베이터가 다른 층에 있는데 누군가 문을 강제로 열면 어떻게 되죠?"

"아무 일도 안 일어나. 엘리베이터가 이 통로에 있을 때만 문이 열려."

오렌은 가볍게 미소를 지었다.

"누구의 지문으로 문이 열리나요?"

"지금은 나와 노부인의 지문이지."

'자라의 지문은 안 되네. 스카이도 안 되고 나도 안 되네.' 토비아스 호손은 유언장에서 아내의 보석을 모두 장모에게 남긴다고 했다. 유언장이 공개될 때는 그게 사소한 일인 줄 알았다. 하지만 진짜 지하 금고의 문을 향해 걷는 지금, 마치 은행 금고를 털러 가는 기분이다. 절대 사소한 일이 아니었다.

"호손의 지하 금고 속 물건이 모두 할머니 거라면……."

"전부는 아니야. 그분은 호손 부인의 보석 중 최근 것만 소유하셔. 호손 씨는 예술적이고 감상적인 이유로 구매하신 보석 말고도 시계와 반지 컬렉션도 소장하셨어. 호손 부인의 보석은 친어머니에게 넘어갔지만 박물관 수준의 물건은 대부분 네 거야."

"박물관 수준이요? 보석이 박힌 왕관도 볼 수 있나요?"

나는 반은 농담으로 물었다.

"어느 나라 거? 200만 달러 이상 되는 물건은 여기 없어. 더 안전한 곳에 보관하지."

오렌이 되물었다. 전혀 농담이 아니었다.

자물쇠를 푼 오렌은 지하 금고의 문을 열었다. 나는 숨을 들이마신 후 천장부터 바닥까지 강철로 만들어진 방 안으로 들어갔다. 철제 서랍도 보였다. 아무 서랍이나 손을 뻗어 끄집어내자 진열된 보석이 툭 튀어나왔다. 눈물 모양의 귀걸이 세트가 포함된 보석 세 가지가 눈에 띄었다. 내가 지금까지 본 어떤 약혼반지보다 훨씬 큰 다이아몬드가 박혀 있었다. 나는 서랍 서너 개를 더 열어보고 눈을 깜박였다.

이제 내 두뇌는 계산을 멈추었다.

"특별히 찾는 게 있어?"

나는 주먹 반 정도 되는 루비로부터 시선을 거두며 간신히 대답했다.

"결혼반지요. 토비아스 호손의 결혼반지요."

오렌은 잠시 나를 뚫어지게 쳐다보더니 멀리 떨어진 구석으로 걸어갔다. 그가 서랍 하나를 꺼내더니 다른 서랍도 꺼냈다. 나는 롤렉스 시계 여남은 개와 번쩍번쩍한 은제 커프스단추 한 쌍을 쳐다보고 있었다.

"그 반지는 여기 없어요?"

나는 손가락으로 롤렉스 시계를 쓰다듬으며 물었다.

"그 반지가 서랍 속에 없으면 여기 없는 거야. 내 생각에 유언장을 공개할 때 자라에게 건넨 봉투 속에 호손 씨가 넣어둔 것 같아."

다시 말해 나는 지금 보석 속에 푹 파묻혀 있지만 내가 바라는 그 한 가지만 여기 없다는 말이다.

50

"만약 자라 이모의 거처를 뒤져보고 싶다면 대신 일을 처리할 사람이 필요할 거야."

그레이슨이 이야기를 꺼냈다. 이 일을 끝까지 도와주겠다고 내게 약속한 건 진심이 분명했다.

"그레이슨 형은 사람의 주의를 딴 데로 돌리는 데 능해. 내가 보기에 장황한 말로 때맞춰 지루하게 만드는 형의 신기한 능력 때문인 것 같아."

제임슨이 고상하게 얘기했다.

그레이슨은 제임슨의 말을 바로 받아치지 않았다.

"우린 콘스탄틴이 자리에 없는지 반드시 확인해야 해."

"나도 주의를 딴 데로 돌리는 능력이 탁월한 편이야. 내가 좋아하는 소설 속 스파이로 때맞춰 변신할 수 있지."

맥신이 자진해서 나섰다.

"그레이슨 형과 맥신은 경계를 서. 제임슨 형과 에이버리
와 나는 반지를 찾아볼게."

알렉산더의 목소리는 평소답지 않게 너무 조용했다.

레베카는 비행기가 착륙하자마자 자리를 떴다. 테아는
레베카가 가버리자 더는 머물지 않았다. 알렉산더의 팀은
알렉산더를 버렸지만 그는 게임을 포기하지 않았다.

알렉산더는 제임슨과 내가 단독으로 반지를 찾는 걸 구
경만 하지는 않을 작정이다.

"진짜 나쁜 생각이네요."

엘리가 아예 대놓고 엿들은 티를 냈다.

'그러니까 오렌이 퇴근할 때까지 기다렸지'라고 나는 속
으로만 생각했다.

♟

자라의 건물 현관문은 높이가 최소 3미터에 달했다. 게
다가 굳게 닫혀 있었다.

"네가 할래? 내가 할까?"

제임슨이 알렉산더에게 묻고 나서 2분 후, 우리 세 명은
집 안으로 들어갔다. 그레이슨과 맥신은 뒤에 남아 현관 맨
끝에 있는 기둥을 맡았다. 엘리는 투덜거리며 나를 따라 위

험 구역 안으로 들어왔다.

잠깐 훑어보니 자라의 건물 안 중앙 홀에 문 일곱 개가 나란히 배치돼 있었다. 세 개의 문 뒤로 침실이 보였다. 침실 세 곳은 스위트룸에 맞먹는 규모로, 두 곳은 사용 중인 게 분명했다.

"자라 아줌마와 남편은 방을 따로 쓰나 봐?"

"몰라." 내 물음에 제임슨이 대답했다.

"알고 싶지도 않아." 알렉산더가 쾌활하게 대답했다.

나는 스위트룸 한곳에서 남자 신발을 발견했다. 다른 방은 티끌 하나 없이 깔끔했다. '자라 방이네.' 방 뒤에 대리석 벽난로가 보였다. 왼쪽 벽에 쭉 늘어선 내장형 선반이 있었고 가죽 장정의 커다란 책들이 쭉 꽂혀 있었다. 실제로 읽는 책이 아니라 전시용 책이었다.

"만약 저런 책꽂이를 가진 사람이라면, 보석을 어디에다 둘까?"

내가 중얼거렸다.

"금고."

알렉산더가 벽의 몰딩을 살피며 대답했다.

"그럼 그 금고는 숨겨둔 게 분명해."

제임슨은 몸으로 내 몸을 쓸고 지나가며 나에게 이야기했다.

우린 10분 만에 대박을 터트렸다. 가죽 장정 책들이 꽂힌 선반에 테이프로 고정한 리모컨이 보였다. 나는 테이프를 떼어낸 다음 자세히 들여다봤다. 리모컨에는 버튼이 딱 하나만 있었다.

"그럼, 상속녀. 주인 노릇을 하시지요."

제임슨은 내게 미소를 지으며 얘기했다.

그의 미소를 보고 있자니 노천탕이 바로 떠올랐다. 나는 그때 일을 생각할 이유가 없다. 지금 제임슨을 그런 식으로 생각할 이유는 없다.

나는 리모컨 버튼을 눌렀다.

커다란 선반이 움직이더니 벽 속으로 서서히 사라졌다. 나는 선반 뒤에 뭐가 숨어 있는지 빤히 쳐다봤다.

"선반이 더 있네. 그럼 책이 더 있는 거야?"

두 겹으로 쌓인 종이책들이 나타났다. 로맨스, 공상과학, 범죄소설, 초자연적인 이야기. 나는 로맨스 소설이나 공상과학 혹은 표지에 고양이와 털실이 등장하는 미스터리를 읽는 자라의 모습을 상상했지만 잘 그려지지 않았다.

"우리가 이 선반의 책들을 모두 걷어내면 리모컨이 또 나올까? 선반이 또 나오고? 리모컨이 또 나올까? 그리고……."

알렉산더가 추측하더니 말을 멈췄다.

나는 알렉산더가 왜 멈췄는지 잠시 후 알아차렸다. 나무 바닥을 또각또각 두드리는 하이힐 소리 때문이었다.

'자라야.'

제임슨은 나를 옷장 속으로 끌어당겼다. 아까는 노천탕 생각을 그만두는 것이 힘든 정도였는데 지금은 불가능에 가까웠다.

"주의를 산만하게 하는 그레이슨 형의 능력이 좀 과한 것 같네."

제임슨은 나를 더 가까이 끌어당기며 내 목에 대고 속삭였다. 우리는 옷들이 끝없이 걸린 옷걸이 뒤로 몸을 숨겼다. 나는 꼿꼿이 서서 숨을 쉬었다. 내 뒤에 서 있는 제임슨도 나처럼 서 있을 게 뻔했다.

알렉산더도 몸을 숨긴 게 분명했다. 몇 초 후, 침실에서는 자라의 하이힐 소리만 들렸다. 나는 심장이 그만 나대기를 바랐다. 그래야 제임슨의 몸에 딱 붙어 있는 내 몸이 아닌 자라의 움직임에 집중할 수 있으니까.

발소리가 옷장 밖에서 딱 멈췄다. 나는 목 뒤로 제임슨의 숨결을 느꼈다. 부들부들 떨리는 몸의 충동을 밀어냈다. '움직이지 마. 숨 쉬지 마. 생각하지도 마.'

"문 앞에 있는 경호원이 결정적인 증거지. 지금 나오는 게 좋을걸."

자라가 소리쳤다. 자라의 목소리는 종처럼 명확하고 칼처럼 날카로웠다.

제임슨은 손가락으로 내 입술을 누른 후 옷장 밖으로 나갔다. 어둠 속에 남은 나는 그의 손길을 여전히 느낄 수 있었다.

"이모, 우리끼리 대화 좀 할 수 있을까?"

"좋아. 그런데 대화를 적절하게 시작하려면 옷장에 숨은 네 파트너도 참여하는 게 좋겠지."

자라는 제임슨을 지나 옷걸이가 쭉 걸린 옷장을 바라보며 얘기했다.

"어서 나와라."

잠시 뜸을 들인 후, 나는 옷장 밖으로 나왔다.

"이제, 얘기해봐."

자라의 말에 나는 마른침을 삼키며 대답했다.

"호손 씨가 아주머니한테 결혼반지를 남겼잖아요."

"잘 알고 있지."

"20년 전, 할아버지가 이모를 포함한 모든 사람에게 재산을 물려주지 않겠다고 처음으로 유언장을 변경할 때도 이모에게 그 반지를 남겼어요."

제임슨이 덧붙였다.

자라는 한쪽 눈썹을 찌푸리며 우리에게 물었다.

"그래서?"

"지금 볼 수 있을까요?"

욕실 밖으로 고개를 내민 알렉산더가 물었다. 질문을 던진 사람은 알렉산더였지만 대답은 나에게 돌아왔다.

"이쪽으로 똑바로 따라와. 넌, 아버지가 사실상 거의 전부를 남긴 사람이야. 그런데 아버지가 나에게 남긴 단 하나밖에 없는 유일한 물건을 원하는 거야?"

자라는 나를 뚫어지게 쳐다보며 얘기했다.

"저분이 그런 식으로 말하니, 이기적인 것처럼 들리긴 하네."

문간에 나타난 맥신이 말했다. 맥신 뒤로 엘리가 보였다. 엘리는 자라가 아무 위협도 아닌 것처럼 굴었다.

"5분이야. 딱 5분만 그 반지를 볼게. 이모도 원하는 게 있겠지. 조건을 말해봐."

제임슨은 협상 모드로 태도를 바꿨다.

자라는 또다시 내게 집중하며 입을 열었다. 그녀는 미소를 지었지만 눈은 전혀 웃고 있지 않았다.

"500만 달러. 아버지의 반지를 5분 동안 보게 해줄게. 단돈 500만 달러만 주면 돼."

51

"500만 달러라고?"

나는 전략을 짜려고 자라의 건물을 나와 토비아스 호손의 서재로 가면서 이 말을 계속 반복했다.

"오, 백만, 달러. 자라는 알리사가 그만한 금액의 수표를 끊어주는 걸 동의할 거라고 생각하는 거야?"

유언장은 아직 공증이 진행 중이다. 일단 재산 문제가 해결된다고 해도, 나는 미성년자고 신탁관리자들이 있다. 수탁자의 신의성실의원칙을 들먹이는 내 변호사의 목소리가 들리는 것 같았다.

"이모가 우릴 갖고 놀았어."

제임슨의 목소리는 몹시 화가 났다기보다는 수심에 잠긴 것 같았다.

그레이슨은 한쪽으로 고개를 기울이며 얘기했다.

"아무래도 현명한 방법이 있을 텐데……."

"내가 그 돈을 줄 수 있어."

알렉산더가 불쑥 꺼내자, 형들이 그를 빤히 쳐다봤다.

"너 할아버지의 결혼반지를 보여달라고 자라 이모에게 500만 달러를 주고 싶어?"

"잠깐, 너 500만 달러가 있다고?"

그레이슨이 눈을 가늘게 뜨며 물었다.

호손의 손자들은 생일마다 투자하라고 만 달러씩 받는다. 알렉산더는 몇 년 동안 그 돈을 가상화폐에 투자해서 적절한 시기에 팔았다. 그 돈은 토비아스 호손의 재산이 아니다. 알렉산더의 돈이다. 그의 형들은 그 사실을 몰랐던 게 분명했다.

"이런, 바보. 500만 달러를 줄 사람은 아무도 없어. 그 반지를 얻어낼 다른 방법을 찾아내면 돼."

맥신은 손가락으로 알렉산더를 가리키며 말했다.

"넌 아직 미성년자야. 너한테 그런 돈이 있는 걸 스카이가 알면……."

그레이슨은 낮은 목소리로 알렉산더에게 얘기했다.

"그건 신탁에 맡겼어. 내쉬 형이 수탁자야. 엄마는 돈 근처에도 갈 수 없어."

알렉산더가 자신 있게 말했다.

"근데 자라 이모에게 네 500만 달러를 쓰겠다고 하면, 내쉬 오빠가 과연 허락할까?"

나는 의심스러운 눈으로 알렉산더를 쳐다보며 물었다. 그런 일은 알리사가 내게 그만한 돈을 쓸 수 있게 해주는 것과 마찬가지로 일어나기 힘들었다.

"내가 사람을 잘 꼬드기잖아."

알렉산더가 고집을 꺾지 않고 대답했다.

"다른 방법이 있어. 우린 거래를 할 거야."

제임슨이 체스 게임을 삼차원으로 바꿀 방법을 찾았다고 말하는 듯한 표정을 지었다.

그레이슨은 눈을 가늘게 뜨며 물었다.

"이모가 할아버지의 결혼반지와 바꾸는 조건으로 정확히 뭘 원할 것 같아?"

제임슨은 마치 자신과 내가 한 팀인 것처럼 미소를 지으며 대답했다. 자신의 이야기를 내가 예상하리라고 기대하는 것 같았다.

"호손 부인, 즉, 우리 할머니 반지."

나는 돌아가신 앨리스 오데 호손에 대해 아는 게 거의 없다. 하지만 그분의 보석을 누가 물려받았는지는 알고 있다. 우리는 음악실에서 노부인을 만났다. 할머니는 등받이가 높은 작은 안락의자에 앉아 수영장과 저택 너머가 보이는 커다란 전면 유리창을 바라보고 있었다.

"거기 그러고 서 있지 말고 와서 노인네 좀 일으켜라."

할머니는 고개를 돌리지도 않고 명령했다.

우리는 방 안으로 들어갔다. 그레이슨이 증조할머니에게 한 팔을 내밀었지만 할머니는 그를 지나친 다음 나를 바라보며 말했다.

"얘야, 너한테 한 말이다."

나는 할머니가 의자에서 일어나도록 도와주었다. 할머니는 지팡이에 의지하더니 우리 다섯 명을 빤히 쳐다봤다.

"이 아인 누구냐?"

할머니는 맥신을 향해 앓는 소리로 물었다.

"내 친구 맥신이에요." 알렉산더가 대답했다.

"네 친구 맥신?" 내가 되물었다.

"내가 재한테 드로이드를 만들어주겠다고 약속했거든. 이제 우린 진짜 친해. 참, 이건 딴 얘기네."

알렉산더는 유쾌하게 대답했다.

"우린 할머니의 도움이 필요해요."

그레이슨이 우리가 여기 온 이유를 에둘러 얘기했다.

"네가, 진짜 네가 도움이 필요하다고?"

할머니는 증손자를 보고 코웃음을 치더니 나를 흘낏 쳐다봤다. 할머니는 얼굴을 찌푸렸지만 희망 때문에 생생하게 빛나는 두 눈을 보니 마음이 너무 아팠다.

할머니를 갖고 논다며, 몹시 잔인한 사람이라고 나무랐던 라플린 부부의 말이 떠올랐다. 할머니는 토비를 사랑했다. 우리가 그 사람을 찾기를 바라고 있다.

'할머니는 우리에게 반지를 내줄 만큼 그 일을 몹시 바라고 있어.' 나는 숨을 깊게 들이마신 후 이야기를 꺼냈다.

"할머니 사위 분이 스카이 아줌마에게 남긴 메시지를 발견했어요. 토비 아저씨가 실종되기 직전이었죠. 우리가 보기에 할아버지가 자라 아줌마한테도 같은 메시지를 남긴 것 같아요. 그 메시지를 종합하면 토비 아저씨를 찾는 데 도움이 될 것 같아요."

살짝 과장된 표현이긴 하지만 진실을 말하는 것보다는

덜 복잡했다.

"그런데 자라 이모한테 그걸 받아내려면 대신 줘야 할 게 있어요."

제임슨이 끼어들었다.

"어떤 물건을 주면 되는데?"

할머니는 눈을 가늘게 뜨며 물었다.

제임슨은 그레이슨을 바라봤다. 두 사람 모두 그 말을 하고 싶지 않은 것 같았다.

"따님의 결혼반지가 필요해요. 그걸 사위 분의 결혼반지와 바꿀 수 있어요."

나는 차분하게 얘기했다.

할머니는 헛기침하며 이야기를 꺼냈다.

"자라는 늘 특이하고 조용한 아이였어."

"긴 이야기가 나올 것 같아. 할머닌 정말 훌륭한 이야기꾼이야."

알렉산더가 두 손을 비비며 말했다.

할머니는 알렉산더에게 지팡이를 휘두르며 맞받아쳤다.

"사탕발림은 꿈도 꾸지 마. 알렉산더 호손."

"내가 지금 그런 거예요?"

알렉산더는 천진난만하게 물었다.

할머니는 얼굴을 찌푸렸지만 꼼짝없이 듣기만 하는 우리를 거부하지 않았다

"자라는 책을 좋아하고 부끄럼이 많은 아이였어. 주목받는 걸 좋아하던 딸아이 앨리스하곤 달랐어. 앨리스가 자라를 임신했을 때가 생각나. 앨리스는 어린것을 활발하고 강한 아이로 키울 생각에 몹시 들떴었지."

할머니는 고개를 저으며 이야기를 이었다.

"하지만 자라는 그렇게 활발하지 않았어. 그래서 앨리스가 속상해했지. 난 앨리스한테 자라는 그냥 섬세한 아이라고 얘기했어. 조금만 강해지면 되는 아이라고 했단다. 걱정해야 할 아이는 오히려 스카이였어. 그 아인 엄마 배에서 나올 때부터 탭댄스를 추었지."

나는 토비와 자라와 스카이가 함께 찍은 사진을 떠올렸다. 그들은 무척 행복해 보였다. 토비는 비밀과 거짓을 알기 전이었고, 스카이는 내쉬를 임신하기 전이었고, 조용하고 책을 좋아하던 자라는 지금처럼 감정을 전혀 드러내지 않는 몹시 차가운 사람이 되기 전이었다.

"그 반지 말이에요. 할아버지가 작성한 여러 유언장에 자라 이모에게 유산을 남긴다는 똑같은 내용이 있어요. 할아버지의 결혼반지요. '내가 그 애 엄마에게 사랑받았듯이 변함없이 전적으로 사랑하기를.' 그 반지가 단서예요."

제임슨이 매력을 발산하며 이야기를 꺼냈다.

"퍽이나. 변함없이? 전적으로? 친딸한테 딸랑 결혼반지 하나만 남기면서? 토비아스는 자기 생각만큼 날카로운 사람이 아니야."

할머니는 앓는 소리를 내며 얘기했다.

나는 잠시 후 할머니가 무슨 말을 하는지 이해했다. 토비아스 호손은 자라에게 결혼반지를 남기면서 '변함없는 사랑을 하라'는 메시지도 남긴 것이다.

"콘스탄틴은 자라 이모의 두 번째 남편이야. 20년 전 토비 삼촌이 사라졌을 때, 이모는 이미 결혼한 상태였어."

그레이슨도 포인트를 놓치지 않았다.

"이모는 바람을 피우고 있었어."

알렉산더는 당연한 듯 말했다.

할머니는 창문 쪽으로 고개를 돌려 저택을 응시했다.

"앨리스의 반지를 주마."

할머니는 불쑥 이야기를 꺼내더니 문간으로 느릿느릿 걸어갔다. 밖에 서 있는 엘리가 내 눈에 띄었다.

"네가 이걸 그 애한테 줘. 이걸 주면서 내가 전혀 나무라지 않을 거라고 전해다오. 그 아인 강해졌어. 우린 살아남기 위해 자기 할 일을 하는 거야."

52

앨리스 호손의 결혼반지는 내가 상상한 모습이 아니었

다. 얇은 금을 여러 겹으로 이어 붙인 겹반지에 딸랑 하나 박힌 다이아몬드도 크기가 작았다. 나는 손가락 마디만 한 보석이 박힌 백금 반지를 예상했는데 이 반지는 호사스러운 물건이 아니었다. 기껏해야 몇백 달러 정도 나갈 것 같았다.

반지에서 시선을 뗀 제임슨이 내 얼굴을 보며 얘기했다.

"네가 자라 이모한테 갖다줘. 상속녀, 혼자 가. 자라 이모는 이걸 본인과 너의 문제로 보는 게 분명해."

나는 반지 안쪽을 봤다. 8-3-75. '날짜일까? 8월 3일, 1975년. 두 사람의 결혼식 날인가?' 이런 생각이 들었다.

"에이버리? 괜찮아?"

내 얼굴에서 뭔가를 읽은 그레이슨이 물었다.

나는 휴대전화를 꺼내 반지 안쪽을 찍었다.

"거래할 때가 됐네요."

♟

"할머니가 그냥…… 이걸 너한테 줬다고? 법적으로. 할머닌 이 반지의 소유권을 너한테 넘겼어."

자라는 말을 하면서도 목이 메지 않으려고 애를 썼다.

나는 대화가 다른 길로 빠질 것 같은 기분이 들어서 왜 여기 왔는지 다시 말했다.

"할머니가 이 반지를 주신 건 아주머니 아버지의 반지와 바꾸라는 거예요."

자라는 눈을 감았다. 나는 이 여자가 무슨 생각을 하는지, 무엇을 떠올리는지 궁금했다. 결국 자라는 목에 걸린 우아한 목걸이에 손을 대더니, 레이스가 달린 드레스 셔츠 속에서 두툼한 은반지를 잡아당겼다. 자라는 주먹으로 은반지를 감추더니 눈을 떴다.

"아버지의 반지야. 내 어머니의 반지와 바꾸지."

자라가 목걸이의 걸쇠를 푸는데 손이 떨렸다. 나는 자라에게 앨리스 호손의 반지를 건네고, 자라는 내게 토비아스 호손의 반지를 건넸다. 나는 충동을 이길 수 없었기에 손에 든 반지를 돌려서 새겨진 글씨를 찾았다. 또 다른 날짜가 보였다. 9-7-48.

"할아버지의 생일인가요?"

자라는 반지를 쳐다보지도 않았다. 반지는 자라의 아버지가 그녀에게 남긴 유일한 유산이었다. 분명 반지를 샅샅이 검사했을 것이다.

"아니."

"어머니의 생일?"

"아니."

자라는 질문을 싹 무시했다. 그 이상의 질문하고 싶지 않을 정도로 단호했지만 적어도 하나는 더 물어봐야 했다.

"그럼 1975년 8월 3일은, 두 분이 결혼하신 날인가요?"

"아니, 그렇지 않아. 이제 그 반지를 받아서 너 혼자 본다면, 아주 고맙겠네."

나는 문 쪽으로 가다가 잠시 머뭇거리며 물었다.

"궁금하지 않으세요? 반지에 새겨진 숫자 말이에요."

아무 말도 없었다. 대답할 마음이 없는 것 같아 문손잡이를 돌리려는 순간, 자라가 뜻밖의 이야기를 꺼냈다.

"내가 궁금해할 필요가 있겠어?"

나는 슬쩍 그녀를 돌아봤다.

고개를 흔들던 자라는 어머니의 결혼반지를 꽉 쥐고서 이야기를 이었다.

"그건 암호야. 분명해. 아버지가 만든 사소한 게임 중에 하나지. 나보고 풀라는 뜻이겠지. 암호가 이끄는 대로 단서를 따라가라는 뜻이야."

"그럼 왜 따르지 않는 거죠?"

이 결혼반지에 그런 의미가 있다는 것을 알고 있는데 왜 게임에 참여하지 않는 걸까?

"아버지가 무슨 말을 하려고 했건 알고 싶지 않으니까."

자라는 입술을 꽉 다물고 있었다. 얼굴에 떠오른 어떤 표정 때문에 수십 년은 어려 보였다. 그리고 연약해 보였다.

"난 아버질 만족시킨 적이 없었어. 아버진 토비를 제일 좋아했어. 그다음이 스카이였지. 나는 아무리 노력해도 마지막이었어. 절대 바뀔 수 없었지. 나한테 재산을 남기느니 전혀 모르는 사람에게 남겼잖아. 그런데 내가 알아야 할 게 뭐가 더 있겠어?"

자라는 이제 그렇게 무시무시해 보이지 않았다.

"할머니가 전해달라신 말씀이 있어요. 우린 모두 살아남기 위해 각자 해야 할 일을 하는 거라고 하셨어요."

나는 목을 가다듬고 얘기했다.

자라는 낮고 메마른 웃음소리를 냈다.

"할머니답네." 그리고 잠시 멈췄다가 다시 얘기했다. "난 할머니가 제일 좋아하는 아이도 아니었어."

'그 나무는 독이 있어, 모르겠어? 그 나무가 S와 Z와 나에게 독을 탔어.' 토비의 글이었다.

"아주머니의 아버지는 스카이 아줌마에게도 단서를 남겼어요."

내가 이 이야기를 왜 자라에게 하는지 나도 알 수 없었다. 그레이슨은 자라와 스카이가 토비의 생존을 알면 안 된다고 분명히 경고했었다.

"추측건대, 트루 노스니?"

자라는 진정한 호손 사람이다. 자라는 유언장의 의미를 알고 있었다. 그저 신경을 쓰지 않은 것뿐이다. '아니, 신경을 썼어. 아버지에게 딸을 게임에 참가시켰다는 만족감을 주고 싶지 않았을 뿐이야'라는 생각이 들었다.

내가 조심스럽게 이야기를 꺼냈다.

"할아버지는 스카이 아줌마에게 사진을 한 장 남겼어요. 아주머니와 스카이 아줌마 그리고 제이크 내쉬라는 남자의 사진이었죠."

자라는 헉하고 숨을 들이쉬었다. 나한테 뺨이라도 맞은 것 같은 얼굴로 말했다.

"이제 가주면 좋겠구나."

나는 나가기 전, 작은 탁자 위에 토비아스 호손의 결혼반지를 올려두었다. 나는 반지에 새겨진 날짜를 외우려고 전념했다. 필요한 것을 다 얻었다.

자라에게서 이 물건을 빼앗을 이유가 전혀 없었다.

53

그날 밤늦게, 우리 다섯 명은 반지에 새겨진 날짜의 의미를 파악하고자 호손 가족의 역사를 파헤쳤다. 1975년 8월 3일. 1948년 9월 7일. 토비아스 호손은 1944년에 태어났다. 앨리스는 1948년에 태어났지만 9월이 아니라 2월이었다. 두 사람은 1974년에 결혼했다. 자라는 2년 후에 태어났고, 스카이는 그로부터 3년 후에 태어났고, 토비는 2년 후인 1981년에 태어났다. 1969년에 토비아스 호손은 첫 번째 특허를 신청했다. 1971년에 첫 번째 회사를 설립했다.

자정이 되기 얼마 전, 리비 언니가 전화를 걸었다. 나는 전화를 받자마자 질문을 퍼부었다.

"언니, 뭔가 찾았어?"

우리가 난관에 부딪혀 있는 동안 리비 언니는 뉴캐슬에서 몇 시간을 보내며 해리에 대해 물어보고 다녔고, 그 사람을 찾아다녔다.

"무료 급식소에서 그 사람을 본 사람이 몇 주째 아무도 없대. 그래서 우린 공원으로 찾아갔어."

언니의 말투가 워낙 딱딱해서 바로 이해하기 어려웠다.

"리비 언니? 뭘 찾은 거야?"

이어지는 침묵 속에서 심장이 뛰는 소리가 들리는 것만 같았다.

"우린 프랭크라는 노인과 얘기를 나눴어. 내쉬가 그 사람한테 뇌물을 먹였지."

"먹히지 않았구나, 그치?"

또다시 침묵이 이어졌다.

"리비 언니?"

"그 사람은 우리한테 아무 말도 안 하려고 했어. 그런데 잠시 나를 보더니 내 이름이 에이버리냐고 묻더라. 내쉬가 그렇다고 했어."

내가 그 자리에 있었어야 했다. 내가 프랭크와 말했어야 했다.

"그 사람이 뭐라고 했어?"

"나한테 네 이름이 쓰인 봉투 한 장을 주더라. 해리의 메시지라고."

세상이 끽 하는 소리를 내며 한순간에 멈춰버렸다. '토비 아저씨가 나한테 메시지를 남겼어.' 나는 거기서 생각을 멈추고 싶었지만 마음대로 되지 않았다. '아빠가…… 나한테…… 메시지를 남겼어…….'

"편지 봉투를 사진 찍어줘. 그리고 편지도. 내가 직접 읽어보고 싶어."

"에이버리……."

리비 언니의 목소리는 이제 무척 온화해졌다.

"얼른 해줘."

나는 다급한 목소리로 얘기했다.

1분도 지나지 않아 사진이 전송됐다. 편지 봉투에 쓰인 내 이름이 익숙해 보였다. 정자체와 필기체가 섞인 필체였다. 심장이 쿵 내려앉는 것 같았다.

그만 찾아.

토비 호손이 내게 남긴 글은 그게 전부였다.

잠이 오지 않았다. 다음 날은 월요일이어서 수업이 있다. 이런 식으로 가다가 밤새도록 천장만 뚫어지게 바라볼 게 뻔했다. 나는 침대에서 빠져나와 옷장 쪽으로 걸어갔다. 집에서 유일하게 갖고 나온 추레한 가방 하나를 꺼냈다. 가방 옆면의 주머니를 열고 엄마의 엽서를 꺼냈다. 엄마가 내게 남긴 유일한 물건이다.

'나에겐 비밀이 있어.' 엄마의 목소리가 들리는 것 같았다. 엄마의 미소가 보이는 것 같았다. 마치 지금 여기에 나와 함께 있는 것처럼.

"왜 바로 말하지 않았어요?"

내가 속삭였다. 왜 엄마는 아빠가 다른 사람인 것처럼 굴었을까? 왜 토비는 내 삶에 끼어들지 않았을까?

왜 이제 자신을 찾는 걸 원치 않는 걸까?

내 안에서 뭔가 툭 하고 부러졌다. 나도 모르게 걷고 있었다. 방을 나온 나는 방문 밖에서 지키고 있던 오렌을 지나쳤다. 그가 말리는 소리가 들렸지만 나는 속도를 늦추지 않았다. 토비의 거처로 가는 모퉁이를 돌 때쯤, 나는 달리고 있었다.

나는 벽돌 벽을 뚫어지게 바라봤다. 라플린 부부는 내가 토비의 건물에서 볼일이 없을 거라고 했다. 나는 토비의 거처에 접근하지 말라는 경고를 받았다. 침실에서 피가 묻은 심장을 발견했다. 이제 나는 토비의 건물 입구에 벽을 세운 사람이 라플린 부부인지 상관하지 않았다. 아니, 다른 직원이 그런 짓을 했는지도 궁금하지 않았다. 트루 노스의 숲속에서 나를 스토킹한 사람이 누구인지, 내 사물함을 '장식'한 사람이 누구인지 관심 없다. 리처드 그램스와 스카이 호손도 상관없다. 벽을 뚫느라 손가락 마디 피부가 갈라져도 상관없다.

토비는 자신을 찾지 말라는 말을 내게 전할 수 있을 줄 알았을까? 자신을 찾는 걸 바라지 않는 걸까?

토비는 내게 그만두라고 말할 수 없다. 아무도 그럴 수 없다. 나를 제지하려고 오렌이 다가왔다. 나는 그와 싸웠다. 나는 싸울 대상이 필요했다. 오렌은 그런 나를 받아주었다. 오렌은 내가 자해하는 것을 용납하지 않을 것이다. 하지만 내가 그를 때리더라도 막지 않을 것이다. 그래서 나는 더 화가 났다.

나는 오렌의 손아귀를 피해 벽 쪽으로 쏜살같이 달렸다.

"상속녀."

제임슨이 나와 벽 사이에 느닷없이 나타났다. 나는 멈추려고 했지만 타이밍이 맞지 않았다. 내 주먹이 그의 가슴에 닿았지만 그는 눈 하나 깜짝하지 않았다.

주먹을 풀고 노려보다가, 내가 그를 때렸다는 사실을 알고 깜짝 놀랐다.

"미안해."

이렇게 자제심을 잃은 것에 대해 변명의 여지가 없었다. 그래서 토비가 내게 멈추라고 한 것일까? 그래서 자신이 발견되지 않길 바라는 것일까? 그래서 어쩌라는 말인가?

그게 나에게 무슨 의미가 있을까?

"바라는 걸 말해."

제임슨은 유혹하는 방식으로 말하지 않았다. 아리송한 말도 하지 않았다. 내가 아는 어떤 방식으로든 나를 이용하려 하지 않았다.

나는 부자연스럽게 긴 한숨을 내쉬었다.

"이 망할 놈의 벽을 무너뜨리고 싶어."

제임슨은 고개를 끄덕이더니 오렌을 바라보며 얘기했다.

"우린 큰 쇠망치가 필요해요."

54

나는 벽을 하나하나씩 쪼갰다. 두 팔로 큰 쇠망치를 더 이상 들 수 없자, 제임슨이 나를 대신했다. 그가 마지막으로 쇠망치를 크게 한번 휘두르자 돌무더기 안으로 들어갈 수 있을 만한 틈이 생겼다.

제임슨은 나를 따라 몸을 수그리고 들어왔다.

오렌은 우리가 안으로 들어가게 놔두었다. 하지만 우리를 따라 들어오지는 않았다. 토비의 건물 출입구 앞에 자리를 잡고 섰다. 오렌은 우리가 안으로 들어가는 것을 싫어하는 사람이 있는지 지켜보기로 했다.

"넌 내가 자제력을 잃었다고 생각하지?"

나는 출입구의 대리석 바닥을 가로지르며 제임슨을 슬그머니 쳐다보고 물었다.

"내가 보기에 이제 네가 드디어 내려놓은 것 같은데."

제임슨이 중얼거렸다.

나는 노천탕에서 그의 피부를 만지던 내 손의 감촉을 기억했다. 그런 게 내려놓는 것이다. 어떤 것에 집중하는 게 내 모습이다. 그게 무엇인지 몰라도.

"그 사람은 내가 자신을 찾는 걸 원치 않아."

큰 소리로 입 밖으로 내서 말하자 사실로 다가왔다.

"삼촌이 우리가 찾을 수 있다고 생각했다는 의미네."

'우리.'

나는 토비의 침실 안으로 들어갔다. 자외선램프는 아직도 그 자리에 있었다. 제임슨이 등을 켰다. 침실 벽에 쓰인 글씨도 여태 남아 있었다.

"내가 생각해봤는데 할아버지는 알렉산더에게 불가능한 임무를 맡기지 않았어. 원래 게임은 엄마와 자라 이모를 대상으로 남긴 거야. 그러니까 우리가 이 게임을 따라 가다보면 결국 끝이 보일 거라는 의미지. 이건 모두를 어딘가로 이끌고 있어. 난 그걸 느낄 수 있어."

제임슨은 마치 고백하듯이, 생각이 흔들린 적 없는 것처럼 이야기를 꺼냈다.

나는 그에게로 한 발짝 다가갔다. 한 발짝, 한 발짝.

제임슨은 더 가까이 다가가는 내게 얘기했다.

"너도 느껴지지, 그렇지?"

난 느낄 수 있었다. 추격에 탄력이 붙었다. 가까워지고 있다. 우린 결국 토비아스 호손의 결혼반지에 새겨진 날짜를 파악할 것이다. 우리는 앞으로 나아가고 있다. '제임슨과 내가.'

나는 제임슨을 옷장 벽에 밀어붙였다. 주변에 온통 토비의 글씨가 보였다. 하지만 나는 토비의 글을 보고 싶지 않았다. 물론 생각하고 싶지도 않았다. 토비는 내게 그만 찾으라고 말한 사람이었다.

나는 아무것도 생각하고 싶지 않았다. 그래서 제임슨에게 키스했다. 이번엔 거칠지도 서둘지도 않았다. 부드럽고 느리고 환상적이고 완벽했다. 평생 처음으로 혼자가 아니라는 기분이 들었다.

55

다음 날 학교에서 나는 제임슨이 찾아오길 기다리지 않았다. 내가 갔다.

"그 숫자가 날짜가 아니라면 어떨까?"

제임슨은 씩 사악한 미소를 지으며 대답했다.

"상속녀, 넌 내가 막 꺼내려던 이야기를 했어."

♟

나는 다시 지붕으로 올라갈 거라고 예상했지만 이번에 제임슨은 STEM(과학, 기술, 공학, 수학 융합 교육) 센터의 학습 장소 중 한 곳으로 나를 데려갔다. 벽과 천장, 마루로 구성된 네모난 작은 방은 사방을 화이트보드 재질로 칠한 곳이었다. 방 중앙에 바퀴 달린 하얀 의자가 두 개 보였다. 다른 것은 아무것도 없었다.

엘리는 우리를 따라 들어왔다. 엘리를 본 제임슨은 손을 내 허리에 대더니 내 턱에 입술을 댔다. 내가 목을 활처럼 휘자 엘리는 얼굴이 빨개지더니 밖으로 나가버렸다.

제임슨은 문을 닫고 바로 작업을 시작했다. 바퀴 달린 의자 뒤에 화이트보드에 쓰는 마커 다섯 개가 붙어 있었다. 제임슨은 마커 한 개를 집더니 의자 앞에 있는 벽에 바로 글을 쓰기 시작했다.

"8, 3, 7, 5."

나는 그가 글을 쓰는 동안 기억하고 있던 숫자 네 개를 줄줄 얘기했다.

"9, 7, 4, 8."

구두점을 빼고 숫자를 쓰니 가능성이 무한히 커졌다.

"암호인가? 핀 넘버?"

"전화번호나 우편번호로 쓰기엔 숫자가 부족해. 주소거나 뭔가의 조합이야."

의자에 앉아 있던 제임슨은 뒤로 물러서더니 의자를 밀고 나갔다.

제임슨과 내가 숫자의 다른 배열을 생각하며 헬리콥터에서 내리던 순간이 떠올랐다. 우리 사이에 전기가 통했었다. 지금처럼. 우리는 높이 날아올랐지만 30초 후 제임슨은 차가워졌었다.

하지만 이번엔 달랐다. 이번에 우리는 마음이 잘 맞았다. 그리고 아무 기대도 없었다. 나는 평정심을 잃지 않았다.

"좌표야."

내가 말했다. 지난번에 제임슨이 제안한 것 중 하나다.

제임슨은 발뒤꿈치를 밀어서 의자를 돌리더니 내게로 미끄러져 왔다.

"좌표네."

그는 내 말을 반복하며 두 눈을 빛냈다.

"9, 7, 4, 8. 숫자 추정은 이미 정확한 순서로 했어. 9는 도를 나타내는 숫자가 맞을 거야. 97은 너무 커."

나는 5학년 때 받은 지리 수업을 생각했다.

"위도와 경도는 마이너스 90도부터 90도까지 있잖아."

"너희 둘은 위도값과 경도값을 전혀 모르는 게 분명해."*

문 쪽으로 고개를 휙 돌렸다. 알렉산더가 서 있었다. 그 뒤로 아직까지 얼굴이 벌겋게 달아오른 엘리가 보였다. 알렉산더는 방 안으로 들어서 문을 닫았다. 그리고 바로 제임슨을 향해 갑자기 플라잉 태클을 걸어 땅으로 처박더니 말했다.

"내가 몇 번이나 말했어? 이건 내 게임이야. 누구도 나 없이 이 게임을 풀 수 없어." 그는 제임슨의 손에서 마커를 빼앗더니 자리에서 일어나며 나한테 얘기했다. "이건 호의적인 태클이었어. 대체로 그렇다고."

제임슨은 눈알을 굴리며 알렉산더가 태클을 걸기 전에 했던 말을 반복했다.

"우린 위도값과 경도값을 몰라. 그리고 어떤 게 위도고 어떤 게 경도인지도 몰라. 그러니까 9도는 북쪽, 남쪽, 서쪽, 동쪽도 될 수 있어."

---

* 경도의 범위는 동경 180도부터 서경 180도까지, 위도의 범위는 북위 90도부터 남위 90도까지다.

"8, 3, 7, 5."

나는 의자에서 마커 하나를 빼낸 다음 화이트보드에 써놓은 숫자 조합에 밑줄을 그으며 얘기했다.

"8도나 83도가 될 수도 있어."

제임슨은 미소를 지으며 덧붙였다.

"북쪽, 남쪽, 동쪽, 서쪽이 될 수 있지."

"가능성이 몇 개쯤 돼?"

알렉산더는 골똘히 생각하며 물었다.

"스물넷."

제임슨과 나는 동시에 대답했다. 알렉산더는 우리 둘을 쳐다보며 물었다.

"혹시 내가 알아야 할 게 더 있어?"

"아무것도 없어."

제임슨은 나를 잠깐 쳐다보더니 아무것도 없다는 말을 뭔가 있는 것처럼 얘기했다.

"내가 상관할 일은 아니지! 하지만 공식적으로 말해서, 너희 사랑꾼들은 틀렸어. 위치 설정에 스물네 가지 방법보다 더 많은 방법이 있어."

제임슨은 눈을 가늘게 뜨며 얘기했다.

"나도 수학은 할 수 있거든, 알렉산더."

"그럼 내가 겸손하게 알려줄게. 형, 좌표의 목록을 작성하는 데 세 가지 방법이 있어. '도 분 초'와 '도 십진수 분'과

'십진수 도' 이렇게 세 가지야."

"숫자는 네 가지뿐이야. 우린 아마도 '십진수 도'를 찾아야 할 거야."

제임슨이 고집했다.

알렉산더는 나에게 윙크하며 얘기했다.

"'아마도'는 절대 만족스러운 말이 아니야."

"태평양, 인도양, 벵골만."

제임슨이 소리치면 내가 지정된 좌표 옆에 위치를 썼다.

알렉산더는 형이 멈추면 그 자리에서 다시 시작했다.

"북극해, 북극해 한 번 더!"

두 사람은 위치 정보 검색에 좌표를 입력하고 있었다. 두 사람이 말하는 위치를 들을 때마다 내 머리가 획획 돌아갔다. '북극이라고?' 설마, 단서가 가리키는 곳이 북극은 아니겠지? 이건 어쨌든 숫자들이 좌표라고 가정했을 때의 결과다.

"남극 아이스 실드. 네 번 나왔어."

제임슨이 제안했다.

작업이 끝나고 우리가 작성한 리스트에서 북극 지방이나 대양을 제외하니 수는 예상보다 더 적어졌다. 나이지리아에 둘, 라이베리아에 하나, 기니에 하나, 그리고 하나는…….

"코스타리카야."

나는 큰 소리로 얘기했다. 처음에는 그 장소가 왜 머리에
떠올랐는지 의아했다. 하지만 잠시 후, 지난번에 알리사가
준 바인더에서 코스타리카라는 단어를 읽은 기억이 났다.

"너 얼굴에 그 표정이 생겼어. 넌 뭔가 알고 있는 거야."

제임슨이 입꼬리를 올리며 말했다.

나는 두 눈을 감고 그의 입술이 아닌 기억에 집중했다.
우리는 스카이가 받은 유산 덕분에 호손 가족의 많은 별장
중 트루 노스를 알게 됐다. 나는 경매가 있던 날 밤에 휙휙
넘겨가며 읽은 바인더의 내용을 기억하려고 애를 썼다. 파
타고니아. 산토리니. 카우아이. 몰타. 세이셸제도…….

나는 눈을 뜨며 얘기했다.

"코스타리카의 카르타고야. 토비아스 호손은 그곳에도
집을 갖고 있어."

나는 휴대전화를 꺼내 카르타고의 위도와 경도를 찾아본
다음 그 화면을 두 남자에게 보여주었다.

"딱 맞아."

나는 카르타고의 집이 어떤 모습인지 기억해내려고 애를
썼지만 머릿속에 무성한 주변 식물과 꽃만 떠올랐다. 요란
하고 화려한 모습이었다.

"우린 코스타리카로 가야 해."

알렉산더는 어디라고 콕 집어서 얘기하지는 않았다.

"난 못 가."

이렇게 말하는데 속이 상했다. 콜로라도에 갈 때도 싸워야 했다. 오렌과 알리사가 해외여행을 승인해줄 리 없었다. 나는 이번 달에 호손 하우스에서 이틀 밤 이상 벗어날 수 없다.

"알렉산더도 아무 데도 안 갈 거야."

문간으로 고개를 돌리자, 테아가 보였다.

"지금 아무나 안으로 들인 거예요?"

내가 엘리에게 따졌다. 웅얼대는 대답 소리만 들렸다. '내 소관이 아니에요'라고 하는 듯했다.

"레베카한텐 네가 필요해."

테아가 알렉산더에게 얘기했다. 나는 처음으로 테아의 맨얼굴을 봤다. 이제야 보통 사람처럼 보였다.

"오늘 레베카가 학교에 안 왔어. 걔네 엄마 때문이야. 근데 레베카가 내 전화를 받지 않아. 그러니까 네가 가봐."

테아가 알렉산더에게 이런 부탁을 하는 건 몹시 힘들었을 것이다.

나는 알렉산더가 가지 않겠다고 할 줄 알았다. 이 게임이 자신의 게임이라고 얼마나 많이 떠들었나? 하지만 알렉산더는 잠시 테아를 뚫어지게 바라보더니 제임슨 쪽으로 고개를 돌리며 얘기했다.

"카르타고엔 형이 가야 할 것 같아."

제임슨은 나를 슬쩍 쳐다봤다. 나는 그가 비행기를 부탁할 줄 알고 만반의 준비를 갖추고 쳐다봤다. 그런데 그의 표정이 달라지더니 이렇게 얘기했다.

"내쉬 형하고 리비 누나한테 전화 좀 해줄래?"

56

"제임슨은 퍼즐을 절대 포기하지 않아. 걔가 지금 무슨 꿍꿍이일까?"

그날 오후 나는 맥신에게 이야기를 꺼냈다.

내쉬와 리비 언니는 카르타고에 가주기로 했다. 나는 침실에 앉아 카르타고의 별장 사진을 보았다. 기둥 네 개가 커다란 현관까지 기울어진 지붕을 받치고 있었지만 100제곱미터도 되지 않을 정도로 크기는 아담했다.

"꿍꿍이 같은 건 없을지도 몰라."

"걔는 제임슨 호손이야. 걔한테는 늘 생각이 있어."

나는 눈을 가늘게 뜨며 답했다.

그때 날카로운 노크 소리 때문에 맥신이 하려던 대답이 끊기고 말았다. 문을 열어주려고 가는데 제임슨만 생각하면 내 목에 살짝 닿던 그의 입술이 생각나서 살짝 짜증이 났다.

문을 열자 하얀 타월을 산더미처럼 들고 있는 사람이 보였다. 타월에 가려 얼굴이 보이지 않았다. 그 순간 누군가 내 방에 피가 뚝뚝 떨어지던 심장을 놓고 간 일이 떠올라서 심장이 마구 뛰었다. 그때 안으로 들어서는 엘리가 보였다.

"확인한 직원입니다." 엘리가 내게 얘기했다.

나는 고개를 끄덕이며 뒤로 물러섰다. 수건을 들고 있는 사람은 나를 지나쳐 안으로 들어갔다. '멜리였네.' 멜리는 우리에게 한마디도 하지 않고 욕실로 들어갔다.

"난 누군가 내 일을 해주는 사람이 있다는 데에 절대 익숙해지지 않을 것 같아. 내⋯⋯."

'빨래'라는 말을 하려는 순간 외마디 비명이 들렸다. 내 몸이 머리보다 빨리 반응했다. 욕실로 달려가자 장식장 문을 쾅 닫는 멜리가 보였다.

"뱀이야! 뱀이 있어." 멜리가 쌕쌕거렸다.

엘리는 나를 침실로 끌어냈다. 엘리가 전화를 거는 소리가 들렸다. 2분도 지나지 않아서 내 방은 경호원들로 가득 찼다.

"이게 대체 무슨 일이야! 저 사람이 지금 뱀이라고 말한 거야?" 맥신이 소리쳤다.

"방울뱀이야. 죽은 뱀이라 위험하진 않아."

오렌은 맥신와 나를 한쪽으로 데려갔다.

나는 오렌의 눈을 쳐다보며 그가 어떤 말을 하려는지 알
았다.

"그냥 위협이야."

내가 겁먹기를 바라는 사람이 있다. 누가 그리고 왜? 마
음 깊은 곳에선 답이 나왔다. 한 시간 후 나는 맥신와 함께
토비의 건물로 다시 갔다. 오렌도 따라왔다.

토비의 건물 전체에 다시 벽돌이 세워져 있었다.

나는 오렌에게 고개를 돌리며 얘기했다.

"라플린 부부가 그랬어요."

벽을 이야기하는 건지 아니면 뱀을 이야기하는 건지 나
도 확실하지 않았다. '라플린 부부는 내가 토비에 대해 캐는
걸 원치 않아.'

"우린 위협 수준을 평가하고 거기에 맞게 대응할 거야."

오렌이 나를 보며 얘기했다.

"에이버리?"

고개를 돌리자 현관을 지나 우리 쪽으로 걸어오는 그레
이슨이 보였다. 그는 늘 자신감이 있어 보였다. 세상이 자
기 의지대로 굴러갈 것이라는 확신에 차 있다. 그가 나의
안전을 바란다면 나는 안전할 것이란 확신마저 들었다.

"뱀 얘기를 들었나 봐요?"

나는 씁쓸하게 얘기했다.

"들었어"라고 대답하고 그레이슨은 한쪽 눈썹을 찌푸리며 오렌에게 얘기했다.

"잘 처리하리라고 믿어요."

오렌이 아무 대답도 하지 않아서 그레이슨의 당부는 무색해졌다.

"제임슨과도 얘기했어. 지금 우리가 기다릴 수밖에 없는 걸 이해해."

그레이슨의 어조는 담담했다. 나는 학교와 토비의 건물, 노천탕 안에서 제임슨과 함께한 내 모습이 떠올라서 그레이슨의 매서운 은회색 눈을 피할 수밖에 없었다.

잠시 후, 나는 그가 제임슨과 내 관계가 아닌 숫자들, 카르타고와 관련된 숫자에 대해 말했다는 것을 깨달았다.

"너희는 기분 전환을 하는 편이 좋을 것 같아."

그레이슨이 차분하게 얘기했다.

"어떤 기분 전환이요?"

맥신이 물었다. 맥신의 말투가 워낙 천진난만해서 내가 보기에 오히려 노골적으로 보였다.

"친구들끼리 하는 걸 말하는 거야."

내가 단호하게 얘기했다. 그레이슨과 나의 관계를 말한 것이다. '친구'들.

그는 상의를 바로잡더니 미소를 지으며 얘기했다.

"게임할 준비가 됐어?"

57

호손 하우스의 보드게임룸을 본 맥신은 거의 기절할 정
도로 좋아했다. 보드게임룸에 죽 늘어선 선반마다 전 세계
의 보드게임이 수백 아니 수천 가지가 진열돼 있었다.

우리는 '카탄의 개척자들'*을 먼저 시작했다. 그레이슨은
우리를 모조리 죽여버렸다. 다른 게임 네 개는 우리 방식대
로 했다. 네 개 모두 처음 들어보는 게임이었다. 다음번에
무슨 게임을 할지 의논하는데 제임슨이 방 안으로 어슬렁
어슬렁 들어왔다.

"호손의 오랜 전통은 어때? '스트립 볼링' 말이야."

제임슨이 사악하게 제안했다.

"스트립 볼링이 대체 뭐야?"

맥신이 소리치며 나를 보는데 그 눈에서 반짝반짝 빛이
났다.

"절대 안 돼." 나는 맥신에게 조용히 속삭였다.

---

* 독일에서 개발돼 전 세계적으로 히트한 보드게임. 가상의 섬에서 문명을 세우는 경쟁을
 한다.

"할래. 우리 둘 다." 맥신은 씩 웃으며 말했다.

♟

스트립 볼링은 볼링에 질 경우 옷 벗기가 포함된다는 점에서 문자 그대로인 게임이었다.

"핀을 제일 조금 쓰러뜨리는 게 목표야. 하지만 신중해야돼. 어쨌든 공이 거터 안으로 들어가면, 옷을 벗어야 돼."

제임슨이 게임의 규칙을 설명했다.

나는 뺨이 달아오르는 것 같았다. 온몸이 더웠다. 너무더웠다. 이건 정말 끔찍한 생각이었다.

"이건 정말 끔찍한 생각이야."

그레이슨이 얘기했다. 형제는 잠시 대치했다.

"그럼 왜 여기 있어? 게임하라고 강요하는 사람 아무도없어."

제임슨이 맞받아쳤다. 그리고 당당하게 걸어가더니 호손 문장이 새겨진 진초록빛 볼링공을 가져왔다.

그레이슨은 움직이지 않았다. 나도 자리를 뜨지 않았다.

"그럼 이론적으로, 난 핀을 하나도 안 쓰러뜨리거나 딱하나만 쓰러뜨려야겠네. 그리고 공을 거터 안에 집어넣으면 안 되고?"

맥신이 이야기를 꺼냈다.

제임슨은 진초록빛 눈으로 나를 보며 대답했다.

"이론상 그렇지."

♟

스트립 볼링을 잘하려면 위험을 감수하는 정확성과 엄청난 끈기가 필요하다는 것이 곧 밝혀졌다. 제임슨은 처음에 너무 아슬아슬하게 공을 굴리는 바람에 거터 안에 들어가고 말았다. 그래서 신발 한 켤레를 벗어야 했다.

그리고 남은 신발 한 켤레를 또 벗었다.

양말 한 짝.

남은 양말 한 짝.

셔츠.

나는 제임슨의 상체에 길게 새겨진 흉터를 보지 않으려고 노력했다. 또한 제임슨의 가슴을 쓰다듬는 상상을 하지 않으려고 애를 썼다. 나는 내 차례에만 집중했다. 하지만 아주 심각하게 지고 있었다. 스트라이크를 한 차례 할 정도로 심각해서 다음번에는 거터에 공을 보내지 않을 정도로 치겠다고 결심했다.

이번에 나는 공을 조금 덜 아슬아슬하게 굴렸다. 핀을 딱 하나만 쓰러뜨렸을 때는 한숨을 푹 쉬었다.

다음 차례인 그레이슨은 양복 상의를 벗었다. 맥신은 끝까지 가는 바람에 물방울무늬 브라만 남고 말았다. 다시 제임슨의 차례가 됐을 때, 공이 레인 모서리에 걸리더니 결국 거터 안으로 굴러떨어지고 말았다.

나는 제임슨의 손가락이 바지 허리춤을 만지작대는 순간 시선을 피하려 했지만 마음대로 되지 않았다.

"도와줘, 나 위험해."

맥신이 내 옆에서 속삭였다.

갑자기 방문이 벌컥 열렸다. 알렉산더가 볼링장 안으로 달려 들어오더니 멈춰 섰다. 얼마나 달렸는지 궁금할 정도로 숨을 몰아쉬고 있었다.

"진짜 이럴 거야? 나만 빼고 스트립 볼링을 해? 그래 그건 됐고, 잘 들어! 이제 나한테 집중해."

"뭘 집중해?" 내가 물었다.

"뉴스가 있어."

"무슨 뉴스?" 맥신이 물었다.

알렉산더는 슬쩍 맥신을 쳐다봤다. 물방울무늬 브라를 본 게 분명했다.

"너나 집중해. 무슨 뉴스냐고?" 맥신이 다시 한번 물었다.

"레베카는 괜찮아?" 제임슨이 물었다.

알렉산더와 테아가 지난번에 한 이야기가 떠올랐다.

"어떤 의미로는 괜찮아."

알렉산더만 빼고 아무도 이해할 수 없는 대답이었지만

개의치 않고 그는 계속 얘기했다.

"테아의 말이 맞았어. 레베카의 엄마가 힘든 하루를 보내고 있었어. 보드카도 한몫했어. 걔네 엄마가 레베카한테 중대한 이야기를 했거든."

"무슨 중대한 얘기?"

제임슨은 알렉산더가 말을 쏟아내게 하려고 유도했다. 제임슨은 아직 바지를 입고 있었지만 첫 번째 단추는 열려 있었다. '좋아, 이제 난 집중해야 돼.'

"에이버리, 레베카의 엄마가 모금 행사에서 했던 말 혹시 기억나? 자기 자식들이 모두 죽었다는 이야기 말이야."

"내쉬가 그분이 유산했다는 얘기를 해줬어. 레베카를 낳기 전에."

"그건 레베카가 그렇게 생각한 거야."

알렉산더는 조용히 얘기했다.

"그럼 그게 아니야?"

나는 다음에 무슨 이야기가 나올지 전혀 알 수 없어서 알렉산더를 뚫어지게 쳐다보며 물었다.

"그분은 에밀리를 얘기한 거겠지."

그레이슨은 짜증스러운 목소리로 얘기했다.

"에밀리, 맞아." 알렉산더는 그렇게 대답한 후 덧붙였다. "그리고 토비 삼촌도."

나는 시간이 느리게 흘러가는 것 같았다.

"지금 대체 무슨 얘기를 하는 거야?"

"토비 삼촌은 라플린 사람이야. 레베카는 몰랐어. 아무도 몰랐지. 레베카의 부모님은 마흔 살에 에밀리를 가졌어. 그 때보다 25년 전에, 그러니까 42년 전이겠지. 레베카의 엄마는 십대 시절에 웨이백 별채에서 살았어."

알렉산더가 마른침을 삼키며 얘기했다.

"임신했구나."

제임슨이 당연한 듯 얘기했다.

"그리고 라플린 부부는 그 사실을 숨겼겠네? 왜지?"

그레이슨은 대답이 필요한 질문을 던졌다.

알렉산더는 어깨를 아주 높이 추켜세웠다가 곧 세상에서 가장 우아한 태도로 축 떨어뜨리며 대답했다.

"레베카의 엄마는 설명해주지 않았어. 하지만 결국 호손의 딸이 몇 년 후에 임신했으니까 자기는 임신을 숨길 필요가 없었다고, 자기 자식을 지켰어야 했는데 못 했다고 레베카에게 불평한 적이 있대."

스카이는 내쉬를 입양 보내라고 강요받지 않았다. 나는 레베카의 어머니가 모금 행사에서 리비 언니에게 떠든 이야기가 떠올랐다. '호손 사람을 절대 믿지 마. 저들은 모든 걸 앗아가.'

"레베카의 엄마는 자식을 직접 키우고 싶었나? 라플린 부부가 딸에게 손자를 포기하라고 한 거야? 그 사람들은 왜

307

자식의 임신을 숨기려고 한 거지?"

겁에 질린 내가 물었다.

"나도 자세한 건 몰라. 레베카가 그러는데 자기 엄마는
호손 씨가 아기를 입양했다는 사실도 몰랐대. 레베카네 엄
마는 우리 할머니가 진짜로 사내아이를 임신한 줄 알았대.
그래서 자기 애를 모르는 사람에게 입양 보낸 줄 알았대."

정말 끔찍한 이야기였다. 그래서 그 사람들이 토비 아저
씨의 입양을 비밀로 한 건가? 그래서 그분은 자기 자식이
바로 옆에 사는 걸 몰랐을까?

"하지만 토비 삼촌이 자라면서……."

알렉산더는 다시 한번 어깨를 으쓱했다. 이번에는 몸짓
이 가벼웠다.

"그분이 사실을 알아낸 거야?"

나는 자기가 포기했던 자식이 바로 옆에서, 남남이 되어
자라고 있었단 사실을 알아낸 엄마를 상상하며 물었다.

나는 토비로 빙의해 이런 비밀을 발견하는 과정을 상상
했다.

"레베카는 이제 우리를 만나지 말라는 명령을 들었어. 레
베카의 엄마가 호손 가족은 계속 빼앗기만 한다고 했대. 우
린 규칙대로 살지 않고 우리 때문에 누가 다쳐도 신경 쓰지
않는다고 했대. 우리 가족 때문에 토비 삼촌이 죽었다고."

알렉산더는 얼굴을 찡그리며 얘기했다.

"에밀리도 그렇지." 그레이슨이 거칠게 덧붙였다.

"모두 다 그래."

알렉산더는 자리에서 일어나려다 바로 주저앉으며 얘기했다. 맥신와 제임슨은 상의를 입고 있지 않았고, 나는 신발을 한 짝만 신고 있었다. 스트립 볼링이 끝났다는 것을 알고 있었지만 아무도 신경 쓰지 않았다. 나는 토비가 죽었다고 알고 있는 레베카의 엄마만 생각났다.

라플린 부부도 그렇게 알고 있었다.

58

그다음 날, 학교에 가기 전에 나는 부엌에서 라플린 부인을 찾았다. 엘리에게 우리 둘만 있게 잠시 시간을 달라고 했다. 엘리는 기껏해야 2미터 남짓 떨어진 곳에 자리를 잡고 섰다.

라플린 부인은 밀가루 반죽을 치대고 있었다. 그녀는 곁눈질로 나를 보더니 반죽을 더 심하게 치대며 간결하게 물었다.

"뭘 해줄까?"

나는 일이 잘 풀리지 않을 것이 확실했기에 마음을 단단히 먹었다. 차라리 입을 다무는 게 좋을지도 모른다. 하지만 레베카의 엄마가 토비 아저씨의 어머니라면 라플린 부부도 토비 아저씨가 자라는 것을 그냥 바라보기만 하지는 않았으리라고 생각하면서 밤을 새웠다. 라플린 부부는 토비 아저씨가 그저 사랑스러운 아이여서 사랑한 것이 아니었다.

토비 아저씨는 라플린 부부의 손자였다. '그렇다면 나는 그들의……'

나는 입을 꽉 다물며 반창고는 한 번에 떼야 한다고 생각했다.

"토비 아저씨에 대해 할 말이 있어요."

나는 목소리를 낮추며 입을 열었다.

쿵. 라플린 부인은 반죽을 높이 들었다가 능숙한 동작으로 바로 내리쳤다. 그리고 앞치마로 손을 닦더니 머리를 내 쪽으로 휙 돌리며 이야기를 꺼냈다.

"내 말 잘 들어, 아가씨. 넌 이 집을 소유할 수 있어. 넌 소설 속 주인공 같은 부자가 될 수도 있어. 태양도 가질 수 있지. 모두 내가 상관할 바가 아니야. 하지만 이런 이야기를 들먹여서 그 아이를 사랑했던 사람들에게 상처를 주는 건 절대 용납할 수 없어."

"그 사람은 할머니 손자예요. 할머니의 따님이 임신했었죠. 할머닌 그 사실을 숨겼잖아요. 그리고 호손 씨 부부가 그 아이를 입양했고요."

"쉿."

라플린 부인의 얼굴이 창백해졌다. 라플린 부인은 나보다 더 떨리는 목소리로 내게 명령했다.

"그런 이야기를 떠들며 여길 돌아다닐 순 없어."

"토비 아저씨는 당신의 손자예요. 그리고 그 사람이 제 아빠인 것 같아요."

목구멍이 부어오르고 눈이 따끔거리는 것 같았다.

라플린 부인의 입이 쩍 벌어졌다. 내게 고함이라도 치려는 것처럼 입술이 뒤틀렸지만 숨이 막힌 듯했다. 라플린 부인은 밀가루가 발린 조리대를 양손으로 꽉 잡았다. 내가 자신을 무너뜨릴 폭탄이기라도 한 듯이 굴었다.

나는 라플린 부인 쪽으로 한 발 다가갔다. 손을 뻗고 싶었지만 내 작은 욕심 때문에 일을 망칠 수는 없었다. 그 대신 나는 토비아스 호손의 서재에서 가져온 파일을 내밀었다. 라플린 부인은 파일을 받지 않았다. 받을 수 있을 것 같지 않았다.

"받으세요."

"싫어. 안 받을 거야."

라플린 부인은 두 눈을 감으며 고개를 흔들었다.

나는 파일에서 종이 한 장을 꺼내며 얘기했다.

"이건 내 출생증명서예요. 서명을 보세요."

다행히도 라플린 부인은 내 말을 따랐다. 라플린 부인의 숨소리가 들렸고 바로 나를 돌아봤다.

내 눈은 이제 더 따끔거렸지만 멈출 수 없었다. 라플린 부인이 뭐라고 얘기할지 내심 두려워 계속 말했다.

"여기 사진 좀 보세요. 토비아스 호손이 돌아가시기 전에 사립 탐정을 고용해서 찍은 사진이에요."

나는 조리대 위에 사진 세 장을 펼쳤다. 나와 해리가 체스를 두는 사진이 두 장, 둘이 아침 식사를 먹으려고 줄을 서는 사진이 한 장 있었다. 토비가 카메라를 마주 보는 사진은 없었다. 하지만 나는 라플린 부인이 그의 머리카락이나 몸, 서 있는 자세처럼 특색이 있는 모습을 보게 했다. '알아보시겠어요?'

나는 사진을 향해 고개를 끄덕이며 이야기를 꺼냈다.

"이분은 우리 엄마가 돌아가신 직후에 나타났어요. 원래 노숙자인 줄 알았어요. 노숙을 했을지도 모르죠. 우린 매주 공원에서 체스를 두었어요. 매일 아침 둘 때도 있었죠. 이 사람과 난 늘 내기를 했어요. 내가 이기면 아침밥을 사줄 수 있었죠. 이분이 이기면 아무것도 줄 수 없었어요. 난 승부욕도 있고 체스를 잘 둬서 많이 이겼어요. 그런데 이분이 더 많이 이겼어요."

내 목소리에 감정이 실렸다.

라플린 부인은 두 눈을 감았지만 오랫동안 감고 있을 수는 없었다. 라플린 부인이 눈을 뜨더니 바로 사진을 뚫어지게 쳐다본 후 거친 목소리로 얘기했다.

"다른 사람일 수도 있어."

나는 마른침을 삼키며 조용히 물었다.

"토비아스 호손이 왜 내게 본인의 재산을 남겼다고 생각하세요?"

라플린 부인은 쌕쌕거리는 숨을 쉬면서 내 쪽으로 고개를 돌렸다. 부인의 눈에 비친 모든 감정이 내 눈으로 들어왔다.

"오, 토비아스, 대체 무슨 짓을 한 거예요?"

라플린 부인이 속삭였다. 나는 라플린 부인이 전 고용주를 경칭 없이 부르는 것을 처음 들었다.

"전 이 상황을 파악하려고 아직 노력 중이에요. 하지만……."

나는 말을 마치지 못했다. 라플린 부인이 내게 매달리더니 계속 끌어안았기 때문이었다.

59

맞춤형 학습 프로그램은 가끔 점심을 먹을 시간을 낼 수 없을 정도로 수업이 빡빡하다는 단점이 있다. 오늘이 바로 그런 날이었다. 나는 딱 22분만 시간을 낼 수 있었다. 식당

에 가서 음식을 사 먹은 다음 캠퍼스를 가로질러 물리 실험
실로 간신히 돌아올 수 있는 시간이었다.

음식을 사려고 줄을 서서 기다리는데 리비 언니가 문자
를 보내왔다. 비행기 창문 너머로 찍은 사진 한 장도 같이
전송됐다. 비행기 아래로 정말 환상적인 청록색 대양이 보
였다. 멀리 나무로 에워싸인 땅도 보였다. 그 나무 너머로
눈에 익은 경이로운 건축물의 맨 꼭대기가 보였다. 카르타
고에 있는 천사의 성모 대성당이었다.

나는 맨 앞줄로 가서 돈을 냈다. 자리에 앉아 음식을 먹
으려는데 카르타고에 곧 착륙할 내쉬와 리비 언니가 생각
났다. 내쉬와 언니는 별장을 잘 찾아갈 것이다. 중요한 것
을 찾아낼 것이다. 토비아스 호손이 딸들에게 남겼다가 나
중에 알렉산더에게 남긴 퍼즐이 이제 납득되기 시작했다.

"앉아도 돼?"

나는 레베카를 보려고 고개를 들었다가 잠시 빤히 쳐다
보기만 했다. 긴 빨간 머리를 턱선까지 자른 모습이 눈에
띄었다. 머리카락 끝이 삐죽삐죽 튀어나왔지만 오히려 얼
굴을 돋보이게 만들어서 마치 비현실적인 존재처럼 보이게
했다.

"물론, 맘대로 해."

레베카가 자리에 앉았다. 사람들 뒤로 숨는 데 필요했던
긴 머리를 없애자 두 눈이 엄청나게 커 보였다. 깊은숨을

쉬는지 레베카의 가슴이 들락날락했다.

"알렉산더가 너한테 얘기했지?"

"응."

이 대단한 비밀이 나에게는 충격이었지만, 레베카에게 더 해로운 일일 수도 있다는 생각이 드는 걸 보니 내 공감 능력이 더 좋아졌나 보다.

"그렇다고 내가 널 레베카 고모라고 불러줄 거라고 꿈도 꾸지 마."

내 말을 들은 레베카가 웃음을 터뜨리며 얘기했다.

"너 그렇게 얘기하는 게 꼭 그 아이 같아." 잠시 후 덧붙였다. "에밀리 말이야."

나는 바로 그 순간 레베카가 내 고모라면 에밀리도 고모라는 사실을 깨달았다. 나를 에밀리처럼 입힌 테아를 생각했다. 나는 우리 둘이 닮았다는 생각은 전혀 해본 적이 없었다. 하지만 그레이슨은 자선 행사가 있던 그날, 계단을 내려오던 나를 마치 유령처럼 바라보았다. '내 안에 에밀리 같은 구석이 있나?'

"네 아버지 말이야, 너희 부모님은 얼마나 오래된 사이야?"

나는 어떻게 질문해야 할지 확신이 서지 않았다.

"고등학생 때부터 사귀었대."

"그럼 네 아빠가 토비 아저씨의 아버지야?"

"나도 몰라. 엄마한테 갓난아기가 있었다는 사실을 아빠가 알았는지도 확실히 모르는걸. 아빤 엄마를 사랑해. 모든 걸 포용하는 동화 속 사랑이야. 아빠는 엄마와 결혼하면서 엄마의 이름을 따랐어. 에밀리를 치료할 때도 엄마의 결정을 모두 따랐어."

레베카는 고개를 흔들며 대답했다.

나는 레베카의 어머니가 에밀리를 맹목적으로 사랑하고 레베카를 방치했다면 아버지도 그런 결정을 지지했을 것이라는 의미로 받아들였다.

레베카가 조용히 얘기했다. "미안해."

"뭐가?"

라플린 가족의 비밀이 엉망진창일 때, 나는 토비의 그림자 속에서 성장하지 않았다. 이런 상황은 나보다 레베카의 인생에 영향을 더 미쳤다.

"내가 너한테 저지른 일 때문에 미안해. 내가 하지 않은 일 때문에도 미안하고."

드레이크가 나를 죽이려 했던 그날 밤을 곰곰이 생각했다. 제임슨과 그 일이 있은 후 레베카와 난 같이 있었다. 우리는 이야기를 나누었다. 그때 레베카가 드레이크와 스카이에 대해 알고 있다는 얘기만 해주었더라면 지금 용서해줄 일도 없었을 것이다.

레베카는 이제 더 이상 나를 보지 않고 말했다.

"그동안 난 아무렇지 않으려고 죽을힘을 다해 노력했어. 하지만 이젠 아니야. 토비 아저씨가 남긴 시 있지? 윌리엄 블레이크의 시 말이야. 내 휴대전화에도 있어. 나는 계속 그 시를 읽고 있어. 좀 더 일찍 그 시를 읽었더라면 좋았을 것 같다는 생각만 들어. 나는 자랄 때 모든 분노를 숨기고 살았어. 에밀리가 무엇을 원하든, 난 그 애를 위해 모든 걸 포기해야 했어. 난 그래도 늘 괜찮아야 했어. 늘 미소를 지어야 했지. 그런데 딱 한 번 화를 냈는데, 그때 그 애가……."

레베카가 말을 맺지 못해서 내가 대신 얘기했다.

"죽었지."

"그것 때문에 난 엉망이 됐어. 아주 망가졌어. 그래서 정말 정말 미안해, 에이버리."

"괜찮아."

놀랍게도 내 말은 진심이었다.

"위로가 될진 모르겠지만, 이제 난 화가 나, 아주 많은 사람한테."

레베카가 그렇게 말했다.

나는 비행기 안에서 레베카와 테아가 싸우던 때를 떠올렸다. 그리고 토비 아저씨가 내게 남긴, 정말 화나는 메시지를 생각했다.

나는 레베카에게 얘기했다.

"나도 화가 나. 그리고 네 머리, 마음에 들어."

60

방과 후에 오렌이 엘리와 나를 데리러 왔을 때, 조수석에 앉은 알리사와 뒷자리에 앉은 랜던이 보였다. 랜던은 엄청난 속도로 휴대전화를 두드리고 있었다.

"모든 게 좋아. 우린 지금 상황을 잘 통제하고 있어, 그런데……."

알리사가 나를 안심시켰지만 전혀 위로가 되지 않았다.

"그런데 뭐죠? 저분은 지금 뭘 하고 있죠?"

나는 랜던을 슬쩍 쳐다보며 물었다.

잠깐 침묵이 흘렀다. 결국 알리사가 신중하게 대답했다.

"스카이하고 네 아버지가 자기들과 인터뷰할 기회를 경매로 내놨어." 알리사는 분개한 듯 한숨을 몰아쉬며 계속했다. "우리가 인터뷰를 막으려면, 최고 입찰자에게 그만한 가치가 있는 걸로 보상해줘야 해."

나는 지난 며칠 동안 리처드 그램스를 거의 생각하지 못했다. 나는 지금 알리사의 말에서 속뜻을 읽으려고 애를 쓰며 물었다.

"지금 그들과 인터뷰할 사람을 매수하겠다는 뜻인가요?"

"그렇기도 하고 아니기도 해요." 휴대전화에서 눈을 뗀 랜던은 내게 대답한 다음 알리사에게로 주의를 돌렸다. "모니카는 본인이 영향력을 발휘하면 방송국이 받아들일 거라고 생각해요. 하지만 에이버리와 호손 사람 중 적어도 한 명을 보장해줘야 해요."

"그들이 스카이한테 독점권을 사들일까요? 기밀유지협약을 맺어서 스카이나 리처드가 다른 데와 인터뷰하지 못하게 할까요?"

알리사가 물었다.

"독점권을 사들인 다음, 그들의 이야기를 물어줄 수 있어요. 하지만 적어도 에이버리와 내일 밤에는 인터뷰를 해야 하죠."

랜던은 편두통이라도 생기는 것처럼 콧잔등을 꼬집었다.

"이런, 세상에! 에이버리가 잘할 수 있을까요?"

알리사는 고개를 저으며 물었다.

"저 지금 여기에 있거든요."

나는 콕 집어 얘기했다.

"해야 할 거예요. 하지만 밤을 꼬박 새워야 할지도 모르죠."

랜던은 나를 보며 얘기했다.

"밤에 뭘 하죠?"

내가 물었지만 차에 탄 사람들은 내 말을 무시했다.

"에이버리의 인터뷰는 독점이 아니에요. 하지만 그들이 내건 조건이 있겠죠."

"그들은 최소한 한 달은 에이버리가 다른 인터뷰를 하지 않기를 바랄 거예요."

랜던은 알리사의 말에 거의 자동으로 대답했다.

"3주요. 그리고 그건 에이버리에게만 해당돼요. 에이버리의 대리인에게는 적용이 안 돼요."

알리사는 반박했다.

내가 언제부터 대리인을 두었지?

"같이 인터뷰에 응할 사람은 준비할 수 있겠죠?"

랜던은 완전 사무적인 태도로 물었다.

나는 이들의 이야기를 힘겹게 따라잡고 있었다. 하지만 스카이와 리처드가 인터뷰할 곳을 상대로 내가 먼저 인터뷰한다는 사실은 확실히 깨달았다. 그 상대가 스카이와 리처드의 인터뷰를 절대 방송하지 않고, 그 둘이 다른 누구에게도 이야기하지 못하게 막는다는 조건으로.

"우리가 왜 그 사람들의 인터뷰를 신경 써야 하죠?"

"주의하는 거야." 알리사는 단호하게 대답한 뒤, 바로 랜던을 향해 고개를 돌리며 얘기했다. "그럼 토요일 저녁에 에이버리와 음, 그레이슨이 함께 인터뷰하도록 보장한다는 이야기를 모니카에게 전해줘요."

61

"그레이슨, 에이버리 쪽으로 조금만 더 다가가요. 고개도 그쪽으로 기울이고."

랜던은 우리에게 모의 인터뷰를 준비시켰다. 알리사가 어떻게 했기에 그레이슨이 이 일에 동의했는지 나는 전혀 모른다. 하지만 그는 지금 내 옆자리에 뻣뻣하게 앉아 랜던의 지시대로 내게 다리를 살짝 기울였다. 랜던이 지시하지도 않았는데 나도 모르게 그 동작을 따라 하다가 쑥스럽고 나 자신을 믿을 수 없는 기분이 들었다.

어쨌든 내 몸이 자연스럽게 그를 향해 기울었다.

랜던은 우리 둘을 향해 고개를 끄덕이더니 그레이슨에게 집중하며 이야기를 꺼냈다.

"좋아. 가장 중요한 메시지를 떠올려요."

"지금은 우리 가족에게 힘든 시기입니다. 하지만 어떤 일이 일어나는 데는 이유가 있습니다."

그레이슨이 말했다. 어느 모로 봐도 유산 상속자다웠다.

랜던은 이제 나를 불렀다. "에이버리?"

나는 그레이슨의 이야기에 반응해야 했다. 우리가 서로 많은 이야기를 나눌수록 내가 호손 가족과 좋은 관계를 유지한다는 사실이 쉽게 먹힐 것이다.

"어떤 일이 일어나는 데는 이유가 있지요."

나는 그의 말을 반복했다. 하지만 밋밋했다.

"난 그 말을 절대 믿지 않아요."

나는 사실을 고백했다. 랜던이 속으로 신음하는 소리가 들리는 것 같았다.

"제 말은 그러니까, 어떤 일이든 이유가 있어서 일어난다는 말이죠. 하지만 대부분 그 이유는 운명이거나 예정된 것이 아니예요. 세상이 엿 같거나 아님 어딘가에 또라이 같은 사람이 있기 때문이죠."

그레이슨의 턱 근육이 살짝 긴장됐다. 잠시 후 나는 그가 웃지 않으려고 심하게 꾹 참고 있다는 것을 알아차렸다. 참 보기 좋은 모습이었다.

"이제 또라이라는 단어는 삼가도록 노력하죠. 그래 줄래요? 에이버리, 우린 당신이 감사하는 마음과 경외심을 보여주길 바라고 있어요. 압도돼서 어쩔 줄 모르는 건 괜찮아요. 그래도 당황한 모습을 가능한 아주 좋게 보여줘야 해요."

랜던이 영국식 억양으로 얘기했다.

'감사와 경외.' 나는 눈이 휘둥그레진 평범한 여자아이가 되라는 기대를 받고 있다. 그레이슨은 그저 자리에 앉아 있기만 하면 된다. 멋진 광대뼈에 양복을 입은, 그냥 '호손 사람'이면 되는 것이다.

"에이버리 말이 맞아요. 우린 모두 결정을 내립니다. 우리가 내린 결정은 다른 사람들에게 영향을 미치죠. 그리고 세상에 잔물결을 일으킵니다. 우리가 가진 힘이 클수록 잔물결도 커지지요. 운명이 에이버리를 선택한 것이 아닙니다. 선택은 할아버지가 하셨죠. 우린 그분이 어떤 이유로 그랬는지 영원히 모를 수도 있습니다. 하지만 그분에게 이유가 있었다는 건 의심의 여지가 없습니다. 할아버진 늘 그랬으니까요."

그레이슨은 여전히 인터뷰 모드였다. 그는 자신감을 내뿜었다. 마치 인간들이 믿고, 생각하고, 행동해야 하는 것을 알려주는 불멸의 존재라도 되는 양 말투에서 힘이 뚝뚝 떨어졌다.

나는 우리가 그 이유를 알고 있다고 생각했다. 아니 적어도 우리에게는 가설이 있다. 하지만 랜던 앞에서 꺼낼 수 없는 이야기였다. 텔레비전 방송 앞에서 절대 인정할 수 없는 이야기였다.

'진실을 말할 수 없을 때는 사실을 말해요.' 랜던의 잔소리가 들리는 것 같았다.

"나도 그 이유가 뭔지 알고 싶어요. 호손 사람들은 늘 그냥 아는 것 같은 기분이 들 때가 있어요. 호손 사람들은 모든 것에 확신이 있어요."

그레이슨은 두 눈을 내게 고정한 채 내 이야기를 받았다.

"매사에 그런 건 아니에요."

그레이슨 호손이 내린 결정에 의문을 품게 만들 수 있는 유일한 사람이 나일 수도 있겠다는 생각이 들게 하는 눈길이었다.

'친구'가 되겠다는 그런 결정 말이다.

랜던은 손뼉을 치며 얘기했다.

"에이버리, 지금까지 들어본 것 중에 가장 자연스러운 이야기였어요. 아주 공감이 가요. 그리고 그레이슨, 완벽합니다. 두 사람은 이것만 기억해요. 사람들이 에이버리의 인생에 대해 물어보면 짧게 대답해요. 그레이슨, 에이버리를 보호하는 모습을 보이는 걸 두려워하지 마요. 에이버리, 당신은 '부정적인' 질문 대처법을 알고 있어요."

사람들이 내게 우리 엄마의 과거에 대해 아는 게 있냐고 물으면 '몰라요'라고 대답한다. 사람들이 내게 토비아스 호손의 유언장에 들어가려고 어떤 노력을 했냐고 물으면 '없어요'라고 대답한다.

"그레이슨, 가능하면 언제든 할아버지에 대해 얘기해요. 형제들 얘기도 하고. 시청자들은 그런 이야기에 열광할 겁니다. 그렇게 할아버지가 에이버리를 왜 선택했는지 시청자들이 생각할 여지를 주지 마요. 그리고 에이버리?"

"감사, 압도, 공감대 형성. 이거죠? 예전에 저는 전기요금을 못 내서 쩔쩔맬 때도 있었죠. 그런데 어느 날 갑자기 신데렐라가 됐어요. 저도 이 돈으로 뭘 할지 아직 모르겠어요. 전 이제 겨우 열일곱 살이니까요. 그렇지만 사람들을 돕고 싶어요."

나는 선수를 치며 내가 해야 할 말을 했다.

"그리고?"

랜던이 나를 재촉했다.

"언젠가 세계를 여행하고 싶어요."

미리 화두로 정한 얘기다. 꿈을 꾸는 것 같은, 압도돼 눈이 휘둥그레진 여자아이로 만들어주는 이야기였다. 물론 사실이기도 했다.

"완벽해, 한 번 더 하죠. 처음부터."

62

드디어 랜던이 우리를 풀어주었을 때, 해가 지려고 했다.

"너 뭔가를 때리고 싶은 얼굴이야."

그레이슨이 나를 지켜보며 얘기했다. 그는 자기 길을 가고 나는 맥신을 찾으러 가던 길이었다.

"아무것도 때리고 싶지 않아요."

나는 먹히지 않을 목소리로 대답했다.

그레이슨은 고개를 한쪽으로 기울였지만 두 눈은 곧장 나를 쳐다보며 이야기를 꺼냈다.

"칼을 휘두르는 건 어때?"

그레이슨은 토피어리 정원을 지나 한 번도 가본 적이 없는 곳으로 나를 데려갔다.

"여기는……."

"미로. 제임슨이 널 여기 데려오지 않았다니 놀라운걸."

그레이슨은 입술을 다문 채 살짝 어색한 미소를 지었다.

그레이슨이 제임슨을 언급한 순간, 나는 그레이슨과 함께 여기 오지 말았어야 했다는 생각이 들었다. 하지만 우린 그냥 '친구' 사이다. 지금 제임슨과 내가 어떤 사이건 우리는 아무 구속이 없는 자유로운 관계였다.

그게 중요했다.

나는 미로 쪽으로 주의를 돌렸다. 울타리는 나보다 키가 크고 촘촘했다. '이 안에 들어오면 길을 잃을 수도 있겠어.' 나는 입구에 서고 그레이슨은 내 옆에 섰다.

"나를 따라와."

나는 그 말대로 했다. 미로 속으로 들어갈수록 우리가 지나온 길에 더 집중했다. 내 앞에 서 있는 그의 몸매와 움직임에 신경을 꺼야 했다.

오른쪽으로 돌고, 왼쪽으로 돌고, 다시 왼쪽으로 돌고, 직진, 오른쪽, 왼쪽.

마침내 미로의 중심이라고 생각되는 곳에 도착했다. 반짝이는 등불이 주위를 에워싼, 커다랗고 네모난 공간이 나타났다. 그레이슨이 무릎을 꿇더니 손가락 끝으로 풀밭을 밀치자 그 밑에 있던 금속 물체가 드러났다. 해 질 무렵이라 뭘 하는지 제대로 보이지 않았다. 그런데 잠시 후 기계가 윙윙 돌아가는 소리가 나더니 땅바닥이 움직이기 시작했다.

처음에 그가 터널 입구를 작동시키는 줄 알았다. 그런데 더 가까이 다가가자 땅속에 박힌 철제 상자가 보였다. 가로 1미터 세로 2미터가 채 되지 않는 철제 상자의 깊이는 그리 깊지 않았다. 그레이슨은 그 속에 손을 집어넣더니 천에 쌓인 기다란 물건 두 개를 꺼냈다. 그는 물건을 보고 고개를 끄덕였다. 내가 무릎을 꿇고서 천을 걷어내자 빛이 번뜩이는 금속 물체가 보였다.

칼이었다.

길이가 거의 1.5미터에 달하는 꽤나 묵직한 칼로 T자형 자루가 달려 있었다. 나는 손가락으로 칼자루를 더듬으며, 두 번째 칼의 천을 벗기는 그레이슨을 바라봤다.

"장검이야. 15세기. 이태리제. 원래는 박물관에 있어야 해. 그런데……."

그레이슨은 어깨를 살짝 으쓱하며 이야기를 멈췄다.

호손 사람으로 사는 것이 어떤 의미가 있는지 보여주는 모습이었다. '이건 원래 박물관에 있어야 해, 하지만 내 형제들과 나는 이 칼로 대신 뭐든 벨 수 있지.'

나는 장검을 들려 했지만 그레이슨이 나를 막았다.

"두 손으로. 장검은 원래 두 손을 쓰도록 만들어진 물건이야."

나는 두 손으로 칼자루를 잡은 다음 간신히 일어섰다.

그레이슨은 자기 칼은 원래 칼을 싸고 있던 천 위에 살포시 올려놓더니 내 뒤로 왔다.

"그렇게 잡으면 안 돼. 이렇게 해."

그레이슨은 내 오른손을 잡아 T자형 칼자루 밑에 직접 대면서 고개를 끄덕이며 "퀼런*"이라고 했다. 그리고 칼자루의 끝부분을 향해 고개를 끄덕이며 이야기를 계속했다.

"파멀**이야. 손은 절대 파멀 위에 두면 안 돼. 장검은 부위마다 각자 맡은 역할이 있어."

그는 내 왼손을 오른손 아래, 파멀 위에 두게 했다.

"칼은 손가락으로 쥐어. 손가락 윗부분은 좀 헐거워야 해. 네가 움직이면 칼이 움직이지. 칼의 움직임에 맞서면 안 돼. 칼이 네 대신 움직이게 놔둬야 해."

그레이슨은 뒤로 물러서더니 자기 칼을 들었다. 그가 천천히 동작을 보여주었다.

"연습용 칼을 써야 하는 거 아닌가요?"

그레이슨은 내 눈을 바라보며 대답했다.

---

* 손을 보호하려고 검에 가로로 붙인 보호대. 크로스가드라고도 한다.
** 검의 손잡이 끝에 붙인 장식. 추의 역할을 해 검의 무게를 분산한다.

"그렇겠지."

좋지 못한 생각이 분명했다. 나도 알고 그도 알고 있었다. 하지만 나는 정말 내키지 않는 인터뷰를 준비하느라 다섯 시간을 보냈다. 내 아빠도 아닌 리처드와 트루 노스에 스토커를 보낸 게 분명한 스카이 때문에 인터뷰를 할 수밖에 없었다.

여자에겐 아주 나쁜 생각이 필요할 때가 있는 법이다.

♟

"자세를 똑바로 해. 칼이 너를 리드하게 해, 네가 칼을 리드하는 건 금물이야."

내가 자세를 고치자 그레이슨이 고개를 살짝 끄덕였다.

"이렇게 돼서 미안해요."

"물론 미안해야지. 넌 다시 엉성해지고 있어. 에이버리."

나는 자세를 고치고 손잡이를 바로잡았다.

"인터뷰 때문에 미안하다는 거예요."

그레이슨은 본인의 칼을 서서히 내 칼에 댔다. 그가 마음만 먹으면 머리카락을 반으로 가를 수도 있겠다는 생각에 사로잡힐 정도로 그의 동작은 정말 완벽했다.

"별일 아니야. 난 호손 사람이야. 우린 대체로 일곱 살이 되면 언론에 대비하거든." 그는 뒤로 물러서며 덧붙였다.

"네 차례야, 잘 조절해."

나는 내 칼이 그의 칼에 닿고 나서야 이야기를 꺼냈다.

"이 인터뷰에 휘말리게 해서 미안해요."

칼은 내가 의도한 것보다 조금 세게 닿았다.

그레이슨은 칼을 내리며 소맷단을 접었다.

"내가 유산을 물려받지 못했을 때보다 인터뷰 때문에 더 미안해하는군."

"그렇지 않아요. 그때도 미안했어요. 그쪽이 또라이 같이 구느라 정신이 없어서 알아차리지 못한 거예요."

그레이슨은 가장 근엄한 표정을 지으며 받아쳤다.

"이제 또라이라는 단어는 삼가도록 노력하죠, 그래 줄래 요?"

그레이슨은 랜던을 아주 정확하게 흉내 냈다. 나는 씩 웃 으며 그를 향해 칼을 휘둘렀다. 이번에는 칼이 나를 리드하 게 했다. 내 몸의 근육 하나하나를 다 의식했다. 그리고 그 와의 거리도. 내 칼이 그레이슨의 칼날에 닿기 직전 멈추었 다. 그가 앞으로 다가왔다. 한 걸음. 두 걸음.

장검은 이렇게 근거리에서 휘두르는 용도로 만들어진 것 이 아닌데도 그는 계속 다가왔다. 이제 내 칼이 수직으로 서고 나와 그 사이에 두 칼만 남을 때까지 다가왔다. 그의 호흡이 보이는 것 같았다. 숨소리가 들리고 느껴지는 것만 같았다.

내 어깨와 팔 근육이 쑤시기 시작했다. 하지만 다른 곳은 더 아팠다.

"우리 지금 뭘 하는 거죠?"

내가 속삭이자 그는 두 눈을 감으며 몸을 살짝 떨었다. 그레이슨은 뒤로 물러서더니 칼을 내리며 대답했다.

"아무것도 아니야."

63

그날 밤 나는 잠이 오지 않았다. 리비 언니와 내쉬로부터 아직까지 아무 소식도 듣지 못해서 그런 거라고 스스로를 다독였다. 두 사람은 내가 보낸 문자에 답장은커녕 읽지도 않았다. 이렇게 늦게까지 잠을 자지 못한 다음 날 아침에는 눈 밑에 시커먼 다크 서클이 생길 수밖에 없다. '그레이슨 때문이 아니야.'

다음 날 저녁이 됐지만 언니로부터 여전히 소식이 없었고, 그레이슨 호손과 나는 엄청난 조명 불빛을 받으며 나란히 앉아 있었다. 카메라를 향해 웃고 있는 모니카 윈필드도 함께다.

'난 이런 일에 아무 준비도 되지 않았는데…….'

"에이버리, 먼저 시작할게요. 토비아스 호손의 유언장이 공개되던 날 뭘 했는지 들려주세요."

가벼운 질문이었다. '감사, 경탄, 공감대 형성.' 이 정도는 할 수 있었기에 무리 없이 척척 대답했다. 그레이슨도 가벼운 첫 번째 질문에 무리 없이 답변했다.

우리는 모니카가 좀 더 까다로운 질문을 던지기 전에 쉬운 질문을 두 개씩 더 받았다.

"에이버리, 어머니에 대해 말해주세요."

'간단히 말해요.' 랜던의 목소리가 들리는 것 같았다. '물론 진실하게.'

"우리 어머닌 훌륭한 분이었어요. 어머니가 지금 이 자리에 계실 수만 있다면 뭐든 다 드리고 싶어요."

짧고, 진실한 답변이었다. 하지만 다음 질문으로 이어질 수밖에 없는 대답이었다.

"분명 들어봤을 거예요. 그 소문들이요."

엄마가 가명으로 살았다는 소문, 사기꾼이었다는 소문이 있었다. 나는 화를 조절할 수 있다. '질문을 무시해.' 그럴 작정이었다. 엄마에 관한 이야기로 시작하지만 결국 내가 얼마나 감사하고, 감탄하고 있으며, 젠장 맞게 평범하다는 이야기를 꺼낼 작정이었다.

내 옆자리에 있던 그레이슨이 몸을 앞으로 기울이며 이야기를 꺼냈다.

"세상이 나의 모든 움직임을 주시하고, 모든 사람이 내 이름을 알고 있고, 내가 존재한다는 그 이유만으로 유명해지면, 소문 같은 건 금세 무시하게 됩니다. 지난번에 저와 공주가 데이트하고, 내 동생 제임슨은 아주 수상한 문신을 했다는 소문이 돌았었죠."

모니카가 눈에 불을 켜며 물었다.

"사실인가요?"

그레이슨은 다시 자리에 몸을 묻으며 대답했다.

"호손 사람은 입이 무겁습니다."

그는 인터뷰를 잘했다. 나보다 훨씬 잘했다. 인터뷰 진행자가 엄마에 대한 화제를 돌릴 만큼 실력이 뛰어났다.

"당신 가족은 이 상황에 대해 입을 꾹 다물고 있어요. 자라는 자신이 처한 난관을 해결할 수 있을 만한 법적 해결책이 있다는 생각을 은연중에 풍겼습니다."

모니카는 그레이슨에게 이야기했다.

자라는 내가 노인을 학대했다고 주장한 적도 있다.

"우리 할아버지에 대해 얼마든지 말씀하세요. 하지만 토비아스 호손은 절대 허점을 남기는 분이 아닙니다."

그레이슨은 매끄럽게 대답했다. 그레이슨의 대화법에는 이 화제가 이미 끝났다고 명확하게 선언하는 기술이 있었다. 어떻게 저럴 수 있지?

모니카는 다시 내게 초점을 맞추었다.

"에이버리. 아까 어머니에 대해 잠깐 이야기를 나눴지요. 이제 아버지에 대해 얘기해보죠."

'부정적인' 질문이다. 나는 어깨를 으쓱하며 대답했다.

"할 말이 별로 없네요."

"에이버리는 미성년자죠? 맞죠? 그리고 법정 후견인은 언니 리비죠?"

나는 이 질문이 어떻게 흘러갈지 알 수 있었다. 방송국은 리처드와 스카이의 인터뷰를 방송하지 않을 것이라고 했다. 그렇다고 모니카가 다음에 참고하려고 리처드와 스카이의 진술을 기록만 했다는 의미는 아닐 것이다. 이제 모니카는 내게 양육권에 관해 물어볼 것이다.

"리비 언니는 어머니가 돌아가신 후에 나를 받아줬어요. 그럴 의무도 없었는데요. 언니는 스물세 살이었죠. 아버지는 우리 곁에 없었어요. 그전까지 언니와 난 같이 보낸 시간이 거의 없었어요. 거의 남남이었는데 나를 받아준 거죠. 리비 언니는 이 세상에서 내가 만난 사람 중에 가장 사랑이 많은 사람이에요."

나라는 존재에 대한 가장 중요한 진실 중 하나였다. 물론 강조할 필요도 없는 사실이었다.

"에이버리와 나의 공통점 중 하나인 것 같아요."

그레이슨이 내 옆에서 덧붙였다. 그는 모니카가 다음 질문을 하도록 일부러 공을 들이거나 밀어붙이지 않았다.

"자세히 말해주실래요?"

"만약 당신이 우리 형제에게 달려들면, 우리와 맞붙어야 할 거라는 얘기예요."

그레이슨은 서늘한 미소와 경고 가득한 눈빛으로 이야기를 끝냈다.

몇 주 전 그레이슨을 만났을 때 이런 모습이었다. 자신감이 넘치는 그레이슨은 어떤 싸움도 이길 수 있다는 것을 잘 안다. 그는 위협하지 않는다. 그럴 필요가 없으니까.

"할아버지가 유언장에서 형제들을 제외했다는 것을 알았을 때 형제들을 보호하고 싶은 기분이 들었나요?"

모니카가 물었다. 모니카는 그레이슨이 나 때문에 분하다고 말하길 바란다. 모니카는 그레이슨의 메시지에서 허점을 찾고 싶어 한다.

"진행자님은 그렇게 말할 수도 있겠죠."

그레이슨은 여전히 모니카를 바라보고 있었다. 그러다 갑자기 슬쩍 나를 바라보며 이야기를 이었다.

"내가 보기에 이제 우리 형제는 모두 에이버리를 보호하는 것 같아요. 다른 사람이 우리 형제나 나를 이해해주기를 바랄 수 있는 문제가 아니죠. 하지만 우리가 보통 사람이 아닌 것은 분명한 사실이에요. 할아버지는 우리를 평범하게 키우지 않았어요. 그분은 비범함을 원하셨죠. 이게 그분의 유산이에요. 에이버리도 마찬가지입니다."

그는 나를 뚫어지게 쳐다보며 이야기를 마쳤다.

그레이슨은 나조차 내가 특별한 사람이라고 믿게 할 만큼 설득력 있게 얘기했다.

"그럼 이 모든 상황에 대해 이의가 없다는 말인가요?"

모니카가 압박 질문을 던졌다.

그레이슨은 늑대 같은 미소를 지으며 대답했다.

"없습니다."

"유언장을 번복할 마음도 없나요?"

"이미 말씀드렸지요. 그럴 수 없습니다."

'부정적인' 질문에 아주 완벽하게 대답했다. 아무도 깨부술 수 없는 자신감이 넘치는 답변이었다. 그레이슨은 장인의 경지를 보여주었다.

"그런데 만약 가능하다면요?"

"이건 할아버지가 원하신 일이에요. 형제들과 저는 운이 좋은 사람들입니다. 이 프로그램을 시청하는 그 누구보다 더 운이 좋지요. 우린 모든 기회를 누렸습니다. 우리에겐 할아버지가 주신 많은 것들이 있습니다. 우린 이제부터 나름의 길을 개척할 거예요." 그는 다시 한번 나를 슬쩍 쳐다보고 말했다. "언젠가 네가 가진 재산과 경쟁할 만큼 내 방식으로 돈을 벌 거야."

나는 씩 웃었다. '받아쳐봐, 모니카.'

"에이버리, 그레이슨이 네가 가진 재산이라고 했는데 기분이 어떤가요?"

"꿈만 같죠. 유언장이 공개되기 전에, 제가 어느 정도를 물려받았다는 것은 알았지만 정확히는 몰랐어요. 토비아스 호손이 제게 몇천 달러를 남긴 줄 알았거든요. 그 정도만 돼도 인생이 바뀔 수 있는 금액이죠."

나는 고개를 흔들며 대답했다.

"그럼 이 정도는?"

"완전 꿈같은 일이죠."

나는 '감사'와 '경탄', 그 순간 느꼈던 '어리둥절함'을 모두 표출했다.

"혹시 이 모든 것이 사라질 수 있다고 느낀 적 있나요?"

내 옆에 있던 그레이슨이 자세를 바꾸며 내 쪽으로 몸을 기울였다. 하지만 지금 당장은 그의 보호가 필요하지 않았다. 나는 지금 기세가 좋았다.

"그럼요."

"그럼 만약 내가 지금 에이버리한테, 아니 두 분한테 다른 상속자가 있을 수 있다고 얘기한다면 어떨까요?"

그 순간 내 얼굴이 얼어붙었다. 나는 차마 그레이슨을 쳐다볼 수 없었지만 그가 이전에 뭔가 이상한 것을 느꼈는지, 그래서 자세를 바꿨는지 궁금했다. 나는 이제 진행자가 상황을 이런 식으로 몰았다는 것을 알 수 있었다. 모니카는 그레이슨에게 유언장 번복에 대해 이미 두 번이나 물었다. 내게 유산이 사라지면 어떤 기분이 들겠냐고 물었다.

"에이버리, 혹시 상속법에서 '누락 상속인'이라는 용어의 의미를 알고 있나요?"

나는 모니카의 질문을 바로 이해할 수 없었다. '토비. 이 여자가 토비 아저씨를 알 순 없어. 스카이도 모를 거야. 리처드도 모를 텐데.'

"난……."

"그 말은 유언자가 사망할 당시 태어나지 않은 상속인을 의미하죠. 하지만 좀 더 광범위하게 해석하자면, 전문가들은 유언자의 사망 당시 '존속하지' 않은 상속인을 의미할 수 있다고 했습니다."

'그녀는 알고 있었다.' 나도 모르게 그레이슨을 슬쩍 쳐다봤다. 그는 모니카를 응시하며 이야기했다.

"그쪽 전문가가 텍사스주에서 누락 상속인도 사망한 유언자의 다른 자식과 같은 지분만 받는다고 말씀하셨겠죠? 우리 할아버지는 본인 자식들에게 워낙 조금만 남기셨습니다. 설사 그분이 돌아가시기 전에 생긴 아이가 살아 있다고 하더라도 재산 분배 변경은 극히 힘들 것입니다."

그레이슨의 눈빛은 매서웠다. 입술을 꾹 다문 채로 짓는 미소도 서늘해 보였다.

그레이슨은 열아홉 살로 보이지 않았다. 단순히 법적인 선례를 막힘없이 술술 말한 것 때문이 아니다. 모니카가 태어나지 않은 아이를 언급한 것이 아니라고 분명히 밝혔는데, 그 사실을 일부러 간과한 것이다.

"당신 가족은 진심으로 유언장에서 허점을 찾고 있나요, 그런가요? 당신 가족은 우리 쪽 전문가와 함께 대화를 나눠야겠네요. 사망한 것으로 추정되는 자식이 다른 형제의 몫만 물려받는지, 아니면 원래 유언장에 해당 자식에게 남긴 몫을 받을 권리가 있는지 선례가 명확하지 않습니다."

"무슨 말인지 알아듣지 못하겠네요."

그레이슨은 모니카를 노려보며 얘기했다.

그레이슨은 당연히 모니카의 얘기를 다 이해했다. 그저 나보다 더 잘 숨길 뿐이었다. 나는 그저 자리에 조용히 앉아서 이름 하나만 계속 생각할 뿐이었다. '토비.'

"당신에겐 삼촌이 있지요."

모니카는 여전히 그레이슨에게 집중하며 이야기를 다시 시작했다.

"그분은 돌아가셨어요. 내가 태어나기도 전입니다."

그레이슨은 매섭게 대답했다.

"비극적이고 수상한 상황이군요."

모니카는 고개를 내 쪽으로 돌리며 얘기했다. 그녀는 들고 있는 줄도 몰랐던 리모컨의 버튼을 눌렀다. 우리 뒤에 있던 커다란 화면에 사진 세 장이 비쳤다.

내가 라플린 부인에게 보여준 사진이었다.

"에이버리, 이 남자는 누구인가요?"

나는 마른침을 삼키며 대답했다. 요점에서 빗나가는 스토리를 만들어야 한다.

"내 친구 해리 아저씨예요. 우린 공원에서 체스를 두는 사이였어요."

"사십대 친구가 많은 편인가요?"

'진실을 말할 수 없을 땐 사실을 말해. 스토리만 말하라고'라며 누군가 내 머릿속에서 소리치고 있었다.

"그 사람만 유일하게 내 퀸을 뺏을 수 있었죠. 우린 내기를 했어요. 내가 이기면 그 사람에게 아침밥을 사줄 수 있었어요. 저는 그 사람이 밥을 사 먹을 돈이 없는 걸 알고 있었거든요. 그렇지 않으면 그 사람이 밥을 먹지 않을까 봐 걱정스러웠죠. 하지만 그 사람은 공짜로 받는 걸 싫어했어요. 그래서 전 공정하게 이겨야만 했어요."

이 정도면 랜던은 나를 자랑스러워했을 것이다. 하지만 모니카는 물고 늘어졌다.

"그럼 이분이 토비아스 호손 2세가 아니라는 말인가요?"

"어떻게 이럴 수 있죠? 우리 가족의 고통이 부족한가요? 우린 바로 얼마 전에 할아버지를 잃었어요. 이런 비극을 들먹여서……."

그레이슨의 목소리가 몹시 떨렸다. 그는 자리에서 일어서며 얘기했다.

모니카는 누가 약한 고리인지 잘 알고 있었다.

"에이버리, 이 사람이 토비아스 호손의 사망한 아들로 추정되는 사람인가요, 아닌가요? 호손 가문의 재산을 물려받을 진정한 상속인이죠?"

"인터뷰는 끝났습니다."

그레이슨은 몸을 돌려 카메라를 막더니 내가 일어나도록 도와주었다. 눈이 마주쳤다. 그는 한마디도 하지 않았지만, 큰 소리로 떠드는 것처럼 그의 목소리가 똑똑히 들리는 것 같았다. '어서 여기를 나가야 해.'

그레이슨은 다른 건물로 나를 데려가려 했다. 모니카가 우리를 뒤따르자 카메라맨도 따라왔다.

"토비 호손과 어떤 관계인가요?"

모니카는 내 뒤를 쫓으며 물었다.

세상이 무너지고 있었다. 우린 이런 일에는 대비가 되지 않았다. 준비가 부족했다. 하지만 그 질문에 대한 답을 갖고 있었다. 사실을 알고 있었다. 이 사람들이 이 정도나 알고 있다면 나머지를 말한다고 무슨 해가 될 것인가.

토비 호손과 어떤 관계인가요?

"나는 그분의……."

내가 딸이라는 말을 입 밖으로 내기 전에 그레이슨이 고개를 아래로 숙이더니 내 입에 자기 입술을 밀어 넣었다.
내가 막 하려던 말을 막으려고 키스를 밀어붙인 것이다. 영
원 같은 잠깐 동안 이 세상에 우리의 키스 말고는 아무것도
존재하지 않았다.

그의 입술. 나의 입술.

'이건 쇼야.'

64

우리의 키스는 카메라가 미치지 않는 곳까지 비틀거리며
걷다가 엘리베이터 안으로 들어서는 순간 끝이 났다. 내 심
장이 쿵쾅거렸다. 머릿속이 엉망이었다. 내 입술에 닿은 그
의 입술이 느껴졌다. 온몸으로 느껴졌다.

우린 한마디도 하지 않았다.

"도대체 그게 뭐야?"

알리사는 엘리베이터 문이 닫히자마자 폭발했다.

"기습이에요. 당신이 내게 정보를 주지 않으면 기습 공격
을 막을 수 없어요. 알리사, 내 체계가 어떤 식으로 돌아가
는지 알잖아요. 내 방식대로 일할 수 없다면, 그땐 그냥 그
만두는 수밖에 없어요."

랜던은 단어 하나하나를 똑 부러지게 상류층 억양으로

대답하고는 엘리베이터가 열리자 바로 나가버렸다.

맥신의 말대로 '씨를 바를' 상황이었다. 그레이슨을 쳐다봤지만 그는 나를 바라볼 생각도 하지 않았다. 바라볼 수 없는 것 같았다.

"한 번만 더 물어볼게. 대체 무슨 일이야?"

알리사는 목소리를 낮추며 물었다.

"대답은 차 안에서 들어요. 우린 지금 나가야 해요. 직원 두 명을 차로 보냈어요. 미끼로 배치한 거죠. 우린 뒤로 갈 거예요. 갑시다."

오렌이 얘기했다.

♟

우린 독수리 떼처럼 몰려드는 방송국 사람들을 피해 주차장으로 갔다. 알리사는 다시 이야기를 꺼내기 전에 1분 동안 한마디도 하지 않았다. 이번에는 무슨 일이냐고 묻지 않았다.

"누가 알아? 무슨 일인지 누가 아냐고?"

나는 고개를 숙이며 대답했다.

"제가 알고 있어요."

"그거야 당연하지. 그레이슨, 나한테 모른다고 거짓말할 거야?" 알리사는 그레이슨을 쳐다보며 묻고는 운전석을 흘낏 쳐다봤다. "오렌?"

오렌은 아무 말도 하지 않았다.

"처음부터 시작하는 게 더 쉽겠네요. 에이버리가 경제적 지원을 해주고 싶다며 지인 한 명을 찾아달라고 부탁한 것 기억나죠?"

그레이슨은 원래보다 더 차분한 목소리로 이야기를 꺼냈다. '마치 우리가 키스한 적이 없는 것처럼.'

"해리."

알리사가 뛰어난 기억 속에서 그 이름을 꺼냈다. 나는 알리사가 방금 일어난 일도 절대 잊지 않을 것임을 뼛속 깊이 알고 있었다. 알리사는 절대 용서하지 않을 것이다.

"그 사람이 토비였어요. 그때는 누군지 몰랐어요. 그런데 할머니의 목걸이 펜던트 속 사진을 보고 알았어요."

나는 그레이슨을 훑어보며 대답했다. '나를 위해 이럴 필요 없어요'라고 말하고 싶었다.

"그럼 당장 얘기했어야지. 그리고 아무한테도 말하지 말았어야지."

알리사는 화를 냈다. 영어와 다른 나라 말을 섞은 욕을 무심코 내뱉을 정도로 몹시 화를 냈다. 그녀가 그레이슨을 째려보며 얘기하는 것으로 볼 때, 누구를 언급한 것인지 분명했다.

"알렉산더도 이미 알고 있어요. 할아버지가 그 애한테 단서를 주셨거든요."

그레이슨은 차분하게 얘기했다.

알리사의 의표를 찌르는 얘기였지만 미미했다.

"물론 그러셨겠지."

알리사는 숨을 내쉬고 들이쉬었다. 그렇게 두세 번 숨을 들이쉬고 내쉬었다.

"네가 미리 나한테 이야기해줬더라면 이 일을 처리할 수 있었을지도 몰라. 사람들을 고용할 수도 있었어."

"그분을 찾는다고요? 이미 찾아봤잖아요."

내가 물었다.

"직원들이 있잖아. 난 네가 받은 재산, 그러니까 너에 대해 신의성실의 원칙이 있어. 해리를 찾는 데에 수백만 달러를 쓰도록 허가할 방법은 없어. 하지만 토비라면 달라."

나는 휴대전화를 꺼내 리비 언니가 보내준 사진을 열고 알리사의 손에 넘겼다.

"그 사람은 우리가 찾는 걸 원치 않는대요."

알리사는 '그만 찾아'라고 쓰인 사진을 감정 없이 보았다.

"누가 이 사진을 찍었어? 어디서 찍은 거야? 그 사람 필체를 확인한 거야?"

나는 알리사가 질문한 순서대로 대답했다.

"리비 언니. 뉴캐슬. 필체는 토비 아저씨가 분명해요."

알리사는 하늘을 쳐다보며 물었다.

"그 사람을 찾으러 리비를 보냈다고?"

리비 언니가 거기 가는 데 아무 문제도 없다고 얘기하려는데 그레이슨이 그 상황을 명확하게 정리했다.

"내쉬 형도 같이 갔어요."

알리사는 4~5초쯤 지나서야 내쉬도 그 상황을 알고 있고, 그가 지금 언니와 함께 있다는 사실을 받아들였다. 알리사는 그레이슨에게 격하게 얘기했다.

"그럼 넌 법적인 선례를 찾아볼 시간이 있었겠네. 하지만 변호사와 대화할 생각은 들지 않은 거지?"

그레이슨은 오른쪽 소매의 커프스단추를 내려다보며 대답을 생각하고 있었다. 그는 정직하게 대답하기로 마음먹은 게 분명했다. 그레이슨은 알리사를 보며 그저 이렇게 말했다.

"당신이 어느 편에 설지 확신이 들지 않았어요."

이번에 알리사는 화가 난 것 같지 않았다. 거의 울 것처럼 보였다. 알리사는 어떻게 대답할지 표현을 찾고 있었다. 그 모습을 보니 나는 그녀가 호손 가족과 함께 자랐다는 사실이 떠올랐다. 알리사는 그레이슨과 제임슨과 알렉산더를 평생 알고 지냈다.

"어떻게 나한테 그렇게 말할 수 있어, 그레이슨? 내가 언제부터 적이 된 거야? 난 그저 할아버지가 내게 바란 대로 한 것뿐이야. 내가 얼마나 희생했는지 네가 알기나 해?"

알리사는 마치 몸에서 그 말이 찢겨 나온 것처럼 말했다.

말투만 놓고 볼 때, 그녀가 유언장이나 나, 혹은 토비아스 호손의 죽음으로 발생한 일만 얘기하는 것이 아니라는 것을 분명히 알 수 있었다. 알리사는 호손 형제처럼 토비아스 호손을 '할아버지'라고 불렀다. 이전에는 꼭 호손 씨나 토비아스 호손이라고 불렀다. 할아버지에 대한 충성 때문에 무엇을 희생했는지 말할 때, 그녀는 '내쉬'를 암시하고 있었다.

"나는 이 제국을 위태로운 상황 속에서 겨우 유지하고 있어."

알리사는 화를 내며 손등으로 자기 얼굴을 거칠게 문질렀다. 눈물 한 방울이 보였다. 알리사는 이번이 마지막이라고 분명히 밝혔다.

"에이버리, 이 상황은 내가 처리할게. 이번 불은 끌 거야. 필요하다면 무슨 짓이든 할 거야. 하지만 네가 다음번에도 비밀을 갖고 있고, 내게 거짓말을 한다면 널 늑대 소굴에 집어넣을 거야."

나는 그 말을 믿었다. 나는 다음 이야기를 듣기 좋게 얘기할 방법이 없어서 침을 꿀꺽 삼키며 다 털어놓았다.

"할 말이 하나 더 있어요. 아니, 음…… 두 개예요. 첫째, 토비 아저씨는 입양됐어요. 그분의 생모는 라플린 부부의 딸이에요. 십대 시절에 낳았죠."

알리사는 3초 동안 나를 빤히 쳐다보기만 했다. 그리고 한쪽 눈썹을 치켜뜨며 다음 이야기를 기다렸다.

이 이야기를 꺼내려던 나를 막은 그레이슨의 행동이 떠올랐다. 나는 그 순간을 떠올리며 이야기를 계속했다.

"토비 아저씨는 아마도 내 친부일 확률이 높아요. 그렇게 믿을 만한 이유가 있어요."

65

맥신은 내 침대에 풀썩 주저앉으며 이야기를 시작했다.

"그 인터뷰 정말 괜찮은 거야?"

맥신이 그 인터뷰를 봤다면 온 세상 사람들이 본 것이다.

그레이슨은 애초부터 내게 너무 파고들지 말라고 경고했었다. 토비에 대해 누구에게도 말하지 말라고 얘기했다. 나는 도대체 몇 명에게 이 이야기를 했을까?

호손 하우스에 도착했을 때, 나는 그레이슨에게 말을 붙이려고 애를 썼지만 입에서 단 한 마디도 나오지 않았다.

"사실 그레이슨은 나한테 키스할 필요는 없었어. 다른 방법으로 내 말을 끊을 수 있었을 거야."

그에게 다른 의도가 있다고 생각하지 않는 것처럼, 맥신에게 말을 던졌다.

"개인적으로 봤을 때, 정말 즐거운 사태 전환 방법이었어. 그런데 너 정말 놀란 토끼 눈을 하고 있더라."

"그레이슨은 내게 키스하지 말았어야 했어."

"너도 그 사람한테 키스해줬어?"

맥신은 씩 웃으며 얘기했다.

그의 입술, 내 입술이 떠올랐다.

"나도 몰라!"

맥신은 천진난만한 얼굴로 나를 보며 물었다.

"이 얘기 그만할까?"

나는 그레이슨에게 키스를 되돌렸다. 그레이슨 호손이 먼저 내게 키스하는 바람에 그에게 키스를 되돌려준 것이었다. 나는 미로에 있었던 그날 밤을 곰곰이 생각했다. 그는 나의 자세를 고쳐주었다. 우린 정말 가깝게 서 있었다.

나는 미로 속에 빠진 기분이었다.

"내가 무슨 짓을 한 거지? 제임슨과 난……."

"무슨 관계인데?"

"나도 몰라."

나는 고개를 저으며 대답했다. 나는 제임슨과 내가 아드레날린과 매력에 끌려 순간적인 충동에 휩싸였다고 생각하고 있었다. 둘 사이에는 아무 구속도 없었고 골치 아픈 감정도 전혀 없다고 생각했다.

그렇다면 왜 그를 배신한 것 같은 기분이 드는 걸까?

맥신은 나름의 충고를 시작했다. 맥신은 눈을 감았다.

"눈 감고 넓은 바다가 내려다보이는 절벽 위에 서 있다고 상상해봐. 바람이 불어 네 머리카락이 날리고 있어. 이제 막 해가 지려고 해. 너의 몸과 마음이 단 하나를 원하고 있어. 단 한 사람이야. 네 뒤로 발걸음 소리가 들려. 넌 고개를 돌리지. 거기 누가 있어?"

맥신은 감았던 눈을 뜨며 물었다.

♟

맥신의 질문에는 문제가 있다. 내가 몸과 마음으로 바라는 사람이 있다는 가정이 문제다. 나는 절벽 위에 나 홀로 있는 모습만 그릴 수 있었다.

맥신이 자기 방으로 돌아간 지 한참이 흐른 그날 밤늦게 나는 사람들이 악몽 같은 인터뷰에 대해 뭐라고 말하는지 보려고 검색에 나섰다. 대다수 주요 뉴스가 토비를 '잃어버린 상속자'라고 부르고 있었다. 스카이는 이미 인터뷰를 진행하고 있었다.

기밀유지협약으로도 스카이의 입을 막을 수 없는 게 확실했다.

거의 모든 기사에 내가 그레이슨을 내 편으로 만들려고 그와 잤다는 댓글이 달려 있었다. 그레이슨 말고 다른 호손 사람과 잤다고 주장하는 사람도 있었다. 이름도 모르는 낯선 사람이 나를 '잡년'이라고 부르는 것은 신경 쓰지 말아야 했다. 하지만 그러지 못했다.

초등학교에 다닐 때 어떤 아이가 엄마를 잡년이라고 말한 적이 있었다. 그때 처음으로 그런 말을 들었다. 나는 엄마가 누구와 데이트하는 것을 본 적도 없다. 하지만 결혼한 적이 없는 엄마가 나를 낳은 것만으로도 어떤 사람들은 그렇게 생각했다.

나는 옷장으로 걸어가서 엄마가 준 엽서가 들어 있는 가방을 꺼냈다. 하와이, 뉴질랜드, 마추픽추, 도쿄, 발리. 내가 누구고 엄마가 어떤 사람이었는지 떠올리려고 엽서를 획획 넘겨 보았다.

이것이 우리 모녀가 꿈꾼 것이다. 로맨틱한 끌림이 아니다. 장대한 서사시 같은 사랑을 꿈꾸지 않았다.

한참 동안 그 자리에 앉아 있는데 어떤 소리가 들렸다. '발소리다.' 나도 모르게 고개가 휙 올라갔다. 방금 전에 내 방 밖에 서 있는 오렌을 확인했다. 오렌은 이런 뉴스가 밖으로 나가면 내가 위험에 처할 수 있다고 경고했다.

난로 건너편에서 목소리가 들렸다.

"나야, 상속녀."

'제임슨.' 제임슨인 걸 알았으니 마음이 놓이고 더 안전하게 느껴져야 마땅했다. 하지만 벽난로 선반 위 촛대에 손을 대는데 왠지 안전한 느낌이 들지 않았다.

나는 출입구를 작동시키며 물었다.

"인터뷰 봤지?"

내 방으로 들어서던 제임슨이 대답했다.

"그렇게 잘한 것 같진 않아."

나는 제임슨이 그 키스에 대해 뭐라고 말하길 기다렸다.

"제임슨, 난……."

그는 손가락을 내 입술에 댔다. 실제로 나를 만진 것은 아니었지만 입술이 불타는 것 같았다.

"예가 아니오고, 하나가 없음이라면 삼각형의 변은 몇 개일까?"

우리가 처음 만난 날, 제임슨이 내게 던진 수수께끼였다. 나는 그때 모든 것을 숫자로 변환해서 수수께끼를 풀었다. 만약에 어떤 것의 현존 즉, 있다는 의미의 '예'를 하나로 해석한다면, 그것의 부재 '아니오'는 영으로 해석이 된다. 그러니까 이 수수께끼에서 '예가 아니오'라는 전제는 쓸모없는 부분이다. '하나가 영과 같다면 삼각형의 변은 몇 개일까?'

"두 개야."

나는 바로 그때와 같은 대답을 했다. 하지만 나는 그가 다른 종류의 삼각형, 제임슨과 그레이슨과 나라는 삼각형을 말한 것은 아닌지 궁금할 수밖에 없었다.

"엘(Elle)이라는 여자아이가 문간에서 봉투 하나를 발견해. 봉투 앞면에 '에게(To)'라는 글이 있고, 뒷면에 엘(Elle)이라는 글이 있지. 엘은 그 봉투 안에서 똑같은 글자 두 개를 발견해. 그리고 종일 지하에서 시간을 보내. 이유가 뭘까?"

게임을 그만하라고 말하고 싶었지만 그럴 수 없었다. 그가 수수께끼를 던졌으니 나는 풀어야만 했다.

"봉투 앞면에 '에게(To)', 뒷면에 '엘(Elle)'이라고 써 있단 말이지. 그리고 여자아이가 하루 종일 지하에서 보낸다고……."

제임슨의 눈이 반짝였다. 반짝이는 눈빛을 보자 우리가 지하에 있었던 그때가 떠올랐다. 나는 촛불 앞에서 서성이던 그가 보이는 것 같았다. 제임슨 특유의 광기 속에서 그만의 체계를 알 수 있었다.

"봉투 안에 있는 똑같은 글자 두 개는 N이야."

제임슨 호손의 미소를 설명하려면 형용사가 모자랄 지경이다. 바로 그 순간 나는 '대단히 파괴적인'이라는 단어가 진심으로 느껴졌다. 제임슨 윈체스터 호손의 미소는 정말 파괴적인 위력이 있다.

나는 앞으로 한 걸음 나가고 싶은 마음을 억누르며 얘기했다.

"봉투 앞면에 'to'는 '터(t-u)'로 읽어. 봉투 뒷면의 '엘(Elle)'은……."

"'얼(E-l)'로 읽지. 'n' 두 개를 합하면 '터널(tunnel)'이 되

지. 그래서 엘이 그날 지하에서 시간을 보냈어. 네가 이겼
어. 상속녀."

제임슨이 나 대신 마무리를 지었다.

우리는 지금 너무 가깝게 서 있다. 내 머리 뒤로 경고의
사이렌이 윙 돌아갔다. 그레이슨이 내게 키스하는 방송을
제임슨이 봤기 때문에 지금 여기로 온 것이라면, 그래서 내
주위를 맴도는 것이라면, 나 때문에 온 것이 아닐 가능성은
얼마나 될까?

그에게 있어 내가 단지 거머쥐고 싶은 또 하나의 상패일
가능성은 얼마나 될까?

"여긴 어쩐 일이야?"

나는 답을 알고 있으면서 질문을 던졌다.

"네가 문자를 확인하지 않았다는 것에 5달러를 걸려고
왔어."

제임슨은 또다시 파괴적인 미소를 지으며 대답했다.

그의 말이 맞았다.

"휴대전화를 꺼놨어. 창문 밖으로 던져버릴까 생각 중이
야."

"그럼 네가 안뜰의 동상을 맞힐 수 없다는 데 5달러를 더
걸어야겠네."

"10달러로 해."

"안타깝게도 네가 휴대전화를 창문 밖으로 던지면 네 언

354

니와 내쉬 형의 메시지를 받을 수 없을걸?"

"리비 언니와 내쉬 오빠가……."

"뭔가를 찾았대. 지금 집으로 오는 중이야."

66

다음 날 새벽에 눈을 뜨니 문밖을 오렌이 지키고 있었다.

"밤새도록 여기 있었던 거예요?"

"어떻게 생각해?"

그는 나를 쳐다보며 얘기했다.

그는 토비에 대한 뉴스가 밖으로 나가면 보안 문제가 생길 것이라고 경고했다. 이 뉴스가 어떻게 밖으로 나갔는지 알 수는 없지만 어쨌든 이런 상황에 처하고 말았다.

"아저씨 말이 맞았어요."

"네가 2미터짜리 가죽끈에 매여 있다고 생각해. 넌 이 일이 사그라질 때까지 내 옆을 떠날 수 없어. 이 문제는 차츰 사그라질 거야."

나는 움찔하며 물었다.

"상황이 얼마나 나쁜데요?"

오렌은 사실 그대로 답했다.

"건물 입구에 카를로스와 하인리히를 배치했어. 벌써 자라와 콘스탄틴, 라플린 부부를 강제로 돌려보내야 했지. 저택 출입구로 들어오려는 스카이는 건드리지도 못했어. 파파라치가 다 보고 있었거든."

"파파라치가 얼마나 모였죠?"

내가 머뭇거리며 물었다.

"전보다 두 배는 늘었지."

"어떻게 그럴 수 있죠?"

나는 어젯밤 인터뷰가 방송되기도 전에 이미 톱뉴스거리가 되어버렸다.

"이 세상 사람들이 어쩌다 거액을 물려받은 상속자보다 더 사랑하는 게 단 하나 있다면, 그건 잃어버린 상속자야."

오렌은 매우 신중하게 '내가 경고했잖아'라는 말은 하지 않았지만 나는 그의 그런 생각을 눈치챘다.

"이렇게 돼서 죄송해요."

"나도 마찬가지야."

"아저씨가 왜 미안하죠?"

"내가 늘 2미터 거리에서 널 지켜주겠다는 건 내가 직접 한다는 의미야. 어떤 상황에서도 이 책무를 다른 사람한테 넘기지 말았어야 했어."

"아저씨도 사람인데요. 아저씨도 잠은 자야죠."

그는 답하지 않았다. 나는 팔짱을 끼며 물었다.

"엘리는 어디 있어요?"

"엘리는 이 구역에서 배제됐어."

"왜요?"

묻긴 했지만 이미 머리가 돌아갔다. 오렌이 내게 사과했다. 나를 다른 사람이 보호하도록 허락한 문제로 자책했다. 그 당사자가 호손 하우스의 출입을 통제당했다.

엘리는 내가 라플린 부인에게 토비에 대해 얘기할 때 내 옆에서 지키고 있었다.

"그 사람이 사진을 흘린 거군요."

나는 스스로의 질문에 대답했다. 엘리는 일주일 넘게 나를 보호했다. 많은 이야기를 엿들을 만한 자리에 있었다.

"엘리는 디지털 발자국*을 잘 감추지 못했어. 우리 쪽 다른 녀석이 디지털 흔적을 잘 알아내는 것과는 달랐지. 그래, 엘리가 그 사진을 흘렸어. 그 녀석이 피 묻은 심장과 뱀 사건에도 책임이 있을 가능성이 커."

"왜요?"

"내가 엘리에게 학교에서 너를 보호하라고 지시했거든. 그런데 녀석이 저택에서도 너를 지키고 싶어 했어. 나는 엘리를 믿고 허락했다. 잘못된 믿음이었지. 이유가 어찌 됐든, 언론에서 엄청난 대가를 받았을 거야. 녀석은 너를 더 가까이에서 지켜보려고 한 거야. 난 이유를 몰랐어. 당연히

---

* 인터넷을 사용하면서 남긴 활동 정보, 디지털 흔적이라고도 한다.

알았어야 했는데."

나는 엘리가 주위에 있을 때 불안한 적이 단 한 번도 없었다. 그는 나에게 해를 끼치지 않았다. 나를 해치는 것이 목적이었다면 한참 전에 가능했다. '이유야 어찌 됐든 언론에서 대가를 받았을 거야.' 내 머리에 오렌의 이야기가 다시 떠올랐다.

나는 맥신의 전 남자 친구를 떠올렸다. 그는 우리가 주고받은 문자를 팔아먹으려고 맥신의 휴대전화를 이용했다. 그리고 자신들의 이야기를 판 '아버지'와 스카이가 떠올랐다. 처음에 기밀유지협약에 리비 언니의 어머니가 서명하도록 알리사가 돈을 마련했던 일도 떠올랐다.

인생이 가라앉기 시작했다. 내가 만난 사람들, 가까운 사람들이 나를 '돈'으로 볼 가능성이 늘 있으리라.

"내 판단 착오로 네가 두 차례나 큰 대가를 치르게 됐어. 새로운 경호팀을 고용하고 싶다면, 알리사가……."

오렌은 딱딱하게 얘기했다.

"싫어요."

알리사가 다른 사람을 고용한다면, 그 사람은 알리사에게 충성할 것이다. 오렌이 어떤 실수를 저질렀든, 그가 나에게만 충성할 것이라는 믿음이 있다. 토비아스 호손이 부탁한 일이기에 오렌은 무슨 짓을 해서라도 나를 보호해줄 것이다.

"그래?"

오렌이 간결하게 확인했다. 잠시 후, 이어폰을 꽂고 직원과 뭔가 이야기했다. 직원 중에 믿을 수 있는 사람이 몇 명이나 될까? 적절한 대가를 받으면 날 팔아먹을 사람이 얼마나 될까?

"통과시켜."

오렌은 지시를 내린 후 내게로 고개를 돌리며 얘기했다.

"네 언니와 내쉬가 현관에 도착했어."

67

나는 토비아스 호손의 서재에서 리비 언니와 내쉬를 기다렸다. 경호원에게 그레이슨과 제임슨, 알렉산더도 들어오게 해달라고 요청했고, 호손 형제에게 와달라는 문자를 보낸 후 혼자 기다렸다. 물론 2미터 떨어진 곳에 오렌이 있었지만 초조해서 어쩔 줄 몰랐다. 리비 언니가 문자를 보내는 데 왜 이렇게 시간이 오래 걸렸지? 언니와 내쉬는 뭘 찾았을까?

"에이버리는 내 뒤로 와."

오렌이 총을 꺼내며 앞으로 나섰다. 나는 그가 눈짓으로 호손의 트로피를 진열한 선반 뒷벽을 가리키기 전까지 무슨 일이 일어난 건지 전혀 눈치채지 못했다. 뒷벽이 움직이더니 우리 쪽으로 회전했다.

나는 오렌의 뒤로 갔다. 그는 한 걸음 앞으로 나서며 뒷벽 뒤에 있는 사람에게 소리쳤다.

"신분을 밝혀. 내겐 총이 있어."

"나도 마찬가지야."

자라 호손 칼리가리스가 방 안으로 들어섰다. 그녀는 컨트리클럽의 브런치 모임이라도 가는 것처럼 보였다. 스웨터와 바지 차림에 중간색 플랫 슈즈를 신고 있었다.

자라는 총을 들고 있었다.

"내려놔."

오렌은 자신의 총을 자라에게 겨누며 명령했다.

흔들림 없이 총을 들고 있던 자라는 정말 무미건조한 얼굴로 오렌을 바라보며 이야기를 꺼냈다.

"내가 호손 사람 중에 살인을 저지를 가능성이 거의 없다는 걸, 우리 서로 알고 있을 텐데. 존, 먼저 당신 총을 내려놓으면 내 것도 기꺼이 내려놓을게."

나는 오렌에게도 성 말고 이름이 있다는 생각이 그때 처음 들었다.

"이러지 마. 당신을 쏘고 싶지 않아, 자라. 하지만 난 정말로 총을 쏠 수 있어. 그러니 총 내려놔. 우리, 말로 하자."

자라는 쓸데없는 말은 하지 않았다.

"존, 당신은 날 알잖아. '아주 잘' 알고 있잖아. 내가 정말 어린아이를 해칠 사람으로 보여?"

자라의 목소리는 변함이 없었지만 진심으로 하는 말이 분명했다.

문제의 '어린아이'는 물론 나를 말하는 게 확실했다. 내 심장이 너무 쿵쾅거려 갈비뼈에 멍이 생길 것 같은 기분이 들었지만 간신히 말은 할 수 있었다.

"'아주 잘' 알아요?"

"아버지가 돌아가신 후에는 그런 일 없었어. 정말이야. 존은 늘 우선순위가 분명했어. 아버지가 최우선이고 그다음이 너야."

나는 오렌에게 물었지만 자라가 내게 답했다.

20년 전, 토비아스 호손은 자라에게 자신의 결혼반지를 남기면서 자라의 부정을 지적했다. 지금 자라는 다른 남자와 결혼한 유부녀다. 그런데 토비아스 호손의 유언장은 내용이 똑같다.

'저 여잔 바람을 또 피웠어. 상대는 오렌이었고.'

"자라, 당신은 여기 있으면 안 돼."

오렌은 전혀 흔들리지 않고 겨냥했다.

잠시 후, 자라는 책상 위에 총을 올려놓고 이야기를 계속했다.

"당신 직원들이 출입구에서 나를 제대로 대접했더라면,

도둑처럼 몰래 들어오진 않았을 거야. 당신이 나를 밖으로 호송하지 않을 것이라는 확신이 있었다면 지금처럼 무장할 필요는 없었겠지. 하지만 이렇게 됐어. 아무도 나를 밖으로 내몰지만 않는다면, 내 총은 가만히 이 책상 위에 있을 거야. 너희들 중에 이런 대접을 받을 자격이 있는 사람은 아무도 없지만 선의의 표시로 이러는 거야."

잠시 후, 오렌도 무기를 내려놓았다. 자라는 나를 향해 고개를 돌리며 얘기했다.

"어린 아가씨, 엊저녁의 말도 안 되는 뉴스에 대해 얘기해봐. 당장."

토비 아저씨는 자라의 동생이다. 나는 자라가 어제 들은 것 때문에 이런 반응을 보인다는 생각이 들기 시작했다.

"말해, 넌 나한테 최소한 그 정도는 빚이 있잖아."

모든 것을 고려해보면 빚을 진 것이 맞다. 하지만 내가 말을 꺼내기도 전에 문간에서 목소리가 들렸다.

"차라리 우리한테 듣는 게 더 좋지 않아요, Z이모?"

우리 세 사람이 고개를 돌리자, 제임슨과 그레이슨, 알렉산더가 보였다. 지금까지 경멸과 차분함이 뒤섞인 표정을 간신히 유지하고 있던 자라는 조카들을 본 순간 가면이 흔들리고 말았다. 내가 호손 하우스에 발을 들인 이후 자라가 조카들을 사랑한다는 것을 처음으로 깨닫는 순간이었다.

"부탁이야. 애들아. 토비에 대해 얼른 얘기 좀 해줘."

자라는 조용히 얘기했다.

호손 형제들은 자기 나름의 방식으로, 번갈아 모든 이야기를 털어놓았다. 잔혹할 만큼 효율적이었다. 그레이슨이 토비가 입양됐다는 이야기를 하는 순간, 자라는 숨을 훅 들이마셨지만 아무 말도 하지 않았다. 알렉산더가 레베카의 이야기를 털어놓을 때까지 어떤 반응도 보이지 않았다.

"라플린 부부의 딸 말이야……. 내가 초등학교에 다닐 때 대학에 들어간다고 집을 떠났어. 아주 오랜 세월이 흐르고, 에밀리가 태어나서야 집에 돌아왔어."

자라는 속삭이는 목소리로 말했다.

나는 이 이야기를 처음 들었을 때 레베카의 어머니가 정말 고통스러웠을 것이라는 생각이 들었다. 자라도 나처럼 생각하는지 궁금했다. 그리고 라플린 부부와 레베카의 부모에게 왜 그런 잔인한 일을 했는지에 대해 나처럼 의문을 품고 있는지 궁금했다.

"나쁜 사람들은 죄다 애를 참 쉽게도 갖네."

자라의 말에 방 안에 갑자기 엄청난 침묵이 찾아왔다.

제일 먼저 침묵을 깨트린 사람은 자라였다.

"계속해. 나머지 이야기를 해. 우리 가족에게는 늘 나머지 이야기가 있잖아."

남은 이야기는 거의 없었다. 자라는 자기 아버지가 스카이를 위해 트루 노스에 남긴 사진에 대해 알고 있었다. 토비아스 호손은 그 사진과 함께 아무것도 없는 종이 한 장을 남겼다. 호손 부부의 결혼반지 안에 새겨진 숫자 때문에 우리가 카르타고를 알게 됐고, 리비 언니와 내쉬가 뭔가를 발견했다는 사실만 남았다.

"너희들 뭘 발견했니? 제발 말해줘."

자라는 이미 도착한 리비 언니와 내쉬에게 묻고 있었다.

나는 무의식적으로 리비 언니와 내쉬에게 한 걸음 다가갔다. '이것' 때문이었다. '이것' 때문에 모든 일이 일어났다. 나는 시속 천 킬로미터가 넘는 속도로 자유낙하하는 기분이 들었다.

"내 아버지를 찾았어요. 그리고 이것도."

내쉬는 보라색 가루가 든 작은 유리병을 들어 보였다.

"오빠의 아버지? 제이크 내쉬요?"

나는 사진 속 자라와 스카이 그리고 더벅머리 청년을 곰곰이 생각했다.

내쉬는 자라에게 고개를 끄덕이며 얘기했다.

"그분이 이모에 관해 물었어요."

자라의 얼굴에 연약함이 그대로 스쳐갔다.

"이모가 그분을 사랑했다고 생각해요."

내쉬는 차분하게 얘기했다.

"넌 이해 못 해."

"이모는 그분을 사랑했어요. 그런데 우리 어머니, 스카이가 그분을 쫓아갔죠. 그 결과 내가 생겼어요. 그런데도 이모는 나를 미워하지 않았어요."

내쉬의 목 근육이 긴장하는 게 내 눈에 띄었다.

자라는 고개를 흔들며 부정했다.

"내가 어떻게 그래? 네가 갓난아기일 때는 떨어져 지냈기에 어렵지 않았어. 그리고 난 결혼하고 나만의 삶을 시작했지. 그리고 넌 어린 소년이 됐어. 정말 멋진 사내아이로 자랐어. 그런데 네가 자라면서 스카이는 너한테 소홀했어. 스카이가 자리를 비워서 넌 정말 외로움을 많이 탔지."

"하지만 이모가 있었죠. 기억은 희미하지만 토비 삼촌이 죽기 전에 이모가 저를 돌봐줬어요."

"난 너를 위해 제이크를 찾아냈어."

자라가 차분하게 얘기했다.

내 머리가 천천히 돌아가기 시작했다. 토비아스 호손이 유언장을 처음 쓸 때는 토비가 '죽은' 직후였다. 그때 자라는 부정을 저지르고 있었다. 토비아스 호손은 그 사실을 다 알고 있었다.

"아주머니가 내쉬 오빠의 아버지를 만났어요?"

"나는 제이크에게 아들 사진을 갖다주었어. 우리 아버지를 거역하라고 그 사람을 설득하느라 애를 먹었지. 내쉬의 삶에 들어오길 바랐거든. 그런데 갑자기 아무도 모르는 곳으로 사라졌어. 카르타고라니, 아버지가 명령을 내렸다고 밖에 생각할 수 없구나."

자라는 메마른 목소리로 대답했다.

"그 사람은 그때부터 카르타고의 부동산을 관리했어요. 할아버지는 이모가 혹시라도 그분에게 전화를 걸면 이걸 주라는 엄명을 내렸거든요." 내쉬는 손안에 놓인 유리병을 보고 고개를 끄덕이며 이야기를 이었다. "리비와 내가 이걸 달라고 그분을 설득하느라 시간이 좀 걸렸어요."

나는 유리병 속의 가루를 바라봤다. 스카이의 메시지를 해독하는데 필요한 가루였다. '바로 이거야.' 20년 전, 토비아스 호손은 딸들에게 맞게 진실의 흔적을 풀 수 있는 퍼즐을 짜두었다. 이런 흔적 덕분에 이들의 관계가 깨지기 전의 사진을 찾을 수 있었다. 자라와 스카이가 사랑싸움을 벌인 당사자 제이크 내쉬를 찾을 수 있었다.

"내가 트루 노스에서 종이를 갖고 왔어. 이 가루로 뭘 해야 할지 우리 모두 알고 있을걸."

알렉산더가 이야기를 꺼냈다.

"호손들과 투명 잉크. 그리고 이 가루 말고 뭐가 더 필요할까?"

나는 고개를 흔들며 물었다.

"메이크업 브러쉬."

자라가 바로 대답했다. 그리고 호손 형제들이 한목소리로 얘기했다.

"그리고 열원이 필요해."

68

접힌 백지를 펼쳤다. 유리병 속의 가루를 백지에 뿌린 다음, 메이크업 브러시로 종이 표면에 고루 발랐다. 그러자 글자가 나타났다. 근처의 전구를 열원으로 사용하자 글자가 더욱 분명해졌다.

백지에 아주 작은 글씨가 나타났다. 토비아스 호손이 휘갈겨 쓴 글이었다. 자라가 편지를 낚아채서 들어 올리기 전에 간신히 인사말만 엿볼 수 있었다. '사랑하는 자라와 사랑하는 스카이에게.' 자라는 방 한구석으로 걸어갔다. 자라가 편지를 읽는데 뺨이 붉어지고 숨이 거칠어졌다. 어느 순간, 그렁그렁한 눈물이 뺨으로 흘러내렸다. 마침내 자라는 편지를 놓았다. 손에서 떨어진 편지가 바닥으로 살포시 내려앉았다.

호손 형제는 자라의 우는 모습을 처음 본 것처럼 얼어붙었다. 나는 천천히 자라 앞으로 가서 편지를 주웠다. 자라는 나를 말리지 않았다.

사랑하는 자라와 사랑하는 스카이에게,

너희가 이 편지를 읽고 있다면 나는 이미 죽었겠구나. 이런 식으로 너희들 곁을 떠나 얼마나 미안한지 말로 다 할 수 없구나. 너희들을 위해 이럴 수밖에 없었단다. 맞아, 너희들을 위한 거야.

딸들아, 지금 이 편지를 읽고 있다면 내가 너희들에게 남긴 흔적을 쫓느라 꽤 오래전에 생긴 서로의 의견 차이를 묻어두었겠지. 정말 그렇다면 내가 한 일 중에 최소한 한 가지는 목적을 달성한 것일 테다. 내 딸들아, 이제 너희들은 다음 문제를 풀 준비가 됐단다.

내가 재산을 남긴 자선단체를 제대로 조사했다면, 너희 동생이 호손 아일랜드에서 죽지 않았다는 것을 알았겠지. 물론 나는 그렇게 확신하고 있단다. 내가 끌어모을 수 있는 대로 모은 정보에 따르면 심각한 화상을 입은 그 아이를 바다에서 끌어낸 낚시꾼이 있었다. 나는 너희 동생의 실종 사건을 조사한 기록이 바뀔 때마다 이 편지도 계속 고쳐 썼단다.

나는 그 아이를 결코 찾을 수 없었다. 딱 한 번 가까스로 찾을 뻔한 적이 있었지만, 결국 토비 본인이 잊히기를 바란다는 결론을 내릴 수밖에 없었다. 그 섬에서 무슨 일이 있었는지 모르지만 그 아인 그 일로부터 벗어나려고 인생의 반을 보냈지. 그게 아니면 나에게서 도망치는 것이리라.

나는 너희 모두에게 잘못을 저질렀단다. 자라야, 나는 네게 너무 많은 것을 요구하고 칭찬은 너무 인색했지. 스카이, 나는 네게 너무 적은 것을 요구했지. 내가 너희 둘을 다르게 대한 것은 너희들이 여자이기 때문이었다.

나는 토비에게 가장 많은 상처를 주었단다.

다음 세대인 내 손자들에게는 같은 실수를 반복하지 않을 거야. 모두 동등하게 몰아붙일 것이고, 그 아이들은 서로를 먼저 생각하는 법을 배우게 될 거야. 너희에게 마땅히 해줘야 했던 일을 그 아이들에게 해줄 것이란다. 너희 중 누구에게도 내 재산을 물려주지 않는 것까지 포함해서 말이다. 내 유산에는 자랑스럽지 않은 일, 너희가 짊어지지 말아야 할 것들이 있단다.

내가 너희를 사랑한다는 것을 알아다오. 그리고 너희 동생을 찾아다오.

내가 죽고 나면 아마도 그 아인 도망치지 않을 거야. 내가 지난 12년 동안 그 아이의 흔적을 쫓으면서 찾아낸 위치를 너희도 찾게 될 거야. 몽고메리 국립은행의 대여금고 'No. 21666' 안에 호손 아일랜드의 화재에 대한 경찰 기록이 들어 있다. 또한 몇 년 동안 탐정들을 고용해서 알아낸 대규모 파일도 들어 있단다.

대여금고의 열쇠는 내 연장통에 들어 있다. 이중 바닥이란다.

딸들아, 용감하고, 강하고, 진실하거라.

사랑하는 너희 아버지가

나는 편지에서 눈을 뗐다. 내게로 다가오는 그레이슨과 제임슨, 알렉산더가 보였다. 내쉬와 리비 언니와 오렌은 자기 자리에 그대로 서 있었다. 자라는 내 뒤에서 주저앉고 말았다.

호손 형제들이 편지를 읽는 동안, 나는 편지 내용을 곰곰이 생각했다. 우리는 이제 토비아스 호손이 2세가 살아 있다는 것을 알았으며, 오랫동안 아들을 찾아다녔다는 것을 확실히 알았다. 또한 호손 아일랜드에 대한 경찰 기록을 노인네가 묻어버렸다고 얘기한 셰필드 그레이슨의 주장이 사실이라는 것도 알아냈다. 대여금고의 열쇠를 찾기만 하면 세부 사항을 더 알 수 있을 것이다.

나는 오렌을 향해 몸을 돌리며 얘기했다.

"토비아스 호손이 아저씨한테 연장통을 남겼잖아요."

새로 고친 유언장의 일부에 해당하는 내용이었다. 그렇다면 할아버지는 오렌이 자라와 육체관계를 맺고 있는 걸 알고 있었나? 그래서 할아버지는 오렌도 이 게임에 동참시킨 걸까? 토비아스 호손은 편지에 지난 12년 동안이라는 구절을 집어넣었다. 최근에 고치지 않았음을 암시하는 것이다. 8년. 그분은 8년 전에 이 편지를 쓴 거야.

토비아스 호손은 지난해에 유언장을 변경했을 때, 자신이 펼쳐놓은 새로운 흔적을 쫓으라며 내게 모든 것을 남겨주었다. 새로운 게임이었다. 갈기갈기 찢어져버린 가족 관계를 고칠 새로운 시도였다. 그런데 토비아스 호손은 자라와 스카이에게 여전히 같은 말, 같은 단서를 남겼다.

그가 지난 8년 동안 대여금고에 정보를 계속 더했을까?

"할아버지가 얘기한 '우리가 짊어지지 말아야 할 유산'을 어떻게 생각해?" 그레이슨이 느릿느릿 물었다

"난 그건 거의 신경이 쓰이지 않아. 하단의 리스트가 더 신경 쓰여. 그건 어떻게 생각해, 상속녀?" 제임슨도 물었다.

제임슨과 그레이슨 사이에 서 있으면 원래 꽤 어색하다. 견디기 힘든 게 당연할지도 모른다. 하지만 지금은 전혀 그렇지 않았다.

나는 천천히 그 편지에 쓰인 리스트를 다시 읽었다. 토비는 절대 한곳에 오래 머물지 않았다. 전 세계 여러 곳이 리스트에 실려 있었다. 그런데 특정 장소가 하나씩 내 눈에 훅 들어왔다. '오아후 와이알루아, 뉴질랜드 와이토모, 페루 쿠스코, 일본 도쿄, 인도네시아 발리.'

나는 숨이 콱 막혔다.

"상속녀?" 제임슨이 나를 불렀다.

"에이버리?" 그레이슨은 나를 향해 다가왔다.

오하우는 하와이섬 중의 한 곳이다. 페루 쿠스코는 마추픽추에 가장 가까운 도시다. 리스트를 다시 훑었다. 하와이, 뉴질랜드, 마추픽추, 도쿄, 발리. 나는 종이를 뚫어지게 쳐다봤다.

"하와이, 뉴질랜드, 마추픽추, 도쿄, 발리."

큰 소리로 지명을 읽는데 내 목소리가 부들부들 떨렸다.

"도피 중인 사람이 다닐 법한 길이네."

알렉산더가 말했다.

나는 고개를 흔들었다. 알렉산더는 내가 보는 것을 보지 않았다. 볼 수 없기 때문이었다.

"하와이, 뉴질랜드, 마추픽추, 도쿄, 발리, 난 이 리스트를 알고 있어."

리스트는 더 있었다. 최소한 대여섯 곳은 더 알아볼 수 있었다. 나는 상상할 수 있는 대로 대여섯 곳을 더 떠올렸다. 내 손안에 펼쳐진 장소였다.

"엄마의 엽서야."

나는 이렇게 속삭이며 뛰어갔다. 오렌이 나를 쫓아오고 다른 사람들도 뒤를 이었다.

몇 초 만에 내 방 옷장으로 달려갔다. 곧 내 손에 놓인 엽서를 들여다봤다. 엽서 뒷장에 아무 글씨도 없었다. 우편료도 없었다. 나는 엄마가 어디에서 이 엽서를 얻었는지 의심한 적이 단 한 번도 없었다.

아니, '누구'에게 얻었는지.

내가 고개를 들자 제임슨과 그레이슨, 알렉산더, 내쉬가 보였다.

"호손들과 투명 잉크야."

　토비의 건물 벽처럼 엽서에 자외선램프를 비추자 글씨가 드러났다. '글씨체가 같아.' 토비 아저씨가 쓴 글이었다. 우리가 찾던 해답이 이 엽서에 있을 가능성이 있었다. 하지만 나는 인사말만 읽어도 힘에 겨웠다. 엽서의 인사말은 모두 같았다.

　나는 엽서 첫 부분을 읽었다.

　"사랑하는 해나(Hannah), 거꾸로 읽어도 이름이 같네."

　'해나.' 나는 엄마가 가짜 신분으로 살았다는 타블로이드 신문의 비난을 떠올렸다. 나는 평생 동안 엄마 이름이 사라(Sarah)인 줄 알고 살았다.

　엽서의 글씨를 보자 눈앞이 흐려졌다. 눈물 때문이었다. 다른 사람에게 일어난 일을 보듯 생각이 이리저리 표류했다. 방금 발견한 엽서 때문에 방 안에 엄청난 활기가 넘쳐 났지만 나는 '엄마 이름이 해나'라는 생각만 하고 있었다.

　'나에겐 비밀이 있어.' 우린 이 게임을 얼마나 많이 했을까? 엄마는 나에게 몇 번이나 진실을 말하려고 했을까?

　알렉산더가 이야기를 꺼냈다.

　"엽서에 뭐라고 쓰여 있어?"

　나만 바닥에 앉아 있었다. 모두가 서서 날 기다렸다. '난 할 수 없어.' 나는 차마 알렉산더를 볼 수 없었다. 제임슨이

나 그레이슨도 볼 수 없었다.

"혼자 있고 싶어."

이야기를 꺼내는데, 소리가 목에 걸렸다. 이제야 자라가 아버지의 편지를 읽을 때 느꼈을 감정을 알 수 있었다.

"제발."

침묵이 이어졌다. 그리고 "모두 나가"라는 소리가 들렸다. 제임슨의 목소리라는 것을 알았다. 제임슨은 지금 기꺼이 퍼즐에서 발을 빼고 있었다. 뼛속 깊이 흔들린 나를 위해. 그는 무엇을 노리는 걸까?

몇 분 후, 호손 형제는 모두 사라졌다. 오렌은 2미터 떨어진 곳에 서 있고, 리비 언니만 내 옆에 앉아 있었다.

나는 리비 언니를 슬쩍 쳐다봤다. 언니가 내 손을 잡으며 물었다.

"너한테 내가 아홉 살 생일 얘기한 적 있니?"

나는 기억이 거의 나지 않아서 고개를 저었다.

"넌 그때 두 살쯤 됐어. 엄마는 사라 아줌마를 정말 싫어했어. 그런데도 아줌마한테 날 가끔 맡겼어. 엄마는 '저년이 애를 봐주는 게 전혀 고맙지 않아'라고 늘 얘기했어. 사라 아줌마와 너만 아니라면 아빠가 우리한테 돌아올 거로 생각하셨거든. 엄마는 아줌마가 자기한테 신세를 졌다고 했어. 그리고 사라 아줌마는 정말 엄마한테 신세를 진 것처럼 굴었어. 그래서 네 엄마는 나와 시간을 보낼 수 있었지, 난 너와 시간을 보낼 수 있었고."

나는 그런 일은 기억나지 않았다. 리비와 나는 어렸을 때 거의 만나지 못했다. 게다가 두 살 때 일은 기억할 수도 없었다.

"엄마는 일주일 동안 너희 집에 나를 떠넘긴 적이 있어. 그건 내 인생 최고의 날이었지. 사라 아줌마는 내 생일에 컵케이크를 구워줬어. 그리고 아줌마는 싸구려 마르디 그라 구슬*을 갖고 있었거든. 네 엄마는 알록달록한 구슬을 클립으로 고정해서 머리카락을 장식했어. 우린 그 구슬을 달고 다녔어. 우린 거의 열 개씩 차고 다녔을 거야. 그리고 너한테 '생일 축하 노래'를 가르쳤어. 엄마는 그 노래를 불러준 적도 없었는데. 네 엄마는 밤마다 나를 자기 침대로 밀어넣었지. 그리고 자기는 소파에서 잤어. 넌 침대로 기어 올라왔지. 네 엄마는 우리 둘에게 입을 맞춰주었어. 매일 밤."

이제 내 눈에 맺힌 눈물이 흘러내리고 있었다.

"그리고 집으로 돌아온 내 엄마는 정말 행복해하는 나를 보더니 다시는 너희 집에 가지 못하게 했어. 내 말은, 그러니까 넌 네 엄마가 어떤 사람인지 알고 있다는 말이야. 에이버리. 우리 둘 다 알잖아. 그분은 정말 훌륭했어."

---

* 사육제의 마지막 날 기용하는 보라색, 초록색, 황금색 구슬

언니는 간신히 미소를 지었다.

나는 두 눈을 감았다. 나는 울고 싶지 않았다. 리비 언니의 말이 맞다. 엄마는 훌륭한 분이었다. 만약 엄마가 내게 거짓말을 했거나 많은 비밀을 갖고 있었다면, 그건 어쩔 수 없어서 그런 것이다.

나는 숨을 깊게 들이마시며 엽서를 다시 봤다. 엽서에 날짜가 없었다. 그래서 순서를 알 수 없었다. 발송된 것이 아니어서 우편날짜도장도 없었다. 나는 바닥에 엽서를 쫙 펼치고 가장 왼쪽에 있는 엽서부터 읽기 시작했다. 자외선램프를 비추며 천천히 엽서를 읽어나갔다.

나는 모든 단어를 빨아들였다.

첫 번째 엽서는 상황을 모르니 이해하기 어려웠다. 하지만 끝부분이 가까워지자 내 눈을 사로잡는 대목이 있었다. 나는 속으로 읽었다. '그날 밤 당신에게 남긴 편지를 읽어주면 좋겠어. 조금이나마 날 이해해주길. 당신이 멀리, 아주 먼 곳으로 떠나서 다시 돌아보지 않으면 좋겠어. 하지만 혹시 당신에게 필요한 게 있다면, 그 편지에 내가 당신에게 시킨 걸 정확히 따라줘. 잭슨으로 가. 내가 그곳에 무얼 남겼는지 알지. 당신은 그것의 가치를 알고 있잖아.'

"잭슨."

가냘픈 목소리가 튀어나왔다. 토비 아저씨가 우리 엄마한테 잭슨에 남긴 것이 무엇일까? 미시시피주인가? 토비아

376

스 호손의 리스트에 오른 곳일까?

첫 번째 엽서를 한쪽으로 치워놓고, 다른 엽서를 계속 읽다 보니 토비가 메시지를 보낼 작정이 아니었다는 사실을 깨달았다. 토비는 엄마에게 편지를 쓰고 있었지만 이는 자신을 위한 글이기도 했다. 그는 일부러 엄마를 멀리한 것이 분명했다. 다만 두 사람이 서로 사랑한 것 역시 분명했다. 상대방이 없으면 불완전할 수밖에 없는, 평생에 단 한 번만 만날 수 있는 대단한 사랑이었다.

나는 단 한 번도 믿어본 적이 없는 그런 사랑이었다.

다음 엽서를 꺼냈다.

사랑하는 해나, 거꾸로 읽어도 이름이 같네. 해변에서 보낸 시간 기억나? 다시 걸을 수 있을지 알 수 없던 그때, 내가 걸을 때까지 당신이 욕을 퍼부었잖아? 당신은 난생처음 욕을 하는 것 같았어, 하지만 얼마나 진심으로 욕을 했는지 몰라. 나는 한 발짝 내디디며, 바로 되돌려주겠다고 맹세했지, 그때 당신 뭐라고 했는지 기억나?

"겨우 한 걸음이야. 그래서 이제 어쩔 건데?"

해가 지평선 아래로 지고 있었지. 역광을 받고 서 있는 당신을 보며, 몇 주 만에 처음으로 내 심장이 뛰는 법을 기억해낸 것 같았어.

'이제 어쩔 건데?'

나는 감정이 몹시 복받쳐서 토비의 엽서를 읽기가 힘들었다. 엄마는 평생 리처드 말고 그 어떤 사람과도 관계를 맺지 않았다. 난 엄마를 아주 좋아한 사람을 본 적이 없다. 나는 정신을 차리고 토비가 쓴 글에 함축된 의미를 찾고자 공을 들였다. 토비는 아주 심각한 부상을 입었다. 다시 걸을지 확신할 수 없을 정도로. 그런 토비에게 엄마가 욕을 했다고?

나는 할아버지가 자라와 스카이에게 남긴 편지에, 토비를 물 밖으로 꺼낸 낚시꾼을 언급한 대목을 곰곰이 생각했다. 토비는 얼마나 심각하게 다쳤을까? 그리고 엄마는 어디에서 왔을까?

엽서를 계속 읽자 머릿속이 빙빙 도는 것 같았다. 그래도 다른 엽서를 차례차례 읽어나갔다. 나는 엄마가 화재가 났을 때, 락어웨이 와치에 있었다는 것을 알아냈다.

사랑하는 해나. 거꾸로 읽어도 이름이 같네. 어젯밤 물에 빠지는 꿈을 꾸었어. 당신 이름을 부르며 잠에서 깨어났지. 당신은 요사이 너무 말이 없어. 기억나? 차마 나를 쳐다볼 수 없을 때 당신은 아무 말도 하지 않지. 당신은 날 미워했어. 느낄 수 있었어. 난 당신에게 끔찍한 존재였지. 나는 내가 누군지, 무슨 일을 했는지 전혀 몰랐어. 내 인생과 그 섬에 대해 아무

기억도 없었어. 그런데도 여전히 진저리가 났지. 금단증상은
정말 끔찍했지만 내가 더 끔찍한 사람이었어. 당신은 그 자리
에 머물렀지. 난 당신에게 그런 걸 받을 자격이 없다는 걸 이
제 알아. 그런데도 당신은 내 붕대를 갈아주었지. 당신의 사
랑을 받을 자격도 없는 나를 다정하게 어루만졌어.

이제야 알게 된 사실을 깨닫고 나니, 당신이 어떻게 그럴 수
있었는지 모르겠어. 난 물에 빠져 죽었어야 했어. 난 불에 타
서 죽었어야 했어. 내 입술이 당신의 입술에 닿지 말았어야 했
어. 하지만 해나, 남은 시간 동안, 난 그 키스를 하나하나 다
느낄 거야. 내 의식이 흐려질 때, 아니 온전히 썩게 될 그때에
도 당신의 손길을 느낄 거야. 당신은 이런 나를 사랑해줬지.

"그 사람은 기억을 잃었던 거야. 토비 아저씨 말이야. 제
임슨과 나는 그 사람이 기억상실증에 걸렸을지도 모른다고
생각했어. 토비아스 호손의 예전 유언장에 그걸 암시하는
대목이 있었거든. 이 편지를 보니 확실하네. 엄마를 만났
을 때, 부상을 입은 그 사람은 어떤 약물 때문에 금단증상
을 겪고 있었던 게 분명해. 그 사람은 자기가 누군지도 몰
랐어."

나는 언니를 올려다보며 이야기를 꺼냈다.

아니면 자기가 한 짓을 몰랐겠지. 나는 호손 아일랜드의
화재에 대해 골똘히 생각했다. 호손 아일랜드와 화재로 죽

은 세 사람을 생각했다. 엄마는 락어웨이 와치 출신일까?
아니면 다른 마을 출신일까?

엽서가 많아서 토비가 남긴 메시지도 많았다. 하나하나
씩 읽었지만 회신은 없었다.

사랑하는 해나, 거꾸로 읽어도 이름이 같네. 그 섬을 나온 후
로 정말 물이 끔찍하게 싫었어. 그래도 배를 타려고 나 자신을
계속 몰아붙였어. 그럴 필요 없다고 당신은 말하겠지. 나도 알
아. 그래도 난 배를 타야 해. 내겐 두려움이 필요해. 두려운 게
하나도 없을 때 내가 어떤 사람이었는지 정말 잘 기억하거든.
그때 내가 당신을 만났더라면, 당신의 손길이 나를 감동시켰
을까? 나를 증오하던 당신이 나를 사랑하게 됐을까?
만약 다른 시간, 다른 상황에서 만났더라면, 매일 밤 여전히
당신 꿈을 꾸고 있을까? 당신도 내 꿈을 꾸고 있을지 궁금해
할까?
이제 당신을 놔주려고 해. 모든 것이 무너져 내렸을 때, 당신
이 내게 숨기는 것이 있다는 것을 깨달았을 때, 난 당신을 놔
주겠다고 약속했어. 나 자신에게 약속했지. 그리고 당신에게
약속했어. 케일리에게도 약속했지.

'케일리'라는 이름을 읽는 순간 나는 그 자리에서 얼어붙
고 말았다. 케일리 루니. 호손 아일랜드에서 죽은 현지인이

다. 토비아스 호손이 언론에서 화재를 일으킨 장본인이라고 콕 집어낸 여자였다. 나는 토비의 말이 무슨 뜻인지 정확히 이해할 수 있는 대목을 찾으려고 남은 엽서를 샅샅이 뒤졌다. 그러다 결국 훨씬 더 꿈을 꾸는 것 같은 어조로 시작되는 엽서를 찾아냈다. 그 엽서의 끝에서 단서를 찾을 수 있었다.

이제 다시는 당신을 볼 수 없다는 걸 알아, 해나. 난 그럴 자격이 없어. 내가 지금 쓰는 글을 당신이 읽지 않으리라는 걸 알아. 당신은 이 엽서를 읽지 않을 테니까, 이제 난 당신이 오래전에 금지시킨 말을 할 수 있어.

미안해.

미안해, 해나. 오, 해나. 모두가 잠든 한밤중에 이렇게 떠나서 미안해. 내가 원하는 만큼의 일부라 하더라도, 당신이 날 사랑하게 돼서 미안해. 죽는 날까지 당신을 사랑할게. 그런 짓을 저질러서 미안해. 화재 때문에 미안해.

당신 동생 때문에 난 영원히 미안할 거야.

70

동생이라고. 동생이라는 단어가 내 머릿속에 계속 맴돌

았다. 동생. 동생이야. 동생이라고.

"토비 아저씨는 엄마, 그러니까 해나한테, 여동생 때문에 미안하다고 했어."

내 머릿속에 여러 생각이 계속 부딪히며 쌓였다. 마치 10중 추돌사고처럼 쌓이는 불협화음 때문에 귀가 먹먹했다.

"그리고 다른 엽서에 케일리라는 이름을 언급했어. 케일리 루니는 호손 화재로 죽은 여자야. 화재가 일어난 후, 엄마는 토비를 간호해서 목숨을 구했어. 토비 아저씬 그때 무슨 일이 있었는지 기억나지 않았지만, 엄마가 자기를 미워했다고 했어. 엄마는 알고 있었던 게 분명해."

"뭘 알아?"

리비 언니가 묻고 나서야 내가 혼잣말을 하는 게 아니라는 생각이 들었다.

나는 호손 아일랜드의 화재와 묻어버린 경찰 기록, 토비가 인화물질을 샀다는 셰필드 그레이슨의 말을 곰곰이 생각했다.

"엄마의 여동생이 죽은 건 토비 아저씨 잘못이었어."

노트북을 펼쳐놓긴 했지만 케일리 루니에 대한 인터넷 검색은 미뤄두고 있었다. 처음에는 예전에 본 것만 찾을 수 있었다. 다른 검색어를 더 추가했다. 자매라는 단어를 검색했지만 아무것도 나오지 않았다. 가족이라는 단어로 검색하자 루니 가족과 진행한 인터뷰 한 건이 보였다. 인터뷰라고 볼 수도 없었다. 기자들이 케일리의 어머니에게 알아낸 것은 이게 다였다. "우리 케일리는 착한 아이야. 돈 많은 그 개자식들이 우리 애를 죽였어." 사진도 한 장 있었다. 할머니 사진일까? 나는 그런 가능성을 헤아리느라 머리를 굴려야 했다. 그 순간 내 뒤로 문이 열리는 소리가 났다.

맥신이 머리를 들이밀며 서재 안으로 들어왔다.

"전 싸울 생각 없어요. 제 무기는 빈정거림뿐이거든요."

맥신은 문을 꼭 닫더니 느릿느릿 오렌을 지나치며 얘기했다. 맥신은 바로 내 옆 책상 위로 훌쩍 올라가 앉았다.

"지금 뭐 하는 거야?"

"할머니 사진을 보고 있어. 내 엄마의 엄마일 것 같아."

이렇게 얘기하니 좀 더 실감이 나는 것 같았다.

맥신은 사진을 뚫어지게 쳐다보며 얘기했다.

"그런 것 같은 게 아니라 네 엄마처럼 보여."

사진 속 여자는 도끼눈을 하고 있었다. 나는 얼굴을 찌푸리는 엄마를 본 적이 없다. 사진 속 여자는 단단히 틀어 올린 머리를 하고 있었다. 하지만 엄마는 늘 늘어뜨린 머리를 하고 있었다. 사진 속 여자는 엄마가 돌아가실 때보다 훨씬 늙어 보였다.

하지만 어쨌든, 맥신의 말이 맞았다. 두 사람은 외모가 정말 비슷했다.

"어떻게 이런 관계를 알아보는 사람이 아무도 없지? 네 엄마에 대한 소문이 정말 많았잖아. 그리고 너와 호손 사람들의 관계를 찾으려고 혈안이 된 사람들이 있었잖아. 그런데 거의 살해당한 거나 마찬가지인 여자의 가족을 찾아본 사람이 어떻게 아무도 없을까? 네 엄마의 가족이나 엄마가 자랄 때 알고 지냈던 사람들도 있었을 거 아냐? 네가 뉴스에 나왔을 때 너희 엄마를 알아본 사람이 분명히 있었을 거야. 그런데 언론에 제보한 사람이 왜 아무도 없지?"

맥신은 믿을 수 없다는 듯이 물었다.

나는 막대한 돈을 받고 나를 언론에 팔아먹은 엘리를 생각했다. 락어웨이 와치는 도대체 어떤 마을이기에 그런 사람이 없을까?

"나도 몰라. 하지만 토비아스 호손이 대여금고에 뭘 남겼는지는 알아. 경찰 기록과 본인이 고용한 사설탐정의 기록이 들어 있어. 난 그것들을 다 볼 거야. 다 봐야만 해. 지금 당장."

71

오렌은 자신의 연장통에서 열쇠를 뺐지만 내가 아닌 자라에게 주었다. 내게는 학교에 갈 준비를 하라고 했다.

"지금 제정신이에요? 난 학교에 안 갈 거예요."

"지금 상황에서는 학교가 가장 안전해. 알리사도 내 말에 동의할걸."

"알리사는 지금 인터뷰 사태를 수습하고 있어요. 내가 보기에 알리사는 내가 대중 앞에 서는 걸 가장 싫어할 것 같은데요. 내가 왜 집에 있고 싶어 하는지 모르는 사람도 없을걸요."

"컨트리 데이는 공개적인 곳이 아니야."

오렌이 얘기하더니 잠시 후 알리사에게 스피커폰으로 전화를 걸었다. 알리사는 오렌의 이야기를 반복했다. 나는 사립학교 교복을 입어야 했다. 가장 좋은 표정을 짓고 아무 일도 일어나지 않은 듯이 꾸며야 했다.

이 상황을 위기처럼 취급하면 위기로 보일 것이다.

나는 알리사에게 모든 정보를 주겠다고 약속한 후 모든 사실을 다 털어놓았다. 그래도 알리사는 마음을 바꾸지 않고 내게 당부했다.

"평소처럼 행동해."

나는 몇 주간 평범해 보이지 않았다. 채 한 시간도 되지 않아 주름치마와 하얀 드레스 셔츠와 자주색 재킷을 차려입었다. 머리카락은 세심하게 헝클어뜨리고, 눈을 제외한 다른 곳은 최소한의 화장만 했다. 나는 세련된 고급 사립학교 학생처럼 보였다. 온 세상 사람들, 아니 적어도 하이츠 컨트리 데이의 학생들이 볼 테니까.

마치 등교 첫날 같은 기분이 들었다. 나를 똑바로 바라 보는 사람은 아무도 없었다. 하지만 나를 보지 않는 듯하는 그 눈길들이 훨씬 더 의심스럽게 느껴졌다. 내가 차에서 내 린 후 바로 빠져나온 제임슨과 알렉산더가 옆에 섰다. 이번 에는 나와 호손 형제들이 함께 세상에 맞서고 있었다.

나는 조금씩 그날을 이겨내고 있었다. 하지만 점심시간 에는 질려버리고 말았다. 눈길에 질려버렸다. 모든 게 정 상인 것처럼 구는 일도 지겨웠다. 애써 행복한 표정을 짓는 것도 너무 지긋지긋했다. 숨고 싶어서 기록보관소에 있는 데 제임슨이 나를 발견하고 이야기를 꺼냈다.

"너, 오락거리가 필요해 보인다."

"안 돼." 몇 미터 떨어진 곳에 있던 오렌이 팔짱을 끼며 말했다.

제임슨이 정말 순진한 표정으로 바라보자 오렌을 말을 이었다.

"네가 말한 오락거리가 뭔지 잘 알아. 저 아이를 데리고 스카이다이빙을 할 수 없어. 패러세일링도 안 돼. 레이싱도 안 돼. 오토바이도 금물이야. 도끼 던지기도 금지야."

"도끼 던지기?"

나는 흥미진진하게 제임슨에게 물었다.

제임슨은 오렌에게 고개를 돌리며 물었다.

"그럼 지붕에 올라가는 건 어때요?"

♟

10분 후, 제임슨과 나는 아트 센터 지붕 위로 올라갔다. 그는 돌돌 말린 잔디를 펴더니 골프공을 올렸다.

"구석 자리로 가지 마."

오렌이 내게 얘기하더니 일부러 우리를 외면했다.

나는 제임슨이 엽서에 대해 묻기를 기다렸다. 나를 유혹하고, 나를 어루만지기를 기다렸다. 내게 답을 원하는 제임슨 호손이 되기를 기다렸다. 하지만 제임슨은 내게 그저 골프채만 건넬 뿐이었다.

나는 샷을 날렸다. 제임슨이 내 뒤로 와서 자기 팔로 내 팔을 감싸주기를 내심 바랐다. 그런데 지붕 위의 제임슨을 보자 미로 안에 있던 그레이슨이 떠올랐다. 나는 머릿속이 복잡했다. 나는 정말 엉망진창이었다.

내 손에서 골프채가 떨어졌다.

"우리 엄마는 케일리 루니와 자매지간이었어."

이야기를 꺼냈다. 알아낸 모든 사실을 말로 옮기기가 정말 힘들었지만 간신히 계속했다. 이야기할수록 제임슨의 생각이 분명히 보였다.

제임슨은 생각하고 생각하며 내게로 다가왔다.

"토비가 잭슨에 꽤나 가치 있는 것을 놔뒀다는데 어떻게 생각해? 그리고 잭슨 어디를 말하는 걸까? 토비 삼촌의 기억상실증은 얼마나 지속됐지? '죽어버린' 기억이 왜 다시 돌아온 걸까?"

제임슨은 내 얼굴에 대답이라도 들어 있는 것처럼 나를 뚫어지게 쳐다보며 물었다.

"죄책감이지. 토비 아저씨는 우리 엄마를 사랑한 만큼 본인을 혐오했어."

이 말을 꺼내는데 알 수 없이 목이 멨다.

처음으로 마지막 말을 소리 내 얘기했다. '토비 호손은 엄마를 사랑했어. 엄마도 그 사람을 사랑했어.' 말 그대로 한편의 서사시 같은 사랑이었다. 이 사실을 알고 나자, 내가 매번 아무 감정도 없는 사람인 것처럼 굴 때 스스로에게 거짓말을 했다는 생각이 들었다. 상황이 단순해졌다.

이제 나는 그 어떤 것이라도 바라는 것을 가질 수 있다.

"상속녀?"

제임슨의 진한 초록빛 눈 속에 의문이 들어 있었다. 그가 뭘 물어보려는 것인지, 내게 무얼 바라는 것인지 알 수 없었다.

내가 제임슨에게 바라는 것이 무엇인지도 제대로 알 수

없었다.

"똑똑! 방금 이 문에 내 두 귀를 댔거든. 뭔가를 엿들은 것 같아. 그래서 내가 제안을 하나 하려고!"

알렉산더가 지붕으로 통하는 문으로 고개를 쑥 빼고 소리쳤다.

제임슨은 실제로 동생의 목을 조를 것처럼 보였다. 나는 오렌을 슬쩍 쳐다봤다. 그는 우리 셋을 비난하는 것처럼 싹 무시하고 있었다. 그가 무슨 생각을 하는지 보이는 것 같았다. '내 알 바 아니지'라고.

"전화해! 그 여자한테."

알렉산더는 내게 뭔가를 던지며 말했다. 나는 받고 나서야 그게 휴대전화라는 것을 알았다. 화면에 번호가 찍혀 있었다.

"누구한테 전화하라고?"

제임슨은 눈을 가늘게 뜨며 물었다.

"네 할머니. 아까 말한 대로, 난 그저 이 강철 문에 아무 생각 없이 귀를 대고 있다가 우연히 이야기를 엿들은 거야. 케일리 루니의 어머니는 네 할머니야. 에이버리, 전에 우리가 찾아내지 못한 퍼즐 한 조각이지. 그리고 그건 네 할머니의 전화번호야."

알렉산더는 나에게 얘기했다.

"전화 안 걸어도 돼."

제임슨이 얘기했다. 그가 엽서를 보지 않으려고 자진해서 물러났다는 사실 만큼이나 의미 있는 제안이었다.

"아니, 난 할 거야."

생각만 해도 심장이 목구멍 속으로 뛰어드는 것 같았지만 나는 통화 버튼을 누르고 말았다. 벨이 울렸다. 계속 울렸지만 아무도 전화를 받지 않았다. 음성 메시지로 넘어가지도 않았다. 휴대전화를 끌 수 없어서 벨이 울리게 내버려두었다. 그러다 결국 누군가 전화를 받았다. '여보세요'라고 말한 후 이름을 밝히려고 했지만 상대방이 내 말을 끊어버렸다.

"네가 누군지 알아."

목소리가 걸걸해서 남자인 줄 알았다. 하지만 계속 듣다 보니 여자라는 것을 알 수 있었다.

"쓰잘머리 없는 내 딸이 우리 가족에 대해 먼저 가르쳤다면, 네까짓 게 감히 나한테 전화를 걸진 않았을 텐데."

내가 뭘 기대했는지 확신이 서지 않았다. 엄마는 늘 가족이 없다는 말만 했었다. 하지만 엄마의 엄마인 내 할머니는 계속 내 말을 끊고 있다.

"그 계집애가 도망치지만 않았더라면 내가 직접 총을 쐈을 거야. 내가 피 묻은 네 돈을 한 푼이라도 바랄 것 같아, 응? 네가 가족인 것 같아? 전화 끊어라. 내 이름을 잊어. 네가 운이 좋다면, 우리 가족, 아니 온 동네가 너를 잊게 해주마.”

전화가 끊어졌다. 나는 귀에서 휴대전화를 떼지 못했다. 몸이 얼어붙은 것 같았다.

“괜찮아?”

알렉산더가 걱정스럽게 물었다.

나는 아무 대답도 할 수 없었다. 한마디도 할 수 없었다. ‘내가 피 묻은 네 돈을 한 푼이라도 바랄 것 같아, 응? 네가 가족인 것 같아?’

나는 숨을 쉬고 있는지도 확신할 수 없었다.

‘그 계집애가 도망치지만 않았더라면……’

제임슨이 다가왔다. 그는 두 손을 내 어깨에 얹었다. 나는 그가 내 눈을 마주 보려고 할 줄 알았다. 하지만 그러지 않았다. 제임슨은 나를 지붕 구석으로 데리고 갔다. 오렌이 소리를 지를 만큼 맨 끄트머리까지 갔다. 제임슨은 내 팔을 잡았다. 자기의 손과 내 손으로 내 팔을 양옆으로 쫙 펼쳐 T자처럼 만들었다.

“눈 감아. 그리고 숨 쉬어.”

‘그 계집애가 도망치지만 않았더라면……’

나는 두 눈을 감았다. 그리고 숨을 쉬었다. 그의 숨소리가 느껴졌다. 바람이 불어왔다. 나는 모든 이야기를 털어놓았다.

72

그날 오후, 우리가 탄 방탄 SUV가 호손 하우스 입구를 지나칠 때까지 나는 부들부들 떨었다. 놀랍게도 제임슨과 알렉산더와 나를 만나러 현관까지 나온 자라가 보였다. 토비아스 호손의 장녀는 결코 완벽해 보이지 않았다. 이런 모습은 처음이었다. 두 눈은 퉁퉁 부어 있고, 이마에 찰싹 붙은 헝클어진 머리카락이 눈에 띄었다. 자라가 들고 있는 서류철이 보였다. 두께가 3센티도 되지 않는 서류를 보고 그 자리에 멈춰 설 수밖에 없었다.

"그게 대여금고에 있던 거예요?" 알렉산더가 물었다.

"개요를 들어볼래? 아니면 직접 다 읽어보는 게 좋아?" 자라가 활기차게 물었다.

"둘 다요." 제임슨이 대답했다.

우리는 먼저 전체적인 상황을 알아본 다음, 미묘한 힌트나 단서를 찾으려고 자료를 샅샅이 읽어볼 생각이었다. 자라가 놓쳤을지도 모를 대목을.

'그레이슨은 어디 있지?' 예상 밖의 질문이 내 머릿속에 떠올랐다. 그가 여기 있기를 바라는 마음이 있었다. 인터뷰 사건 이후로 그는 내게 말을 걸기는커녕 쳐다보지도 않았지만 그런 마음이 들었다.

"개요는요?"

나는 자라에게 물으며 집중하려고 애를 썼다.

자라는 찬성의 의미로 턱 끝을 살짝 내리며 대답했다.

"토비는 실종 상태였던 1~2년 동안 재활 시설을 드나들었어. 그 애가 화가 몹시 많았던 것 같았는데, 그때는 이유를 몰랐어. 아버지가 짜 맞춘 정보에 따르면 토비는 재활시설에서 남자애 두 명을 만났어. 그해 여름, 사내아이 셋이 여행을 떠났지. 걔네는 전국을 돌아다니며 파티하고 섹스한 게 분명해. 그런데 어떤 술집에서 젊은 여자를 만났어. 술집 종업원이었어. 아버지의 조사관이 찾아갔을 때, 그 여자는 아주 많은 걸 이야기했지. 토비와 자고 난 다음 날 아침에 무슨 약을 하고 어떤 얘기를 했는지 조사관에게 상세히 털어놨어."

"삼촌이 뭐라고 했대요?"

알렉산더가 물었다.

"자기가 모조리 불태우겠다고 했대."

자라의 말투는 결코 흔들리지 않았다.

나는 잠깐 자라를 빤히 쳐다봤다. 그리고 제임슨을 쳐다봤다. 제임슨은 셰필드 그레이슨이 호손 아일랜드의 화재를 일으킨 장본인이 토비라고 주장할 때 그 자리에 있었다. 나는 엽서를 읽고 난 후, 토비가 짊어진 죄책감을 알았지만 내심 그 화재가 사고일 것이라고 여겼다. 토비와 그의 친구들이 술이나 마약에 취해 걷잡을 수 없는 상황이 일어났다고 생각했다.

"그럼 토비 삼촌은 무얼 태우겠다고 했는지 정확히 말했
나요?"

제임슨이 물었다.

"아니. 하지만 토비와 친구들은 락어웨이 와치로 가기 직
전에 다량의 인화물질을 구매했어."

자라의 대답은 여전히 퉁명스러웠다.

'그 사람이 불을 질렀어. 모두를 죽인 건 그 사람이야.' 나
는 그 생각을 누르고 간신히 입을 열었다.

"그것도 경찰 기록에 들어 있나요? 모조리 불태우겠다는
토비의 말을 경찰도 알았나요?"

"아니. 토비와 얘기했다는 여자는 토비가 누군지 몰랐어.
우리의 사설 조사관이 그 여자의 행방을 알아볼 때도, 완전
히 숨어 있었어. 경찰은 그 여자를 찾지 못했지. 경찰은 동
기도 찾지 못했어. 그런데 인화물질은 밝혀냈어. 화재 조사
관이 알아낸 바로는 호손 아일랜드의 그 집은 인화물질에
푹 잠겼대. 그리고 가스가 켜졌지."

나는 손으로 입을 막았다. 손가락 사이로 공포로 헐떡이
는 소리와 가냘픈 울음소리가 빠져나오려고 했다.

"토비 삼촌은 바보가 아니야. 그게 만약 일종의 자살 약
속이 아니라면, 삼촌과 친구들은 불꽃에 휩싸이지 않으려
고 만반의 준비를 했을 거야."

제임슨의 지적은 날카로웠다.

자라는 두 눈을 꼭 감으며 얘기했다.

"그게 문제야. 그 집은 인화물질에 푹 잠겼어. 가스가 켜지기는 했지만, 성냥을 그은 사람은 없었어. 그날 밤 번개 폭풍이 몰아쳤어. 토비는 먼 거리에서 그 집을 불태울 계획을 세웠을지도 몰라. 다른 사람들이 그 아이를 도와주려고 했을지도 모르지. 하지만 실제로 불은 지른 사람은 아무도 없었어."

"번개네요. 그 집이 인화물질에 푹 잠긴 상태에서 가스에 불이 붙은 원인이라면……."

겁에 질린 알렉산더가 얘기했다.

나는 머릿속으로 이 상황을 이해할 수 있었다. 그 집이 폭발했을까? 사람들이 집 안에 있었나, 아니면 그 불이 섬 전체에 아주 빨리 퍼진 건가?

"아버지는 몇 달 동안 토비가 진짜로 죽은 줄 알았어. 그래서 경찰이 그 기록을 묻도록 설득했어. 그건 사실 방화가 아니야. 기껏해야 방화 미수지."

게다가 그 사람들은 방화 시도를 마무리 짓지도 못했다.

"그럼, 왜 경찰은 화재가 번개 때문이라고 밝히지 못한 거죠?"

내가 물었다. 나는 언론에 실린 기사를 읽었지만 날씨를 언급한 기사는 없었다. 언론은 정도를 넘은 파티를 벌인 십대들의 소행이라고 이해했다. 전도유망한 청년 세 명과 빈곤층 출신의 앞날이 그리 밝지 않은 여자아이 한 명이 사망한 사건이었다.

"그 집은 불덩이처럼 타올랐어. 경찰은 본토에서 그걸 볼 수 있었지. 그저 번개 때문에 일어난 불이라고 볼 수는 없었어. 그리고 그 자리에 있던 케일리 루니는 방화 때문에 소년원에 갔다가 막 나왔어. 화재가 자연적으로 발생했다고 집어내기보다는 그 아이 때문이라고 뒤집어씌우는 편이 더 쉬웠겠지."

자라는 차분하게 대답했다.

"그 여자가 소년원에 있었다면, 그 기록은 기밀일걸."

알렉산더가 천천히 말을 꺼냈다.

"노인네가 그 기록을 해제했겠지. 가문의 이름을 보호하기 위해서라면 뭐든 했을 거야."

제임슨은 확신에 차서 얘기했다.

나는 엄마의 엄마가 토비아스 호손의 재산을 피 묻은 돈이라고 얘기한 이유를 이해할 수 있었다. 그렇다면 그분은 죄책감 때문에 내게 돈을 남긴 것일까?

"케일리 루니한테 그렇게 미안한 기분은 들지 않아. 그 아이한테 무슨 일이 일어났건, 네 사람 모두에게 일어난 일은 비극이야. 당연해. 하지만 그 여자아이는 절대 순진한 타입이 아니야. 아버지가 고용한 조사관이 유추한 정보에 따르면 루니 가족은 락어웨이 와치에서 마약 사업만 한 게 아니야. 그 가족은 가혹한 것으로 유명했어. 케일리는 가족 사업에 이미 발을 푹 담근 게 분명해."

자라는 차갑게 얘기했다.

'쓰잘머리 없는 내 딸이 우리 가족에 대해 먼저 가르쳤다면, 네까짓 게 감히 나한테 전화를 걸진 않았을 텐데.' 그날 오후 할머니와 나눈 대화가 갑자기 떠올랐다.

'그 계집애가 도망치지만 않았더라면 내가 직접 총을 쐈을 텐데.'

만약 자라가 엄마의 가족에 대해 말한 게 사실이라면 이 말은 비유가 아닌 게 분명했다.

"토비 삼촌을 물 밖으로 끌어낸 어부는 어떤가요? 파일에 그 이야기도 상세히 들어 있나요?"

나는 엄마의 출신에 대해 너무 오랫동안 골똘히 생각하지 않으려고 자라에게 물었다. 나는 화재 사건의 진실에만 집중하고 싶었다.

"그날 밤 폭풍이 심하게 불었어. 처음에 아버지는 거길 지나다니는 배가 없을 줄 알았어. 그런데 조사관이 폭풍이 불던 그날, 물에 뜬 배 한 척을 봤다는 사람을 만났어. 배 주인은 아주 폐쇄적인 성격이었고, 락어웨이 와치의 버려진 등대 근처 헛간에 살고 있었대. 동네 사람들은 그 사람을 피해 다녔어. 마을 사람들과 대화를 나눈 조사관이 내린

결론에 따르면, 그 선주는 머리가 정상이 아니었던 것 같
아. 그러니까 사나운 폭풍이 몰아치는 밤에 배를 끌고 나갔
겠지."

"그 사람이 토비 아저씨를 찾았군요. 토비 아저씨를 물
밖으로 끌어내서 집으로 데려갔죠. 그래서 그 사실을 아무
도 모르는 거죠."

나는 생각을 바로 입 밖으로 꺼냈다.

"아버지는 토비가 부상 때문이든 정신적 충격 때문이든
분명하진 않지만, 기억상실증에 걸렸다고 생각했어. 잭슨
커리라는 이 남자가 토비를 간호해서 건강을 되찾게 해준
것 같아."

'이 남자만 그런 게 아니야. 엄마도 거기 있었어. 엄마는
토비 아저씨를 간호해주었어.'

나는 엄마에 대해 곰곰이 생각하느라, 또 자라가 한 이야
기 중에 놓친 부분이 없는지 생각하느라 머리가 복잡했다.

"상속녀, 어부 이름이 잭슨이야."

제임슨이 속삭이듯 얘기했다.

나는 잠시 얼어붙고 말았다. '당신이 멀리, 아주 먼 곳으
로 떠나서 다시 돌아보지 않으면 좋겠어. 하지만 혹시 당신
에게 필요한 게 있다면, 그 편지에 내가 당신에게 시킨 걸
정확히 따라줘. 잭슨으로 가. 내가 그곳에 무얼 남겼는지
알지. 당신은 그것의 가치를 알고 있잖아.' 토비는 이런 글

을 남겼다.

미시시피주의 잭슨이 아니었다.

토비를 물 밖으로 끌어낸 어부, 잭슨 커리였다.

자라가 이야기를 꺼냈다.

"난 이해가 안 돼. 토비가 기억을 되찾았다면, 왜 그렇게 도망을 치려고 열을 올렸을까? 우리 경호팀이 어떤 위협에도 자기를 보호할 수 있다는 것을 분명 알았을 텐데. 루니 가족이 락어웨이 와치를 지배했는지는 모르지만 그곳은 규모가 작은 마을인데다 그 사람들은 세력도 작은 편이었어. 법적 상황은 이미 다 해결이 됐고. 토비는 집으로 돌아올 마음이 전혀 없었어."

'토비가 집으로 돌아오지 않은 건 그럴 자격이 없다고 생각했기 때문이었어.' 나는 토비가 우리 엄마에게 보낸 엽서를 읽으며 그를 이해하게 됐다. 내가 만약 그런 일을 저질렀다면, 그런 마음이 들지 않았을까?

그 순간 벨 소리가 들렸다. 생각에 빠져 있던 나는 깜짝 놀라고 말았다. 내 휴대전화 벨 소리였다. 고개를 숙이자 화면에 그레이슨의 번호가 떠 있었다.

그가 내게 키스했던 순간이 막 스쳐갔다. 내가 키스를 돌려준 순간도 떠올랐다. 그때 이후로 우린 서로를 잘 쳐다보지 않았다. 말도 거의 하지 않았다. 그런데 왜 지금 전화를 걸었을까? 어디에 있는 걸까? 나는 전화를 받았다.

"여보세요?"

"에이버리."

그레이슨은 잠시 머뭇거리며 내 이름을 불렀다.

"지금 어디 있어요?"

그레이슨은 잠시 아무 말도 없었다. 곧 영상 통화로 바꾸라는 요청이 들어왔다. 요청을 받아들이자 그의 얼굴이 보였다. 은회색 눈과 날카로운 광대뼈와 더 날카로운 턱선이 드러났다. 햇빛 아래라서 그의 옅은 금발이 백금색으로 보였다.

"맥신이 엽서 내용과 네 엄마에 대해 말해주었어. 내가 이 게임에 개입하겠다고 얘기한 거 기억나? 너를 도와주겠다고 했던 말 기억나? 내가 찾은 것들이야."

그는 말하고 나서 휴대전화를 돌렸다. 그러자 폐허가 드러났다. 새카맣게 탄 땅과 나무가 보였다.

"호손 아일랜드에 우리를 빼놓고 혼자 간 거야?"

알렉산더는 몹시 분한 듯 물었다.

'나를 위해 이런 거야.' 몇 시간을 기다린 후 나와 같이 간다는 선택지를 고르지 않은 그를 어떻게 생각해야 할까. 인상적인 기분은 들지 않았다. 그냥 그가 도망치고 있다는 기분이 들었다.

그는 약속을 지키려고 나에게서 최대한 멀리 떨어지고 있었다.

"호손 아일랜드와 락어웨이 와치 사람들은 친절하진 않아. 하지만 우리가 놓친 퍼즐 조각을 찾게 될 것 같아. 그게 무엇이든."

그레이슨은 알렉산더의 비난을 사실로 확인시켜줬다.

그는 자신이 정답을 찾을 것이라고 낙관하고 있었다. 나를 끼워주려고 생각한 적이 있기는 할까?

"락어웨이 와치." 알렉산더가 천천히 말했다.

마을 이름이 머릿속에 울렸다. 락어웨이 와치, 엄마의 가족. 그레이슨의 행동과 그 때문에 내가 어떤 감정을 느끼든 갑자기 훨씬 더 큰 걱정이 들었다.

"그레이슨, 이해 못 할 거예요. 내 엄마가 이름을 바꾸고 살던 곳을 떠난 건 가족이 위험한 사람들이어서 그런 거예요. 엄마의 가족이 토비 아저씨에 대해 얼마나 아는지 나도 몰라요. 토비 아저씨 때문에 그 사람들이 우리 엄마를 미워하는지는 모르겠어요. 하지만 자기 딸이 호손 사람들 때문에 죽었다고 생각해요. 어서 거기를 나와야 해요."

내 귀로 들어도 엄청나게 긴박한 목소리가 튀어나왔다.

내 옆에 있던 오렌이 욕을 했다. 화면에 나를 바라보는 그레이슨의 은회색 눈이 보였다.

"에이버리, 왜 내가 위험을 싫어한다고 믿는 거야?"

그레이슨 호손은 자신을 천하무적이라고 믿을 만큼 오만하고, 끝까지 약속을 지킬 만큼 고결한 사람이었다.

"어서 거길 나오라고요."

내가 말하는 중에 제임슨이 내 어깨 너머로 고개를 내밀더니 형에게 소리쳤다.

"잭슨 커리라는 남자를 찾아봐! 그 사람은 버려진 등대 근처에서 은둔 생활을 하고 있어. 그 사람하고 얘기해봐. 그 사람이 알고 있는 게 뭔지 알아봐야 해."

그레이슨이 미소를 지으며 대답했다. 그의 키스만큼 나를 녹이는 미소였다.

"알았어."

73

그레이슨이 다시 연락하기 한 시간 전 오렌은 서해안에서 예전에 도움을 주었던 사람들에게 호의를 부탁하는 전화를 하느라 바쁜 시간을 보냈다. 나만 락어웨이 와치 인근에 머무르는 그레이슨의 안전을 걱정하는 건 아니었다.

내 휴대전화가 다시 울렸다. 그레이슨은 자기에게 갑자기 몰려든 보안 전문 요원 때문에 살짝 언짢아 보였다.

"잭슨 커리는 찾았어?"

제임슨이 내 옆에 바짝 붙더니 형에게 물었다.

"그 사람 어휘력이 정말 다채롭더라. 그리고 그 사람의 헛간 근처에 부비트랩이 설치돼 있어."

"아버지하고 조사관도 그런 문제를 겪었어. 그 남자한테 한마디도 못 들었대. 그레이슨, 어서 집으로 와. 헛고생이야. 우리가 뒤쫓을 수 있는 실마리가 더 있어."

뒤에 있던 자라가 이야기를 꺼냈다.

다른 상황이었다면 어떤 실마리를 말하는지 물었을 것이다. 하지만 지금 나는 필요한 게 있으면 잭슨에게 가보라고 한 토비의 말만 생각날 뿐이었다. 엄마가 나타났다면 그 남자는 문을 열었을 것이다.

"내가 그 사람과 말할 수 있게 더 가까이 가줄래요?"

"나를 막는 사람이 없다면."

그레이슨은 어깨 너머를 흘낏 쳐다봤다. 그의 뒤에 보안 요원들이 있을 것이다. 그레이슨은 다시 고개를 돌려 카메라 너머로 나를 똑바로 바라보며 대답했다.

"내가 해볼게."

♟

잭슨 커리의 헛간은 정말 헛간이었다. 그 사람이 직접 지었다고 장담할 수 있었다. 헛간에는 창문이 하나도 없었다.

그레이슨은 철제문으로 보이는 것을 두드렸다. 다시 보니 헛간은 잘못된 단어라는 생각이 들었다. 잭슨 커리가 지은 것은 벙커에 가까웠다.

그레이슨이 다시 문을 두드렸지만 위에서 커다란 돌멩이 하나만 떨어졌다.

"정말 마음에 안 들어."

오렌이 차갑게 얘기했다.

나도 마음에 들지 않았다. 하지만 이제 실마리가 손에 잡힐 것 같았다. 토비는 물론이고 해답에 무척 가까워졌다. '나에겐 비밀이 있어……'

이전에 몰랐던 것을 거의 알게 됐다. 어쩌면 모든 것을 다 알게 됐는지도 모른다. 하지만 이건 기회라는 느낌을 떨칠 수가 없었다. 예전에 몰랐던, 엄마에 대해 더 확실히 알 수 있는 마지막 기회였다.

엄마와 토비의 비밀을 이해할 기회였다.

"그 사람이 나랑 얘기할 생각이 있는지 알고 싶어요. 그 사람에게 전해주세요……. 해나의 딸이 전화를 걸었다고 전해주세요. 해나 루니요."

처음으로 엄마의 본명을 말했다. 엄마가 내게 알려준 적이 없는 이름이었다.

휴대전화의 화면이 잠시 흐릿해졌다. 그레이슨이 휴대전화를 내린 게 분명했다. 그가 뒷마당으로 가서 뭐라고 소리치고 있었다.

'나하고 얘기해요.' 나는 머릿속으로 잭슨 커리에게 말을 걸었다. '아저씨가 알고 있는 모든 것을 내게 얘기해요. 토비에 대해. 엄마에 대해. 토비가 아저씨에게 남겨둔 것에 대해 다 얘기해주세요.'

그레이슨의 얼굴이 다시 또렷이 보였다.

"얘기했는데 대답이 없어. 내가 보기에 우린……."

그레이슨의 다음 이야기는 들리지 않았다. 잠시 후, 멀리서 금속음이 들렸다. 자물쇠가 풀리는 소리라는 것을 알 수 있었다.

그레이슨은 철제문이 삐걱대며 열리는 것을 내게 보여주려고 휴대전화 카메라를 돌렸다. 처음에는 잭슨 커리의 엄청난 수염만 보이더니 이윽고 가늘게 뜬 그의 눈이 보였다.

"걔 어디 있어?"

그가 툴툴대며 물었다.

"여기요. 저 여기 있어요! 제가 해나의 딸이에요!"

난 거의 고함을 질렀다.

"아니야. 난 전화를 믿지 않아."

그는 바로 문을 쾅 닫아버렸다.

"그게 무슨 말이야, 저 사람이 전화를 못 믿는다고? 뭘 못 믿는다는 거야?"

제임슨이 의아해했지만 내 생각은 다른 데 있었다.

잭슨 커리가 나와는 대화할 생각이 있다는 것을 알았다. 그는 그레이슨과 대화할 생각이 없다. 토비아스 호손의 조

사관들과는 아무 이야기도 하지 않았다. 편집증이 있는 은
둔자가 분명했다. 그런 사람은 정말 전화를 믿지 않는다.

하지만 나와 직접 얘기할 의향이 있었다.

"내가 다시 전화할게요."

나는 그레이슨에게 말한 후 알리사에게 전화를 걸었다.

"한 달에 3일 밤은 호손 하우스 밖에서 보낼 수 있잖아
요. 지금까지 전 밖에서 딱 하룻밤만 보냈어요."

74

알리사는 호손 아일랜드를 방문하려는 내 생각을 좋아하
지 않았다. 오렌은 더 싫어했다. 하지만 이제는 그 누구도
나를 막을 수 없었다.

"좋아. 너에게 경호팀을 배정할게. 딱 너만이야."

오렌은 눈을 가늘게 뜨며 얘기했다.

"난 반대예요."

내 옆에 있던 알렉산더가 발을 구르며 이의를 제기했다.

"안 돼. 우린 지금 고위험 상황으로 날아 들어갈 거야. 현
장에 최소 여덟 명의 경호팀이 필요해. 단 한 곳도 주의가
분산되면 안 돼. 에이버리만 똘똘 싸서 데려갈 거야. 에이
버리만이야. 아니면 너희 셋을 의자에 묶어서 이 일을 끝내

버릴 거야."

'우리 셋.' 나는 제임슨의 눈을 바라보았다. 그가 오렌에게 항의하기를 바랐다. 제임슨 윈체스터 호손은 지금까지 살면서 게임을 그만둔 적이 단 한 번도 없었다. 그만둘 수 없는 사람이었다. 그런데 왜 지금은 오렌과 협상을 시도하지 않는 걸까?

제임슨은 내가 자신을 바라보는 것을 느끼고 물었다.

"왜?"

"넌 이런 처사에 대해 아무 불평도 안 하는 거야?"

"내가 뭐 하러 그래, 상속녀?"

'넌 이기려고 게임을 하잖아. 그레이슨이 이미 그곳에 있잖아. 이건 우리의 게임이잖아. 다른 누구의 게임이기 전에 너와 나의 게임이잖아.' 나는 이런 말을 하지 않으려고 애를 썼다. '왜냐하면 네 형이 내게 키스했으니까. 너와 내가 키스할 때, 내가 느낀 것처럼 너도 느꼈잖아.'

나는 이런 생각을 단 한 마디도 내뱉지 않고 오렌에게 이렇게만 얘기했다.

"좋아. 혼자 갈게요."

♟

텍사스주에서 오리건 해안까지 가는 데는 채 네 시간이

걸리지 않았다. 이동 시간과 양쪽 공항을 드나드는 시간까지 합하면 다섯 시간 정도 걸렸다. 해 질 무렵 나는 초라한 잭슨 커리의 집 앞에 서 있었다.

"준비됐어?"

그레이슨이 내 옆에서 낮은 목소리로 물었다.

나는 고개만 끄덕였다.

"경호원들은 뒤에 남아 있어야 해요. 경호원들이 방어선을 구축하는 건 가능해요. 하지만 에이버리가 경호원들과 함께 나타나면 커리는 절대로 문을 열어주지 않을 거예요."

그레이슨이 오렌에게 얘기했다.

오렌은 경호원들에게 고개를 끄덕이더니 손으로 어떤 신호를 보냈다. 그러자 경호원들이 사방으로 퍼졌다. 이 일이 계획대로만 진행된다면 엄마의 가족들은 내가 여기 있다는 것을 절대 알 수 없을 것이다. 하지만 그 사람들이 사실을 알아낸다 하더라도 보잘것없는 범죄 집단인 그들이 호손의 권력을 어쩌지 못할 것이다.

'이제는 내 권력이야.' 나는 이 사실을 정말로 믿으려고 노력하며 잭슨 커리의 헛간 문을 똑똑 두드렸다. 처음에는 주저하며 문을 두드리다가 곧 주먹으로 쾅쾅 내리쳤다.

"제가 왔어요! 이번에는 진짜로 왔어요."

하지만 전혀 반응이 없었다. 이렇게 먼 길을 왔는데 그 사람이 문을 열어주지 않으면 어떻게 해야 할지 알 수 없었다. 나는 계속 소리쳤다.

"제 이름은 에이버리예요. 해나의 딸이에요. 토비 아저씨
가 엄마에게 엽서를 썼어요. 토비 아저씨는 엄마한테 필요
한 게 있으면 여기로 오라고 했어요. 저는 화재가 일어났을
때 토비 아저씨 목숨을 살려준 분이 아저씨라는 걸 알고 있
어요. 엄마가 아저씨를 도와주었다는 것도 알고 있어요. 두
사람이 서로 사랑했다는 것도 알아요. 그렇지만 엄마의 가
족이 그 사실을 알아냈는지 아니, 정확히 무슨 일이 있었는
지는 몰라요."

드디어 문이 열렸다.

"그 가족은 늘 알아내."

잭슨 커리가 툴툴댔다. 전화기 너머로 봤을 때는 이 남
자가 얼마나 큰지 몰랐다. 키가 거의 2미터 가까이 되는 것
같았다. 오렌의 직원이 되면 딱 좋을 것 같았다.

"그래서 우리 엄마가 이름을 바꿨나요? 그래서 엄마가
도망을 쳤나요?"

어부 잭슨 커리는 한동안 나를 뚫어지게 쳐다봤다. 그 표
정은 바위처럼 단단했다.

"해나를 그리 많이 닮지는 않았네."

툴툴대는 남자가 내 바로 앞에서 문을 닫을지도 모른다
는 무서운 생각이 들었다.

"눈만 닮았네."

그 말과 함께 그는 문을 활짝 열었다. 오렌과 그레이슨과 나는 그를 따라 안으로 들어갔다.

"여자애만!"

잭슨 커리는 고개도 돌리지 않고 으르렁대듯 소리쳤다.

"제발! 제발 부탁이에요, 오렌."

나는 오렌이 그와 대립하기 전에 부탁했다.

"난 문간에 머물 거예요. 이 아인 늘 내 시야에 있어야 해요. 당신은 이 애한테서 1미터 떨어져 있어야 합니다."

오렌의 목소리는 강철처럼 단단했다.

나는 잭슨 커리가 오렌의 말을 거부할 줄 알았다. 하지만 그는 고개를 끄덕이며 얘기했다.

"이 사람 마음에 드네. 저 사내아이도 밖에 있어야 해."

사내아이는 그레이슨이다. 그레이슨은 내 곁에서 물러나는 걸 좋아하지 않았지만 그렇게 했다. 나는 그가 나가는 것을 바라보려고 잠시 고개를 돌렸다.

"원래 저래?"

커리는 마치 그 순간 내가 보여줄 마음이 없는 것을 보기라도 한 것처럼 물었다.

나는 다시 고개를 돌려 그에게 얘기했다.

"부탁해요, 그냥 엄마에 대해 말 좀 해주세요."

"말할 게 별로 없어. 걔는 이따금 나를 확인하러 오곤 했어. 작은 상처만 생겨도 병원에 가라고 늘 잔소리를 퍼부었어. 간호사가 되려고 학교에 다녔거든. 상처를 꽤 잘 꿰맸지."

'엄마가 간호학교를 다녔다고?' 이제 엄마에 대한 새로운 사실을 알아도 별로 놀라지 않게 되었다.

"아저씨가 토비 아저씨를 물 밖으로 끌어내 보살필 때 엄마가 도와준 거예요?"

그가 고개를 끄덕이며 얘기했다.

"그랬지. 좋아서 했다고는 말할 수 없지. 하지만 네 엄마는 늘 무슨 선서 이야기를 했어."

히포크라테스 선서. 나는 선서의 요지를 기억해냈다.

"먼저 해를 끼치지 말라.*"

"루니 사람 입에서 그런 말이 나오다니 참 터무니없는 얘기지. 하지만 해나는 원래 제일 터무니없는 루니였어."

커리는 툴툴대며 얘기했다.

"엄마는 토비 아저씨가 어떤 사람인지 알면서도 토비 아저씨를 도와준 거예요. 엄마의 동생이 죽은 걸로 토비 아저씨를 원망하면서도 그랬죠."

"네가 이 이야기를 할래, 아니면 내가 할까?"

나는 입을 다물었다. 1~2초쯤 흐르자 내 침묵이 효과를 보였다.

"해나는 여동생을 무척 좋아했어. 케일리가 다른 가족과

---

* 정확히는 〈전염병에 관하여(Of the Epidemics)〉라는 다른 글에서 나온 것이다. 히포크라테스 선서에도 비슷한 내용이 있다.

다르다고 늘 얘기했지. 해나는 케일리를 빼내려고 했어."

엄마는 이 모든 일이 다 끝났을 때, 지금의 나보다 기껏해야 두세 살 많았을 것이다. 케일리는 엄마의 여동생이었다. 울고 싶었다. 나는 이 지경이 되자 무엇을 물어봐야 할지 확신이 서지 않았다. 하지만 계속 질문했다.

"사고 후에 토비 아저씨가 이곳에 얼마나 머물렀나요?"

"석 달쯤 돼. 그때쯤 토비는 거의 다 나았어."

"그리고 두 사람이 사랑에 빠졌죠."

오랫동안 침묵이 흘렀다.

"해나는 원래 제일 터무니없는 루니였어."

다른 상황이라면 이해하기 정말 힘들었을지도 모를 이야기였다. 하지만 토비가 기억상실증을 앓았다면 호손 아일랜드에서 무슨 일이 있었는지 몰랐을 것이다. 케일리에 대해 알지 못했을 것이다. 케일리가 엄마와 어떤 관계인지도 몰랐을 것이다.

그리고 엄마는 마음이 참 넓은 사람이었다. 엄마는 처음에는 토비를 무척 싫어했을지도 모른다. 하지만 토비는 호손 사람이다. 나는 호손 사내가 어떤 사람들인지 무척 잘 알고 있다.

"3개월 후에 무슨 일이 있었죠?"

"토비의 기억이 돌아왔어. 그날 밤 둘이 무척 크게 싸웠어. 토비는 자살하려고 했거든. 하지만 해나가 그렇게 내버려두지 않았지. 토비는 자수하려고 했지만 해나가 그것도 막았어."

잭슨은 고개를 흔들며 말했다.

"왜 막았죠?"

엄마가 아무리 그 사람과 사랑에 빠졌더라도, 토비는 세 사람의 죽음에 책임이 있다. 토비는 그날 밤 불을 지를 작정이었다. 물론 성냥불을 붙이지는 않았지만.

"케일리 루니를 죽인 사람이 이곳 감옥에서 얼마나 견딜 수 있을 것 같아? 해나는 도망치고 싶어 했어. 단둘이서. 그런데 토비가 싫다고 했어. 그 녀석은 해나한테 그런 짓을 할 수 없었던 거야."

"엄마한테 무슨 짓을 하려고 했다고요?"

엄마는 결국 도망쳤다. 이름을 바꾸고, 3년 후에 나를 낳았다.

"두 사람 속을 내가 어떻게 알아. 여기 있어."

잭슨이 중얼거리며 내 발밑에 뭔가를 던졌다. 옆에 있던 오렌이 씰룩였지만 내가 바닥에 떨어진 물건을 주우려고 앞으로 나가도 반대하지 않았다. 물건을 감고 있던 천을 펼치자 두 가지가 드러났다. 편지 한 통과 동전만 한 크기의 금속 원반이었다.

나는 편지를 읽었다. 잠시 후, 작은 금속 원반이 토비가 엽서에서 언급한 물건이라는 것을 알 수 있었다.

사랑하는 해나, 거꾸로 읽어도 이름이 같네. 제발 날 미워하지 마. 혹시라도 미워하려거든 합당한 이유로 미워해. 내가 화를 내고 이기적이고 어리석은 사람이라서 미워해. 내가 약에 취해서 부두를 불태우는 것만으로는 부족하다고 판단했기 때문에 미워해. 아버지의 아픈 데를 건드리려면 그 집을 불태워야만 했어. 내가 다른 사람들과 게임을 벌인 것으로 미워해. 난 그들과의 게임을 정말 게임처럼 여겼지. 혼자 살아남은 것 때문에 나를 미워해.

하지만 내가 떠난다고 미워하진 마.

당신은 내가 성냥불을 붙이지 않았을 거라고 계속 얘기했지. 그렇게 믿어도 돼. 어떤 날에는 나도 그렇게 믿을지 몰라. 하지만 나 때문에 세 사람이 죽었어. 난 여기 머물 수 없어. 당신과 함께할 수 없어. 그럴 자격이 없어. 난 집으로 가지 않을 거야. 아버지가 이 일을 없던 일처럼 만들게 내버려둘 수 없어.

이제 곧, 아버지가 알아낼 거야. 늘 그랬어. 나를 찾아올 거야. 해나, 아버지는 상황을 바꾸려고 애를 쓸 거야. 아버지가 날 찾으면, 그 좋은 말솜씨로 내 귀에 속삭이면 난 아버지를 믿게 될지도 몰라. 아버지가 내 죄를 씻어버리게 내버려두고 싶은 마음이 들지 몰라. 오직 억만장자들만 그럴 수 있지. 그럼 당신과 난 영원히 행복하게 살 수 있겠지. 하지만 당신은 더 나은 사람이야. 당신 동생도 더 나은 대접을 받아야 해. 난 사라지는 게 맞아.

난 자살하지 않을 거야. 당신이 그 약속을 받아냈지, 약속은 꼭 지킬게. 자수도 하지 않을 거야. 하지만 우린 함께할 수 없어. 당신에게 그런 짓을 할 순 없어. 난 당신을 알아. 나를 사랑하면 상처를 받을 수밖에 없어. 난 또다시 당신에게 상처를 줄 수 없어.

해나, 락어웨이 와치를 떠나. 케일리가 없는 이곳에 당신이 머물 이유가 없지. 이름을 바꾸고 새 출발 해. 당신은 동화를 무척 좋아하지. 나도 알아, 하지만 난 당신을 동화 속 주인공처럼 만들어줄 수 없어. 우린 이 작은 성에서 영원히 머물 수 없어. 당신은 새로운 성을 찾아야 해. 모두 잊고 새 출발을 해. 당신은 살아야 해, 나를 위해.

뭐든 필요한 게 있으면 잭슨을 찾아. 당신은 그 원반이 어떤 가치가 있는지 알고 있잖아. 이유도 알지. 당신은 모든 것을 알고 있어. 당신은 진정한 내 모습을 아는 유일한 사람일 거야.

가능하다면, 나를 미워해줘. 난 미움받을 이유가 너무나 많은 사람이야. 하지만 당신이 자는 동안 떠난다고 미워하진 말아줘. 당신이 나를 보내줄 리 없잖아. 난 작별 인사를 견딜 수 없어.

해리

편지에서 눈을 떼는데 귀가 윙윙 울렸다.

"해리라는 이름으로 서명했네요."

잭슨은 고개를 옆으로 기울이며 얘기했다.

"그 녀석 이름을 알기 전에 내가 해리라고 불렀거든. 그래서 해나도 해리라고 불렀어."

뭔가 내 안으로 치밀어 들어왔다. 나는 두 눈을 감고 잠시 고개를 떨어뜨렸다. 토비가 이 헛간을 떠난 뒤부터 엄마가 죽을 때까지의 20년 동안 어떤 일이 있었는지 전혀 모른다. 토비가 만약 내 아빠라면 어느 순간에는 엄마를 다시 찾아와야 했다. 한 번만이라도 다시 함께해야 했다.

"그 사람은 엄마가 돌아가신 후 나를 찾아왔어요. 자기 이름이 해리라고 했어요."

"엄마가 죽었다고? 꼬마 해나가?"

잭슨 커리는 나를 빤히 쳐다보며 물었다.

"병으로 돌아가셨어요."

나는 고개를 끄덕이며 대답했다. 그 상황에서 정확하게 얘기하는 게 중요할 것 같았다. 잭슨은 갑자기 몸을 돌리더니 잠시 후, 서랍장을 뒤적였다. 이번에는 손끝이 맞닿을 만큼 가깝게 다가오더니 내게 다른 물건을 내밀었다.

"이건 원래 해리에게 주려고 했어. 돌아온다면 말이야. 해나가 해마다 보냈어. 그런데 해나가 죽었으니 너한테 주는 게 맞겠지."

그가 내민 물건을 내려다봤다. 나는 곧 엽서 더미를 떠안게 됐다.

75

나는 엄마가 토비에게 보낸 엽서를 읽었다. 엄마에게 보낸 토비의 연애편지를 읽는 것과는 또 달랐다. 그를 향한 엄마의 모든 것을 읽는 것 같았다. 엄마의 참모습이 보였다. 한 단어 한 단어 읽을 때마다 엄마의 목소리가 들리는 느낌이었다.

'엄마는 그 사람을 사랑했어.' 내 가슴 속 근육이 조였다. '엄마는 그 사람을 사랑하면서 상처받았지만 그래도 사랑을 멈추지 않았어.' 나는 숨을 들이마셨다가 내쉬었다. '그 사람이 엄마를 떠났지만 그래도 엄마는 그를 사랑했어.' 제트기가 대기 중인 활주로까지 차를 타고 가는 동안 이런 생각들이 내 머릿속을 계속 맴돌았다. 엄마와 토비의 사랑은 비극이며 엉망진창이었다. 마음을 온통 다 빼앗긴 사랑이었다. 엽서를 읽고 분명해진 게 하나 있다면, 엄마는 또다시 그런 사랑을 할 사람이라는 사실이었다.

"괜찮아?"

옆자리에 있던 그레이슨이 물었다. 방탄 SUV에 우리 둘만 있는 것 같았다. 마치 우리를 에워싼 오렌의 경호팀이 없는 것 같았다. 방탄 SUV가 앞에 한 대, 뒤에 한 대 이렇게 두 대 더 있었다. 우리가 탄 자동차에 오렌을 포함해서 네 명이 무장하고 있었다.

"아니요. 괜찮지 않아요."

난 엄마한테는 나만 있으면 충분한 줄 알고 자랐다. 엄마는 데이트한 적이 없었다. 리처드한테 그런 걸 바란 적도 없었다. 그래도 엄마의 삶은 사랑으로 충만했다. 엄마는 사랑에 몰두했다. 하지만 로맨스? 엄마에게 필요한 게 아니었고, 원하는 것도 아니었다. 마음을 열게 하는 것도 아니었다. 나는 이제야 그 이유를 알았다.

엄마는 토비를 사랑하지 않은 적이 없었다.

'눈을 감아봐.'

맥신의 목소리가 들리는 것 같았다.

'넓은 바다가 내려다보이는 절벽 위에 서 있다고 상상해봐. 바람이 불어 네 머리카락이 날리고 있어. 이제 막 해가 지려고 해. 너의 몸과 마음이 단 하나를 원하고 있어. 단 한 사람이야. 네 뒤에서 발걸음 소리가 들려. 넌 고개를 돌리지. 거기 누가 있어?'

'한 명도 없어.'

이건 그때 내 대답이었다.

사랑이 충만한 엄마의 엽서를 몇 장 읽은 후에도 그럴

까? 내 옆에 있는 그레이슨의 존재를 무시하기가 점점 더 힘들었다. 제임슨을 생각하지 않는 것도 더 힘들어졌다. 울 이유가 전혀 없는데 두 눈이 따끔거렸다.

나는 눈에 맺힌 눈물방울을 닦고 엄마가 토비에게 보낸 엽서를 계속 읽어나갔다. 엄마는 곧 다른 사랑 이야기에 초점을 맞추었다. 그때부터 모든 엽서에 내가 등장했다.

오늘 에이버리가 첫발을 뗐어.

에이버리가 처음으로 '어오'라는 한마디를 했어.

오늘, 에이버리가 캔디 랜드*와 슈츠 앤 래더스**와 체커***를 결합한 게임을 만들었어.

엄마의 엽서는 계속 이어졌다. 엄마가 죽을 때까지.

마지막 엽서를 읽는데 두 손이 부들부들 떨렸다. 그레이슨이 내 손을 붙잡았다.

"엄마가 이 엽서를 썼어요. 토비 아저씨에게 내 얘기를 했어요."

이야기를 꺼내는데 목소리가 목에 걸렸다. 이 엽서를 읽으니 토비가 내 아빠라는 것이 더 분명해졌다. 꽤 오랫동안 이 가설을 받아들이려고 애를 썼으니 이 일로 충격받지는

* 단순한 레이싱 보드게임.
** 활강로와 사다리가 그려져 있는 판 위에서 하는 아이들의 보드게임.
*** 실내에서 두 사람이 64개의 사각형이 표시된 판에서 하는 놀이.

않았다.

내 옆에 있던 그레이슨의 휴대전화가 울렸다.

"제임슨이야."

내 심장이 마음대로 뛰었다.

"받으세요."

나는 그레이슨의 손을 빼며 대답했다. 그레이슨은 전화를 받았다.

"우린 지금 비행기를 타러 가는 길이야."

'제임슨은 내가 발견한 걸 알고 싶어 할 거야.' 난 제임슨을 안다. 그래서 잭슨 커리가 내게 건넨 작은 금속 원반을 들어 올렸다.

"이건 토비 아저씨가 잭슨에게 남긴 거야."

그레이슨은 작은 금속 원반을 뚫어지게 쳐다보더니 제임슨도 볼 수 있게 영상 통화로 바꿨다.

"이게 뭐 같아?"

내가 제임슨에게 물었다. 금으로 된 원반의 지름은 2.5센티쯤 됐고, 동전처럼 생겼지만 본 적 없는 것이었다. 원반의 한쪽 면에 새겨진 동심원 아홉 개가 보였다. 다른 면에는 아무것도 없이 매끄러웠다.

"그렇게 값나가는 물건은 아닌 것 같아."

제임슨의 목소리는 내게 떨림을 줬다. 그러면 안 되지만 그렇게 만드는 영향력이 있었다. 엄마의 엽서를 읽기 전이라면 내게 영향을 미칠 수 없는 힘이었다.

'눈을 감아봐.' 맥신의 목소리가 들리는 것 같았다. '거기 누가 있어?'

"우린 지금 도착했어. 비행기를 수색해."

오렌이 간결하게 얘기했다. 나는 그가 누구에게 말하는 지 알 수 없었다.

활주로에 도착하자, 오렌이 문을 열어주었다. 나는 세 명의 호위를 받으며 비행기 쪽으로 갔다. 내 뒤에 있던 그레이슨은 제임슨과 계속 통화하고 있었다.

머릿속에 제임슨과 그레이슨의 모습이 가득 떠올랐다. 엄마가 토비에게 쓴 내용도 잔뜩 생각났다.

서늘한 밤공기가 점점 더 추워졌다. 제트기를 향해 걸어가는데 바람이 인정사정없이 몰아치더니 갑자기 잠잠해졌다. '삐' 하는 소리가 아주 크게 들리더니 눈앞의 세상이 폭발했다. 불 속으로, 모든 것이 사라져버렸다.

76

온몸이 아팠다. 아무 소리도 들리지 않았다. 아무것도 보이지 않았다. 조금씩 보이는 건 불이 전부였다. 그리고 내게서 30미터쯤 떨어진 곳에 서 있는 그레이슨이 보였다.

그가 달려오기를 기다렸다.

기다리고, 또 기다렸다.

하지만 그는 꼼짝도 하지 않았다.

그리고 모든 것이 사라져버렸다.

♟

주위가 어두웠다. 그리고 어떤 목소리가 들렸다.

"게임을 시작하자."

나는 서 있는지 아니면 누워 있는지 가늠이 되지 않았다.
몸을 느낄 수 없었다.

"나에겐 비밀이 있어."

내게 눈이 있다면 뜰 텐데. 아니면 이미 뜨고 있는 건가?
어느 쪽이든 나는 무언가를 했다. 그러자 세상에 빛이 가득
찼다.

"게임은 지겨워."

나는 엄마에게 투덜거렸다.

"나도 알아, 아가."

"정말 지겹다고."

"알아. 하지만 엄마에겐 비밀이 있어, 에이버리. 넌 게임
을 해야 해. 딱 한 번만 더. 나를 위해서야. 알았지, 아가?
그냥 놔버리면 안 돼."

먼 데서 길게 '삐' 하고 울리는 소리가 들렸다. 그리고 번개 같은 것이 내 몸을 뚫고 지나갔다.

"클리어!"

누군가 외치는 소리가 들렸다.

"에이버리, 제발. 나에겐 비밀이 있어……."

엄마가 속삭였다.

번개가 또 한 번 내 몸을 뚫고 지나갔다.

"클리어!"

숨을 멈추고 싶었다. 번개와 불과 고통이 나를 건드릴 수 없는 곳으로 가고 싶었다.

"맞서 싸워야 해. 견뎌야 해."

"엄만 실제가 아니야. 엄만 죽었잖아. 이게 꿈이라면 엄만 여기 있는 것도 아니야. 아니면 나도……."

죽은 거겠지.

77

호손 하우스의 복도를 뛰어다니는 꿈을 꾸었다. 나는 계단에 부딪히고 바닥으로 굴러떨어졌다. 그리고 죽은 여자아이를 보았다. 처음에는 그 사람이 에밀리 라플린인 줄 알았다. 하지만 가까이 다가가 보니 그 사람은 바로 나였다.

♟

나는 바다 끄트머리에 서 있었다. 높이 솟은 파도가 나를
향해 다가올 때마다 나를 통째로 삼켜버릴 줄 알았다. 나는
파도에 통째로 삼켜질 각오가 돼 있었다.

하지만 어둠이 손짓할 때마다 목소리가 들렸다. 제임슨
윈체스터 호손이 나를 부른다.

♟

"이 개자식."

어둠을 가르는 목소리가 들렸다. 목소리의 주인공은 제
임슨이었다. 이번에는 더 크고 칼날보다 날카로운 목소리
로 떠들었다.

"얘가 죽어가고 있었다고. 그런데 형은 그 자리에 그냥
서 있었어! 충격 때문이라고 하지 마!"

나는 입을 열려고 애를 썼다. 하지만 아무리 노력해도 꼼
짝도 하지 않았다.

"너도 알 거야, 제임슨. 그 자리에 서서 누군가 죽는 걸
본다는 게 어떤 건지."

"에밀리. 형은 늘 에밀리 이야기로 되돌아가."

두 사람의 이야기가 들린다고 말하고 싶었다. 하지만 입

을 움직일 수 없었다. 사방이 깜깜했다. 온몸이 아팠다.

"내가 무슨 생각하는지 알지? 형의 순교자 같은 행동은 스스로를 속이는 거짓말이야. 형은 나를 위해 에이버리와 멀어진 게 아니야. 형은 선을 그을 구실이 필요한 거야, 그래야 다른 한쪽에서 안전하게 머물 수 있으니까."

"아무렇게나 얘기하지 마."

"형은 그냥 놔버릴 수 없는 거야. 에밀리가 살아 있을 때, 걔가 무슨 짓을 해도 놔버리질 못했잖아. 지금도 놓질 못하잖아."

"말 다 했어?"

이제 그레이슨이 고함을 쳤다.

"에이버리가 죽어가고 있었어. 그런데도 형은 애한테 달려갈 수 없었어."

"제임슨, 나한테 원하는 게 뭐야?"

"나라고 같은 싸움을 안 한 줄 알아? 난 에이버리가 그냥 수수께끼이거나 퍼즐이라고 스스로를 납득시켰어. 게임을 하는 동안만큼은 괜찮다고 납득했어. 근데 내가 상처받게 됐지. 어느새 내가 게임을 그만두었기 때문이야."

네 말이 들려. 다 들린다고. 난 지금 여기 있어…….

"나한테 원하는 게 뭐야?"

"애를 봐, 그레이슨. 애를 보라고, 젠장! Est unum ex nobis. Nos defendant eius."

재는 우리랑 같은 사람이야. 우린 재를 보호해야 해. 그레이슨의 대답은 부서지는 파도 소리에 묻혀버렸다.

♟

나는 체스 판 앞에 앉아 있다. 건너편에 여섯 살 때 이후로 처음 보는 남자가 앉아 있다.

토비아스 호손은 퀸을 들더니 도로 내려놓았다. 대신 체스 판에 새로운 말 세 개를 올려놓았다. 코르크 마개 따개와 깔때기와 사슬이었다.

나는 그것들을 빤히 쳐다보며 물었다.

"그것들로 뭘 할지 모르겠어요."

그는 아무 말 없이 네 번째 물건을 체스 판에 올려놓았다. 금속 원반이었다.

"이걸로도 뭘 할지 모르겠어요."

"나를 보지 마, 어린 아가씨. 이건 너의 잠재의식이야. 이 모든 건 네가 만든 게임이야. 내 게임이 아니야."

"내가 그만두고 싶으면요?"

그는 뒤로 몸을 젖히며 다시 한번 퀸을 집어 들었다.

"그럼 그만둬."

78

제일 먼저 가슴을 누르는 압박감이 느껴졌다. 콘크리트
블록이 짓누르는 것 같았다. 나는 그 무게를 이기려고 애를
썼다. 마치 스위치가 켜진 것처럼 온몸의 신경이 비명을 질
러댔다. 그리고 눈이 활짝 떠졌다.

제일 먼저 기계가 눈에 보였고, 이윽고 튜브가 보였다.
정말 많은 튜브가 내 몸에 연결돼 있었다. '병원이네.' 이런
생각이 들었지만 주위 사물에 초점이 맞춰지면서 이곳이
병원이 아니라는 것을 알아차렸다. 호손 하우스에 있는 내
방이었다.

몇 초가 정말 느리게 흘렀다. 나는 몸에 꽂힌 튜브를 건
드리지 않으려고 전력을 다했다. 기억이 되살아났다. 제
임슨의 목소리와 그레이슨의 목소리. 번갯불과 불, 그리
고…….

폭발이 있었어.

근처 모니터가 경고음을 내자 하얀 의사 가운을 입은 여
자가 방 안으로 뛰어 들어왔다. 나는 여자를 알아보고 또다
시 꿈을 꾸는 줄 알았다.

"리우 박사님?"

"깨어났구나, 에이버리. 다시 누워서 숨을 쉬어봐."

내 단짝 맥신의 엄마는 정말 진지한 표정으로 나를 쳐다

보며 얘기했다.

리우 박사는 내 온몸을 이리저리 찌르고 쑤신 다음 진통제를 투여했다. 리비 언니와 맥신을 방 안으로 들일 때쯤 기분이 정말 이상해졌다.

"모르핀을 좀 투여했어. 자고 싶어 하면 자게 둬."

리우 박사가 리비 언니에게 하는 말이 들렸다.

맥신이 정말 머뭇거리며 침대 옆으로 다가왔다.

"네 엄마가 여기 있네?"

"맞아."

맥신은 침대 옆에 앉으며 대답했다.

"호손 하우스에 오셨네."

"아주 좋아. 이제, 올해가 몇 년도인지 말해봐. 대통령 이름도. 호손 형제 중에 제일 먼저 섹스하고 싶은 사람은 누구야?"

"맥신!"

리우 박사는 엄청난 두통이 치민 사람이 바로 자신인 것처럼 소리쳤다.

"미안! 엄마."

맥신은 대답하더니 내 쪽으로 고개를 돌리며 설명했다.

"알리사가 널 이곳으로 데리고 왔을 때 엄마한테 연락했어. 변호사 아줌마가 혼수상태로 오리건주 병원에 누워 있던 너를 거의 가로채다시피 하는 바람에 다들 무지 화가 났거든. 우린 그 여자가 자기 마음대로 의사들을 선택하고 고용하게 놔둘 수 없었어. 믿을 수 있는 사람이 필요했어. 내가 가족에게 의절은 당했을지 모르지만 어리석진 않잖아. 그래서 전화했더니 위대한 리우 박사님께서 오셨어."

"넌 의절당한 게 아니야."

맥신의 엄마가 단호하게 얘기했다.

"의절을 똑똑히 기억한다고요. 난 그렇게 알고 있어요."

몇 시간 전에 누군가 내게 맥신과 걔네 엄마가 한 공간에 있어도 골치가 아프지 않고 전혀 어색하지도 않을 것이라고 말했다면 나는 그 말을 믿지 않았을 것이다.

'몇 시간 전.' 내 머리가 그 생각에 달라붙었다. 그리고 분명한 사실을 깨달았다. 알리사가 나를 병원에서 빼내고 맥신이 자기 엄마한테 전화했다면 시간이…….

"얼마 동안 내가 의식을 잃은 거야?"

맥신은 당장 대답하지 않았다. 엄마를 돌아봤다. 리우 박사가 고개를 끄덕이자 맥신이 입을 벌리려는 순간 리비 언니가 먼저 말을 해버렸다.

"7일이야."

"일주일이나?"

다시 염색한 언니의 머리카락이 눈에 띄었다. 이번에는 한 가지 색이 아니라 10여 가지쯤 돼 보였다. 나는 리비 언니가 얘기한 아홉 살 생일 때를 떠올려봤다. 엄마가 언니를 위해 구웠다는 컵케이크와 언니의 머리카락을 장식한 무지개색 핀을 생각했다. 리비 언니가 그 완벽했던 순간을 되찾기 위해 얼마나 많은 시간을 보냈을지 궁금했다.

"네가 깨어날 수 없을지도 모른다고 했어."

리비 언니는 떨리는 목소리로 얘기했다.

"난 괜찮아."

이 대답이 사실인지 나도 알 수 없었다. 나는 리우 박사를 살짝 훔쳐봤다.

"네 몸은 호전되고 있어. 혼수상태였지. 이틀 전에 너를 깨우려고 시도했는데 네 뇌에 예상치 못한 부기가 보였어. 지금은 다 해결했어."

리우 박사가 말해줬다.

나는 리우 박사를 지나 문간을 바라보며 물었다.

"다른 사람들은 알아요? 내가 깨어난 거?"

'호손 형제들은 알아요?'라고 묻고 싶었다.

리우 박사가 내 머리맡으로 걸어왔다.

"차근차근 생각해. 알았지?"

79

마침내 오렌이 나를 면회했다.

"폭탄은 비행기 엔진 속에 설치된 거였어. 과학수사관들이 며칠 전에 심어둔 폭탄을 먼 거리에서 작동시켰다고 추측하고 있어."

오렌의 턱선에서 손등까지 부상의 흔적이 보였다.

"폭발을 유도한 사람이 누구든 시간을 잘못 맞춘 게 분명해. 네가 두 걸음만 더 가까이 갔으면 죽었을 거야." 오렌은 좀 더 단호한 목소리로 덧붙였다. "부하 직원 두 명이 살아남지 못했어."

엄청난 죄책감이 나를 덮치고 바늘처럼 얇은 쇠꼬챙이가 심장을 꿰뚫는 것 같았다. 마음이 너무 무겁고 먹먹했다.

"죄송해요."

오렌은 나를 위로하지 않았다. 내가 락어웨이 와치로 가자고 밀어붙이지만 않았더라면 직원들이 살아 있을 것이라는 말도 하지 않았다.

"잠깐만요……. 폭탄이 폭발하기 며칠 전에 설치됐다고 하셨잖아요? 그럼 경호원을 많이 데려갈 수밖에 없게 만들었던 루니 가족이 폭탄을 설치한 게……?"

나는 오렌을 빤히 쳐다보며 물었다.

"아니야."

오렌이 확실하게 얘기했다.

그렇다면 다른 사람이 폭탄을 심은 것이다.

"트루 노스에서 사건이 일어난 직후에 폭탄을 심은 게 분명하네요. 트루 노스에서 잡힌 사람은 전문가예요······. 그 사람을 누가 고용했죠?"

나는 이 일을 논리적으로 생각하려고 노력했다. 불과 번개처럼 지나가던 충격과 고통을 떠올리지 않고 객관적으로 이 사건을 살피려고 애를 썼다.

오렌이 대답하기 전에 마룻바닥을 울리는 익숙한 구두굽 소리가 들렸다. 문간에 선 알리사가 보였다. 알리사는 문지방을 건너며 눈으로 나를 찾더니, 가까운 곳의 장식장 쪽으로 손을 뻗었다. 그녀는 관절이 하얘질 정도로 장식장 모서리를 꽉 붙잡고 있었다.

"정말 다행이야."

알리사가 속삭였다. 침착함을 유지하려고 두 눈을 감더니 다시 뜨며 이야기를 꺼냈다.

"직원들을 물려줘서 고마워요."

내가 아닌 오렌에게 한 말이었다.

"딱 5분이야."

오렌은 차갑게 얘기했다.

알리사의 얼굴에 상처받은 표정이 확 드러났다. 나는 맥신의 말이 생각났다. 알리사가 허락도 없이 나를 이곳으로 데려왔다. 내 목숨이 위태로운 상황에서 알리사는 내 유산을 지키려고 행동했다.

알리사는 이번에는 나를 향해 말했다.

"그런 눈으로 보지 마. 다 해결됐잖아. 그렇지 않아?"

나는 여기 있다. 목숨을 구했고 여전히 억만장자다.

"정말 나를 희생한 거야. 이 가족 때문에 나를 희생했다고. 어쨌든 잘됐잖아."

알리사는 내 눈을 쳐다보며 얘기했다.

나는 알리사의 말에 뭐라고 대답해야 할지 아무 생각도 나지 않아서 묻기만 했다.

"폭탄을 조사한 경찰관은 뭐라고 해요? 누가 그랬는지 혹시 알고……?"

"경찰이 범인을 체포했어. 어제."

알리사의 목소리에 이제 활기가 생기고 간단명료하게 대답했다. 이런 모습이 익숙하다.

"범인은 프로가 분명해. 그런데 경찰이 추적한 대상은 스카이 호손과……." 알리사는 주저하다가 덧붙였다. "리처드 그램스야."

그렇게 놀라운 대답은 아니었다. 나한테 중요한 대답이 아니었지만 아주 잠깐 네 살 적 내 모습이 떠올랐다. 나를 번쩍 들어서 목말을 태워주던 리처드 그램스가 보였다.

나는 마른침을 삼키며 얘기했다.

"그 사람 이름이 내 출생증명서에 있어요. 내가 죽으면, 그 사람과 리비 언니가 내 상속인이 될 거예요."

상황만 다르지 같은 일이 벌어지고 있었다. 스카이 호손 때문이었다.

"그리고 네가 알아야 할 게 또 하나 있어. 네가 제공한 유전자를 검사했거든."

물론 했을 것이다. 나는 일주일 동안 의식이 없었다.

"알아요. 리처드는 내 아빠가 아니에요."

알리사가 내 침대 옆으로 오더니 얘기했다.

"그게 문제야, 에이버리. 그 사람은 네 아버지가 맞아."

80

나는 출생증명서를 빤히 쳐다봤다. 특히 서명을. 정말 말이 되지 않는다. 모든 단서가 같은 방향을 가리킨다. 토비는 엄마가 돌아가신 후에 나를 찾아왔다. 그 사람은 내 출생증명서에 서명한 장본인이다. 그 사람과 엄마는 서로 사랑하는 사이였다. 토비아스 호손은 내게 전 재산을 남겼다.

'나에겐 비밀이 있어, 네가 태어난 날에 관한.' 엄마는 내게 이런 이야기를 했었다.

"어떻게 토비 아저씨가 내 아빠가 아닐 수 있지?"

"위, 아래, 안, 밖, 좌, 우(upside, downside, inside, outside, left side, right side)."

제임슨 호손이 문간에 서 있었다. 그가 보이자, 찰싹 소리가 나는 것 같았다. 나를 향해 덮치는 파도가 느껴졌다.

"그 외에 또 뭐가 있어?"

그렇게 물으며 제임슨은 내 쪽으로 걸어왔다. 나는 그 걸음걸음을 눈으로 좇았다. 제임슨은 다시 수수께끼를 냈다.

"위, 아래, 안, 밖, 좌, 우. 그 외에 또 뭐가 있지?"

그는 내 침대 바로 옆에 섰다.

"옆쪽(beside).*"

내가 속삭였다.

그가 나를 빤히 쳐다봤다. 내 두 눈과 얼굴 구석구석을 삼킬 것처럼 쳐다보고 있었다.

"할 말이 있어, 상속녀. 난 혼수상태를 그렇게 좋아하지 않아."

비꼬는 듯 음울하게 유혹적인 목소리는 여전했지만 전에는 한 번도 본 적 없는 표정이 제임슨의 얼굴에 드러났다.

제임슨이 진지하게 얘기하고 있었다.

그때 꿈처럼 어떤 것이 스쳐 지나갔다. '근데 내가 상처받게 됐지. 어느새 내가 게임을 그만두었기 때문이야.' 제임

---

* beside는 '그 외에'라는 뜻으로도 쓰인다.

슨 호손과 나는 서로를 이해하고 있었다. 감정이 끼어들 틈이 없었다. 혼란스러울 수도 없었다. 사랑의 서사시가 아니어야 했다.

"매일 너를 보러 왔어. 내가 비극적인 역광을 받으며 말도 못 하게 잘생긴 얼굴로 여기서 기다리는 동안, 넌 그냥 깨어나기만 하면 됐어."

넓은 바다가 내려다보이는 절벽 위에 서 있다고 상상해 봐. 바람이 불어 네 머리카락이 날리고 있어. 이제 막 해가 지려고 해. 너의 몸과 마음이 단 하나를 원하고 있어. 단 한 사람이야. 네 뒤로 발걸음 소리가 들려. 넌 고개를 돌리지.

거기 누가 있어?

"매일?"

목구멍에 걸린 내 목소리가 낯설게 느껴졌다. 나는 바다 끄트머리에 서 있던 게 누군지 생각났다. 목소리가 기억났다. '제임슨 윈체스터 호손.'

"하루도 빠지지 않았어, 상속녀. 하지만 네가 보고 싶은 사람이 내가 아니라면……."

"물론 내가 보고 싶은 사람은 너야. 하지만 넌 그럴 필요가……."

보고 싶었던 건 사실이다. '네가 특별하다고, 소중하다고' 말해주기를 바랐다.

그는 내 침대 옆으로 앉더니 눈높이를 맞추며 얘기했다.

"넌 내가 받아야 할 상이 아니야."

이런 말을 들은 적이 없었다. 그는 말한 적 없었다. 그는 그럴 수 없었다.

"넌 퍼즐이 아니야. 수수께끼나 단서도 아니야."

제임슨은 이제 온전히 내게만 초점을 맞추며 얘기했다. 오직 나만 바라보며 얘기했다.

"넌 내게 미스터리가 아니야. 에이버리, 본질적으로 우린 같은 사람이야. 넌 아직 믿지 못할 수도 있지."

그는 모든 걸 불태워버릴 것 같은 눈길로 나를 바라봤다. 그러다가 두 손을 들더니 손가락을 말아 주먹을 느슨하게 쥐었다.

"하지만 폭탄이 터진 자리에 이걸 찾으러 다시 갈 사람은 우리 말고는 아무도 없어."

그가 손가락을 펴자 손바닥에 놓인 자그마한 금속 원반이 눈에 띄었다.

온몸의 근육이 팽팽해졌다. 나는 사력을 다해 그에게로 손을 뻗고 싶었다.

"어떻게……."

제임슨은 어깨를 움츠렸다. 그의 미소처럼 치명적으로 매력적인 몸짓이었다.

"내가 못 할 줄 알았어?"

그는 잠시 나를 빤히 쳐다보더니 원반을 내 손바닥 위에 올려놓았다. 손바닥에 그의 손끝이 느껴졌다. 그의 손가락이 잠시 내 손바닥에 머물더니 내 손목 안쪽을 더듬었다.

나는 숨을 들이쉬며 그의 얼굴을 보던 눈길을 원반으로 옮겼다. 내 손바닥 위에 놓인 원반의 동심원이 눈에 띄었다. 다른 면은 매끄러웠다.

그는 손가락으로 여전히 내 팔을 더듬고 있었다.

"이게 뭔지 알아냈어?"

내 온몸의 신경이 살아났다.

"아니. 너를 기다리고 있었어."

제임슨이 미소를 지었다. 비뚤어진 듯 치명적인 제임슨 윈체스터 호손만의 미소를 지으며 얘기했다.

제임슨은 느긋한 성격이 아니다. 기다리지도 않는다. 그는 가속페달을 밟으며 살아왔다.

"너도 이게 뭔지 알고 싶잖아. 함께……."

나는 그의 눈길을 느끼며 그를 빤히 쳐다보며 얘기했다.

"넌 아무 말 안 해도 돼."

제임슨이 자리에서 일어서며 얘기했다. 나는 팔 안쪽을 쓰다듬던 그의 손길을 계속 느낄 수 있었다. 내 손목의 힘줄이 보이는 것 같았다. 심장이 뛰는 것도 느껴졌다.

"지금은 나한테 키스하지 않아도 돼. 지금은 날 사랑하지 않아도 돼. 상속녀, 하지만 네가 준비되었을 때……."

그는 내 볼에 손을 댔다. 나는 그 손에 얼굴을 기댔다. 그는 숨소리가 거칠어지자 손을 빼내더니 내 손안에 있는 원반을 향해 고개를 끄덕이며 얘기했다.

"정말로 네가 준비되었을 때, 그게 나라면, 그때 이 원반을 툭 던져. 앞면이 나오면 내가 키스할게. 뒷면이 나오면, 네가 키스해. 어느 쪽이 나오든 의미가 있잖아."

나는 손안에 든 원반을 뚫어지게 쳐다봤다. 동전만 한 원반이었다. 우리가 찾던 모든 단서와 남겨진 모든 흔적을 밝혀줄 원반이었다.

나는 마른침을 삼키며 다시 제임슨을 쳐다봤다.

"토비는 아빠가 아니었어. 그 사람은 내 친아버지가 아니야."

토비 호손은 어딘가에 있다. 아직 사람들을 피하고 있다.

제임슨이 고개를 한쪽으로 기울이는데 눈에 눈이 반짝반짝 빛났다.

"그렇다면, 상속녀. 이제 게임 시작이야."

81

나는 그날 하루를 잘 이겨냈다. 그날 밤도 잘 이겨냈다. 그다음 날 낮과 밤도 잘 보냈다. 그렇게 하루하루가 흘렀다. 마침내 다시 학교에 가려고 준비를 마친 어느 날 아침,

벽난로 건너편에서 소리가 들렸다.

'제임슨?' 나는 벽난로 선반 쪽으로 가서 촛대를 잡았다. 숨을 들이쉬며 촛대를 앞으로 당겼다. 그런데 벽난로 건너편에 서 있는 사람은 제임슨이 아니었다.

"테아?"

혼란스러웠다. 테아가 호손 하우스에서 뭘 하는 건지, 왜 이 통로를 건너왔는지 짐작이 가지 않았다. 나는 방문을 뚫어지게 쳐다봤다. 오렌은 복도에 서 있었다. 스카이와 리처드가 감옥에 갇힌 지금까지도 오렌은 근처에 있었다.

"아무 말 하지 말고 나랑 같이 가자. 그레이슨 때문이야."

테아는 낮은 목소리로 간청했다.

"그레이슨?"

내가 깨어난 후로 그는 호손 하우스에서 거의 유령처럼 지내는 중이다. 나를 만나러 오지 않는다. 내 얼굴을 보고 싶어 하지도 않는다. 나는 매일 밤 수영하는 그를 봤다.

"그 사람한테 큰일이 생겼어. 에이버리."

테아는 울 것 같은 얼굴이었다. 그 모습이 나를 두렵게 했다. 테아 칼리가리스는 절대 울지 않는 사람이었다. 연약한 모습을 보인 적도 없었다. 테아는 두려워하지 않았다.

"무슨 일이야, 테아?"

테아가 통로 속으로 다시 사라지자, 나는 그녀를 따라갔다. 잠시 후, 어떤 손이 뒤에서 나를 와락 붙잡았다. 누군가

입과 코를 축축한 천으로 막아버렸다. 숨을 쉴 수 없었다. 비명을 지를 수도 없었다.

입을 막은 천에서 역겨운 단내가 풍겼다. 주위가 캄캄해지더니 마지막으로 테아의 목소리가 들렸다.

"나도 어쩔 수 없었어, 에이버리. 그 사람들이 레베카를 데려갔어."

82

깨어나 보니 고풍스러운 앤티크 의자에 묶여 있었다. 꽉 들어찬 박스와 작은 장식품 때문에 발 디딜 틈이 없어 보이는 장소였다. 사방에서 휘발유 냄새가 났다.

눈앞에 두 사람이 보였다. 막 토할 것처럼 보이는 '내쉬의 사람' 멜리와 셰필드 그레이슨이다.

"여기가 어디죠?"

질문을 던지는데 내 방 통로에서 일어났던 일이 막 떠올랐다.

"테아는 어디 있죠? 레베카는요?"

"네 친구들은 무사해."

셰필드 그레이슨이 대답했다. 창고 같은 곳에 있는 골동품 의자에 나를 묶어둔 남자는 양복을 차려입고 있었다.

'그레이슨과 눈이 비슷하네.'

"일이 이렇게 돼서 미안해. 클로로포름도, 네 몸을 묶은 것도, 그리고 폭탄도."

그레이슨의 아버지는 셔츠 소맷단에 묻은 먼지를 털어내며 얘기했다.

"폭탄이요?"

나는 그의 말을 되풀이했다. 경찰은 몇 주일 전에 리처드와 스카이를 체포했다. 리처드와 스카이는 동기가 있었다. 증거도 있었다. 체포가 될 만한 증거였다.

"이해가 안 돼요."

그레이슨의 아버지는 눈을 감으며 얘기했다.

"이해가 안 되겠지. 난 악당이 아니야. 그램스 양. 난 이런 짓을 하는 게 즐겁지 않아."

그는 이런 짓이 무엇인지 구체적으로 말하지 않았다.

나는 쉰 목소리로 말했다.

"날 납치했잖아요. 나를 의자에 묶었잖아요. 그리고 날 죽이려고 했잖아요."

"부상만 입힌 거야. 내가 널 죽이려고 했다면 내 부하가 폭발 시간을 다르게 설정했을 거야. 안 그래?"

비행기 쪽으로 몇 발짝 더 가까이 갔으면 폭발에 휘말려 죽었을 것이라는 오렌의 말이 떠올랐다.

"왜죠?"

나는 낮은 목소리로 물었다.

"뭐가 왜야? 폭탄, 아니면…… 납치한 거?"

"모두 다요."

목소리가 흔들렸다. 왜 나를 납치했지? 왜 나를 이리로 데려왔지? 이 사람은 다음에 무슨 일을 벌일 생각인 거지?

"네 부친을 탓해."

셰필드 그레이슨이 시선을 피하며 대답했다. 나는 이유를 콕 집을 수는 없지만 등이 서늘해졌다.

"네 진짜 아버지 말이야. 토비아스 호손 2세가 비겁한 겁쟁이가 아니라면, 나도 그 녀석을 꾀려고 이렇게까지 하진 않았을 거야."

납치범 셰필드의 목소리는 차분했다. 마치 이성적인 사람이라도 되는 듯이.

가슴이 조이고 허파에서 공기를 비틀어 내는 것만 같았다. 나는 억지로 숨을 쉬며 집중하려고 애를 썼다. '살아남아야 해.'

"토비 아저씨를 쫓고 있었군요."

"폭탄이 제 역할을 못 했어. 넌 바로 병원으로 호송됐고 세계적인 뉴스거리가 됐지. 난 함정도 파놨어. 그 개자식이 네 침대 옆으로 오기만 기다리면 되는 거였지. 자존심이 있는 아버지라면 당연히 그럴 테니까. 그런데 네 변호사가 대담히게도 너를 빼돌렸어. 그렇게 우린 불행히도 이 자리로

443

오게 됐단다."

셰필드는 드레스 셔츠의 소맷단을 접어 올리며 얘기했다. 격한 움직임이 누군가와 닮았다.

나는 그가 하는 말의 속뜻을 읽으려고 노력했다. 그레이슨과 셰필드 그레이슨이 만났을 때, 셰필드가 콜린의 죽음을 토비 탓으로 돌린 것은 분명한 사실이었다. 이 사람은 토비가 살아 있다는 것을 어떻게든 알아냈다. 그리고 내가 토비의 딸이라고 확신한다.

그리고 이곳에서 온통 가솔린 냄새가 나고 있다.

"저기, 역시 이건 아닌 것 같아요."

멜리의 목소리가 떨렸다.

내 머리가 쿵쾅거렸다. 도망치라고 내 몸이 비명을 지르고 있었지만 방법이 없었다. 나는 이 남자가 나를 납치하는 것을 왜 멜리가 도와주었는지, 아니 지금 이 사람이 나에게 하려는 짓을 왜 도와주려고 하는지 전혀 이해할 수 없었다.

"토비 아저씨는 오지 않을 거예요. 그 사람은 내 아빠가 아니에요. 난 그 사람한테 아무것도 아니에요."

생각보다 상처가 되는 말이었다. 울컥한 감정이 목구멍에 차올랐다.

"난 그 자식이 시내에 있다고 믿을 만한 이유가 있어. 놈이 숨어 지내는 데가 어디든, 밖으로 나왔다고 충분히 확인했거든. 넌 그 사람의 딸이야. 너 때문에 이리로 올 거야."

셰필드는 내 말을 듣지 않는 것 같았다.

"난 그 사람의 딸이 아니에요."

난 그 사람의 딸이고 싶었다. 그렇게 믿었다.

하지만 나는 그의 딸이 아니었다.

가슴이 저미도록 익숙한 셰필드 그레이슨의 두 눈이 나를 바라보고 있었다.

"나한테 그 반대를 의미하는 유전자 검사 결과가 있어."

나는 그를 빤히 쳐다봤다. 그가 방금 한 말은 터무니없는 소리다. 알리사는 DNA 검사 결과 리처드 그램스가 내 아버지라고 했다. 그 말은 토비는 절대 나의 아버지가 될 수 없다는 뜻이다.

"말도 안 돼요."

난 이해할 수 없었다.

"여기 있는 멜리가 너의 유전자 샘플을 얻을 수 있게 도와줬지. 토비의 것은 오래전에 호손 아일랜드에서 얻어놨어. 너희 둘의 유전자 매치는 확정적이야. 너한텐 그 녀석의 피가 흘러."

셰필드는 오싹한 미소를 지으며 덧붙였다.

"그러니까 넌 잠시 더 나를 도와야 해."

처음으로 나는 멜리를 제대로 쳐다봤다. 멜리는 나와 눈을 마주치지 않았다. 통로에서 나를 기절시킨 사람이 멜리일까? 왜? 보안 직원 엘리처럼 멜리도 돈을 받고 나를 팔아버린 것일까?

"넌 이제 가도 돼."

셰필드가 멜리에게 얘기하자, 멜리는 느릿느릿 문 쪽으로 걸어갔다.

'저 여자가 나를 두고 간다.' 공포감이 등줄기를 타고 올라오기 시작했다. 나는 멜리에게 소리쳤다.

"이 사람이 당신을 그냥 가게 놔둘 것 같아요? 이 사람이 일을 대충 마무리 지을 사람으로 보여요?"

나는 셰필드 그레이슨이 어떤 사람인지 모른다. 멜리가 어떤 사람인지도 모른다. 하지만 그녀가 가버리고 셰필드와 단둘이 남으면 안 된다는 생각이 들었다.

"당신이 이러는 걸 알면 내쉬가 뭐라고 할 것 같아요?"

그녀는 잠시 머뭇거렸지만 그냥 걸어갔다. 난 이제 제정신이 아니었지만 멜리는 더 멀어졌다. 이제 그녀의 발걸음 소리는 아주 희미해졌다.

"자, 이제 얌전히 기다려."

셰필드 그레이슨은 차분한 명령조를 계속 유지했다.

83

토비는 오지 않을 것이다. 이제 곧 셰필드 그레이슨은 그 사실을 깨달을 테고 나를 그냥 풀어줄 순 없을 것이다.

"무슨 근거로 토비 아저씨가 인근에 있다고 생각하죠?"

나는 겁을 먹지 않은 척했다. 두려움에 떨지 않으려고 애를 썼다. 차라리 잔뜩 성을 내는 게 훨씬 나았다.

"맥이 나를 데려간 걸 토비 아저씨가 어떻게 알겠어요? 아니, 어디로 올지 어떻게 알겠어요?"

'그 사람은 내 아빠가 아니야. 오지 않을 거야.'

"내가 단서를 남겼거든. 네 아버지가 시작하게 될 작은 게임이지. 난 호손들이 그런 것에 끌리는 걸 알거든."

셰필드는 커프스단추 하나를 점검하면서 이야기했다.

"무슨 단서죠?"

대답이 없었다.

"어디 있는지도 모르면서 어떻게 단서를 보냈죠?"

여전히 아무 대답이 없었다.

이건 소용없는 짓이다. 토비는 자신을 찾지 말라고 했다. 그는 몇십 년 동안 숨어 지냈다. 게다가 나는 딸도 아니다.

'그는 오지 않을 것이다.'

내 머리는 오직 이런 생각만 할 수 있었다. 계속 이 생각만 맴돌았다. 그때 발소리가 들렸다. 멜리의 발걸음 소리라고 하기엔 무거웠다.

셰필드 그레이슨은 고개를 약간 숙이더니 내게 걸어왔다. 그는 두 손가락을 내 턱에 대고 들어 올렸다.

"꼭 알아둬, 에이버리. 난 사적인 감정은 없어."

나는 재빨리 물러서고 싶었지만 뜻대로 할 수 없었다. 의자에 묶여 있어서 아무 데도 갈 수 없었다. 발걸음 소리가 더 가깝게 들렸다.

"당신이 틀렸다면요? 당신이 남긴 단서를 찾아낸 사람이 토비 아저씨가 아니라면 어떻게 할 거죠? 제임슨이라면요? 알렉산더라면? 아니, 그레이슨이라면 어떻게 할 거죠?"

아들 이름이 나오자, 셰필드 그레이슨은 아주 잠깐 움찔했다. 그는 잠시 두 눈을 감았다가 떴다. 내가 던진 질문 때문에 어떤 달갑지 않은 생각이 들었든 단호하게 대응할 것이라는 신호 같았다.

"이것들은 내 조카의 물건이야. 난 이 물건들을 결코 버릴 수 없었어."

셰필드는 창고 안의 물건을 가리키며 단호한 목소리로 얘기했다.

아주 가까운 곳에서 발걸음 소리가 들렸다. 셰필드 그레이슨은 창고 입구로 고개를 돌렸다. 그리고 양복 상의에서 총을 꺼냈다. 발소리가 멈추고 안으로 들어서는 한 남자가 보였다. 남자는 지난번에 본 후로 면도는 했지만 여전히 다 헤지고 더러운 옷을 입고 있었다.

"해리."

물론 틀린 이름이라는 건 알고 있다. 하지만 내 입에서 그 이름이 계속 튀어나오는 것은 어쩔 수 없었다. '그가 왔어. 여기로 왔어.' 해리로 알았던 그 남자가 셰필드 그레이슨과 총을 지나친 다음 내게로 다가오자, 두 눈에 가득 고인 눈물이 뺨으로 떨어졌다.

"끔찍한 아이야."

토비의 목소리는 부드러웠다. 우리가 체스 게임을 할 때 그는 나를 여러 가지 별명으로 불렀다. '끔찍한 아이'는 그 중에 하나였다. 특히 내가 이길 때 그렇게 불렀다.

"아이를 놔줘."

토비가 셰필드 그레이슨에게 얘기했다.

셰필드 그레이슨은 미소를 지었지만 손에는 여전히 총을 들고 있었다.

"아이러니하네, 그치? 내 아들은 호손이라는 성을 가졌는데, 네 딸은 그렇지 않잖아. 그리고 지금…… 성냥을 들고 있는 사람은 바로 나야."

그는 창고에서 천천히 토비 쪽으로 걸어갔다.

내 눈에 성냥은 보이지 않았다. 그러나 셰필드가 총을 들고 있다. 이곳은 인화물질에 푹 젖어 있다. 그가 만약 총을 발사한다면…….

"안으로 들어가." 셰필드가 명령했다.

"에이버리는 내 딸이 아니야." 토비의 목소리는 차분했다.

'나는 아니야, 나는.' 머릿속에 이런 생각이 가득 찼다.

449

"저 사람이 유전자 검사를 했다고 했어요."

내가 이야기를 꺼냈다. 창고가 온통 불바다가 되기 전에 이곳을 빠져나갈 방법을 생각할 시간을 벌 작정이었다.

몇 미터 떨어진 곳에 서 있는 토비아스 호손 2세는 셰필드 그레이슨을 바라보던 시선을 잠시 총으로 옮겼다.

"퀸을 다섯 번째 루크 쪽으로."

토비가 내게 얘기했다. 체스의 움직임을 가리킨 것이다. 특히 내가 지난번 게임에서 속임수로 사용한 방법이었다.

'속임수야.' 의도를 간신히 알아챘다. 그는 셰필드 그레이슨이 정신을 팔게 할 것이다. 나는 손목이 의자에 얼마나 꽉 묶였는지 확인했다. 1분 전과 마찬가지로 무척 단단하게 묶여 있었다. 아드레날린이 솟구쳤다. 나는 위험에 빠진 아기를 구하려고 자동차를 들어 올렸다는 어머니들의 일화를 떠올렸다. 내가 묶인 의자는 골동품이다. 충분한 압력을 가하면 의자 팔걸이를 부술 수 있을까?

"말했잖아. 에이버리는 내 딸이 아니야. 네가 어떤 검사를 했는지 모르지만 해나가 임신했을 때, 난 몇 년 동안 그 사람을 보지도 못했어."

토비는 총을 들고 있는 셰필드 그레이슨에게로 주의를 돌렸다.

나는 토비의 이야기가 아닌 골동품 의자에만 주의를 기울이려고 했다. 안락의자의 가장 얇은 부분에 힘을 쏟았다.

"넌 이 아이 때문에 왔잖아. 네가 이리로 왔다고."

셰필드 그레이슨은 조금 거칠게 말하더니 이제 낮은 목소리로 얘기했다.

"네가 왔다는 게 중요해. 하지만 내 조카는 오지 못했어."

신랄한 비난이었다. 총을 들고 있는 셰필드 그레이슨은 판사이자 배심원이며 사행 집행관이었다.

"그 아인 당신을 증오했어." 토비가 쏘아붙였다.

"그 아인 크게 될 녀석이었어. 내가 그 아일 크게 만들 작정이었어."

셰필드는 열심히 떠들었지만 토비는 눈 하나 깜짝하지 않았다.

"화재는 콜린의 계획이었어. 당신도 알잖아. 난 모든 것을 다 불살라버리겠다고 계속 얘기했지만, 그 말을 행동으로 보여주려고 한 건 그 녀석이었어."

"거짓말."

나는 팔을 위로 휙 젖혔다. 다시. 또다시. 체중을 실어서 팔을 휙 젖히자, 의자의 오른쪽 팔걸이가 휘어졌다. 소리가 상당히 커서 셰필드 그레이슨이 돌아볼 줄 알았지만 그는 오로지 토비에게만 집중하고 있었다.

"콜린이 나를 부추겼어. 물론 내가 그 일을 저지른 건 콜린의 잘못이 아니야. 난 화가 났었어. 약에 취했고. 호손 아일랜드의 그 집은 우리 아버지에게 소중한 곳이었어. 난 아무도 없는지 확인했어. 우린 그 집이 불타는 걸 바라볼 작정이었지. 멀리 떨어진 곳에서."

나를 묶어놓은 의자의 왼쪽 팔걸이가 휘어지자 토비가 목소리를 높였다.

"우린 번개는 예상하지 못했어."

셰필드 그레이슨은 토비 쪽으로 성큼성큼 걸어갔다.

"내 조카는 죽었어. 불에 타버렸어. 너 때문이야."

창고 전체가 인화물질에 흠뻑 젖어 있었다. 나는 마음 깊은 곳에서 그 이유를 짐작했다. '불에 타버렸어. 너 때문이야.'

"이렇게 된 건 나 때문이야. 당신이 날 죽이고 싶다면 맞서지 않을게. 하지만 에이버리는 보내줘."

그레이슨과 똑같은 셰필드 그레이슨의 눈이 내 쪽으로 향했다. 그는 나를 보고 얘기했다.

"정말 미안해. 하지만 증인은 한 명도 남겨둘 수 없어. 어떤 사람과 달리 난 몇십 년 동안 숨어 지내는 걸 좋아하지 않거든. 우리 가족은 그보단 더 나은 대접을 받을 자격이 있어."

나는 시간을 끌기 위해 질문을 던졌다.

"멜리는? 폭탄을 심어둔 댁의 부하는?"

"넌 그런 건 걱정 안 해도 돼."

셰필드는 토비에게 총을 겨누었다. 여전히 차분하고 평

정신을 잃지 않았다.

저 사람은 우리 두 사람을 다 죽일 거야. 나는 여기서 토비 호손과 함께 죽을 것이다. 엄마의 토비와 함께. '안 돼.' 나는 맞서 싸우려고 자리에서 일어났다. 아무 소용없는 싸움이지만 달리 할 것도 없었다.

나는 앞으로 돌진했다. 그 즉시 총이 발사됐다. 총소리는 귀를 먹게 할 정도로 엄청났다.

나는 폭발이 일어날 줄 알았다. 불이 붙을 줄 알았다. 하지만 대신 바닥으로 푹 쓰러진 셰필드 그레이슨이 보였다. 잠시 후 멜리가 보였다. 눈을 크게 뜨고 있는 멜리는 총을 들고 있었다.

84

"내가 사람을 죽였어. 내가…… 저 사람이 총을 들고 있었어. 저 사람이…… 내가……."

멜리는 멍한 목소리로 더듬거렸다.

"긴장 풀어요."

토비가 속삭였다. 그는 앞으로 다가가더니 멜리의 손에서 총을 받아냈다. 멜리는 순순히 그의 뜻대로 따랐다.

방금 무슨 일이 일어난 거지? 나는 바닥에 쓰러진 시체,

즉 그레이슨의 아버지를 보지 않으려고 애를 쓰며 창고 밖으로 나왔다.

"이해가 안 돼요. 그쪽은 날 팔았잖아요. 멜리, 그런데 왜 이런…….."

내 평생 최고로 절제된 표현이었다.

"이럴 작정은 아니었어. 우린 널 팔지 않았어. 절대 돈 때문이 아니야."

멜리는 고개를 저으며 이야기를 꺼냈다. 고갯짓을 멈출 수 없는 것 같았다.

우리라고? 나는 아찔한 생각이 들었다.

"누가 우리예요?" 토비가 물었다.

멜리는 마른침을 삼키며 손가락을 눈 쪽으로 댔다. 나는 처음에 그녀가 무슨 짓을 하는지 알 수 없었다. 멜리는 콘택트렌즈를 뺐다. 멜리 쪽으로 다가가자 그녀는 나를 향해 눈을 깜박였다. 색깔이 있는 콘택트렌즈였다. 왼쪽 눈은 여전히 갈색이었지만 새파란 오른쪽 눈은 동공 주변이 호박색이었다. 엘리와 눈이 같았다.

"내가 콘택트렌즈를 끼기로 오빠와 합의를 봤어."

멜리는 여전히 살짝 떨리는 목소리로 이야기를 꺼냈다.

"엘리가 그쪽 오빠군요. 엘리는 일부러 위협적인 상황을 만들었어요. 나한테 가까이 있으려고. 그리고 토비 아저씨에 관한 정보를 언론에 흘렸죠. 그리고 그쪽은…….."

내 머리가 재빨리 돌아갔다.

"원래는 이럴 작정이 아니었어. 우린 그저 숨어 있는 토비를 밖으로 꺼낼 작정이었어. 우린 대화를 하고 싶었을 뿐이야. 셰필드 그레이슨이 내게 도움을 요청했을 때……."

"그 사람을 도우려고 나를 납치했군요."

"아니야!"

멜리는 즉각 반응을 보였다가 다시 고개를 저으며 이야기했다.

"내 말은 그러니까, 대충 그렇기는 해. 셰필드는 그레이슨과 제임슨을 만난 다음 트루 노스에서 두 사람을 감시하려고 사람 한 명을 보냈어."

나는 트루 노스의 숲속에 있던 전문가를 생각했다. 오렌은 노천탕에 있던 나를 꺼낸 후 침입자를 쫓으라고 직원 한 명을 보냈다.

"엘리 오빠가 그 남자를 잡았고 그 남자와 맞서다가 대화하게 됐어."

"나에 대해서요?" 나는 잠시 이야기를 멈췄다가 다시 물었다. "토비 아저씨에 대해 말했나요?"

"우린 그때 그 남자가 누구 밑에서 일하는지 몰랐어. 처음에는 몰랐지. 그런데 우린 원하는 게 같더라고."

'토비 아저씨군.'

"그럼 엘리가 그 사진을 흘렸군요. 그리고 며칠 후, 어떤 사람이 내 비행기를 날렸죠."

"우리가 그런 게 아니야! 오빠와 난, 널 해칠 마음이 전혀 없었어. 우린 아무도 해치고 싶지 않았어! 우린 그냥 대화하고 싶었다고."

멜리의 두 눈이 토비를 향했다.

"나를 알아요?"

토비는 눈썹을 찌푸리며 멜리에게 물었다.

멜리는 고개를 숙이며 대답했다.

"당신은 우리 어머니랑 아는 사이에요."

갑자기 상황이 정말 이상하게 돌아갔다. 셰필드 그레이슨은 나와 토비의 관계를 확인하는 DNA 검사를 했다고 얘기했었다. 나는 숨을 들이쉬며 생각했다. '그런데 토비는 내 아버지가 아니었어. 그건 내 DNA가 아니야.'

멜리는 휴대전화를 꺼내 토비에게 사진 한 장을 보여주었다.

"이분은 우리 엄마예요. 기억할 순 없겠죠. 그해 여름 그저 광란의 밤을 보낸 사람일 뿐일테니."

토비 아저씨가 '죽었던' 여름이겠지. 내 맞은편에 있던 토비가 사진을 바라봤다. 나는 자라의 이야기가 떠올랐다. 토비아스 호손이 고용한 조사관이 토비가 그해 여름에 관계를 맺었던 여자들 중 한 명과 대화를 나눴다고 했다. 멜리의 엄마일까?

나는 맞은편에 서 있었지만 토비가 사진을 보며 고심한다는 것을 알 수 있었다.

나는 멜리를 뚫어지게 쳐다보며 이야기를 시작했다.

"셰필드 그레이슨이 유전자 샘플을 그쪽이 줬다고 했어요. 그 사람은 내가 토비 아저씨의 딸이라고 확신했어요. 난 딸이 아니죠. 그렇죠?"

토비를 슬쩍 쳐다보는데 뱃속이 비틀렸다.

"내 피는 섞이지 않았어."

토비는 잠시 나를 바라보더니 다시 멜리를 돌아봤다.

"당신 말이 맞아요. 난 그쪽 어머니가 기억나지 않아요."

"난 그때 다섯 살이었죠. 엘리 오빠 여섯 살이었고. 우리 부모님은 상황이 좋지 않았어요. 그런데 엄마가 갑자기 임신했어요. 엄만 당신 이름도 몰랐어요. 당신이 어떻게 돈을 버는지도 몰랐어요."

"그런데 그쪽이 알아냈잖아요?"

내가 물었다. 멜리를 쳐다보지 않을 수 없었다. 알리사는 내쉬가 불운한 환경에 처한 사람들을 '구해주었는데' 그중에 한 명이 멜리라고 얘기했다. 나는 그런 환경이 어떤 것인지 모른다. 하지만 멜리와 엘리가 호손가에서 일하게 된 것은 절대 우연이 아니라는 생각이 들었다.

이들은 도대체 얼마나 오랫동안 이 일을 계획했을까?

"어머니가 임신했다고 했죠. 아이를 낳았나요?"

토비는 차분하게 얘기했다.

'토비 아저씨의 아이.' 이 생각을 하자 심장이 쿵 내려앉았다. 멜리가 세필드 그레이슨에게 준 DNA는 토비의 DNA와 일치했다. 내 DNA가 아니었다.

"내 동생이죠. 이름은 에블린이에요. 우린 이브(Eve)라고 불러요."

나는 토비의 눈에서 어떤 감정을 살짝 엿볼 수 있었다.

"앞으로도 거꾸로도 같은 이름이네요."

"그 애가 세 살이 됐을 때 직접 고른 이름이에요. 지금 열아홉 살이에요."

멜리는 내게로 고개를 돌리며 말을 걸었다.

"네가 가진 건 모두 다 그 아이 거야."

멜리의 어조에서 처음으로 확신이 느껴졌다. 그녀는 나를 해칠 의도는 없지만, 그 정도 위험을 감수할 마음이 있다는 것을 알 수 있었다. 토비 호손에게 딸이 있기 때문이었다.

단지 내가 딸이 아닌 것뿐이었다.

토비아스 호손은 그 사실을 알았을까? 멜리는 그분에게 사실을 말하려고 했을까?

"나한테 원하는 게 뭐죠?"

"이브를 돌봐주길 바라요. 그 앤 호손 사람이에요."

토비가 묻자 멜리가 사납게 얘기했다.

나는 토비를 뚫어지게 쳐다보며 차분하게 말했다.

"라플린 사람이기도 하지요."

나는 라플린 부인의 증손자도, 레베카의 조카도 아니었다. 물론 에밀리의 조카도 아니다. 주인공은 이브다.

이곳에 있어야 할 사람은 이브였다.

나는 마른침을 삼키며 이야기를 다시 꺼냈다.

"호손 하우스로 데리고 와요. 방이 아주 많잖아요."

쓰라린 말이 목에 걸려서 잘 나오지도 않았지만 나는 상처에 굴복하지 않을 작정이었다.

"안 돼."

토비는 사나운 목소리로 얘기했다.

멜리는 화면을 마구 넘겨서 다른 사진 한 장을 토비의 얼굴에 들이밀었다.

"이 아일 보세요. 이 아이가 당신의 딸이에요. 당신은 그애 인생이 어떤지 전혀 모르잖아요."

토비는 사진을 바라봤다. 나도 모르게 앞으로 나가서 사진을 응시했다. 멜리가 들고 있는 동생 사진을 본 순간 숨을 쉴 수 없었다.

이브는 에밀리 라플린과 판박이였다. 햇살처럼 붉은 딸기빛 금발과 얼굴에 비해 무척 커다란 초록빛 두 눈, 하트 모양 입술과 주근깨가 정말 똑같았다.

"내 딸은 호손 하우스로 올 수 없어요. 나를 아이한테 데려다주면, 아이가 보살핌을 받도록 신중하게 살필게요."

"그게 무슨 뜻이죠?"

나는 간신히 목소리를 낼 수 있었다. 토비는 지금 떠난다
고 말하고 있다. 그냥 사라져버릴 것처럼. 내가 이 모든 일
을 겪었는데, 제임슨과 알렉산더와 그레이슨과 내가 찾아
내려고 별짓을 다 했는데도 떠난다는 말을 하는 것이다.

"약속할 거예요?"

멜리는 나는 이곳에 없는 사람인 것처럼 토비만 뚫어지
게 쳐다보며 물었다.

"약속해요." 토비는 부드러운 목소리로 덧붙였다. "하지
만 먼저 에이버리와 둘이서 할 이야기가 있어요."

85

"이브를 비밀로 하려는 거죠?"

나는 멜리가 멀어지자 따져 물었다.

토비는 내 팔꿈치를 잡아 비상구로 데려가며 얘기했다.

"밖에 자동차가 있어. 열쇠가 꽂혀 있지. 차를 타고 북쪽
으로 가."

나는 토비를 빤히 쳐다보며 물었다.

"그게 다예요? 나한테 할 말이 그거밖에 없어요?"

에밀리를 닮은 이브의 얼굴이 내 머릿속에 선명하게 남았다.

토비는 손을 뻗어 내 앞머리를 쓸었다. 그는 차분하게 얘기했다.

"내 마음속에서 넌 늘 내 딸이었어."

"하지만 생물학적으로, 피가 섞이지 않았죠."

"핏줄이 전부는 아니지."

나는 그 순간 그 말이 옳다는 것을 알았다. 토비는 엄마가 죽고 난 후 나를 찾아왔고 나를 지켜봤다. 내가 잘 지내는지 확인하고 싶었던 것이었다.

"엄마와 난 게임을 했어요. 우리는 게임을 많이 했어요. 엄마가 제일 좋아하는 게임은 비밀과 관련된 것이었죠."

나는 최대한 울지 않으려고 애를 쓰며 얘기했다.

그는 먼 곳을 응시하며 말했다.

"난 네 엄마와 약속했어. 너에게 나와 우리 가족 이야기를 절대 하지 않겠다고. 그런데 그걸 게임이라고 생각했고, 네가 짐작으로 알아냈다면……."

그는 나를 돌아봤다. 그의 눈에서 빛이 났다.

"이런 제기랄, 해나."

"내가 그걸 어떻게 짐작할 수 있겠어요?"

입 밖으로 말이 막 튀어나왔다. 난 갑자기 엄마와 토비에게 몹시 화가 났다.

"엄만 내가 태어나던 날에 어떤 비밀이 있다고 했어요."

토비는 아무 말도 하지 않았다.

"아저씨가 내 출생증명서에 서명을 했잖아요."

나는 대답을 원했다. 최소한 그 정도는 대답해야 했다.

토비는 한 손을 뻗어서 내 뺨에 대더니 조용히 말을 시작했다.

"그날 밤 폭풍이 불었어. 정말 최악의 폭풍이었어. 호손 아일랜드에서 불이 났던 날보다 심하게 몰아쳤어. 애초에 거기에 가지 말았어야 했어. 나는 3년 동안 해나를 멀리하려고 간신히 참고 있었거든. 그런데 어떤 마음이, 그저 몰래 다시 한번 해나를 보고 싶게 했지. 해나는 아기를 가졌더라고. 기상청에서 허리케인을 예고했어. 해나는 혼자 있었지. 나는 접근하지 않으려고 했어. 내가 거기 있는 걸 알면 안 되니까. 그런데 갑자기 전기가 나가고 해나가 진통을 시작했어."

'나를 낳을 때야.' 소리 내 말할 수 없었다. 나는 그 어떤 말도 할 수 없었다. 토비에게 엄마는 뭐든 스스로 결정할 수 있는 사람이라는 말조차 할 수 없었다.

"구급차가 제때 오지 않았고 해나에겐 누군가가 필요했어."

토비는 쉰 목소리로 얘기했다.

"아저씨가 필요했죠."

이 말만 간신히 얘기할 수 있었다. 딱 그 말만.

"넌 내 덕분에 이 세상에 태어났어! 에이버리 카일리 그 램스."

이거다. 엄마의 비밀. 토비는 내가 태어나던 날 함께 있 었다. 엄마의 출산을 도와주었다. 나는 엄마가 몇 년만에 그를 다시 만났을 때 어떤 기분이었을지 궁금했다. 토비가 엄마를 보고 '해나, 오, 해나'라고 불렀을지, 엄마가 그를 붙 잡으려 했는지 궁금했다.

"에이버리 카일리 그램스."

나는 내 이름을 반복했다. 그가 내 이름을 성까지 붙여서 얘기할 때 특별한 느낌이 들었다.

"철자 바꾸기죠. 아저씨 알고 있었죠?"

나는 마른침을 삼켰다. 뭐 때문인지는 모르지만 눈물이 나려는 걸 억지로 참으며 얘기했다.

토비는 내 말을 부정하지 않았다.

"미들네임은 네 엄마가 골랐어. 케일리에서 철자 하나를 뺀 거야."

나는 한 대 세게 맞은 기분이었다. 내 이름이 엄마 동생, 이모 이름에서 따온 것인 줄 짐작도 못 했다.

"해나는 네게 리처드의 성을 물려주려고 했어. 하지만 리 처드가 고른 이름은 싫어했지."

'나타샤.'

463

"리처드는 그 자리에 없었어요. 아저씨가 있었잖아요."

나는 눈물이 맺힌 눈을 깜박이며 토비를 쳐다봤다.

토비는 미소를 지으며 어깨를 으쓱했다.

"땡땡 카일리 그램스. 그 이름을 듣는 순간 난 유혹을 참을 수 없었어."

토비는 어쩔 수 없는 호손 사람이었다. 퍼즐과 수수께끼와 단서를 무척이나 좋아하는 호손 사람이다.

"아저씨가 내 이름을 정했죠. 아저씨가 에이버리를 제안했어요."

의문형으로 표현할 필요도 없다.

"아주 위험한 도박(A Very Risky Gamble). 그게 그날 밤 내가 한 거지. 해나가 내 목숨을 살려줄 때 했던 것과 같아. 해나는 자기가 날 구한 걸 제 가족이 알아내면 어떤 일을 벌일지 알았거든."

토비는 고개를 숙이며 얘기했다.

'아주 위험한 도박'은 토비아스 호손이 내게 재산을 남긴 이유가 됐다. 그분은 그 이름에 아들이 영향을 미쳤다는 것을 알았을까? 그 이름을 듣는 순간 내가 토비와 연관이 있다고 의심했을까?

"구급차가 도착했을 때, 난 자리를 피했어. 그냥 마지막으로 딱 한 번 너희 두 사람을 보려고 병원으로 몰래 들어갔지."

"아저씨가 내 출생증명서에 서명했죠."

"내 이름이 아닌 네 아버지의 이름으로 서명했지. 그 사람은 네 엄마에게 최소한 그 정도는 신세를 졌어."

"그리고 아저씨는 떠났어요."

나는 토비를 뚫어지게 쳐다보며 얘기했다. 그 사실 때문에 토비를 미워하지 않으려고 애를 썼다.

"그럴 수밖에 없었어."

엄청난 분노 같은 것이 내 속에서 치밀었다.

"아니요. 그건 아니죠."

엄만 이 사람을 사랑했다. 평생 이 남자를 사랑했지만 나는 이런 사실을 전혀 몰랐었다.

"네가 이해해야 해. 우리 아버지가 가진 자원은 끝이 없어. 아버진 계속 나를 찾아다녔어. 죽은 것처럼 지내려면 계속 옮겨 다녀야 했단다."

나는 코네티컷주 뉴캐슬에 있는 좁고 어둑어둑한 식당에서 식사하는 토비아스 호손을 떠올렸다. 거기 있는 토비를 찾기까지 6년이 걸린 걸까?

그분은 아들이 돌아올 줄 알았을까?

그분은 내 엄마가 누군지 알았을까?

그분은 아주 잠시라도 내가 정말 토비의 딸이라고 생각했을까?

"그럼 이제 어떻게 할 건가요? 아저씨가 살아 있다는 걸

온 세상이 알게 됐어요. 아저씨 아버지는 죽었고, 그 할아버지가 호손 아일랜드의 경찰 기록을 묻어버렸다는 사실을 아는 사람은 셰필드 그레이슨밖에 없어요. 그걸 아는 사람은 그 사람뿐이에요⋯⋯."

내 목구멍을 사포가 쓰는 듯한 목소리가 나왔다.

"나도 네가 무슨 생각을 하는지 알아, 에이버리. 하지만 난 돌아올 수 없어. 아주 오래전에 내가 한 짓을 결코 잊지 않겠다고 다짐했거든. 난 절대 잊지 않을 거야. 해나는 내가 자수하게 두지 않았지. 난 떠돌이로 사는 게 마땅해."

"다른 사람들은 어떡하고요? 엄마는 아저씨도 없이 죽어야 했나요? 유령 같은 사람을 사랑하느라 평생을 바쳐야 했나요?"

"해나는 온 세상을 가질 자격이 있어."

"그럼 왜 엄마한테 주지 않은 거죠? 왜 당신 스스로를 벌주는 게 엄마의 바람보다 훨씬 더 중요한 거죠?"

지금 내가 원하는데, 왜 그게 더 중요하지?

"난 네가 이해할 거라고 기대하진 않아."

토비는 이제 온화하게 얘기했다. 해리 아저씨일 때보다 훨씬 더 온화했다.

"난 알아요. 아저씬 '그래야 해서' 머물지 않는 거죠. 근데 그건 아저씨가 선택하는 거예요. 이기적인 선택이에요. 무슨 권리로 아저씨를 사랑하는 사람들을 속이는 거죠? 어떤 권리가 다른 사람을 위한답시고 그런 결정을 내릴 수 있게 해요?"

나는 라플린 부부와 레베카의 어머니를 생각했다.

토비는 아무 대답도 하지 않았다.

"아저씬 이제 딸도 하나 생겼잖아요."

나는 낮은 목소리로 얘기했다.

그는 나를 바라보더니 결코 흔들리지 않는 표정으로 얘기했다.

"두 명이야."

어느새 분노는 파괴적인 감정이 됐다. 토비아스 호손 2세는 결코 내 아빠가 아니다. 이 사람은 나를 키우지 않았다. 나는 이 사람의 피를 한 방울도 물려받지 않았다.

하지만 이 사람은 지금 나를 자기 딸이라고 불렀다.

"밖으로 나가야 해. 차에 타, 북쪽으로 운전해."

"그렇게는 못 해요. 셰필드 그레이슨이 죽었어요. 여기 시체가 있잖아요. 경찰은 어찌 된 정황인지 알고 싶어 할 거예요. 그리고 멜리가 여러 잘못을 저질렀지만, 살인을 모두 책임질 수는 없어요. 경찰에겐 내가 무슨 일이 있었는지 정확하게 얘기할게요."

"난 셰필드 그레이슨 같은 남자를 알아. 이 사람은 본인의 행적을 감췄어. 어디로 가는지, 누구를 쫓는지 아무도 몰라. 이 사람과 이 창고를 연관 지을 건 하나도 없고 이 지역에 있다고 연상할 만한 것도 없어."

토비는 이제 속마음을 전혀 읽을 수 없는 표정을 지었다.

"그래서요?"

토비는 아주 잠깐 내가 아닌 다른 곳을 봤다.

"난 무언가, 아니 누군가를 사라지게 하려면 어떻게 해야 하는지 누구보다 잘 알아."

"이 사람 가족은 어떡하고요? 난 아저씨가 이러는 걸……."

그들은 그레이슨의 가족들이기도 하다.

"넌 내게 이래라저래라할 수 없어. 끔찍한 아이야. 아직 모르겠어? 호손 사람에게 이래라저래라 시킬 수 있는 사람은 아무도 없어."

토비는 손을 뻗어 내 얼굴을 만지며 얘기했다.

그건 어쩔 수 없는 사실이었다.

"이건 아니에요."

시체를 그냥 사라지게 할 순 없다.

"그래야 해, 에이버리. 이브를 위해서야. 난 세간의 이목과 떠들썩한 언론, 소문, 스토커, 위협들로부터 널 구해내지 못했어. 에이버리 카일리 그램스, 난 할 수 있었다면 그렇게 했을 거야. 하지만 너무 늦어버렸어. 아버지는 자기 마음대로 널 체스 판 위에 올려놨어. 그러나 내가 음지에서 숨어 지낸다면, 이 일을 없었던 일로 만들면, 내가 사라진다면, 그럼 우린 이브를 구할 수 있어."

이보다 분명한 일은 없었다. '호손'의 이름을 가진 토비에게, 돈은 곧 저주였다. '그 나무는 독이야. 모르겠어? 그 나무가 S와 Z와 나에게 독을 탔어.'

"납치와 살해 시도가 있었지만, 모든 게 나쁜 것만은 아니에요."

터무니없는 얘기였지만 토비는 웃지도 않았다.

"내가 죽은 듯이 지내면 넌 괜찮을 거야. 이제 나가. 어서 차에 타. 그리고 그 차를 몰아. 무슨 일이 있었냐고 물어보는 사람이 있으면, 기억이 나지 않는다고 해. 나머진 내가 다 처리할게."

토비의 목소리는 정말 확신에 차 있었다.

토비는 정말로 나를 떠날 작정이었다. 다시 한번 사라질 작정이었다.

"난 입양에 대해 알아요. 아저씨 친어머니가 라플린 부부의 딸이고 그분이 입양 보낼 것을 강요당했다는 것도 알고 있어요. 아저씨가 입양 사실을 비밀로 한 데다가, 세 남매를 망쳤다고 부모님을 원망한 것도 알고 있어요. 하지만 아저씨 누나들은 아저씨가 필요해요."

나는 어떻게든 그를 붙잡기 위해 안간힘을 썼다. 감옥에 있는 스카이는 이번 일에 관해서는 죄가 없다. 자라는 본인 생각보다 더 인간적인 사람이다. 레베카는 어떤가? 레베카의 어머니는 지금도 토비 때문에 슬퍼하고 있다.

"난 아저씨가 엄마한테 쓴 엽서를 읽었어요. 잭슨 커리도 만났어요. 난 모든 걸 알아요. 지금 아저씨와 얘기하고 있잖아요. 아저씬 이제 더 이상 멀어질 필요가 없어요."

"넌 그 사람처럼 얘기하는구나. 난 말로는 해나를 이길 수 없었어."

토비의 표정이 부드러워졌다. 그는 눈을 감으며 이야기를 계속했다.

"세상에는 똑똑한 사람들이 있어. 착한 사람들도 있고. 둘 다 가진 사람들도 있지."

그는 다시 눈을 뜨더니 한 손을 내 어깨에 올렸다.

나는 이 순간이 평생 뇌리에 남을 것이라는 낯선 예감이 들었다.

"아저씬 떠날 거죠, 그렇죠? 내가 뭐라고 얘기해도 소용없죠?"

"어쩔 수 없어."

토비는 나를 끌어당겼다. 나는 포옹을 그다지 좋아하는 편은 아니지만 잠시 그렇게 있었다.

마침내 토비는 나를 풀어주었다. 나는 주머니 속에 손을 넣어 자그마한 금속 원반을 꺼냈다. 토비가 엄마에게 귀중한 것이라고 했던 물건이었다.

"이게 뭔가요?"

토비에게 할 수 있는 마지막 질문이다. 그를 붙잡을 마지막 기회였다.

토비는 번개처럼 움직였다. 내 손에 있던 원반은 어느 순간 그의 손에 있었다.

"내가 가져갈 물건이야."

"그게 뭔지 얘기 안 해줄 거죠?"

그는 고개를 저으며 부드럽게 속삭였다.

"끔찍한 아이야."

나는 엄마를 생각했다. 엄마가 토비에게 보낸 엽서에 나에 대해 썼던 모든 이야기와 오늘 밤 나를 위해 찾아온 토비에 대해 생각했다.

'아저씬 딸이 하나 생겼어요' 하고 내가 토비에게 얘기했더니, 그는 '두 명이야'라고 대답했다.

"아저씨를 다시 만날 수 있을까요?"

이렇게 묻는데 목이 멨다.

그는 앞으로 고개를 숙이더니 내 이마에 입을 맞추곤 바로 물러났다.

"아주 위험한 도박이 될 거야."

대답하려고 입을 연 순간 창고 문이 안으로 열렸다. 남자들이 안으로 쏟아져 들어왔다. 오렌의 부하들이었다.

경호팀장 오렌은 나와 토비 호손 사이로 성큼성큼 걸어왔다. 그는 토비아스 호손의 외아들을 진지한 눈으로 쳐다보며 얘기했다.

"이제 우리끼리 대화를 나눌 때가 된 것 같군요."

86

나는 오렌과 토비가 무슨 대화를 나눴는지 전혀 엿들을
수 없었다. 내가 방탄 SUV에 올라타자 몇 분 후 오렌도 운
전석에 앉았다. 오렌은 부하 몇 명을 창고 안에 두었다.

나는 창고 바닥에 죽은 채로 누워 있는 셰필드 그레이슨
을 생각했다. 시체를 처리하려는 토비의 계획도 생각했다.

"시체 처리도 오렌 아저씨의 임무에 속하나요?"

오렌은 백미러로 나를 쳐다보며 물었다.

"정말 궁금해?"

나는 창문 밖을 내다봤다. 방탄 SUV가 속도를 내자 세상
이 흐릿하게 보였다.

"스카이와 리처드는 폭탄을 심지 않았어요. 두 사람은 누
명을 쓴 거예요."

나는 지금까지 간신히 참고 있던 온갖 감정에 휩쓸리지
않고 사실에만 집중하려고 애를 쓰며 이야기를 꺼냈다.

"이번에는 그랬겠지만, 스카이는 이미 너를 죽이려고 시
도한 적이 있어. 두 사람 다 위협거리야. 최소한 네가 성년
자격을 획득하는 게 잘 진행될 때까지 둘 다 감옥에 오래

넣어두는 편이 좋을 것 같아."

내가 법적으로 성인이 되면, 내 유언장을 직접 쓸 수 있다. 리처드와 스카이는 내가 죽더라도 한 푼도 건질 수 없게 된다.

"레베카는요? 멜리가 나를 납치하는 걸 테아가 도와준 건 누군가 레베카를 데리고 있기 때문이에요."

나는 갑자기 레베카가 떠올라서 몸을 앞으로 내밀며 이야기를 꺼냈다.

"그 일은 잘 처리됐어. 그 아이들은 무사해. 너도 그렇고. 다른 가족은 그 일을 모를 거야."

늘 그런 것처럼 이번 일도 업무에 불과하다는 생각이 들게 하는 말투였다. 납치와 시체와 은폐는 그저 일이었다.

"할아버지도 이랬나요? 아니면 내가 그냥 운이 좋은 건가요?"

나는 이 재산을 물려받는 일이 축복이 아니기 때문에 이브를 구해주려 한 토비를 생각했다.

오렌은 시간을 두고 대답했다.

"호손 씨에게도 명단이 있었어. 네 명단과는 다른 거야. 그분에겐 적들이 있었어. 일부 적들은 똑똑했지. 하지만 우리도 무슨 일이 일어날지 대충 짐작이 가능해. 호손 씨는 상황을 예측하는 능력이 있었거든."

호손의 상속녀로 살아남으려면 토비아스 호손처럼 행동

해야 한다는 생각이 들기 시작했다. 나도 할아버지처럼 생각하는 법을 배워야 할 것이다.

　돌멩이 하나로 열두 마리 새를 잡아야 한다.

♟

　호손 하우스로 돌아오자, 오렌은 나를 방까지 쭉 호위하겠다는 의도를 명확하게 밝혔다. 큰 계단에 이르렀을 때, 나는 목소리를 가다듬고 얘기했다.

　"이 통로를 없애야 할 것 같아요. 영원히."

　나는 계단 위에서 잠시 멈춰 섰다. 토비아스 호손의 초상화가 앞에 있다. 이 노인네를 빤히 쳐다보는 게 처음은 아니다. 이분은 멜리와 엘리가 누군지 알았을까? 토비아스 호손은 언제였건 내 DNA를 분명 검사했을 것이다. 할아버지는 내가 토비의 딸이 아님을, 내가 혈육이 아니라는 사실을 알았다.

　하지만 그는 셰필드 그레이슨처럼, 멜리와 엘리가 그랬던 것처럼, 토비를 유인하는 데에 나를 이용했다. '넌 게임 참가자가 아니야. 넌 발레리나 유리 조각상이거나 칼일 뿐이지.' 얼마 전에 들은 내쉬의 말이 떠올랐다.

　어쩌면 나는 둘 다일지도 모른다. 어쩌면 나는 열 가지 이유로 선택된, 열두 가지 쓰임새가 있는 존재일지도 모른다. 그 어떤 이유든 나를 있는 그대로 받아들이거나 나를 특별하게 만든 이유 같은 것은 없었다.

나는 초상화 속 토비아스 호손의 눈을 응시했다. 그와 체스를 두던 꿈을 떠올랐다. 당신은 날 선택한 게 아니야. 날 이용했지. 당신은 여전히 날 이용하고 있어. 하지만 앞으로도 그럴까?

난 이제 이용당하는 게 지긋지긋했다.

87

한 시간 후, 나는 호손 한 명을 찾아갔다.

"너한테 할 말이 있어."

알렉산더는 본인의 '실험실'에 있었다. 단순한 것들을 복잡한 방법으로 작동시키는 기계를 설계하는 은신처다.

"할 말이 뭔데? 너 때문에 내가 지금 우리 형제 중 한 명인지 헷갈리고 있거든? 지금 상황이 어떤지 얘기해주는 사람이 아무도 없어."

알렉산더는 직접 제작한 복잡한 연쇄반응의 일부인 투석기 모형을 고치고 있었다.

"이건 네 게임이야. 할아버진 너한테 이 게임을 남겼어."

내가 이야기를 꺼냈다.

"아니면 처음에만 그렇게 보였겠지."

알렉산더는 투석 장치 위에 금속으로 된 공을 올리며 대답했다.

"그게 무슨 말이야?"

나를 그를 쳐다보며 물었다.

"제임슨 형은 집중력이 정말 좋아. 그레이슨 형은 뭘 시작하든 늘 마무리를 잘해. 내쉬 형은 길을 돌아갈 때가 있어. 하지만 형은 A라는 지점에서 시작하면 B라는 지점으로 향하게 돼 있어."

수리를 마친 알렉산더는 드디어 나를 보려고 고개를 돌렸다.

"하지만 난 그런 사람이 아니야. 난 A지점에서 시작하면, 먼 길을 돌아서 결국 127번째 보라색 교차로로 향하지."

그는 어깨를 으쓱하며 이야기를 계속했다.

"나의 수많은 매력 중 하나야. 내 두뇌는 방향 전환을 좋아해. 난 새로운 길을 발견하면 그걸 따라가. 할아버진 그걸 알고 있어. 할아버지는 내가 이번에 이 일을 시작할 걸 예상했을까? 당연히 했어. 하지만 난 결국 어떤 길로 갔을까?"

알렉산더는 본인의 작품에서 물러나더니 직접 만든 루브 골드버그 장치에 몰두했다.

"할아버지는 내 길이 B지점이 될 수 없다는 걸 아주 잘 알았어.”

나는 내게 일어난 일을 털어놓을 사람이 필요했다. 내가 대화 상대로 알렉산더를 택한 건 우주가 알렉산더에게 빚을 진 것처럼, 아니 토비아스 호손이 그에게 빚을 진 것처럼, 나도 그에게 빚을 진 기분이 들었기 때문이다. 그런데 지금 보니 알렉산더는 끝내고 싶은 마음이 없는 것 같았다.

끝내고 싶지 않은 사람 중 한 명이었다.

“그래서 결국 어떤 길로 갔어?”

알렉산더는 앞으로 몸을 기울이더니 투석 장치 모형의 방아쇠를 당겼다. 금속 공은 깔때기 속으로 들어가서 경사로 여러 개를 쭉 내려갔다. 그리고 레버에 부딪힌 후 물이 담긴 양동이를 툭 치니까 풍선이 나왔다.

기계가 전부 해체되자 뒤에 있던 벽이 드러났다. 벽에는 갈색 피부를 가진 남자들 사진 여러 장이 덮여 있었다. 나는 사진 밑의 꼬리표를 보고 남자들의 이름이 죄다 알렉산더라는 것을 알았다.

나는 수수께끼를 풀며 보낸 지난 몇 주를 생각했다. 셰필드 그레이슨, 제이크 내쉬. 알렉산더가 이렇게 먼 길을 돌 것이라고 토비아스 호손은 예상했을까?

“알렉산더, 내가 뭘 알았는지 듣고 싶어?”

“물론이지. 하지만 그 전에 얘기할 게 있어. 두 가지야. 먼저 이건 테아의 전화번호야. 난 걔한테 전화해서 네가 살아 있다는 것을 알려야 해."

그는 중지와 검지를 들며 얘기했다.

알렉산더는 휘갈겨 쓴 번호가 적힌 종이쪽지를 건넸고,
나는 얼굴을 찡그리며 물었다.

"근데 왜 나한테 걔 전화번호를 주는 거야?"

"테아는 말이야, 미리 알고 있으면 대처가 가능한 아이거든."

나는 눈을 가늘게 뜨며 수상쩍다는 듯이 물었다.

"두 번째는 뭐야?"

알렉산더가 버튼을 누르자 벽이 열리며 두 번째 작품이
드러났다.

"자, 봐."

알렉산더의 작품을 보자 내 눈이 몹시 커졌다.

"이건……."

"스타워즈 세계에서 가장 사랑스러운 드로이드 세 개를
실물 크기로 재현한 거야."

알렉산더는 씩 웃으며 덧붙였다.

"맥신한테 줄 거야."

88

"아이고, 요런 깜찍이들을 봤나."

맥신은 알렉산더의 선물을 보고 몹시 좋아했다. 나를 꾸짖는 눈길은 아주 잠깐일 만큼 선물에 혹한 반응이었다.

"너한테 주의를 줘야 할 것 같네. 너 좀 창백해 보여. 위대하신 리우 박사님이 좋아하지 않을 것 같아."

내가 지난 열두 시간 동안 무슨 일을 겪었는지 리우 박사님이 알면 꽤 기분이 상하실 것이라는 말로 알아들었다.

"고마워." 나는 맥신이 나를 바라볼 때까지 기다렸다가 이야기를 계속했다. "네 엄마를 이곳으로 모셔와줘서."

나는 내 단짝 맥신에게 엄마와 통화하는 건 절대 쉬운 일이 아니라는 것을 충분히 알고 있었다.

"그래, 음……. 나도 고마워. 네가 폭파 현장에 있어줘서?"

맥신은 어깨를 으쓱하며 얘기했다.

'전화할 구실이 생겼지. 네 엄마도 전화를 받을 구실이 생겼고.' 이 생각은 속으로 삼켰다.

"너 이제 집으로 갈 거야?"

나는 맥신이 떠나는 게 싫었다. 하지만 내 단짝 친구에게도 자기만의 삶이 있다. 나는 맥신이 호손 하우스에서 멀리 떨어져야 안전하게 지낼 수 있다는 생각을 떨칠 수 없었다. 나에게서 멀리 떨어져야 한다. 호손 가족과 토비아스 호손의 수십억 달러 그리고 내가 물려받은 모든 것으로부터 벗어나야 한다.

독나무와 그 모든 것을 떨쳐내야 한다.

♟

테아가 전화를 걸었을 때, 나는 전화를 받을 생각이 거의 없었다. 그래서 알렉산더가 내게 테아의 전화번호를 준 것이다. 그래서⋯⋯.

"여보세요?"

나는 험악한 목소리로 전화를 받았다.

테아는 잠시 주저하더니 이야기를 꺼냈다.

"네 사물함을 파손한 사건을 조사했거든. 범인을 알아냈는데 신입생이더라. 이름 알려줄까?"

"아니."

사과를 기대했던 내가 정말 어리석었다. 나는 당장 전화를 끊고 싶었지만 차마 그러지 못했다.

"레베카는 괜찮아?"

"충격은 받았지만 괜찮아. 널 위험하게 만들었다고 나한테 소리칠 만큼 충분히 괜찮고도 남아."

테아의 목소리는 부드러웠지만 비꼬는 어투 때문에 다정하게 느껴지지는 않았다. 테아가 볼 수는 없지만 나는 어깨를 으쓱하며 대답했다.

"레베카가 할 만한 말이지."

이런 농담을 할 수 있다는 건 레베카와 내가 같이 위험을 무릅써봤기 때문일 것이다.

"난 선택을 한 거야."

테아의 목소리가 흔들렸다. 테아는 짓궂고 혼란스럽고, 성격이 천 가지 정도 있지만 사악한 사람은 아니다. 테아도 나를 걱정했다. 테아는 내 대답을 기다리지 않고 이야기를 계속했다.

"난 레베카를 선택할 수밖에 없었어. 이해할 수 있지, 에이버리? 나는 늘 레베카만 생각하게 돼. 레베카는 믿지 않겠지만 시간이 아무리 많이 지나도 난 늘 레베카만 선택하게 될 거야."

나는 한 사람이 다른 사람의 전부가 되면 어떤 기분이 들지 결코 이해할 수 없었다. 그 한 사람을 바라보고 이해한다는 것이 어떤 것인지 절대 알 수 없었다. 내가 그럴 수 있을 것 같지 않았다. 그러고 싶은 마음도 없었다.

테아와 통화를 끝낸 나는 그레이슨을 보러 갔다.

89

나는 그레이슨에게 그의 아버지에게 일어난 일을 털어놓았다. 하지만 이브에 대해서는 입을 다물었다. 이야기를 들는 동안 그레이슨의 얼굴은 돌처럼 딱딱했다.

"뭔가를 때리고 싶은 얼굴이네요."

그는 고개를 저었다.

나는 그가 나를 바라보게 할 만한 제안을 했다.

"칼을 휘두르는 건 어때요?"

♟

그레이슨은 내 자세를 바로잡아주었다.

"너 대신 칼이 움직이게 해."

그는 지난번과 같은 얘기를 했다. 그 순간 움직임이 기억났다.

그를 처음 만난 날이 떠올랐다. 그레이슨은 정말 오만했다. 자기 자신에 대해, 자신의 위치에 대해 확신이 넘쳤다. 내 눈을 사로잡았던 첫 번째 순간을 곰곰이 생각했다. 내게 표정이 풍부하다고 했던 일도 생각했다. 타협하고, 약속하던 순간과 라틴어로 얘기하던 순간을 떠올렸다.

하지만 나는 주로 우리 둘의 닮은 점을 곰곰이 생각했다.

"꿈을 꾸었어요. 내가 의식불명일 때, 나에 대해 말하며 제임슨과 싸웠잖아요."

"에이버리……."

그레이슨은 칼을 내리며 나를 불렀다.

"꿈속에서, 나를 구하러 뛰지 않았다고 제임슨이 당신에게 화를 냈어요. 나는 죽음의 문턱에 누워 있었죠. 그런데 그쪽은 꼼짝도 할 수 없었고요. 그런데 그거 알아요, 그레이슨?"

나는 어깨에 세상의 무게를 다 짊어진 그가 은회색 눈으로 나를 바라보기를 기다렸다.

"난 화가 나지 않았어요. 난 지금껏 누군가를 위해서 달려가는 사람이 아니었어요. 그저 가만히 서서 그 무엇도 할 수 없는 그 기분이 어떤 건지 나도 잘 알아요. 누군가를 잃는 것이 어떤 일인지 잘 알아요."

나는 엄마와 에밀리를 생각했다.

"난 아무것도 바라지 않는 데에 도가 텄어요."

나는 그레이슨이 그런 것처럼 잠시 칼을 위로 들었다가 다시 내려놓았다.

"그런데 이제 난 내가 어떤 사람이 되어야 할지, 어떤 사람이 되고 있는지 깨닫기 시작했어요. 그건 평범한 여자애가 아니에요."

나는 세상을 얻었다. 이제 두려움에 떠는 삶은 그만두고 주도권을 잡을 때가 됐다.

위험을 감수할 때다.

90

"그램스 양. '성년 자격 획득'에 의해 법적으로 성년에 준하는 대우를 받게 된다는 점을 이해합니까? 이제 그램스 양은 스스로를 책임져야 하고. 성인의 기준에 따라야 합니다. 이제 남은 어린 시절은 제가 서류에 서명하면 사라집니다."

지난 6주 동안 나는 총에 맞았고, 폭파 현장에 있었고, 납치당하고, 신데렐라처럼 뽐을 내며 다녔다. 세상 사람들에게 나는 스캔들이고 미스터리이며 호기심과 판타지 같은 존재였다.

토비아스 호손에게 나는 도구에 불과했다.

"잘 알고 있습니다."

나는 판사에게 얘기했다. 그 순간 일이 다 끝났다.

"축하해. 넌 이제 어른이야."

알리사는 우리가 법원 밖으로 나오자 이야기를 꺼냈다. 오렌의 부하들이 파파라치 사이로 길을 터주었다. 나는 방탄 SUV 안으로 들어가 앉았다. 알리사는 스스로 무척 만족해하는 것 같았다.

"이제 네 유언장을 직접 쓸 수 있어."

나는 의자에 몸을 묻으며 알리사가 나의 대중적인 이미지를 얼마나 세심하게 처리하는지, 또한 세상 사람들이 알리사의 법률 회사가 상황을 잘 통제한다고 믿기를 그녀가 얼마나 바라는지도 곰곰이 생각했다.

나는 미소를 지으며 말했다.

"난 그보다 더한 것도 할 수 있어요."

♟

세 시간 후 나는 지붕 위에서 제임슨을 발견했다. 그는 익숙한 칼 하나를 들고 있었다. 나를 향해 그 칼을 던질 것처럼 속임수를 써서 내 심장박동이 빨라졌다.

그가 내 눈을 마주 보자 내 심장이 더 빨리 뛰었다.

"너한테 할 얘기가 많아. 난 토비 아저씨를 만났어. 직접 마주했지. 아저씨에겐 딸이 한 명 있어. 내 이야기가 아니야. 그 애는 에밀리 라플린과 똑같이 생겼더라."

바람이 불자 내 머리카락이 휘날리며 얼굴을 때렸다. 제임슨의 초록빛 두 눈은 깊이를 알 수 없었다.

"흥미가 생기네, 상속녀."

나는 주머니에 손을 넣어 동전 하나를 꺼냈다. 이 동전이 오토바이 뒷자리에 타거나 경주로를 달리거나 블랙우드에서 총에 맞는 것보다 더 위험하게 느껴졌다. 북받치는 감정은 아니었다.

예전의 나라면 결코 감당할 수 없는 위험 그 자체였다.

나는 제임슨의 눈을 마주 봤다. 손가락을 풀어서 동전을 보여주며 이야기를 꺼냈다.

"토비 아저씨가 금속 원반을 가져갔어. 그게 뭔지 알 수 없을지도 몰라."

제임슨의 입꼬리가 위로 올라갔다.

"여긴 호손 하우스야, 상속녀. 미스터리는 얼마든지 있어. 네가 마지막 비밀 통로와 마지막 터널과 벽 속의 마지막 비밀을 발견했다고 생각하는 순간 다른 게 더 생길 거야."

호손 하우스에 대해 얘기할 때 제임슨의 목소리에 생기가 실렸다.

"그게 네가 이 집을 좋아하는 이유지."

나는 그의 눈을 마주 보며 얘기했다.

"네가 이 집을 좋아하는 이유이기도 하지."

그는 몸을 앞으로 기울이며 얘기했다.

나는 동전을 들었다.

"이건 금속 원반이 아니야. 하지만 임시방편이 필요할 때가 있어."

내 심장이 두근거렸다. 그의 목소리에 실린 생기 때문에 나는 가슴이 설레었다. 나는 말을 이었다.

"앞면이 나오면 네가 키스해. 뒷면이 나오면 내가 키스할게. 그리고 이번에는……."

나도 제임슨처럼 미스터리를 무척이나 좋아한다.

내 목소리가 갈라져 나왔다.

"의미가 있을 거야."

제임슨이 나를 바라봤다. 제임슨 윈체스터 호손 특유의 치명적이고 비뚤어진 미소를 지으며 얘기했다.

"무슨 말을 하는 거야, 상속녀?"

나는 동전을 높이 던졌다. 동전이 공중에 뜨는 순간 나는 지금까지 일어난 모든 일을 생각했다.

나는 토비를 찾아냈다.

나는 엄마의 비밀을 알아냈다.

왜 내 이름이 딱 한 번밖에 만난 적 없는 억만장자의 관심을 끌게 됐는지 그 어느 때보다 분명히 깨달았다. 어쩌면 그게 전부였을지도 모른다. 아니면 나는 열두 마리의 새를 잡는 데 필요한 돌멩이일지도 모른다. 그중 대부분은 아직 밝혀지지 않았다.

제임슨이 말한 것처럼 이곳은 호손 하우스다. 또 다른 미스터리는 얼마든지 있을 것이다. 나와 마찬가지로 제임슨도 미스터리에 매혹될 것이다.

동전이 바닥에 떨어졌다.

"뒷면이야, 내가 키스할게."

나는 두 팔로 그의 목을 감싸며 내 입술을 그의 입술에 댔다. 이제 모든 일은 나에게 돌아올 것이다. 난 게임을 하는 게 아니니까.

이건 아무것도 아니다.

이건 시작에 불과하다. 이제 난 담대해질 것이다.